中国青年出版社

莫言研究会编

主编 孙惠斌

副主编 柴修森 管谟贤 贾玉德

编辑 魏修良 李章合 毛维杰

H

莫言与高密

目录

Z

高密的大智与诚朴、艰辛与欢乐滋养并成就了莫言；而莫言的创造让高密不再是一个平凡的地理名词——从此她与人们憧憬的神奇想像力有关，她有能力吸引世界的注目。这是作家莫言的荣光，亦是文学和一方水土相互浸润、永不离弃的魅力证明。

铁凝
2011年夏

中国作家协会主席铁凝为本书题词

莫言与高密

高密文化与莫言小说

杨守森

高密，是中华人民共和国版图上一个普通县（市）区的名字，是一片有着古老文明和独特“红高粱文化”的土地。这片热土，曾经养育了齐国名相晏婴、东汉经学大师郑康成，以及以刚正无私、足智多谋著称的清代内阁大学士刘墉这样一些中国政治史、文化史上的一流人物。在上世纪80年代，又正是从这片土地上，走出了现已产生了重大世界性影响的作家莫言。出生于高密，成长于高密，20岁参军入伍方离开高密的莫言，没有辜负故乡大地的养育之情，走上文坛之初，在短短几年之内，即以凝重的地域文化为背景，以涌泉飞瀑之势，创作发表了震动当时中国文坛的《透明的红萝卜》《红高粱》《红蝗》《天堂蒜薹之歌》《十三步》等一系列奇异瑰丽的篇章，继而又以《酒国》《檀香刑》《丰乳肥臀》《生死疲劳》《蛙》等长篇小说，为中国当代文学增添了绚丽与厚重。

高密，赋予了莫言以聪敏与灵性；高密，亦因莫言而蜚声海内外。是高密文化孕育了莫言，是莫言，使高密大地闪耀出新的光彩。透过高密文化，你会看到莫言小说的秘密，在莫言的文学王国中，你亦会领略到高密文化的风姿与神韵。

一、高密文化与人格形态

高密，东邻胶县，南接诸城，西与安丘隔河（潍河）相望，北与昌邑、平度毗连，位于一望无垠的昌潍大平原与山峦起伏的胶东半岛交接之处，是胶济铁路干线上的一颗明珠。据《史记·乐毅列传》及《汉书·地理志》记载，早在春秋战国时代，作为地理称谓的“高密”就已存在。早在汉文帝前元十六年，作为行政区域的“县”即已设立，至今也已有2000多年的历史了。

从生态环境来看，高密虽系平原地带，但因地势低洼，河道密集，每逢夏季，常常水涝成灾，于是高秆作物受宠，形成了著名的高粱之乡。高粱维系了高密百姓的子孙繁衍；高粱酿出了叫人心跳眼热的烈酒；高粱，为历代英雄好汉们提供了理想的活动舞台，也为土匪窃贼提供了杀人越货的屏障；也正是高粱，造就了高密大地特有的神秘与朦胧，庄严与肃穆。

与地理环境和传统脉绪相关，高密文化有着明显的个性特征，最为突出的便是刚健不屈，侠肝义胆，豪放旷达，以及泛神论色彩的动、植物崇拜意识等等。至今，在高密人的文化观念中，受到尊崇的仍是“冻死迎风站，饿死不弯腰”、“穷得直实，死得直立”、“人敬我一尺，我敬人一丈”之类人生信条；至今，在高密民间，刺猬、狐狸、黄鼠狼、蛇虫、龟鳖、蜘蛛、喜鹊、古树等等，仍常被人们视为灵异之物，受到人们小心翼翼的敬奉。就其本原特征来看，这类高密文化，体现出的是典型的齐文化的个性风范。值得提出的是，时至当今，在中国文化界，许多人在论及“齐鲁文化”时，往往统而论之，将二者视为一体，甚或将其简单化为与孔子“儒学”相关的“鲁文化”。在山东文化界，时常被人提及的所谓弘扬“齐鲁文化”，也往往主要是指以孔、孟儒家学说为核心的“鲁文化”。而实际上，虽同属山东大地，齐文化与鲁文化是有本质区别的。从文化源渊来看，齐文化的主要脉绪是东夷文化，而鲁文化承袭的则主要是周文化。从历史形成来看，齐鲁一开国，实施的就是不同的治国方略。与因循周礼，恪守旧制，封鲁之后采取“变其俗，革其礼”方略的鲁开国者周公之子伯禽截然不同，齐开国者太公望吕尚，自身就是一位开放型的政治家。据《史记》载，太公为“东海上人”（即东夷之士），这说明，这位开国者个人的文化血统原本就与内陆的周文化大不相同，故而封齐之后，能够“因其俗，简其礼”，即并不强制推行周礼，而是顺应民情，尊重东夷人的土著文化。后世管仲治国，进一步继承和发展了这样一种开放的文化政策，采取的亦是“俗之所欲，因而予之；俗之所否，因而去之”（《史记·管晏列传》）的治国方略。从地理位置来看，齐国东部、北部均临茫茫无际、奔腾咆哮的大海，这不仅使之最早得以鱼盐之利，也有利于齐人自由不羁之壮阔胸怀的培育，想象力的拓展，以及对神秘事物的敏感。正是与之相关，与鲁文化相比，齐文化显得更为刚劲放达，不拘传统，更富于想象力和创造力。从当年齐国稷下学子们洒脱无羁、异说纷呈的学术活动中，我们即可以看到齐文化自由开放的程度。据史料载：“齐辩士田巴，服狙丘，议稷下，毁五帝，罪三王，五伯，离坚白，合同异，一日服千人。”（《史记·鲁仲连传》裴注）另如邹衍空阔迂远、异想天开的“海外九州”说和“五德终始”论，显然也正是这种文化自由的产物。此外，灵物崇拜，术士巫风的世俗信仰要比规整严谨，“不语怪、力、乱、神”的正宗鲁文化显赫得多。从这个意义上看，多谈花妖狐魅，举世闻名的《聊斋志异》产生于齐国故地，也就决不是偶然的了。

作为古代齐国腹地的高密，作为齐国名相晏婴出生地的高密，自然会更多地继承齐文化的神韵。也许正是得力于齐文化的潜移默化，高密人形成了自己独特的审美目光与艺术想象视角，其典型标志便是现已列为国家级非物质文化遗产保护名录的剪纸、泥塑、扑灰年画等三大民间艺术。高密剪纸，既不像陕北剪纸那样透射着秦汉风骨的粗犷简洁，也不像东北剪纸那样朴拙宽厚，而是奇思怪想，天马行空，取材随意，情趣盎然。老鼠娶亲，老鼠嫁女，蝈蝈出笼，群鹊噪晚，牧童骑牛，鱼跃龙门，牛郎寿星，凡人间传说，鸟兽虫鱼，生活百态，无奇不有，无所不剪。高密泥塑，材料简单，造型粗犷，色彩夸张，神态率真，生机勃勃。在高密三大民间艺术中，扑灰年画历史最为悠久。早在明代，就以墨屏花卉及人物画行销于世，延至清代已趋完美。它以大笔挥洒与精工勾染相结合，以大红大绿靠拢的艺术手法，造成一种令人振奋的生命质感与鲜明亮丽的艺术风格。

总之，红高粱大地的庄严与肃穆，齐文化的脉绪与渊源，奇异多姿的审美目光，构成了高密大地的文化氛围。又正是这种文化氛围，孕育了高密人突出的个性形态。

高密人刚勇率性，敢作敢为。清末，已经载入民族史册的高密西乡民间英雄孙文，曾率众起事于乡野，手持大刀长矛，反抗朝廷，迫使德国人铺设的胶济铁路改道。抗战初期，高密东北乡几个僻远村庄的民众，曾以农具、猎枪为武器，配合地方武装，成功地进行了孙家口伏击战，歼敌39名（其中包括据说是在平型关大战中逃生的敌板垣师团中将指挥官中冈弥高），有力地打击了日本侵略者的嚣张气焰。高密人有着顽强的生命活力。从日本人的劳工营中逃出，在日本北海道的山洞中过了13年野人生活，终于回归故国，被收入了多种名人大词典的刘连仁，就是高密县井沟镇草坡村的一位庄稼汉。高密人善于“国骂”，在民间的日常口语交流中，甚或是在昵爱友好的表白中，你常常会听到“驴 × 日的”、“狗 × 日的”、“万人狗 × 日的”之类叫异乡人目瞪口呆、粗俗不堪的用语。你可以说这是一种直露的蛮性，但同时又不能不承认，这是一种不顾及任何形而上束缚的感性生命的自由张扬。高密人爱憎分明，知情重义，常常在固守着有异于某类政治意识的是非观念。民国时代，高密历史上曾出现过两任颇有政绩、深得民心的县长王达、曹梦九，高密人并未因其属于旧中国的官员而忘却，至今仍在民间口碑相传。

自然，由于中华帝国长期的文化封闭以及人类的生命本性之类原因，高密人亦不乏愚昧与鄙俗，蛮勇与残忍。在孙文率领下，乡间百姓奋起抗德的要因即是因为相信：火车经过之处，烟气飘散，会影响庄稼生长。当时，与义和团结成反帝联盟的“大刀会”、“拳坛”之类高密民间组织，亦曾像义和团成员那样真诚地相信吞下符子即可刀枪不入，与德寇对阵时常常不重防卫，往往死伤惨重。事后竟仍认为不是符子不灵，而是由于没有闭紧嘴巴造成的。在“有枪便是草头王”的战乱年代，高密大地上，豪强曾纷起于四乡八疃，比较著名的就有张步云、蔡晋康、姜黎川、高仁生、冷关荣等帮伙。在这些帮伙中，既有志在报国，与日本侵略者浴血奋战的民族好汉，亦不乏专干打家劫舍勾当的流氓无赖。尤为惨烈的是：在抗战及解放战争年代，高密曾是敌我割据的游击战场，活埋、剜眼、开膛、碎尸、切乳等花样百出的残杀手段，曾使得许多村落尸骨横陈，血腥四溢。“家家报庙，户户上坟”的悲惨一幕，曾在许多村庄屡屡上演。土改时期，这儿曾是当时“极左”路线的重灾区，扫地出门，斩尽杀绝式的“斗争”造成了不知多少人间惨剧。建国以后，战乱与血腥虽日渐成为遥远的记忆，但在高密大地上，亦仍不乏邪恶与灾难的阴影。莫言的四叔，就是被与权势者有关的人开车撞死，却无处申诉的一例。正如莫言在《红高粱》《丰乳肥臀》等小说中所慨叹的，由于各种原因，高密的人种也在退化，高密文化亦不无当代危机：大义大勇、刚健不屈的先人遗风，已渐为利欲熏心、趋炎附势所掩抑。

莫言作品中宣泄出来的大恨大爱，大美大恶，以及赤诚坦荡，无所顾忌，莫言作品中流露出来的欢乐与悲哀，抑郁与抗争，梦幻与希望，显然是与高密大地的历史与现实、生存环境与社会文化，以及复杂的高密人格形态相关的。

二、红高粱大地的馈赠

新中国成立以来的高密大地，随着开河挖渠，兴修水利，加之气候的自然变异，雨量减少，涝灾已很少发生，漫若血海的红高粱，也早已成为人们回忆中的风景。故而1987年，西安电影制片厂光临高密拍摄《红高粱》外景时，不得不投放专门资金，让农民代为种植红高粱。但与红高粱大地相关的自然文化造成的人格素质，还涌流在一代高密人的血脉之中。发生在高粱地里的那些可歌可泣的先人的光辉业迹，那些惊心动魄的厮杀、抢劫与掠夺，那些闪烁着奇光异彩正义与非正义的刀光剑影，依然还活现在高密百姓的口头。生于斯、长于斯的莫言，得天独厚，不仅耳闻了大量发生在高粱丛中的英雄传奇，而且目睹过已趋末世的红高粱世界令人振奋的壮阔场景。对于曲折历史与艰辛现实的生命体验，亦使他领略过甚至比先人还要强烈的在这片大地上残存的愚昧、荒谬与贫穷。正是这一切，凝成了莫言的生命个性，构成了他奔涌不息的文学创作的活力之源。从他的具体作品中，我们深刻感受到的正是其文学成就与这片红高粱大地的血肉关联。

莫言正是以当年发生在高密东北乡，至今仍在当地群众中广泛流传的孙家口伏击战和公婆庙惨案为中心场面，将那场应该载入中国人民光辉史册的高密人民的抗日斗争，以及日本法西斯强盗的罪恶行径，艺术地展现在全世界人民面前，成功地创作了《红高粱》。在这部作品中的主要人物余占鳌以及英勇奋战的伏击队员们身上，知情的高密人会肃然起敬地想起这场战斗的真正指挥者——国民政府在高密西北乡组建的抗日第六游击总队的总队长曹克明以及部属们威武不屈的英姿；从惨遭剥皮的罗汉大爷身上，会回忆起当年的公婆庙村民张西德被日本强盗刀剥额头的惨烈场面。

莫言正是立足于高密的黑土大地，将真实的人物与事件，纳入了独特的艺术结构之中，从而写出了一系列有着独特的地域历史氛围和地域人格色调的佳作。曹梦九，这位行伍出身，足智多谋，敢作敢为，在高密历史上，也在山东历史上有名的县官，被作者信手拈出，作为“我奶奶”的干爹，作为“我爷爷”

伺机报复的对象，不着痕迹地化成了“红高粱”艺术世界中的重要人物。毙命于高密东北乡孙家口伏击战，据说是日军中将的中冈弥高，在《红高粱家族》中，也以一个“异常干瘦的老鬼子”形象被再现出来。这个老鬼子先是被“父亲”发现，继而被“爷爷”击毙。那位性格鲜明的土匪司令余占鳌. 除了上面提到的直接本源于孙家口伏击战的指挥者曹克明之外，至少从中还可以感受到这样两个真实人物的身影：一位是在日本度过了 13 年山洞生活，终于死里逃生的农民刘连仁；另一位是高密东北乡的土匪郭鬼子。莫言在《红高粱》中写道：“爷爷是登峰造极，创造了同时代文明人类长期的穴居纪录”。“爷爷 1958 年从日本北海道的荒山野岭中回来时，村里举行了盛大的典礼，连县长都来参加了，来向爷爷这位给全县人民带来了光荣的老英雄致敬”。其历史本源是：被抓往日本的中国劳工刘连仁，逃亡之后一直孤身穴居隐藏于日本北海道的山洞里。直到 1957 年，才被日本猎人发现。当时，他曾被诬为中国间谍，成为轰动一时的国际政治事件。后经我国政府的交涉，刘连仁才得以在 1958 年 4 月 15 日回归祖国。在天津，他受到刘少奇主席的热烈欢迎。据县志记载：当年，曹梦九曾以假招安计策，将高密地面的 80 多名土匪骗来，装上马笼车，拉到济南，韩复榘下令处决，只逃跑了一个，那就是高密东北乡的郭鬼子。莫言笔下的土匪司令余占鳌，也正是这样唯一的一位死里逃生者。他是“踩着济南府警察署高墙上的破砖头，爬上了墙头，又贴着墙壁滑到聚集着破纸烂草的墙根”，然后化装混迹于纷乱的市街，才得以脱身的。另如《檀香刑》中那位被莫言纳入高密东北乡籍，率众抗德，而惨遭“檀香刑”的孙丙，原型即是高密西乡官厅村的抗德民族英雄孙文。综上所述，可以看出，莫言是怎样从蕴含丰富的故乡大地获取了创作的灵感和养料。

高密人顽强的生命活力和血性气质，在莫言笔下的人物身上，也得到了真切的体现。《透明的红萝卜》中的那个小黑孩，虽然瘦弱不堪，但却能勇敢地和老蒺藜作战，“他用脚趾头把一个个六个尖或八个尖的蒺藜撕下来，用脚掌去捻；他的脚像骡马的硬蹄一样，蒺藜尖一根根断了，蒺藜一个个碎了。”当他的手被炙热的铁钻烫熟了皮肉时，他不露声色，只是把手伸进水桶里泡了泡，然后又慢悠悠地走出桥洞。在《丰乳肥臀》中，那位一次次经受了亲人罹难惨痛的上官鲁氏，如此决绝地宣称：“这十几年里，上官家的人，像韭菜一样，一茬茬的死，一茬茬的发，有生就有死，死容易，活难，越难越要活。越不怕死越要挣扎着活。我要看到我的后代儿孙浮上水来那一天，你们都要给我争气！”在饱经屈辱，处于生活底层的“黑孩”身上，在身为普通村妇却刚烈不屈的上官鲁氏身上，我们感受到的正是高密人顽强坚韧的生命活力。在《红高粱家族》中，余司令的叔父余大牙，因糟蹋民女，被判死罪。在押赴刑场时，这位余大牙却表现出一番英雄气概。他大声请求行刑的哑巴队员：“打吧，哑兄弟，打准穴位，别让我受罪。”另一位土匪头目花脖子，在前来复仇的余占鳌面前，在黑洞洞的枪口面前，却镇静得令人吃惊。他站在河边的浅水里，指指心窝说：“打这儿吧，打破头怪难看的。”伏击日本人的战斗结束之后，由于伏击队员们伤亡惨重，村里赶来的一些妇女大哭起来，这时，一个黑脸白胡子老头儿高声叫道：“哭什么？这不是大胜仗吗？中国有四万万人，一个对一个，小日本弹丸之地，能有多少人跟咱对？豁出去一万万，对他个灭种灭族，我们还有三万万，这不是大胜仗吗？”在《复仇记》中，当孪生兄弟找到阮书记，要砍断他的腿报仇时，老阮冷静地把尺子横放在双腿膝盖下，摆正，用铅笔画出两条清晰的黑杠，然后说：“砍齐了才好看，要不一条长一条短，叫我如何见人？”这些人物，有的尽管属于“乌龟王八蛋”，但我们却均可从中感受到一种血性气质的光辉。

在莫言笔下出现的某些战乱、杀戮与血火纷争，曾因有违于某些正统的政治视角而颇遭非议，而失去荣获“某某文学奖”之机缘，甚至遭到过险恶的政治批判。但无论就莫言本人还是中国的文学事业而言，这实在又可谓“不幸之幸”，因为正是基于这“有违”，才使莫言作品的精神境界，在某些方面达到了超时代、超民族、超某种意识形态的世界文学的高度。如此之“不幸之幸”，固然源之于莫言本人站在人类立场上写作的内在追求，而从根子上说，亦赖于并不肯完全认同某些意识形态的高密民间文化所赐。如《丰乳肥臀》中，那位后来成为还乡团头目的司马库，先前曾是敢作敢当的抗日豪杰，故而身为岳母的上官鲁氏对其恨爱交加。司马库在被人民政权处决之后，上官鲁氏这样冷静地招呼家人道：“都收拾收拾，去送送这个人吧，他是混蛋，也是条好汉。”并进而意味深长地发出叹息：“这样的人，从前的岁月里，隔上十年八年就会出一个，今后，怕是要绝种了。”

以浅陋的正统政治视角来看，这位被莫言视为人间最为尊贵的“母亲”之楷式的上官鲁氏，自然会被判定为太缺乏“革命”立场了。而在一位地道的高密人看来，上官鲁氏决非是莫言的虚构，这位母亲身上承载的正是遭受了太多杀戮与血腥的高密大地上的民间本色意识。

与同代人的作品相比，莫言作品中充满着一种异常突出的神秘意味。在《欢乐》中，当落榜的中学生齐文栋来到爹的坟墓前面时，遇上一条大蛇。这不是一般的蛇，“不是如一般草蛇那样逐渐细下去，而是很粗的棍子般的身体，突然变细，生成一个一乍多长的小尾巴。蛇身上似乎有鳞片，映着血红阳光，显出一种高贵的华丽色彩。”在《红蝗》中，我们会看到：先是如出土蘑菇，随后发出嘭嘭的爆炸声，然后是蚂蚱四散飞溅的神秘奇观，以及数百乡民跪地祭蝗的神圣庄严之举。在《生蹼的祖先们》中，我们会看到一片常有袅袅水气上升，汇集成华盖般的云团的红树林。“红树林子究竟有多么大？谁也说不清。有好事者曾想环绕一周，大概估算出红树林子的面积，但无有一人神志清醒地走完一圈过，树林子里放出各种各样的味道，使探险者的精神很快就处于一种虚幻状态中。于是所有雄心勃勃的地理学考察都变化为走火入魔的、毫无意义的精神漫游。”《狗皮》中的老耿头，当年曾挨过日本鬼子的十八刺刀，却大难不死。用他自己的说法就是：“全仗着狐仙搭救。我躺了不知道多久，一睁眼，满眼红光，那个大恩大德的狐仙，正伸着舌头，呱唧呱唧地舔着我的刀伤……”在《天堂蒜薹之歌》中，我们会看到这样的场面：高马与鹦鹉之间展开了一场惊心动魄的搏斗，鹦鹉们，“层出不穷，一群群涌上来，他奋力搏斗着，不是在杀鹦鹉，而是在汹涌的狂潮里挣命。”在《丰乳肥臀》中，鸟仙附体之后的三姐，治病救人，神通广大。一个前来求医的男人，只因多嘴，一出门就被一只从空中俯冲下来的老鹰狠狠地在头上剜了一爪子，然后抓起他的帽子腾空而去。莫言小说中这种浓郁的神秘色彩，固与外来“魔幻现实主义”的文学影响有关，但从根本上说，亦是源之于地处东夷腹地的高密地域文化中因袭的动、植物崇拜之类神秘意识。

莫言对故乡的三大民间艺术亦充满厚爱，尤其感兴趣于高密的民间剪纸。他曾专门拜访过高密的剪纸艺人，曾搜集购买了许多剪纸珍品。其中的蝈蝈出笼和梅花鹿，已径直作为“我奶奶”的创作成果，巧妙地编织进了《高粱酒》中，并曾如此深情地赞颂道：“奶奶是出色的民间艺术家，她为我们高密东北乡剪纸艺术的发展作出了突出的贡献。”“我奶奶要是搞了文学这一行，会把一大群文学家踩出尿来，她就是造物主，她就是金口玉牙，她说蝈蝈出笼蝈蝈就出笼，她叫蝈蝈唱歌，蝈蝈就唱歌。她说鹿背上长树，鹿背上就长出了树。”莫言作品天马行空、奇思异想的风格，显然，亦是与剪纸之类高密民间艺术的熏陶分不开的。

三、超验的文学王国

走上文坛之后的莫言，虽然身居异地，其创作却一直坚实地立足于故乡大地。正是出于对故乡大地的血肉情怀，莫言在小说中径直采用了“高密县”，“高密东北乡”这样一些真实的地理称谓。正是缘之于对故乡大地的迷恋，他的创作视角极少游离高密。高密的历史与现实，高密的文化与风情，高密大地上发生的一切，成了莫言不竭的创作源泉。也许正因如此，有人将莫言视之为以开掘地域文化为己任的“寻根”作家，甚至断言莫言骨子里仍是个农民，始终没有摆脱偏狭的农民意识的束缚。这类见解，显然是有悖于莫言的创作实际的。

事实上，莫言虽然立足于高密，但决没有局限于高密的地理空间；他虽然执着于故乡的土地，但决没有囿于封闭的农民意识，而是以现代性的文化眼光，小心翼翼地挑选和改装着有关的地域材料。正如他在《红蝗》中曾借“一位头发乌黑的女戏剧家”之口所阐释过的创作主张：“总有一天，我要编导一部真的戏剧，在这部剧里，梦幻与现实、科学与童话、上帝与魔鬼、爱情与卖淫、高贵与卑贱、美女与大便、过去与现在、金奖牌与避孕套……互相掺和、紧密团结、环环相连，构成一个完整的世界。”莫言在创作中，实践的正是这种创作主张。从整体艺术境界来看，莫言笔下的“高密”及“高密东北乡”，实际上又是一个子虚乌有，人间难寻，既充满神秘、传奇、象征色彩，又经由现代文明之光照彻的超验艺术空间。莫言吸吮的是故乡大地的雨露精华，用笔墨创建的则是属于自己的文学王国。

正是在现代性文化之光的照彻下，活跃于莫言笔下的许多人物，已与高密大地上人们心目中的乡土人物迥然有别。以人格的正常规则来看，杀人越货、拦路强奸，毕竟是一种邪恶。但《红高粱家族》中的土匪司令余占鳌，却放射出了敢恨敢爱、自由不羁的人格光辉。另如：青天白日之下，戴凤莲与余占鳌在高粱地里“野合”，暗中与罗汉大爷有染，后来又委身于“黑眼”，都是为正统文化难以容忍的。莫言却这样深情地赞美道：“我深信，我奶奶什么事都敢干，只要她愿意。她老人家不仅仅是抗日的英雄，也是个性解放的先驱，妇女自主的典范。”对于高密大地上那些丑陋邪恶的事物，诸如兄弟相残，人兽相奸，大便、蛆虫等等，莫言也以人性探索的目光，给予了浓墨重彩的渲染，从而在作品中，建构了一个大善与大恶、极美与极丑形成鲜明对比的艺术空间。

正是为了创造一个有别于地理高密的超验艺术空间，莫言在作品中，有意识地将本来只是属于精神信仰、荒诞传奇，或出之于自己虚幻想象的事物，通过特定的艺术手法现实化了，给人以确凿无疑的印象。在《红蝗》中，我们会看到：是四老爷及其他乡亲们亲眼目睹了蝗虫从爆裂的泥土中轰然出世，然后排成条条巨龙迸射着幽蓝的火花，在河堤上缓缓流动的奇异场面；亲眼目睹了蝗龙在渡河时，河中的鳝鱼们用枪口般的嘴巴向它们发动了攻击，展开了一场厮杀。在《狗道》中，我们会看到：人与狗之间展开了一场扣人心弦的大战。那些狗是那样地神秘莫测，它们有着丝毫无逊于人类的灵性与智慧，它们集结成精明强悍的战斗集体，它们推举出骁勇善战的领袖，向人类发起一次又一次进攻。失败之后，它们把队伍拉出几十里远，进行了严格的整顿，然后分兵前进，迂回突击. 终于冲进了人类的掩体，把王光撕成碎片，把“我父亲”咬成重伤，向“奴役了它们漫长岁月的统治者进行了疯狂的报复。在一个大雷雨的夜晚，那座埋葬着共产党员、国民党员、普通百姓、日本军人、皇协军白骨的千人坟，突然被雷电劈开，腐朽的骨殖被抛洒出几十米远，雨水把那些骨头洗得白白净净，白得全都十分严肃。”在《马驹穿过沼泽》《生蹼的祖先们》中，我们会看到：高密东北乡有一个令人不可思议、手脚生蹼的食草家族，这个家族的女祖先原是一匹漂亮的红马驹，这个家族曾经有过兴旺发达的辉煌岁月，但后来终于日趋败落，“恶时辰”正向他们逼近。有一天，“我”送女儿去育红班上学，因追赶一只大蝴蝶，不慎误入那片神秘可怕的“红树林”。在“红树林”中，他们先是遇见了已与外界隔绝三年之久的几位女考察队员，继而遭到一伙人的劫持，被押到了全副武装的皮团长面前。当皮团长发现“我”是食草家族的成员，下令阉割时，死去的爷爷、九老爷及时出现了，为其向皮团长求情。在莫言的这类描写中，读者已很难分清哪些是梦幻与传说，哪些是历史与现实。

在莫言的小说中，即使那些现实感极强的事物，也往往被抹上了一层神秘色彩。在《红高粱》中，罗汉大爷被剥皮致死之后，当天夜里，天降大雨，把骡马场上的血迹冲洗得干干净净，罗汉大爷的尸体也神秘地失踪了；“奶奶”中弹倒地之后，一群雪白的野鸽子突然飞来，落在高粱梢头，用宽大的笑容回报着奶奶弥留之际对生命的留恋和热爱。在《民间音乐》中，那位漂亮妩媚的酒店老板花茉莉，居然与飘泊前来的小瞎子一见钟情，她向小瞎子表白道：“我是一个女人，我想男人，但我不愿想那些乌七八糟的男人，我天天找啊，寻啊，终于，你像个梦一样地来了，第一眼看到你，我想，这就是我的男人，我的亲人，你是老天给我的宝贝……”但小瞎子却坚辞拒绝，不顾晕倒在地的花茉莉，孤身一人离去了。痴情的花茉莉，醒来之后，又追寻小瞎子，去了一个不可知之处。

作为一种植物，高密的“红高粱”，与山东境内的其他红高粱，与河南的“红高粱”、河北的“红高粱”，实质上并没什么区别。故而有慕名而来，企图实地体验一下红高粱大地神秘氛围的好奇者，常常会失望而归。高密大地的“红高粱”，之所以神秘莫测，之所以奇光异彩，之所以诱人向往，之所以超越了物质性的植物内涵，而成为高密地域文化的品牌性标志，亦正是得力于高密人莫言的创造。它属于高密，也更属于莫言自己。是莫言，赋予了故乡的“红高粱”以“挺拔刚健”、“凄婉可人”、“爱情激荡”，“它们根扎黑土，受日月精华，得雨露滋润，上知天文下知地理”，“所有的高粱合成一个壮大的集体，形成了一个大度的思想”之类的肃穆与庄严、壮阔与神圣、不屈与灵性。莫言特别写道：与故乡土著作物的“红高粱”相比，由海南岛交配回来的杂交高粱，“好像永远都不会成熟。它们永远半闭着那些灰绿色的眼睛。”“它们徒有高粱的名称，但没有高粱挺拔的高秆；它们空有高粱的名称，但没有高粱辉煌的颜色。它们真正缺少的，是高粱的灵魂和风度。它们用它们晦暗不清、模棱两可的狭长脸庞污染着高密东北乡纯洁的空气。”从中可进一步看出，莫言在“红高粱”形象中凝铸的关于故乡人格，亦乃民族人格的忧思与希望。

莫言对高密大地的艺术再造，更为重要之处还在于：面对《红蝗》中展现的蝗虫铺天盖地而来，疯狂地吞食着大地青绿的恐怖场面，读者会不由自主地联想到人欲横流的可怕。正如莫言在篇末所诘问的：“如果大家是清醒的，我们喝的是葡萄美酒；如果大家是疯狂的，杯子里盛的是什么液体？”透过那座被劈雷炸开的千人坟墓，读者看到的也决不仅仅是自然力量的神秘莫测。面对那些“谁是共产党、谁是国民党、谁是日本兵、谁是伪军、谁是百姓，只怕连省委书记也辨别不清”，“完全平等地被同样的雨水浇灌着”的各种头盖骨，人们会以另外一种超然的历史目光，站在整个人类的角度，从更深的人性层次上，重新考辨人类之间相互残杀的因由。透过高密东北乡那个不得不遭受“阉割”恶运的食草家族，读者得到的也决不仅仅是猎奇心得以满足的快慰，而是会深刻体验到一种人类历史的进步与人性自由之间某种宿命般的冲突。反抗压迫，向往自由，这一直被人类视为自己的美好天性，但人类却忽视了，正是为了实现和满足这种天性，有时候，又不得不表现出不自知的野蛮和残忍，以致终于会遭到可怕的报复，这就是发生在高粱地里的那场惨烈的人狗大战所给予我们的启示。

由此可进一步看出，莫言虽然眷恋着故乡的土地，在故乡大地上获取着创作灵感，但他决不是一个普通意义的乡土作家或寻根作家。在那汪洋恣肆的笔墨背后，在那梦幻与现实融为一体的想象创造中，透射出来的是对人性、人的历史、人的价值以及人的生命之谜的求索与探寻。他笔下的神秘色彩，奇人异事，也已不再是这片土地上固有的原始形态的、不可理喻的灵物崇拜与民俗信仰，更不是一种夸张、拟人之类普通意义上的表现手法，而是作者从宏阔的现代文化视野与宇宙情怀出发，对人与自然之关系的忧虑与沉思。显然，又正是这些，使莫言笔下的芸芸众生，已不只是高密人，不只是山东人，或已不只是中国人，而是伟大、神圣却又不无邪恶与丑陋的“人类”。他小说中的艺术世界，自然也就绝然不同于地理空间的“高密”和“高密东北乡”了，而是属于莫言自己创造的具有世界性意义的“文学王国”。

（作者系山东师范大学中文系教授、博士生导师，高密莫言研究会顾问）

故园情结

杨守森

1

何镇邦老师打来电话，说他正在为《时代文学》主持的“名家侧影”专栏组织关于莫言的话题，希望我能写点什么。我高兴地答应之后，却又感到无从下笔。与莫言虽是高密同乡，相识的时间也算比较长了，且还曾与贺立华兄编过一本《莫言研究资料》，约请一些朋友撰写过一本《怪才莫言》，但对莫言的了解其实并不多。主要原因是：莫言不是那种个性外显，惹人耳目，易于知其“庐山真面目”的人。莫言虽曾在文章中多次声称“自己的嘴巴没遮拦”，但在实际上生活中全然不同，他不是那种伶牙俐齿，能吹善侃者，倒是正如他的笔名“莫言”所暗示的，即使朋友们之间，话亦不多。几年前，他送考入山东大学的女儿来济报到，学校趁机请他为学生做过一次报告。他讲了不过一个多小时。结束后，莫言即有几分疲惫地对我说：“真不知道你们整天在课堂上讲课，怎么熬的，哪有那么多话好说啊！”莫言的这一性格特点，曾被敏锐的上海评论家程德培先生在一篇文章中一语猜中：“我简直怀疑，莫言处处表现出那种对人处在无声状态的兴趣是否可以证明他本身就不喜欢说话。”

莫言的为人处世与作品给予读者的联想也大相径庭。他的小说写得汪洋恣肆，天马行空，“犹如孙猴子在铁扇公主肚子里拳打脚踢翻筋斗”，好像“蝎子窝里捣一棍”。这很容易叫人联想到现实中的莫言也一定是一位前卫得可以，能折腾，不安分，有“故事”的角儿。有不少人甚至对他的个人生活乱加猜测，以至于作为比较知情的朋友，我们不得不经常代为辟谣，多次向人们解释：莫言不仅是一位恪守孝道的儿子，还是一位钟爱自己宝贝女儿的慈父，又是一位负责任的丈夫。莫言的不少名作，就是老老实实地躲在故乡父母与妻女的身边完成的。前些年，莫言转业进入检察日报社之后，为了家庭生活的团圆及女儿培养的方便，举家迁居京城。

2

莫言说自己“嘴巴没遮拦”，当然也不是有意撒谎。试想，对于一个小时候就带头造过老师的反，策划主编过《蒺藜造反小报》，骂过老师是“奴隶主”，登台演过文艺节目，与小伙伴们共谋干过偷园摸杏之类的人来说，断不可能是那种拙嘴笨舌之辈。而当你面对现实中的莫言，从他那沉默而又带几分忧思的表情中，从他那明澈而又凝重的眼神中，你也会意识到，莫言之“莫言”，也决不是那种别有用心的城府深藏，不是成名之后拿架子式的故作矜持，而分明是在饱经生活的磨难之后，挥之不去的阴影仍萦绕于心所致。事实正是如此，只因是中农子弟，读完小学后，渴望读书的莫言便失去了被推荐上中学的机会，而沦为年龄最小的农民；12 岁那年，他曾经因饥饿难挨，偷了生产队的一个萝卜，不仅惨遭毒打，而且被逼当着 200 多人的面，跪在毛主席像前请罪；18 岁之后，当他为了谋求人生的出路，报名参军时，又因出身问题屡屡受挫，第四年才侥幸得成。这类生活中的苦涩与凶险，这类无情的心灵摧残，不能不压抑与扭曲一个人的个性。而又正是这压抑与扭曲，成就了莫言，将他本应是活跃在口头上的语言，内化为喧嚣的激情，积蓄为后来见之于小说的那样一种狂放不羁、淋漓喷涌的能量了。

3

由于同乡之故，莫言引起我的注意，是比较早的了。早在1983年，当我从《小说月报》第7期读到了他的短篇小说《售棉大路》之日起，莫言这个名字就深深地印进了我的心中。《小说月报》在转载这篇小说时的作者介绍中写道：莫言，原名管谟业，山东高密人，1976年入伍，曾任解放军总参谋部政治部文化部创作员。这篇后来莫言自己坦承是模仿之作的短篇小说，当时虽然并没有引起多大的反响，但那精美的文笔，奔涌的激情，鲜活的人物形象，特别是那透露着浓郁的高密棉乡气息的场景描写，令我这个喜爱文学且又在文学圈子里谋生的高密同乡很是激动。当时猜想，21岁才离开高密的这样一位富有潜力的小说作者，在离开故乡之前，肯定已开始了文学求索，遂向当年高密的一班文朋诗友打探，但却没人知道这位管谟业。

后来从莫言那儿得知，他的文学创作，的确在家乡时就已开始了。那是1973年冬天，莫言作为生产队的民工，被分派到昌邑县参加了开挖胶莱河的工程。冰天雪地，下泥下水，虽是苦不堪言，但莫言却为那人山人海战天斗地的壮阔场面所激动，于是便萌生了不可遏止的创作欲望。完工归家后，立即趴在土炕上，开始了一部题为《胶莱河畔》的长篇小说的写作，第一章的标题是："元宵节支部开大会，老地主阴谋断马腿"。莫言拟定的这部作品的大意是：热恋中的妇女队长与民兵连长，为开挖胶莱河而一再推迟婚期。与此同时，村里的一个老地主却在暗中谋划着砍断生产队里一匹枣红马的马腿，企图破坏开挖胶莱河。莫言后来说，这部只写了不到一章的长篇小说，才是他真正的处女作。

莫言写这部处女作的时候，尚是"文革"后期。那时候，出于政治宣传的需要，有关方面对"文学活动"比较重视，各地盛行举办各种各样的创作学习班。仅一个高密县，就曾形成过一支至少四五十人的业余创作队伍。只可惜在当时高密的文学圈子里，竟没有人知道，此时，在本县东北乡一个叫作"平安村"的小村庄里，在一间破败不堪的民房里，还隐藏着一个正在做着文学梦，正在埋头于长篇小说创作的有志青年；更没人想到，十几年之后，这位离开高密之后的青年人竟凭依自己独具特色的《透明的红萝卜》轰动文坛，一举成名。此后遂一路风行，《红高粱》《天堂蒜薹之歌》《酒国》《丰乳肥臀》《檀香刑》等力作相继问世，屡屡爆响，为中国当代文学增添了光彩，也为故乡大地赢得了声誉。而当年那些曾经浮出高密文坛水面的文学爱好者们，其中虽也不乏钟情于文学者，不乏富有才华之士，后来大约也有十几人曾早于莫言在省级以上报刊上发表过作品，有的作品也曾为《小说月报》等转载，但到头来，大多不过是昙花一现，无力攀高，而终于销声匿迹了。

同是高密人，同是在高密大地上开始的文学追求，只有小学文化程度的莫言，不仅远远超越了家乡的一帮文学爱好者，且一度成为中国文坛之风骚人物，成为具有了世界性影响的作家。其中奥妙，是耐人寻味的。

4

现在想来，离开故乡之前的莫言，没有被有关方面发现，没有为人赏识，没有被收拢进当时的文学创作学习班，这当是他不幸中之大幸。这样一来，自然也就使他没有受到当时诸如“三突出”之类的非文学观念的恶劣驯化，没有误入过从红头文件出发进行创作之类的歧途。从他最早尝试的《胶莱河畔》中，虽然也可看出当时某些政治教条的不自觉影响，但毕竟中毒不深，这就使莫言能够从真正的文学体悟入手接近文学，能够直接从自己喜爱的文学大师那里汲取真正的文学营养。比如仅从福克纳那儿，莫言至少就悟到了两点决定他的文学成就的妙谛。一是学会了建立自己的文学领地。福克纳的目光始终盯着自己那个邮票大小的故乡小镇，创造了闻名世界的“约克纳帕塔法县”这一文学地域形象。正是受其启迪，莫言虽然远离了家乡，目光却一直盯在了“高密东北乡”这片土地上，从而占据了一块最便于施展自己才华的文学地盘。二是从福克纳那儿悟通了“撒谎”(文学理论谓之“虚构”)的艺术本领。莫言非常欣赏福克纳“明明没当上空军，却到处说自己开着飞机上天打过空战，脑袋里还留下一块弹片”这样一种敢于“胡说八道”、“喜欢吹牛”的品性，并有意无意地接受了其影响。在与莫言谋面之前，我曾在《文艺报》上读到他的答记者问，其中这样说过：“我的年轻是一种假象，其实肉体老化得相当厉害了，日薄西山，百病缠身，三十几岁已是垂暮之年。我预感自己生命的蜡烛会有一天突然熄灭。”那时我曾真诚地相信莫言果如许多有成就的作家那样，是一位体弱多病的才子，并且曾经唤起过我这位高密同乡很长时间的伤感。见面之后，才知道莫言的这一番话基本上属于“撒谎”性的艺术笔墨。这位自称“百病缠身”的人，实际上是一位能吃肉、能喝酒、能抽烟，膀阔腰圆，壮硕如牛的高密汉子。显然，莫言正是凭依从福克纳那儿悟到的这样一种“撒谎”本领，撒出了“我爷爷”“我奶奶”等活跃在“高密东北乡”的那些人物和故事，撒出了一个属于自己的“文学王国”。

5

莫言很小失学，这对他的文学创作来说，也未尝不是又一幸事。由于较早就远离了政治意味很浓的虚泛的学校正统教育，这就使莫言更容易直接汲取来自民间的饱含原始生命活力的文化影响，尤其是发端于齐之始祖太公望吕尚，后来曾特别凸现于管仲、晏婴、邹衍、田横、蒲松龄等古圣先贤身上，至今仍潜存于作为齐之腹地的高密民间的齐文化的影响。目前的国内学术界，常将齐鲁文化并称，实际上齐鲁文化是判然有别的。鲁文化主要是儒家文化，重规范，重人伦，崇尚温柔敦厚，主张中庸平和，反对“怪力乱神”；在文学方面，则强调“文以载道”，主张“发乎情，止乎礼”等。而齐文化则倡导思想自由，尊重异端邪说，甚至敢于任其鬼怪之说泛滥，表现出开放旷达的辉煌气度。这显然是一种更利于文学生存与发展的文化。我们从莫言那些波诡云谲，奇思怪想，梦幻与现实融为一体，科学与童话汇为一炉，“鬼哭狼嚎，牛鬼蛇神一齐出笼”的小说中，从他小说中那些自由不羁，敢作敢为，富有血性气质的人物形象中，看到的正是齐文化的泱泱风采。

6

莫言开始文学梦不久，即离开了高密，这自然也是莫言走向成功的重要契机，这就使他能够拉开距离，冷静地审视自己的故乡。莫言在《红高粱》中痛陈高密东北乡，这“无疑是人类最美丽最丑陋，最超脱最世俗，最圣洁最龌龊，最英雄好汉最王八蛋，最能喝酒最能爱的地方”，便恰是其冷静审视的结果。正是出于对故乡的爱，成名后的莫言，曾经利用他的文学影响，在《人民日报》上连续发表了《高密之星》《高密之光》《高密之梦》等报告文学，为高密那些大刀阔斧，奋力献身于改革开放的“英雄好汉们”摇旗呐喊。那一阵子，有人甚至戏称《人民日报》变成了《高密县报》。此举，曾令国内许多地方的政府官员、企业家们嫉妒得眼红，甚至有不少人出重金收买莫言为他们谱写一曲赞歌。但莫言出于对高密故乡的忠诚，寂然不为所动，依然只是继续为高密人大吹大擂。正是出于对于故乡的恨，莫言又不怕担着“不肖子孙”、背叛故乡的骂名，在作品中淋漓尽致地揭露了“高密东北乡”的丑陋与邪恶，发出了“种的退化”的激愤之声。正是这爱与恨的交织，凝成了莫言作品中汹涌澎湃的情感张力，构成了其丰厚的文化底蕴。而当年高密的另一些迷恋过文学的人，难有大的作为，很大程度上便是因为：不曾离开故乡，也就看不清故乡，更无力背叛故乡，而只能局限于狭小的高密人的文化视野。可以想见，莫言如果不是有幸离开高密，恐也难逃其厄运。

7

谈到莫言的成功，我们不能不想到莫言家庭中的一个重要人物，这就是毕业于华东师大中文系、担任过高密一中副校长的莫言的大哥管谟贤先生。不论在书面文章还是在私下的谈话中，莫言每每都深情地提到他的这位大哥。的确，在莫言通向文学圣殿的旅程中，这位兄长的意义是难以估量的。对于莫言，他不仅有过救命之恩（他曾经从粪坑里救出过两岁时的弟弟），又以其自身优秀的文学修养，给予蹒跚于文学之路上的弟弟以决定性的导引。外人也许不太了解，谟贤先生的才情学识，在某些方面恐是不在其弟弟之下的。读者如果有幸读过他在《青年思想家》发表的《杏坛白说》《杏坛再说》《莫言小说中的人和事》等文，即可了然。甚至仅凭其文笔，即可见其老到的文学功力。

走出故乡的高粱地，而今终于成为著名作家的莫言，尽管从小苦大仇深，饱经磨难，但人生的机遇毕竟还是不错的。莫言是个好人，好人自有好报，所以，即使原本的不幸，竟也成为他走向辉煌的契机；莫言是个聪明人，聪明人能够抓住契机，能够充分地利用契机，所以莫言终于大获成功。

莫言和他的“高密东北乡”系列小说

管谟贤

莫言，原名管谟业。1955 年 2 月 17 日（农历乙未年正月二十五日）[①]出生于今高密市胶河疏港物流园区平安村。1976 年入伍。1997 年 10 月由总参政治部文化部转业到最高人民检察院工作。2007 年底调中国艺术研究院任研究员，文学研究院院长，国家一级作家。系中国作家协会主席团委员，还兼任北京市对外友协副会长等一些社会职务。

莫言于 80 年代初期开始发表作品，尔后，崛起于中国文坛。其作品不但在国内文坛多次引起轰动，而且还被译成英文、德文、日文、法文、越南文、罗马尼亚文、塞尔维亚文、波兰文、瑞典文、意大利文、荷兰文、西班牙文、韩文、俄文和希伯莱文（以色列）介绍到国外，在国际文坛享有盛誉。日本东京大学著名教授藤井省三称莫言为“中国的加西亚·马尔克斯”[②]，美国的著名教授托马斯·英格（M·THOMAS　INGE）称莫言“可能是老舍、鲁迅以来最有前途的世界级的中国作家”。[③]1994 年诺贝尔文学奖获得者日本作家大江健三郎在颁奖典礼上的获奖答辞中曾赞扬过莫言及其作品[④]。时至今日，莫言已成为中国当代获奖最多的作家。其中日本福冈亚洲文化大奖（2006 年），法国文化骑士勋章（2004 年），华语文学传媒大奖·年度杰出成就奖（2004 年），意大利诺尼诺（NONINO）国际文学奖（2005 年）是比较重要的奖项。另外，《酒国》（法文版）获法国“Laure Bataillin”（儒尔·巴泰雍）外国文学奖（2001 年），《檀香刑》获台湾首届“鼎钧文学奖”（2004年），《生死疲劳》获香港浸会大学第二届红楼梦文学奖（2008年）和美国俄克拉荷马大学纽曼文学奖（2008年），并被香港公开大学授予荣誉文学博士学位（2005年），至于国内各种文学奖项亦不下十几项。

总之，莫言已成为当代著名作家，以他的一支笔为祖国、为家乡赢得了荣誉。

我们管家，世代以耕读传家。读书者多文学隐逸之士，少有达官显贵。即使为官，亦多清正廉洁，绝不贪恋仕途。据现存《高密管氏家谱》记载：高密管氏“世居胶东”。历史上因为从军、做官或战乱等原因，迁居过江苏海州、浙江龙泉及江淮一带。北宋时有三世祖管师仁，于徽宗崇宁年间中进士，官至吏部尚书同知枢密院事。官职虽高，但鲠介直言，终因奏事忤权贵而罢归。其堂兄师复、师常皆饱学之士，有盛名，不愿为官，隐居山林。其中师复为诗人，世称白云先生。仁宗时师仁被召，仁宗问：“卿所得何如？”师仁对曰：“满坞白云耕不尽，一潭明月钓无垠，臣所得也。”遂归隐。有《白云集》等著作传世。至七世管鉴，亦文学之士，为南宋著名词人。有《养拙堂词》一卷传世。

到了元末明初，13世管士谦始定居高密，住城东路北（今东风商场至人民电影院一带），为高密管氏始迁祖。后代仍以耕读传家。至明嘉靖年间，七世祖嘉祯、嘉福兄弟皆中进士，分别官至吏部主事和台州同知。县志有传。但二人皆任满即归乡，不再出仕。此后，日渐式微，少有知名之士矣。

高密管氏在明朝初年第五世时，分为四股，我们家属于大股。大股人丁最兴旺，至我们这一代，已是第24世，我的孙子也已10岁，就是说我们家已传到了26世，有的家庭中27世也已经出世了。而其他三股人就少些，有的村落里，18世的人还活着。近些年，我通过对江苏、浙江、江西以及省内莒县、诸城等地管姓家谱的研究，基本可以断定，高密管氏是春秋时齐国大政治家、军事家、经济家、号称天下第一宰相的管仲的后代，历史上就生活在高密一带。

我们家这一支于明洪武年间迁居城东管家苓芝。至清末民初，我们的曾祖父管锦城（字千里，号蜀官，俗名金傚）因与人打官司败诉，一气之下迁居到高密东北乡平安庄（解放前叫“三份子”）。

我们的曾祖父虽为农民，但为人桀骜不驯，性情刚烈豁达，好打抱不平，在当时的苓芝、官庄一带颇有名气。迁居平安庄（当地人称之为“下洼”），当时被认为是迫不得已的事，但经过艰苦创业，只用了一二十年的功夫，一家人的生活已相当富足。曾祖父壮年早逝，祖父辈兄弟三人。大祖父管遵仁，字嵩山，又字寿亭，是当地著名中医，尤擅妇科及小儿科，70年代中期去世。三祖父管遵礼，字嵩岩，率性任侠，广交游，抗日战争时期遭受意外而去世。我祖父排行第二，名管遵义，字嵩峰，以字行。生于1895年，1978年去世。祖父终生务农，为人忠厚耿直，乐善好施，聪明灵巧，不但农活拿手，而且是当地著名的木匠，在乡里有相当高的威信。祖母戴氏（1894 ~ 1971），现开发区东王家苓芝人氏，心灵手巧，勤俭持家，村里的红白喜事，妇女生小孩都少不了她帮忙。由于大祖父颇有学识，祖父虽不识字，但博闻强记，二人对历史变迁、名人轶事所知颇多，又都是讲故事的能手。大祖父的药铺里，祖父做木匠活的厢房里，夏日的树阴下，冬天的炕头上，只要是两位老人一"讲古"（即讲过去的故事），小莫言自然是热心的听众。历史上发生在高密大地上名人名胜的传说，神仙鬼怪的故事，对莫言来说是最早的也是最好的、最主要的文学启蒙。更令我们兄弟佩服的是爷爷尽管不识字，但却可以凭记忆按药方从大爷爷的药橱里为病人抓药，还能打一手好算盘，再复杂的账目都能算清。过去村上买卖土地，不管地块有多复杂，他都能很快算出面积。不少复杂的家具器械，看过一遍他就能做出来。他没学过历史，但从三皇五帝到明清民国的历史变迁，改朝换代的故事，他可以一桩桩一件件讲得头头是道。不少诗词戏文他都能背诵。我有时候想，爷爷要是有文化，没准也会当作家。准确地说，爷爷才是莫言的第一个老师。莫言作品中绝大多数的故事传说，都是从爷爷那儿听来的。如《球状闪电》里举子赶考救蚂蚁，《爆炸》里狐狸炼丹，《金发婴儿》里8个泥瓦匠庙里避雨，《草鞋窨子》里两个姑娘乘凉，笤帚疙瘩成精，《红高粱》里綦翰林出殡等等。如果把爷爷讲的故事单独整理出来，怕也能出一本厚厚的民间故事集呢。

我们的父亲管贻範，1923年生，解放前读了四年私塾，解放后干了几十年的农业社、人民公社大队会计，也当了一辈子农民。当会计，所有账目笔笔清；当农民，样样农活都能干。直至1982年退职下来，现已80多岁，仍然住在农村，不肯吃闲饭。父亲为人忠厚正直，对子女教育抓得很紧，很严厉，在村里、乡里有很高的威信。

我们的母亲高淑娟（1922 ~ 1994），现夏庄镇北高家庄人氏。一生勤俭持家，平生助人为乐，扶弱济贫，敬老爱幼，脾气谦和，颇受乡邻爱戴。

大概是由于历史的渊源和家庭的影响吧，到了我们这一代，都喜爱文学，淡泊名利。我自己是从初中就偏科，直到高中毕业。在高密二中的6年中，我的语文、历史、外语等文科的成绩都是优秀，在学校里小有名气。1963 年，我以优异的成绩考入全国重点大学华东师大中文系。这些都给莫言一定的影响。有不少人老爱问我如何帮助莫言走上文学之路，我一直强调谈不上什么“帮助”，只能说是“影响”。在莫言成名前的相当长的一段时间里，他是把我作为学习的榜样的，幻想着有一天也能上大学，搞文学。“文革”期间，莫言辍学在家，读小说成了他唯一的爱好。我留在家里的小说《吕梁英雄传》《林海雪原》《海岛女民兵》等读过了，借来的《封神演义》《平原游击队》读过了，连我留在家里的初中、高中语文课本，甚至作文本都读了一个遍。我的作文中，曾经有一篇描写秋天农民拾棉花的文章，其中有一些被老师圈出的所谓“佳句”，如“天上的白云像棉花，地里的棉花像白云”，我都早已忘记了，但莫言至今还记着，并把它写到了一篇文章里，可见我的文学爱好对他的“影响”之深。但真正到了他要立志搞文学创作时，开始我是坚决反对的，因为我深谙在当时那极“左”猖狂的年代，文网之周密严酷，一不小心，就会有灭顶之灾。后来莫言坚持不改初衷，我便也不再反对。有时，他写好了初稿寄给我，我都认真阅读，作些改动或提出修改意见。再后来，他的作品不断发表，而且越写越好，我也就不提或提不出什么意见了。

另外，我们兄弟都以凭学问或一技之长服务人民、报效国家为荣，而视官职为“身外之物”。当年我在湖南一所学校当校长，已经是“正科级”了，为了调回高密，丢掉了那顶小小的乌纱帽，到一中当了一名普通的语文教师。虽然 1989 ~ 2000 年又干了 11 年半副校长（仍是正科级），但从 1995 年我就向有关领导提出辞职。前后为“官”20 年，始终保持洁身自好。莫言也是这样。有一年，部队要提他当宣传科长，他不干。他说：“在我们这里，可以当科长的人有很多，但当作家的就我一个。”前些年转业到最高人民检察院时，莫言已是副师职干部。但他一不要安排职务，二不要分配住房，高高兴兴地去报了到。无官一身轻，正好写作，做学问。

莫言从出生到当兵，在农村整整生活了 20 年。这 20 年，正好是极左路线愈演愈烈的 20 年，阶级斗争年年讲，月月讲，20 年的农村生活，莫言曾用 8 个字概括，那就是“提心吊胆，抑郁寡欢”。因为我们的爷爷土改时被定为中农成分，因此，尽管父亲自共产党一来就参加了村里的工作，当了几十年的大队会计，尽管莫言土改时还未出生，但都只能是“团结对象”，是“依靠”不得的。因此，为人处世，举止言行就得小心谨慎，低人三分。加上大祖父是地主，大祖父唯一的儿子在台湾，全家人都被笼罩在政治阴影之下，忍气吞声受窝囊气，吃哑巴亏。莫言记事的年龄，正是中国反右以后的第二次大折腾——大跃进年代。因为大炼钢铁，树木被砍光，锅、筲、担杖钩、门吊环、抽屉把手，凡是带金属的东西统统被收缴了去，化成一块块黑里透黄、黄里透红、既不是铁、更不是钢、一砸就碎的大疙瘩。人们被迫离开了自己的家，男女分居，军事化，食堂化。莫言与堂姐跟着年老的奶奶今天住东村，明天住西村。地里的粮食收不上来，家里的家底全糟蹋光了。食堂里的饭，经过干部先“共”了一番“产”之后，分到社员碗里的已是大锅清水汤以及野菜霉烂瓜干之类的难以下咽的东西。从1958年到1963年，高密年年风调雨顺，根本没有什么自然灾害，但老百姓却吃不饱肚皮。1960年，牲口大批饿死，天天死人，村村出殡，人口锐减，这是中国近代史上第一次出现的人口负增长。当时，我家有14口人，多亏爷爷和父亲能干，奶奶和母亲精打细算，一家人总算没饿死。这么大的一个家庭，要维持下去，就必须有人委曲求全，忍辱负重，任劳任怨。因此，我们小时候根本体会不到什么父爱母爱，感受最多的是无人理睬，要么是父亲威严的目光和打骂。莫言在我们兄弟中是最小的，在家中似乎成了多余的人，由于饥饿，被认为很馋。但在农村这20年，莫言没敢放开肚皮吃过饭，更没有吃过一顿好饭。

莫言是1961年进本村小学读书的。学习成绩不错，尤其是语文成绩突出，写的作文常常被教师当范文在本班或其他班上朗读传阅。他记性好，还有点表演才能。读到四五年级，就能够上台表演节目：嘴唇和下巴上粘上几撮棉花唱柳琴戏《老两口学毛选》，逗得观众哈哈大笑。十年浩劫来临时，莫言因给老师提意见受警告，从此辍学。此后，学校由贫下中农管理，常不上课，专搞斗批改。尽管这样，上学也要看成分，要贫下中农推荐。看到一起割草放牛的小伙伴背着书包上学去，莫言心里说不出多么羡慕和难过。就这样，莫言在饥饿和孤独中度过了他的童年。

随着年龄的增长，莫言成了地地道道的农民，耕、锄、薅、割样样都得干，一年到头面朝黄土背朝天，干到腊月二十九，吃了饺子再下手，美其名曰“过革命年”。生产队里，他看到人们为了半个工分和队长打架；胶莱河工地上，他看到人整人，不把人当人。他做梦都想离开农村，但路在何方？虽然叔父给他在供销社棉油加工厂谋到一份临时工的差事，但干的仍是苦力活。唯有当兵，才有可能改变现状，冲出家乡的高粱地。但中农子弟要当兵谈何容易。从18岁开始，莫言年年报名，年年体检合格，来接兵的解放军也喜欢他，但年年都被贫下中农子弟顶下来。直到1976年1月，经过父亲和二哥的奔波，莫言才当上了兵。用莫言自己的话说，这次真正是“和野菜、地瓜干子离了婚”。

从当兵到 1997 年转业，莫言在部队干了 21 年。这 20 多年中，莫言从一名普通战士成长为副师职干部、国内外知名的作家，既有个人的努力奋斗，更离不开部队首长、老师的培养和战友、朋友的支持。

莫言刚入伍，在新兵连表现突出，被分到总参黄县某部当战士。由于吃苦耐劳，出公差挖厕所都抢着干，所以很快当上了副班长。不久，“四人帮”被粉碎，部队兴起了学文化的热潮。只有小学五年实际学历的莫言自称高中生，竟然边自学边当起辅导老师，还获得了领导和战友的好评。1978 年 9 月，莫言被调到位于河北保定的上级机关搞新兵训练，后担任了保密员兼政治教员，先后给七九级学员、预提干部学习班和 3 个区队上过政治课，为连职干部讲过近代史，用的教材都是高校教材。这就逼着莫言读了大量的马列著作和其他书籍，并且恶补了一通中国古典文学，大大丰富了自己，使思想水平、写作能力都得到了极大锻炼和提高。从此莫言开始走上了艰难的文学创作之路。

读小说是轻松愉快的，但要自己写小说，才知道“这魔道，看似容易实艰辛”。超负荷的工作，再加上文学创作，完全没有星期天，每天晚上都要搞到深夜。冬天的寒夜，肚子饿了，就去地窖里拿些大葱吃。胃受到损害，头发大把大把地脱落，有时感冒、痢疾、鼻窦炎同时发作，但他仍然笔耕不辍，近乎拼命。尽管退稿信如雪片飞来，但皇天不负有心人。保定的文学双月刊《莲池》的老编辑毛兆晃慧眼识才，于 1981 年 10 月第五期《莲池》上发表了莫言的一篇名为《春夜雨霏霏》的短篇小说，而且是放在卷首。毛兆晃夫妇对莫言十分关爱，悉心培养，使莫言的作品《售棉大路》等七八个短篇分别在《莲池》（后改名《小说创作》）及河北的其他刊物上发表。其中《售棉大路》于当年（1983 年）7 月被天津《小说月报》转载。

莫言是 1982 年夏天被破格提干的。其时莫言已超龄，部队首长、战友为莫言的提干找总部、上北京，逢人便说莫言能教大学的课，会写小说，终于感动了上级，莫言在一无学历二未进教导队的情况下被提为排级干部（行政 23 级）。1983 年 6 月，莫言被调到北京延庆总部任宣传干事，负责理论教育工作。为了取得一张大专文凭，他报考了党政干部基础学科自学考试，共 10 门功课，学一门考一门。年底，哲学、逻辑学考试合格。第二年春天，党史、政治经济学考试合格。又要搞文凭，又要干工作，还要搞创作，弄得他心力交瘁，“脑力、体力都有些不支”。此时，他在河北的《长城》《小说创作》《无名文学》和《解放军文艺》上又发表了几部中、短篇小说，其中发表在《小说创作》1984 年九期上的《大风》，当年被人民文学出版社的《小说选刊》选载。1984 年第七期《解放军文艺》上发表的《黑沙滩》获该刊本年度优秀小说奖。而发表于《莲池》1983 年第五期的《民间音乐》得到了老作家孙犁的赞赏。莫言已经开始在文坛上崭露头角。

此前，莫言所发表的一些作品，用的一概是传统笔法，以写实见长，而《民间音乐》一篇是莫言力求突破的探索之作。就在这关键的时候，莫言考上了解放军艺术学院艺术系。从此，莫言才算真正地跨入了文学的大门。这不但使莫言终于扔掉了一个小学肄业生的帽子，更重要的是，为他成为作家打下了坚实的基础，为他真正步入文坛铺平了道路。

那是 1984 年 7 月，解放军艺术学院首次设立了文学系，由部队著名老作家徐怀中出任主任。别人早在 5 月份就开始复习，而莫言直至 6 月下旬才得到消息报上名，仅复习了 10 天就参加了考试。考试结果，政治、语文、史地三门考了 216 分（其中语文 90 分），考试成绩占 40%，交一篇作品占 60%。莫言交的是《民间音乐》，大得徐怀中主任赞赏，结果莫言以较高分数被录取。同时被录取的有崔京生、朱向前、宋学武、钱钢、李存葆等共 35 名文坛上崭露头角的部队青年作家。大家互相学习，互相切磋，互相憋着劲写小说。徐怀中主任学识渊博，思想解放，他对莫言全力栽培，钟爱有加，莫言深情地说："徐主任改变了我的命运！"

第一学期来军艺讲课的老师有王蒙、张承志、邓友梅、刘白羽、丁玲等当代著名作家。莫言如饥似渴地听讲，潜心刻苦地读书写作。终于，一部中篇小说《透明的红萝卜》如一颗重磅炸弹震动了当时文坛，给文坛带来了新鲜空气，被评论家们誉为"建国以来农村题材小说中不可多得的精品"。这篇小说在《民间音乐》的基础上继续进行了新的探索，无论从截取生活的角度还是从艺术手法上，都是别具一格的。读了它，人们得到的是一种说不清道不明的艺术享受。主人公黑孩子始终默默无言，没说一句话，但却给人留下了极深刻极难忘的印象。从 1984 年直到 1986 年暑假从军艺毕业，是莫言小说创作的一个高峰。军艺两年，名师的指教，同学的激励，他呕心沥血地探索追求，如痴如狂地写小说，数日一篇甚至一日数篇地写，以至于彻夜失眠，脑子里常出现幻觉。终于，1986 年 3 月《人民文学》推出了他的中篇小说《红高粱》。这是莫言蓄积日久、呕心沥血之作。此篇一出，文坛轰动，老作家从维熙首先以《五老峰下荡轻舟》为题，在《文艺报》上发表文章极力赞许。随后，全国各大文艺刊物纷纷转载。到了 1987 年，由他执笔改编、张艺谋导演、巩俐主演的同名电影拍成。荣获第

38届柏林电影节金熊奖之后，《红高粱》更是名扬海外。1986年，莫言闪电般地完成了《红高粱家族》中的其他四个中篇以及十几个中短篇小说。以至于文坛上称1986年为“莫言年”。《红高粱》至今仍是莫言的代表作之一。一部《红高粱》奠定了莫言在当代文学史上不可动摇的地位。

《红高粱》是写抗日战争的。它以新颖的艺术技巧，超时空的叙事方式，全新的视角和格局展现了抗日战争时期发生在高密东北乡广阔如海的高粱地里波澜壮阔的悲喜剧。它呼唤着壮美的人生，召唤着抗日的英魂，讴歌着中华民族的英雄主义和桀骜不驯、博大雄浑的英雄气质。它塑造了全新的人物形象，洋溢着一股前所未有的蓬蓬勃勃潇潇洒洒的酒神精神。

1986年，莫言被分配到总参政治部文化部任创作员，同年加入了中国作家协会。

1988年莫言又考入了北师大与鲁迅文学院合办的研究生班，1990年获文学硕士学位，仍回原单位工作。

继《红高粱家族》之后，莫言至今已出版的长篇小说还有《天堂蒜薹之歌》（1988年出版，修改后曾名为《愤怒的蒜薹》，由北师大出版社1993年出版）、《十三步》(1988)、《食草家族》（1991）、《丰乳肥臀》（1996）。其中《丰乳肥臀》获首届“红河・大家文学大奖”，再次在文坛引起了强烈反响，成为当年的畅销书，并很快被翻译成外文介绍到国外。1999年，莫言写了一部反腐电视剧《红树林》，同名长篇小说不久亦出版，受到好评。2001年，莫言的长篇力作——以描写清末高密人民抗德为历史背景的《檀香刑》，由作家出版社出版，又一次引起文坛的注意，并受到读者的欢迎，初版即印8万册，成为当年的畅销书之一。写于1989 ~ 2000年的长篇小说《酒国》刚一出版即被译成多种外文版本，并荣获2001年法国（儒尔・巴泰雍）最佳外国文学奖。2003年，长篇小说《四十一炮》问世，2006年，长篇小说《生死疲劳》出版，又在世界文坛引起了轰动并获奖。这3部长篇都曾全票入围茅盾文学奖或鲁迅文学奖。2009年，莫言的长篇新作《蛙》出版，这部写了4年的小说，刚一出版就引起了读者的关注。除《莫言文集》5卷本及12卷本外，莫言还有《透明的红萝卜》（作家出版社，1988），《爆炸》（昆仑出版社，1988）、《欢乐十三章》（作家出版社，1989）、《白棉花》（华艺出版社，1991）、《怀抱鲜花的女人》（中国社科出版社，1993）、《神聊》（北师大出版社，1993）、《金发婴儿》（长江文艺社，1995）、《长安大道上的骑驴美人》（海天出版社，1999年）、《师傅越来越幽默》（解放军文艺出版社，2000）、《冰雪美人》（文化艺术出版社，2001）等多部中短篇小说集以及散文集出版，2007年，还出版了《说吧，莫言》三卷，集中收录了访谈录和创作谈。

莫言还创作了大量的影视剧本。已拍成电影的除了《红高粱》外，还有《太阳有耳》(严浩导演，张瑜主演)，在1996年柏林电影节上，获得了银熊奖。根据小说《白狗秋千架》拍成的电影《暖》荣获东京电影节金麒麟奖；小说《师傅越来越幽默》也被改编成电影《幸福时光》，受到好评。电视剧有《梦断情楼》《红树林》等。

另外，莫言创作的话剧《霸王别姬》，2000年底由北京人艺在京演出，一炮而红，风靡京城，一再加演。北京演完，又赴上海、香港、新加坡等处巡演。评论界对莫言的这出话剧的语言极为称道，认为“古典、优美，有莎士比亚的诗剧风格”。话剧《我们的荆轲》也受到很高的赞誉。初入话剧界，莫言便取得了其他人也许要花费几十年才可能获得的成功。这两部话剧不仅评论界好评如潮，票房也奇佳。

纵观莫言的作品，人们发现莫言有着多副笔墨，有古朴原始的写实，也有魔幻与荒诞，独特的感觉，丰富的想象展现了一个万花筒般迷离的艺术世界。透过莫言的小说，我们又发现，莫言在弘扬优秀的中华民族精神的同时，又具有一种高屋建瓴的批判意识。莫言无情地批判民族的劣根性，批判那种不知何年何月弱化成羔羊般的奴性人格。透过莫言的小说，我们还会发现，莫言对过去(原始勇武的中华精神)的召唤，深情地召唤“归去来兮”；对未来的向往，热烈地向往那自由美丽的透明世界；对现在的批判，辛辣地批判现实中的假恶丑。

同时，莫言在文学创作道路上不断探索，不断创新，从内容到形式。其中中短篇小说如花团锦簇，令人眼花缭乱，应接不暇，禁不住发出惊叹；而11部长篇也是部部不同，各有特色：《红高粱家族》横空出世，石破天惊，确立了莫言在中国当代文学史上的地位；《十三步》在结构上叙事方式上进行了探索，是一部带着浓厚的试验色彩的小说；《天堂蒜薹之歌》则是一部有强烈感情色彩的现实主义小说；《酒国》则是一部荒诞的政治小说，带着黑色幽默，反讽隐喻，变形夸张，类似童话；《丰乳肥臀》波澜壮阔、磅礴大气；《檀香刑》细腻流畅，场面森然，是部戏曲化的小说或是小说化的戏曲，看得令人毛骨悚然，欲罢不能；《生死疲劳》则是东方的、中国的魔幻现实主义，佛理的寓言。其他如《食草家族》《四十一炮》亦各有千秋，引人入胜。而新作《蛙》，简直就是一部新中国60年的生育史，触及了一代人灵魂深处的伤痛，刚一出版，即荣获上海市第二届春申原创文学奖年度优秀作家奖，2009中国图书势力榜年度好书奖。莫言是高密人，齐鲁文化的优秀传统，高密大地上深厚的人文底蕴培育了他。故乡是他的血地，是他的根。莫言的很多作品都诞生在这里，如《天堂蒜薹之歌》是在大栏供销社的一间仓库里写的，《丰乳肥臀》是在南关家里写的。他一回到高密就有创作激情，写东西就特别顺利流畅，他的高密东北乡系列小说都带着深深的齐鲁文化的印记，都具有浓厚的高密地方色彩。它们都是高密东北乡的故事，都带着高密东北乡的高粱气味，泥土的芳香，带着高密东北乡人身上的汗味和桀骜不驯、粗犷豪放的精神走向全国，走向世界。

从短篇小说《秋水》和《白狗秋千架》开始，直到最新的长篇力作《蛙》，莫言的作品都以高密东北乡为背景，描写近百年来的农村生活，已形成了一个庞大的"高密东北乡系列"。至于真正的高密东北乡，我曾经在一篇文章中这样写过："真正的高密东北乡是指现高密东北隅的河崖、大栏这一片辽阔的土地。高密东北乡是沿用了明、清、民国时的叫法。这里地势低洼，是一马平川的平原，胶河从这里弯弯曲曲地流过，我们的家就在胶河南岸一个叫平安庄的村子里。村子不大，解放前叫'三份子'。这些年，随着乡镇的变更，曾先后划归大栏乡、河崖镇、夏庄镇、胶河疏港物流园区。这里与平度、胶县接壤，南有顺溪河、墨水河。从解放前直到20世纪60年代初期，我们村子南边的顺溪河与墨水河之间都是一片低洼的沼泽地。夏天，这里一片汪洋，芦苇丛生，野草遍地。水里的鱼游虾跃，天上水鸟儿飞翔。秋季，芦花飞舞，枯草遍野，大雁在这里栖息，狐狸、野兔在这里出没。这样一块地方，解放前无疑是土匪活动的好场所；解放后，便成了儿童的乐园。夏天，孩子们在这里捞鱼摸虾；秋天，猎人们在这里打兔子猎雁。小时候，我就多次吃过爷爷打的野鸭子、野兔。待到莫言长到能割草拾柴禾的时候，这里的景物已不及从前。20多年来沧桑巨变，随着气候的干旱，胶河农场的建立，如今这里已经成为一片良田，往日景像连一点痕迹也没有了。

"从70年代往前，整个高密东北乡一直贫穷落后。乡亲们面向黄土背朝天，祖祖辈辈在这块土地上刨食，从来都是半年糠菜半年粮。仅以我们平安庄为例，解放前仅有两户地主，也基本不住在村里，地主和其子女多住在县城或青岛。很多人出外讨饭或闯关东。有民谣说：'平安庄不平安，十年倒有九年淹'。胶河年年发大水，十年九涝。尽管如此，人们还是不愿离开这一方热土，不愿意离开胶河。老辈人说，我们这里'十年九不收，收了吃十秋'。此话确有道理。每逢胶河发大水决了口，河水夹带着大量腐殖质和泥沙，使地里淤上厚厚的一层肥泥。秋天种上小麦，不用施肥，来年也可收一季好小麦。所以老辈人都说胶河是一条‘富河’。更何况河水清澈甘甜，鱼鳖虾蟹取之不尽，食之不竭呢。我们小时候，夏天到河里游泳打水仗，捞鱼摸虾。秋天，‘秋风响蟹脚痒’，成群的螃蟹顺流而下。夜晚，爷爷带着我们到河边扎‘梁子’抓螃蟹。即用高粱秸编成的梁子截断螃蟹的路，在河的一边留一通道，放一盏马灯，那螃蟹便不断地游来，一抓一个准，一宿便可抓几百！夜深人静，听着哗哗的流水声，看着一个个螃蟹成了俘虏，实在是一件很有诗意的事。后来，胶河上游修了王吴水库，螃蟹没有了。再后来，到了70年代后期，气候干旱，胶河水干鱼净。现在，只剩一条干涸的河床，死气沉沉地躺在那里。

但是，现在乡亲们的生活却富起来了，高密东北乡因为地广人稀，所以成为高密粮食和棉花生产基地。入夏，田野里翻腾着金黄色的麦浪，打的小麦堆成山，一年打的三年吃不了。秋天，大豆摇铃，棉花含笑，高粱红了脸，谷子弯了腰，好一派丰收景象！我爱高密东北乡！喝胶河水长大的莫言也时刻眷恋着这块地方！”

尽管莫言的“高密东北乡系列”小说中的“高密东北乡”与现实中的高密东北乡有许多相似的地方，但莫言作品里的高密东北乡已经不再单是一个地理名词，它已经成了一个文学背景的代名词，正如福克纳的约克纳帕塔法县和马尔克斯的马贡多镇一样[5]。莫言曾经这样写道：“高密东北乡是地球上最美丽，最丑陋；最超脱，最世俗；最圣洁，最龌龊；最英雄好汉，最王八蛋，最能喝酒，最能爱的地方。”他还写过：“高密东北乡，生我养我的地方，尽管你让我饱经苦难，我还是为你泣血歌唱。”莫言是从高密东北乡的高粱地里走向世界的。他的根在这里，他对故乡是恨极了也爱极了的。他是农民的子弟，他恨农民之所恨，爱农民之所爱，可以说，在某种程度上，莫言还是一个农民。

莫言，就像他的名字一样，沉默寡言，多数时间爱半眯着本来就不大的双眼坐观身边的世相。他外冷内热，既敏感多情又孤僻冷傲；性格内向，既耽于幻想又极务实；淡泊名利，既好学上进，而又爱憎分明。

莫言曾在1988年将妻子、女儿的户口迁至县城南关村，一住8年。他的《丰乳肥臀》就诞生在这里。1995年妻、女随军迁至北京。2007年，他的爱女笑笑已从清华大学文学院研究生毕业，并就职于北京某高校。2010年又考上了在职博士生，不久就会成为我们家第一个女博士。而莫言现在供职于中国艺术研究院，过着北京市普通市民的生活。

早在2001年，莫言就提出自己不是为老百姓写作，而是“作为老百姓写作”这样一个文学宗旨。“作为老百姓写作”，就要站在老百姓的立场，用平常心，即老百姓的心，用老百姓的视觉观察世界，反映世界，反映老百姓的所思所求。而不是高高在上，以所谓的“人类灵魂的工程师”或“人生导师”之类的身份写作。综观莫言多年来的创作实践，他确实是用自己的笔在身体力行着这一文学宗旨，他深入到人类灵魂的隐秘处，说着老百姓的话，想着老百姓的事，用心与老百姓交流。因此，其作品，其人格也受到了老百姓的称赞和爱戴。

2011 年的莫言已经 56 周岁了，他虽然早已学会了操作电脑，但多数时间还是在用笔写作，他说用电脑写作找不到感觉。我们祝愿莫言有更多更好的作品问世，继续用他的笔为国为民争得更多的荣誉。

注：

①此为莫言实际出生年月，通行的说法是 1956 年，那是为了提干改动过的，不对。

②加西亚·马尔克斯，哥伦比亚作家，拉美魔幻现实主义的代表，其作品《百年孤独》获 1982 年诺贝尔文学奖。

③原文载美国里士满时事快讯（RICHMOND TIMES—DISPATCH）。他在介绍英译本《红高粱》的文章《史诗般的小说，一流的中国作家》（EPIC NOVEL；CHINESE AUTHOR ISFIRST—CLASS）中说：“莫言是世界级的作家。可能是老舍、鲁迅以来最有前途的中国作家。但这两位前辈的文学才华却不如莫言。英译《红高粱》的出现是英语文学（ENGLISH—LANGUAGE LITERATURE）一大盛事，本此可预见中国小说在 21 世纪的活力和影响。”——转引自美国威斯康辛大学教授刘绍铭的文章《入了世界文学的版图》一文，见《作家》1993 年第 8 期。

④见大江健三郎《性的人》一书，《光明日报》1995 年版。这是中国作家第一次在此种场合中被提及。

⑤约克纳帕塔法和马贡多分别为美国作家威廉·福克纳的小说《喧哗与骚动》，哥伦比亚作家加西亚·马尔克斯的小说《百年孤独》的故事发生地。莫言的文学创作受到过他们的影响。

（作者系莫言研究会副会长、莫言大哥、高密一中原副校长党委副书记）

莫言小说中的人和事

管谟贤

莫言成名之后，尤其是电影《红高粱》柏林得奖之后，人们对莫言及其作品的研究很是热闹了一阵子。有人称莫言为怪才，似乎莫言本身就是一个谜，一夜之间不知从哪里冒出来杀上了文坛；也有人把小说与现实混为一谈，凭主观想象或道听途说，把小说中某些情节强加在我们家庭成员的头上写成论文发表，使得我们这样一个普通得不能再普通的农民家庭蒙上了一层神奇的色彩。这几年来，国内外一些文学界的朋友甚至不远万里来我们家乡考察。其实，莫言是极普通的一个农民的儿子，甚至可以说直到现在他还是一个农民。他爱农民之所爱，恨农民之所恨，与农民有千丝万缕的联系。他的作品，不管怎么"现代"，如何"魔幻"，在我看来都是再现实不过的东西。它既不是历史，更不是神话，都是普通的真正的小说。莫言的作品多用第一人称来写，其中不但有"我爷爷""我奶奶""父亲""母亲""小姑"，而且有时竟将真人姓名写进作品中去，如《红高粱》中的曹梦九、王文义；《筑路》中的来书；《草鞋窨子》中的于大身，轱辘子张球；《生死疲劳》中的单干户……我曾经提醒过他不要用真人姓名以免引起纠纷，他的解释是，用真人姓名在写作时便于很快进入角色，易于发挥。从近两年的作品看，莫言已经注意了这个问题，把真人姓名写入作品的事已不多见了。

值得一提的是，尽管莫言作品中有时用了真人的姓名，但往往是真名之下无真事（历史人物除外），真事往往用假名。人与事之间张冠李戴，移花接木，或干脆“无中生有”，纯乎是联想或想象而已。总之，小说只能是小说，决不能把小说当作历史或报告文学来看。

为了给研究莫言作品的同志们提供一点资料，也为了澄清一些事实，特写此文。

爷爷

我们的爷爷管遵义，字居正，又字嵩峰，以此字行于世。我们的爷爷生于1895年，1978年病故，享年84岁，既没有《秋水》《红高粱》里爷爷那般传奇式的英雄豪气和壮举，更没有那般痛快淋漓的风流韵事。我们的爷爷是一个忠厚老实、勤俭持家、聪明灵巧的农民，与《大风》中的爷爷庶几近之。爷爷一生务农，又会木匠手艺，种田是一把高手，木匠活也做得漂亮，不管多么复杂的家什，只要看了样子，他都能照样做出来。过去用的木轮车，檀木轴断了，柿木车耳子（轴套）破了，人们都喜欢到爷爷这里来换新的，因为他换过的车子推起来吱扭吱扭叫得特别好听。农村用的风箱，爷爷原来没做过，后来，照样做了一个，把出风口几经改进，风箱呜呜地叫，声音悦耳动听。于是，人们都愿意来找他做。

爷爷一生乐善好施，亲友、邻居来借钱、粮、柴草，有求必应，而且从来不登门讨账。最多到年关时对奶奶说：“某某还欠着什么什么没还呢！”有很多就是白送。人家要还，他就说：“算了吧，多少年了，还提它做什么？”小时我有一个印象，似乎那些找爷爷借东西的，压根儿就不想还。加上还要抚养我三爷爷三奶奶死后留下的三个孤儿（我们的三叔、四叔、六叔），又经常接济穷亲戚穷朋友，日子也总是富不起来，就这样土改时还是被定为中农。爷爷是文盲，但却十分聪明，称得上博闻强记。他能打一手好算盘。

爷爷性格柔中有刚，很少发火，从来不打骂孩子，骂人从不带脏字，但说话很有分量，批评的话，让你一辈子忘不了；高兴的话，让你忍俊不禁。他曾说：“人生在世，谁都有春风得意的时候，但得意不要张狂；谁都会有倒霉不走运的时候，但跌倒了就要爬起来，越是有人看笑话，越是不能草鸡了！”他还说："人只有享不了的福，没有受不了的罪。"这些话在我看来都是真理，让我终生难忘，受益匪浅。

爷爷其实是很有情趣的。他有一杆鸟枪，有一张渔网，会打鸟，打兔子，会打鱼，摸螃蟹。有什么庄稼瓜菜新品种，他喜欢试种试栽。

爷爷的脾气耿直抗上，很少有让他服气的人和事。对于毛泽东这样伟大的人物，他老人家甚至一辈子都没有叫过一声"毛主席"。在家里开口闭口都是"老毛"如何如何（同样，提到蒋介石也是一口一个"老蒋"）。在那个年代，吓得我们恨不得跑上去捂住他的嘴巴，要他小声说，别叫人听见。他说："怕什么？他和我年纪差不多，叫他'老毛'怎么了？"后来，尤其是到了上世纪60年代，人们把"毛主席万岁"喊得震天响，他才恍然大悟似的说："老毛当皇上了，人能活一万岁吗？'万岁'就是皇上啊！"

对于新生事物，他不大接受。开国之初，讲中苏友好，全国上下成立了中苏友好协会，好像人人都是会员，发一个徽章戴着，一面小红旗，上边是毛泽东和斯大林头像。还有一支歌，人人会唱："毛泽东，斯大林，像太阳在天空照，红旗在前面飘，全世界人民心一条，争取人民民主，争取世界和平……"他听了很不以为然，说："天无二日，国无二主，天上怎么会有两个太阳？中苏本是两国，两国如同两人，现在好成什么样，将来就会打成什么样！"当时，我们称苏联为"老大哥"，他也有看法，甚至说："朝里是不是出了秦桧？真给中国人丢脸！"这些话，当时是百分之百的"反动言论"，家人一起反对他，让他别说。他说："我又不到外边去说。我说的对与不对，今后看！"

1958年大跃进，大炼钢铁，他断定用土炉子炼不出铁，更炼不出钢，纯粹是浪费东西，祸害人民。农业生产放卫星，广播喇叭里说某地小麦亩产万斤，他坚决不信。他说："一市亩地，就那么一点点地方，不用说长麦子，就是把麦子打好，光把麦粒铺在那一亩地里，一万斤得铺多厚？这肯定有假！"他甚至反问我："你不是说老毛是种地的出身，小时候还干过农活吗？一亩地能打多少粮食，他不知道？朝里肯定出了奸臣了！"我没见过亩产万斤的小麦，也只好闭口无言。他曾预言，人民公社不是好折腾，折腾来折腾去，非饿死人不可。果然，三年困难接踵而来，村里人人浮肿，天天死人，爷爷一手拉扯大为其成了家的三叔因饥饿而病死。生产队里只有干不完的活，却分不到足够的粮。一家人靠爷爷度过荒年。当时他已年过60，不去队里干活，冒险偷偷地去边远地方开小块荒地种地瓜；夏秋两季，去田野割草，晒干后，等第二年春天送到国营农场，换回大豆、地瓜干。刚刚四五岁的莫言因野菜难以下咽而围着饭桌哭闹时，爷爷弄来的地瓜干，无疑是比今日之蛋糕饼干更为甘美的食品，给他幼小的心灵留下了难以磨灭的印象。

爷爷一生务农，对土地有着深厚的感情，直到入社那一年，他为了帮一个亲戚渡过生活难关，还花高价把他的5亩地买过来。他相信世界大同，却不赞成合作化，他说：“一家子亲兄弟还要分家，张、王、李、赵凑在一块，能有好吗？”他对入社是极力反对的，为此，他气得不吃不喝，要带着我分家单干，急得父亲没办法，只好去西王家苓芝把他的姑父、爷爷的姐夫请了来做爷爷的工作，最后达成协议，同意入社，但约法三章：一，爷爷永远不去农业社里干活；二，农业社要他干木匠活，送到家里来，要现钱；三，农业社一旦垮了台，土地、牲口、农具原样退回来。这约法三章真正落实了的，只有第一条，第二条是父亲自掏腰包解决的，第三条一直到他临终，“文革”已经结束，公社也将撤销，但农具早已毁坏，牲口早在困难时期就饿死了。

爷爷去世时，莫言给我写信说：“祖父的死，使我感到心痛，他老人家一生含辛茹苦，农忙时辛劳耕作于田间，农闲时又持斧操锯在作坊。他以刚直不阿的性格和娴熟的木工工艺博得了乡里的众望，他为我们留下了很多值得学习的品质和精神，我至今不能忘记祖父带我去割草的情景，以及他用青筋暴露的手挥动斧凿的形象。他这种吃苦耐劳的精神，正是我缺乏的……前几年我在家时，经常地和他拉一拉，故意请他讲些古今轶事，所以颇得他的欢心，我也受益匪浅……”

爷爷19，奶奶20才成的亲，这在当时已是晚婚年龄。两人艰苦创业，勤俭持家，劳作一生，生有一女二男（我们的父亲和五叔）。爷爷在乡里有很高的威望。

奶奶

我们的奶奶姓戴，如同旧社会的劳动妇女一样，没有自己的大名，在世时，农业社的社员名册，称作管戴氏。奶奶比爷爷大一岁，1971年去世，终年77岁。

尽管《红高粱》里的奶奶也姓戴，但我们的奶奶却远没有九儿那般泼辣风流，也没有《老枪》里的奶奶那般杀伐决断。我们的奶奶是一位极普通的老式家庭妇女，奶奶的娘家也是极普通的农民，因为她的父兄会竹器手艺，所以生活过得比一般农户强。小时候曾听奶奶发牢骚说，她和爷爷成亲后，爷爷的以及后来子女们的衣服全是奶奶家负责的，我们家一概不管。我们奶奶虽然极普通，但确实很能干。直至去世，奶奶是我们家实际上的大总管。那时父亲和叔父没有分家，一家十几口人的吃穿，全由奶奶安排，尽管那些年月生活极艰难，奶奶勤俭持家，精打细算，一家人也未受冻饿之苦。奶奶的手极巧，我不止一次地听我的大爷爷、外祖父夸她做的饭菜好吃，针线活漂亮。村里有人家结婚，窗花、馒头花常找她剪；丧事也找她去操办。奶奶还会接生，解放后虽说新式接生已经推行，但找她接生的仍很多，我们村现在60岁左右的人有一半是她老人家接到这个世界上来的。

奶奶胆子比爷爷大。听奶奶说，有一年来日本鬼子，鬼子在外边砸门，爷爷去开门，鬼子进门一脚将爷爷踢倒，刺刀对准爷爷胸口，呜哇一叫，吓得爷爷面如土色。倒是奶奶走上前去扶起爷爷。爷爷出门想跑，那鬼子一勾枪机，子弹从爷爷耳边飞过。从此，只要听说鬼子来了，鬼子影未见，爷爷就先跑了，往往是奶奶留守。我问奶奶当时怕不怕，奶奶说："怎么不怕？一有动静就想上茅房！"即使如此，凡与兵们打交道的事爷爷再不敢出面，那怕后来的八路军、解放军来了，开大会都是奶奶去。

奶奶一生未出过远门，一生未见过楼房。上世纪60年代，我到上海读大学。放假回来告诉她我们住在楼上，她不止一次问我人怎样上得去，用梯子吗？我当然回答不是，并且给她解释怎样一层层走上去，还说高层楼可乘电梯等等。谁知奶奶越听越糊涂，叹口气道："看不到真楼，越听越不明白！"当时，整个高密县只县城有两座二层小楼，乡下一律是平房，所以她老人家至死也没弄明白楼是怎么回事。

父亲

我们的父亲管贻範，生于1923年。旧社会上过4年私塾，在我们乡下已经算是知识分子了。所以，家乡一解放就担任了各种社会工作，记账、扫盲，从互助组到合作社，到生产大队，到国营农场耕作区，再到生产大队，一直担任会计，直至 1982 年才退休。几十年的会计当下来，积累的账册、单据成捆成箱。他可以自豪地向村里的老老少少说，他没贪污过一分钱，没有错过一笔账，没用过手中的权力为自己办过一次事，连记账用的一支竹杆圆珠笔都是通过书记批准才买的。父亲担任大队会计二十多年，一年四季白天和社员一起干重活，下雨阴天和晚上记账。每逢大队偶尔摆酒席，他总是借故推辞，拒不参加。

父亲教育子侄十分严厉，子侄们，甚至他的同辈都怕他，我们小时，稍有差错，非打即骂，有时到了蛮横不讲理的地步。他担心我们“学问不成，庄户不能”，对我们的学习抓得很紧，我读小学时，父亲经常检查我的学习。有一次居然要我将一册语文书倒背出来，背不出就打。等我读了中学，一方面离家远，每周回家一次，另一方面我读的东西他也不懂了，所以不再检查我的学习，但每学期的成绩单必看。三年困难时期，我读高中，同学中有的饿死，有的逃往东北，我也想去闯关东。回家一说，父亲大怒，说：“供你上了 10 年学，什么结果也没有，要走，就别再回来！”父亲希望我们走正道，望子成龙心切，加上生活困难，心情不好，所以很少给子女笑脸。莫言小时候顽皮，自然少不了挨打。有一次莫言下地干活，饿极了，偷了一个萝卜吃，被罚跪在毛主席像前，父亲知道了，回家差一点把他打死，幸亏六婶去请了爷爷来才解了围。父亲自己清正廉洁，容不得子侄们沾染不良习气，败坏管家门风。有一年，我叔父的二儿子才十来岁，去队里瓜地里偷了几个小瓜，虽然偷瓜摸枣是农村孩子常干的事，而且又是侄儿，但也是一顿好揍。后来我的这个堂兄弟不但考上了大学，而且研究生毕业，获得硕士学位，又到美国留学，现已在美国定居。

父亲不是党员，但一直跟党走，在乡里很有威信。孝敬爷爷奶奶，爱护弟弟（我们的五叔）。我们的五叔在供销社棉花站工作。当年，区里让我父亲脱产出来工作，父亲把机会让给了五叔。婶婶和叔叔的 4 个孩子在家里和父母一起生活，直到奶奶去世才分家。分家后，父亲还像过去一样照顾叔叔的孩子，上大学的还不时寄钱去资助。

父亲 2011 年已经 88 岁了，至今仍在乡下，地里的活已干不动了，木匠活也不做了，但仍然帮二弟家做家务，种种小菜园，一刻也闲不住。

母亲

我母亲姓高，1922年生于河崖镇小高家庄（现名北高家）。大名高淑娟，但一辈子没用过，公社化时生产队里的记工册以及我们填表都写管高氏。母亲缠足，典型的农村妇女，没有文化，因劳累过度，患有哮喘、肺气肿等多种疾病，于1994年1月病故。母亲是17岁嫁到我们家的，母亲的亲生母亲在母亲两岁时就去世了。来到我们家五十多年，当媳妇的时间比当婆婆的时间长，一直没过上好日子，及至过上好日子，又老生病，母亲常叹自己命苦。

母亲生过七八个子女，活下来的只有我们兄妹4人。除我之外，莫言还有一位二哥和姐姐，莫言是母亲最小的孩子，到莫言出生时，我们这个大家庭已有4个孩子。后来，我婶婶又生了3个儿子。莫言在家里的位置无足轻重。本来穷人的孩子就如小猪小狗一般，这样，就不如路边的一棵草了。母爱是有的，但要懂事的孩子自己去体会。天下父母哪有不爱自己孩子的？但母亲为了这个大家庭，为了顾全大局，必须将爱藏在心底。记得困难时期，全家吃野菜，莫言和他堂姐（我叔父的女儿，仅比莫言大半岁）吃不下，母亲单独为他俩煮两个地瓜或蒸一个不加野菜或加少量野菜的玉米面饼子，莫言饭量大，但他也只能和姐姐平分秋色。半个饼子姐姐吃了已饱，可莫言却不饱，尽管如此，也不能多分给莫言，结果是吃不饱还要挨骂。

最让母亲难过而又难忘的一件事是1961年春节，积攒了半年的几斤白面蒸了5个饽饽，摆在院子里当供品。过完年要休息了，奶奶让母亲去把5个饽饽收回来，母亲去收，5个饽饽却不翼而飞！除了自己家里的人外，只是过年时来过两个“送财神”（讨饭）的。于是我和母亲紧急出动，碰到“送财神”的就看人家的篮子，哪里还有半点影子？5个大饽饽，白面的！是爷爷和小弟弟们半个月的好口粮，全家人舍不得吃，不见了！心疼，气恼，还背着偷吃偷藏的嫌疑！我和母亲哭了半宿，母亲像生了一场大病。此事我也终生难忘，莫言刚开始写作时，我写信把此事告诉了他，鼓励他写成小说。他写了一篇题为《五个饽饽》的短篇小说发表了，现在，这篇作品收在小说集《欢乐十三章》里。

母亲干得最苦最重的活是推磨，那也是困难时期，村里还吃食堂，母亲为了得几斤麸皮，去给食堂推磨。那时牲口都饿死了，只好用人推。母亲瘦得体重不足70斤，和大娘婶子们合伙，两人一帮推，推着推着就晕倒在磨道里，抓一把生粮食吃了再推，生粮食也不敢多吃，磨却要推下去，一天下来腿肿得好粗，人都走不动了。这一情景，莫言也写过一篇小说，题为《石磨》，但那毕竟是小说，很有些浪漫和诗意了。

大爷爷

大爷爷管遵仁，是我爷爷的哥哥，字居安，又字寿亭、嵩山。人们都叫他管嵩山、管先生。

大爷爷是读书人出身，清末废了科举，读书人断了仕途，只好务农。他 19 岁开始，一边干活，一边学医，很是用功，后来就开了润生堂药铺，给人治病，擅长妇科、儿科。由于看病认真，用药仔细小心，所以技艺精进，逐渐小有名气。

大爷爷年轻时，大概是得其父之遗传吧，也是很桀骜不驯，风流倜傥的。因为日子过得比较好，又在街面上管些闲事，免不了得罪人，据说还和人家打过官司，虽然官司败了，但仇却种下了，因此土改时，被划为地主，扫地出门，一家人跑到了青岛。而对方的后代却入了党，当了干部。解放后，大爷爷被对方追了回来，唯一的儿子已经被国民党掳走，生死未卜。回来时，只有妻子和两个女儿了。从青岛回来不几天，就被逮捕，半年后释放回家。为了生活，靠我爷爷奶奶及本家几个侄儿和朋友的帮助（这个朋友是西王家苓芝的王书芹，原省政协副主席王林肯之胞弟），重操旧业，开起了药铺。这时，他得罪的那家人在村子里作威作福，命令他每天割一筐青草送去，给他家喂牛。他们家大人孩子生病吃药自然也不付钱。大爷爷敢怒不敢言，只好在坡里割草时暗暗流泪。就这样到了“文革”时期，大爷爷八十多岁时，还被这家人的后代揪上台去批斗过。开药铺没有几年，公私合营了，乡里办起了联合诊所，大爷爷带着小姑和药橱、药具、药品进了联合诊所当医生，算是吃国家粮的“公家人”了。

小时候，大爷爷的药铺是我们常去的地方。看大爷爷一手捋着胸前的一把雪白的长髯，闭着眼，一只手为病人搭脉，用毛笔（后来偶尔也用钢笔，但握笔的方法如同用毛笔一样）给病人开药方；看三姑和小姑为病人按方抓药。他们忙不过来时，我也曾经帮他们用药碾子碾药或记账，不但学到了一些中医药知识，也经常会吃到诸如甘草、肉桂、五味子之类的东西。现在回想起来，仍然甘之如饴，齿颊留香。

大爷爷的医术是精湛高超的。记得在我小时候，有一年，大概是下村的一家人家几代单传的一个男孩得了大脑炎，送来的时候已经高烧不退，发生痉挛（中医叫角弓反张）现象，眼看快不行了。大爷爷见状，根据中医“一针二拿三用药”的原则，选准穴位，一针下去，角弓反张现象消失，灌了一包药下去，不久就哭出声来，回去后几天就好了。这孩子长大后我还见过，虽然有点后遗症，但能干农活，也成了家。为感谢大爷爷的救命之恩，这家人每逢春节都来看望大爷爷。

我自己小时候得病，不用说都是大爷爷给医治。记得初一上学期期末，高密二中暴发流行性感冒，腊月初八就放了寒假，我到家就躺倒了，高烧不退，烧得舌苔发黑，说胡话，昏迷不醒，全家人都害了怕。大爷爷一边给我吃汤药，一边让我口含一块川黄连，虽然黄连苦，但病却治好了。

当时，人们把流行性感冒之类的传染病叫作“瘟灾”，大爷爷有一个验方，每逢“瘟灾”暴发，就用此方根据男女老幼等不同情况，稍作加减，都能做到药到病除。对此，莫言曾写过一首打油诗，诗曰：“俺家伯祖老中医，擅治伤寒有绝技。麻黄桂枝生石膏，再加一把地骨皮。”

大爷爷的医德亦很高尚，服务态度好，药价公道，所以找他看病的人很多。经常有人半夜来敲门，大爷爷不管严寒酷暑，刮风下雨，马上就跟着走，有病家备了牲口来，他一般是不骑的，实在推辞不过，也是出了村再骑。平时一根竹杖，既当了拐杖，也当了打狗棍，四乡八村到处奔走。长期的奔波，锻炼了他的身体，所以他活了八十多岁。

大爷爷唯一的儿子，我的二叔，国民党从青岛撤退时，被裹胁而去，从此下落不明，传说去了台湾。直到上世纪80年代，两岸始通信息，才知道他确实在台湾。等到二叔回到家乡探视时，大爷爷大奶奶都已去世了。但大爷爷在世时是坚信二叔还活着的。每逢过年，大爷爷都要以铜钱占卜，有几次我都禁不住要问，二叔还在吗？他说：“我这一生，治病救人，没做过伤天害理的事，老天爷是不会绝我的后的！”

大爷爷是讲故事的高手，莫言小说里的民间传说和故事，有不少是从大爷爷那儿听来的。由于莫言辍学后也曾经想学医，与大爷爷接触较多，因此，莫言小说里，经常可以看到大爷爷的影子。

当年作为家中最不起眼的孩子——莫言，因为吃不好，吃不饱，所以显得特别“馋”。因为过早失学，又爱看闲书，所以显得特别“懒”。因为长得不怎样，又老穿哥哥姐姐倒下的衣服，所以显得特别“丑”。莫言在个别长辈的眼里是令人生厌的丑小鸭，是“前脚猫，后脚狗”，成不了材的东西。但是大爷爷力排众议，对人说：“人不可貌相，海水不可斗量。这孩子将来没准能成个大‘偶侯’（人物），你们谁都不如他。”大爷爷可谓慧眼识才。

大爷爷写得一手漂亮的毛笔字，我上小学时，开始描红，就是以大爷爷给我写的“白日依山尽”这首诗作样子的。我的大名，也是大爷爷给起的。

三爷爷

我们的三爷爷管遵礼，字立庵，又字嵩岩，因为排行老三，所以人们都叫他管嵩三。莫言有些小说中，有时会发现他的影子。

因为我们的曾祖父去世早，兄弟中他最小，因此，我们这个三爷爷就有些任性出格之处，农活不愿干，天天酒不断，专门结交一些社会上的游侠人物。当时，日本鬼子侵略中国，各种人物纷纷打着抗日的旗号揭竿而起，有枪就是草头王，各自霸占一方。这些队伍，人们统称为“游击队”，单高密东北乡就有高云生、冷关荣、姜黎川……三爷爷和这些人都有交往。不知是出于什么原因，有一段时间三爷爷天天念叨着要带着他十几岁的大儿子（我们的三叔叔）到东北（莱阳、海阳一带）去当八路。家里对他严加防范，怕他跑了。小时候，有一次和爷爷谈论三爷爷时，说到这件事。我说，你们那时候让他去多好，去了到现在，怎么也得弄个团长当当吧？爷爷说，就他那不知深浅的脾气，当了八路也早就叫日本鬼子打死了。

三爷爷最终还是死在他的这些朋友手里，好像是姜部的人吧，住在他家里，据说不知是副官还是护兵擦枪走火，打中了他的肚子，肠子都鼓出来了，塞了进去，贴了帖膏药算完，不几天就发炎了，拖了个把月就死了。如果是现在，到医院开刀，取出子弹，就没问题了。至于是擦枪走火，还是因为他想去当八路，人家故意打的，谁也说不清。

因为受了惊吓，三奶奶就疯了，不吃不喝不睡，狂呼乱叫，百治无效，不久也去世了。

三爷爷、三奶奶去世都很早，那时我还没出生呢，但长大后，看到三爷爷家后窗上有一个自行车座（那时农村还没有自行车）。爷爷说，这个车座是三爷爷自行车上的。在上个世纪 30 年代，有自行车的人是很少的。三爷爷是高密东北乡第一批有自行车的人。

由于三爷爷不会过日子，地少人多，所以他死后，他的儿子土改时都被定为贫农，因祸得福，坏事变成了好事。

小姑

在莫言的中篇小说《爆炸》和最新的长篇小说《蛙》中，写到小姑这个人，与现实生活中我们的小姑亦有些相似之处。

小姑现在也不小了，她虽只比我大 5 岁，但今年也 73 岁了。从小我们就叫她小姑，至今还叫她小姑，这连她自己也觉得好笑，曾开玩笑说："我这个小姑都七十多了，这辈子也成不了大姑了！"

小姑是大爷爷的小女儿。因为在我父亲一辈，兄弟姊妹是大排行的。兄弟之间，我父亲是老大，我叔父是老五，大爷爷的儿子是老二,三爷爷的三个儿子分别是老三、老四、老六。姊妹们之间，我姑母是老大，三爷爷的女儿是老二，大爷爷的两个女儿是老三、老四，这老四就是我们的小姑。

小姑的名字叫管贻兰，退休前是大栏乡卫生院副院长，中共党员，还当过一届政协委员。因为大爷爷的儿子解放前去了台湾，长时期生死未卜，所以大爷爷一直把小姑当儿子看，不但把自己的医术和一生的行医经验传授给她，而且小姑结婚后一直没有离开过家，直到我的大爷爷、大奶奶去世。小姑是得了大爷爷的真传的，尤擅妇科和儿科。退休后，方圆几十里的病人，包括周围县市的都来找她看病，弄得大栏卫生院都没了生意。我见过她给小孩看病的情况：因为婴幼儿自己不能说明病情，大人也只能看到婴幼儿的表情，所以诊断上有难度，小姑是看小孩的手指纹（有时也摸一下脉搏）来断定病情的。她反对动不动给孩子打针，更反对动不动就打吊瓶。她是给小孩吃药，一小包药粉，一般 3 包就能治好，很神！据说在妇产科上，她也有拿手，有的妇女结婚几年不生孩子，经她医治，有不少都当了妈妈，所以她在当地是很有威望的。

小姑性格开朗豁达，说话高音大嗓，有男子之风，至今仍以老管家的人自居，把老管家的事当作自己的事办。大家都很尊重她。

钴辘子张球

此人见于莫言的短篇小说《草鞋窨子》。“钴辘子”，似应写作“锢炉子”，是高密人对小炉匠的称呼。我们村有那么兄弟 3 人，姓张，老大叫“球”，老二叫“谱”，老三叫“永”。“球”的大号叫张玉斌，是个小炉匠，继承了他爹的手艺，能帮人锔锅，锔碗，干个小铁活什么的。

这兄弟 3 人，从我记事时就没了爹妈，后来我才知道，他们的父亲是地道的贫农，所以共产党一来就跟着干了，但 1947 年国民党反攻，还乡团回来，他却反水了，大概“球”也跟着干了点坏事，所以不但其父被枪毙，“球”也跟着倒了霉，解放很久了，大约是上世纪 60 年代吧，“球”还因为历史问题吃了官司，被判过几个月的刑。

这兄弟 3 人是孤儿，很可怜，3 人挤在一间靠在人家屋山上盖的只有一人多高的小泥巴屋里，屋里除了一铺小炕和一口破锅外，什么都没有。每逢过年，我奶奶都要让我提上一箢斗馒头、豆包、年糕之类的东西给他们送去，钻进他们的小屋，一股腥臊之气直冲脑门，我把东西倒在他们炕上就走，不敢多待，也听不到他们有什么感谢的话。后来，兄弟 3 人在村子里实在混不下去了，张球入赘到一个比他大近 20 岁的寡妇家里，老二、老三就去了东北。没有路费，就要卖他父亲留下的那套小炉匠家什，谁要？没办法，来求我爷爷，我爷爷说，“我是木匠，不要铁匠的东西，这样吧，东西就算押在这里，路费我借给你们，等你们混好了，再还我的钱，把你爹的这套家伙拿回去！”后来，他爹的家伙是被张球取回去了，但钱却没有还。

张球长得比老二、老三都高大，挺开朗的一个人，干活也卖力气，和当地农民一样，也会编草鞋。和寡妇结婚后，寡妇的儿子待他也不错，早些年已经去世。他的两个弟弟大概还在东北。

曹梦九

此人在小说《红高粱家族》中多次出现，许多情节取材于此人真实事迹或流传于高密民间关于他的传说轶闻。曹系河北人，为冯玉祥部下，30年代初曾随冯玉祥将军驻守湖南常德。1935年～1937年10月任国民政府高密县县长，在职期间颇多政绩，被高密百姓视为清官，许多关于他的传说轶闻至今尚在民间流传。小说中的曹梦九处罚强占农妇母鸡的马屁精即其传说之一。其著名政绩之一即小说中提到的消灭土匪一事。据县志记载：民国初年，县内一些无赖、兵痞纠合成若干小股土匪，到处拉驴绑票，拦路抢劫，社会极不安定。曹梦九任县长期间，经常缉捕严惩，大见成效。1936年春，曹和韩复榘共谋，宣称在济南成立特别侦察队，凡枪法超群、骁勇剽悍、杀过人、愿意接受招安立功赎罪者，携带长短枪2支到县报名，则不咎既往，录用为侦察队员，一切待遇从优。仅两个月即诱捕土匪80余名，武装押解济南枪决，为高密人民除去心腹大患。县内一时比较太平，百姓得以安居乐业。曹梦九在高密抓赌禁烟奖励农耕，兴学校，修县志，做了一些好事。对违法乱纪、败坏纲常的不法之徒往往以鞋底打之，因此得一外号“曹二鞋底”。作为一名旧政府的官员，能如此实属不易。

王文义

我们村确有王文义其人，如果还在世的话，应该80多岁了。王文义个子不高，貌不惊人，严格说还有点丑陋。在小说《红高粱》中，王文义虽然胆小，但最终还是抗日死去。现实生活中的王文义没有打过鬼子，却当过几天解放军，因胆小不干了。小说中有一个情节与王文义当兵的经历相似，即听鬼子打枪，以为自己脑袋已不在颈上一节。据说王文义刚当兵时参加了一次战斗，敌人开枪之后，子弹如蝗虫从头上飞过，王文义大叫：“我的头没了，我的头呢？”气得班长破口大骂踢了他一脚。撤退时他竟将大枪丢进水沟，班长下水捞上枪来，王文义的兵也就不再当了。此人解放后一直务农，老实本分，其妻是一细高身材的农村妇女，自然也没有为抗日部队送饭光荣牺牲的事。

大老刘婆子

小说《红高粱》中还有一个叫大老刘婆子的女人，是余府的女管家，后来还和爷爷余占鳌有那么一段浪漫史。现实生活中，在我们邻村沙口子确有一个叫大老刘婆子的女人，解放时已50岁左右了，大跃进年代去世。此人是一个以乞讨为业的女叫花子，整日破衣烂裳，蓬头垢面，手持打狗棍，挎着篮子挨家挨户要饭吃，令人望之生厌。谁家的小孩不听话或哭闹，只要说一声“大老刘婆子来了！”马上吓得乖乖的。此人是个寡妇，政府教育她好好劳动，她不肯。有一年，大概是朝鲜停战之后，有一批伤残军人下来找对象。其中有一个叫老范的，虽然不缺胳膊少腿，但缺少心眼，大姑娘小寡妇都不肯跟他。不知有人撮合还是两人自愿，大老刘婆子居然与老范同居了。但不久，大老刘婆子又出来要饭了。据大老刘婆子自己说是因为老范年轻力壮，吃他不消。但人们分析，肯定是大老刘婆子骗光了老范的钱，因为不久老范也就由政府召回去了。

大老刘婆子在世时莫言尚小，即使见过，也不会有什么印象，所以在小说中只是借她的名字用用而已。类似人物《红高粱》中尚有许多，限于篇幅，不再一一列举。

单干户

在莫言的长篇新作《生死疲劳》中写了一个至死都不肯加入农业社的单干户蓝脸。在现实生活中，我们的家乡原河崖人民公社，确有两户不肯加入公社的单干户，一户在陈家屋子村，一户在窝铺村。

这两家的成分并不高，不是贫农，也是下中农。他们不但坚决不肯加入初级社和高级社，直到人民公社了，他们还在单干，其倔强的劲头实在罕见。其中陈家屋子那一户，在动员加入初级社时，因不堪村干部的催逼，竟铤而走险地不断上访。他吃准了一条：中央的政策是“入社自愿，退社自由”。据说官司打到省里，省里给了他一个书面答复，认定他不入社不犯法。他把省里的答复镶在镜框里，挂在墙上。从此有了上方宝剑，放心大胆地单干起来。

单干，对他们来说可能粮食打得多一些，1960 年可能少挨一点饿。但承受的压力，尤其是政治压力是很大的。记得每当看到窝铺的那个单干户赶着牲口，扛着农具，从胶河河堤上向我们村子东面走去干活时，连我们小孩子都像看出土文物一样看他们。事实上，整个社会都把他们打入了另册，把他们当成了另类。这当中，最倒霉的莫过于他们的子女，不但入党、入团、当兵没份儿，而且走到哪都受歧视。记得窝铺村那家的孩子在高密二中念书，校长就曾经在大会上讲话，要他回家动员父母入社。公社化后，有一段时间，每个学生的口粮都由所在公社往学校里统一调拨，这个学生当然无从调拨，只好自己每周两次回家背干粮。在这种情况下，这个学生不久就退学了。

当时，公社的生产队里干活是大呼隆，十几个人，几十个人一起，到了目的地先吸袋“地头烟”，然后上午休息两次。下午休息两次，休息时，男男女女，打打闹闹，说说笑笑；干活时，东拉西扯，嘴也不闲着，不知不觉就是一天。晚上到队里记工，又是轰轰烈烈，连吵带骂，有人唱歌，有人打闹。而那单干户干活，全家几口人，当然是死气沉沉，碰到大人不高兴，孩子少不了挨骂。所以，生产队对青年一代有极大的吸引力，可惜这一点在《生死疲劳》里没有体现。因此，等到这两家单干户的老一辈去世了，其子女都加入了人民公社，时间大概是在“文革”前。这两家的老人要是活到了“文革”，恐怕批斗是少挨不了的。

孙家口伏击战

小说《红高粱》写爷爷和父亲去伏击日本鬼子的事是有其故事原型的。这就是发生在 1938 年 3 月 15 日的孙家口伏击战。据县志记载，当时胶（州）沙（河）公路上常有日本汽车过往孙家口。3 月 15 日晨，国民党游击队曹克明部 400 余人，在冷关荣部、姜黎川部配合下，埋伏在村内村外，截击日军。上午 10

时许，满载日军的 5 辆军车由村北向南疾驶。尖兵车上载重机枪一挺，驶至村南拐弯处，轮胎被预先埋在路上的耙齿扎穿，动弹不得。曹部伏兵立即投弹炸死车内日军。后驶进村内窄路上的日军汽车，前进不能，后退不得。村内伏兵四起，围击日寇，并以高粱秸引大火烧汽车，车上日军无一逃脱。村外汽车上的日军企图负隅顽抗，亦遭围歼，仅 1 名逃跑。此战歼灭日军 39 名，内有日军中将中岗弥高，缴获汽车一辆（其余被烧毁），轻重机枪各一挺，“七九”式步枪 30 余支，子弹数万发，军刀 3 把（其中将军刀一把），文件一宗，游击队伤亡 30 余人。后驻胶县日军至孙家口邻村公婆庙（现名东风村）报复，杀害群众 136 人，烧民房 800 余间，造成“公婆庙惨案”。

1987 年夏天，西影导演张艺谋率《红高粱》剧组来高密拍外景戏，孙家口一带老百姓事先专门种了大片高粱，电影中不少镜头就在此地拍摄，使当地老百姓重温了当年的历史。老百姓看到巩俐等人在高粱地里钻进钻出，从驴背上爬上爬下，累得晕倒在地，不由得感叹：“拍场电影真不容易啊！”

四叔之死

莫言作品中写到的真事不止一件，有些已经经过艺术加工（如孙家口伏击战），有的则简直如同现实事件的翻版。长篇小说《天堂蒜薹之歌》中的四叔因车祸而死就是其中之一。《天堂蒜薹之歌》这部作品，明眼人一看就知道，莫言是受了 1987 年发生在山东苍山县的蒜薹事件的启发写成的。其中四叔因车祸而死这件事，却是现实生活中真实发生的。死者就是我们的四叔。那是 1984 年 10 月，我们的四叔赶着牛车往离家 40 里外的县糖厂送甜菜，走至中途，被一汽车当场压死，牛也压伤，车也压坏。肇事司机是酒后无证驾驶，但因为是公社书记的朋友，车是给书记家盖房拉砖的，所以事情发生后迟迟得不到处理，更有那众多的说客登门威胁利诱。结果，赔偿了 3500 元了事。

我们这位四叔，叫管贻寿，是三爷爷的二儿子，自小没有了爹娘，是我爷爷奶奶一手拉扯大并为之成家立业的，生有四子一女，生活一直很困难，刚刚要过上好日子，竟遭惨死！四叔一生勤劳能干，吃苦耐劳，公社化时，担任多年生产队长，是中篇小说《牛》里生产队长的原型。莫言在队里干活时，得到了四叔多方面的指导和关照，两人感情很深。四叔死时，我在湖南工作，莫言在北京。莫言首先得到消息，写信对我说："我从小辍学在家，跟四叔在生产队里干活，前后近10年，四叔有超乎常人的吃苦耐劳精神，有着对后辈宽厚怜悯之心。因我家是中农，父亲常受人歧视，但四叔对父亲是很尊重的，对我是很爱护的。想不到他正当壮年，刚刚过上好一点的日子，竟丧身在一个酒鬼和走狗的车轮之下，我真想和他们打一场官司！一个小小的公社书记，芥菜籽一样的官儿，竟敢如此猖獗，视人命如儿戏，真是令人怒发冲冠！人和牛共赔了3500元了事？我感到一种沉重的痛苦和愤怒！3500元竟能买到一条人命，竟能使肇事者逍遥法外！……"当时我们一致认为有必要回家乡告状打官司，但被父亲制止了。父亲说："人死不能复生。咱宁叫一家冷，不能叫两家寒啊！"事情就这样了结了。但这件事对我和莫言刺激很大。所以当写作《天堂蒜薹之歌》时，莫言情不自禁地要借题发挥一下。当然除了四叔遭车祸而死之外，小说中发生在"四叔""四婶"身上及他们家庭中的其他故事都是虚构的，与我们的四叔四婶没有关系。

我们哥儿仨的当兵梦

管谟贤

上世纪六七十年代，我和二弟谟欣、三弟谟业（莫言）渐次长大成人，当兵成了我们共同的梦想，尤其是我。因为从小爱好文学，听书看戏读小说，我脑子里满是投笔从戎、报效祖国、驰骋疆场、马革裹尸的故事，把运筹帷幄之中、决胜千里之外的能臣良将作为自己学习的榜样，很想做一名职业军人，永远身穿绿军装，为人民放哨站岗。

机会终于来临了。

那是 1961 年 7 月底 8 月初，离现在已经 47 个年头了。当时我正忍着饥饿坚持在高密二中读高一，听说部队要从学校招兵，就迫不及待地报了名。经过反复体检、政审，7 月底，我从学校领导手里接过了入伍通知书，同时接到通知书的还有邻村大栏的一个比我高一级的同学。

这张入伍通知书，父母竟然为我保存了 40 多年，至今完好无损。它长 20 厘米，宽 12 厘米，粉红色带小白花的道林纸，内容是预先印好的，字是大红色的，单位名称及姓名等是用毛笔填写的，邹体，据我揣摩，很可能还是邹龙友先生的亲笔。

别提我拿到通知书的时候是多么激动和兴奋了，只记得眼泪淌着，手哆嗦着，话也说不清了。我想到自己马上就要穿上军装，手持钢枪，保卫祖国，那是多么神气，多么光荣！尤其听说是当海军，我的那份高兴更是难以形容了。

我想象着自己穿上了水兵服，乘上军舰，航行在波涛汹涌的大海上，大有壮怀激烈凭栏处的气概。更何况，当了兵就可以吃饱饭。到了部队一定好好干，少说话，多干活，经常写写稿，怎么也得入党提干，再也不回农村了。再说还能给家里挂上一个“军属光荣”的牌子，就是牺牲了，也能给家里挣一个烈属待遇，让父母在人面前能够抬头挺胸做人，也不枉父母生养我一番。这么想着盼着，只恨时间过得太慢。

终于盼到了 8 月 5 日，一大早吃了饭，去大栏叫上了同伴，他的哥哥当时在羊口盐场当保卫科长，专门请了假回来送他，于是我们三人一起赶往县城。

由于心情激动急切，一路小跑，40 多里路走下来也不觉得累。时近中午，我们找到了县人民武装部。听说我们来报到，当时的人武部部长史得同志亲自出来接待我们。史部长细高个子，戴一副近视眼镜，像一个大学教授，一见到我们，开口就说：“你们俩回去吧，今年别去了！”我一听，真如掉到冰窟里一般，眼泪“刷”地流出来了。史部长说：“小伙子，别难过了，你们俩是甲等体格，留下来等明年招飞时去验飞行员，当空军！回去好好学习，锻炼身体，部队欢迎有文化的年轻人，只要想当兵，肯定能当上！”我们听了史部长的话，而且知道我们俩的名额已由两个乙等体格的同学顶替，事情已无挽回的余地，只好吃了午饭回家。

回家的路上，我们三人谁都不说话，垂头丧气，没精打采，慢腾腾一步一步往家挪，回到家里已是黄昏时分。全家人见我回来，一惊，问：“怎么回来了？”我把情况一说，母亲第一个哭起来。我说：“娘，我走的时候你有说有笑，家里连送都不送，我回来了，你怎么反倒哭起来了？”母亲说：“傻孩子，你还不懂世事，也不懂娘的心啊！”我心里想：我懂，我什么都懂。实际上，当时的我真的还不懂世事，也不懂娘的心，真的弄懂了，已经是若干年之后的事了。

第二年，我和我的同伴真的都参加了招收飞行员的体检。先是在县里初检复检，三番五次，过关斩将，沙里淘金，整个高密县只剩下我们七八个人，然后到潍坊去作进一步体检。住在当时还是市郊田野里的结核病医院，晚上在军分区大院看了一场电影，吃饭不要钱，窝窝头管饱，心里很高兴。但这次体检要求更高，仪器更先进，到了五官科，我们俩就被淘汰了，当天就回了高密，心里十分丧气和绝望。那一年，我的同伴考上了山东农学院，只上了四十几天就退了学，非要考北京大学物理系，否则，宁肯去当兵。于是，我们又一同上了高三，高三毕业前，我们又一起报名应征，身体也都合格。当时政策规定，凡体检合格者，如考上大学则优先上大学，考不上大学就当兵。结果我考上了华东师大，去上海上学，我的同学没考上北大，就去当了兵。

直到大学毕业那年，父亲才告诉我，当年我考上大学，村里竟有人以“贫下中农”的名义写信到县里告我，说我出身中农，还有一个二叔在台湾（其实当时我这个堂叔生死未卜），为什么能上大学？信转回了大队，幸亏支书在这件事上还明白，骂骂咧咧地说：“人家上大学是考的，你他娘的有本事，自己考去，真他娘的没事找事！”说着就把信撕了。听了这事，我心里不寒而栗。联想到当年当兵没走成，又想到 1962 年暑假前我已填了入团志愿书，支部大会已通过，就差团委批准了，但暑假后，开学了，竟然没了下文。通过这件事，我对当时的社会才有了深刻的认识，对母亲的哭才真正理解了。就这样，拿到入伍通知书的我，竟然没有捞到当兵。

我虽然上了大学，但心里对当兵仍然十分向往，对部队、对解放军十分崇敬、热爱。记得在大学三年级的时候，我曾有幸与同学们一起以华东局“四清”工作队队员的身份赴安徽省定远县参加了两期四清工作。尤其令人难忘的是第二期在三和公社的时候，我被调到公社党委对敌斗争组担任秘书工作与解放军朝夕相处的日子。组里的田廷连、王汉卿都是陆军 179 师即“光荣的临汾旅”的排级干部，年轻热情，活泼幽默，工作认真，很对我的脾气，不几天我们就成了无话不说的好朋友。当时定远县党委书记是时任滁县地委书记、军分区第一政委的高密老乡李彬（直到 1987 年我调回高密，才知道他是高密康庄人）。虽然只听过他一次报告，但其雄辩的口才亦足以令人折服。平日，经常见到的是三和公社工作队党委书记，时任滁县军分区副司令的丁亚同志（原陆军 81 师副师长），副书记，陆军 179 师副政委王积德，党委委员中有该师参谋长、全国战斗模范、著名侦察英雄李来龙，该师炮团政委王耀炳等同志。其中丁亚同志是老红军，参加过潍县战役、济南战役、淮海战役、渡江战役及抗美援朝，战功累累，身上的伤疤有十几处。在打潍县时，他担任华东野战军 27 师 79 团参谋长，身先士卒，第一批攻上城墙，腰部受了伤，仍在西突破口上指挥战斗。战后，该团被授予“潍县团”光荣称号。抗美援朝时，已是团长的他，还荣立过三等功。他对部下生活上十分关心，工作上要求严格，尤其反对形式主义。他自己作报告，从不要秘书写稿子，只在香烟盒上写几个字，一讲就是大半天，幽默风趣，逻辑严密。因此，他也反对别人开会发言读讲稿。当时盛行学毛著讲用会，不管是谁，上去念讲稿，他就说：“假的，把讲稿丢了讲！”弄得好多人当场下不了台。王积德是标准的山东大汉，个头足有一米九，标准的军人，剑眉虎额，庄重严肃，立如松，坐如钟，走路一阵风，小伙子都追不上，冬天再冷不烤火，夏天再热不打扇。李来龙在解放临汾时，化装成国民党军官，进城侦察，机智勇敢，屡立奇功，参加过1950年全国战斗英模大会。如此传奇人物却淳朴如老农，机警诙谐，平易近人。王耀炳，山东老乡，性格直爽，一言九鼎，可亲可敬。他们都是我崇敬的对象。不管是开会研究各大队上报的对敌斗争的材料，还是他们给我们作指示的时候，我都十分虔敬虚心地聆听他们的发言，虚心向他们学习，他们的一言一行，都使我获益匪浅。所以，当“文化大革命”爆发，工作队中个别师生在别人暗中指使下，把斗争矛头指向解放军，无限上纲攻击丁亚同志时，我冒着回校挨整的危险，毅然决然地站在了解放军一边，因此，与解放军建立了深厚的友谊。回校后，我与他们保持通信联系多年，王积德副政委还专门给我寄过一本毛主席著作选读精装本。到了1967年1月份，上海因造反派夺权，局势大乱。学校内两派内战，混乱无序，眼看毕业无期，我深感前途暗淡，于是想当兵的念头更加强烈了。为此，我特地坐火车到了安徽滁县当时179师的师部大院找王政委。但当时中央军委还未下达“支左”命令，对地方事宜一概不能介入，王政委不能接见我（事后曾亲自写信向我致歉意）。我便到军分区去找丁亚副司令，表达自己悲观的心情，提出想退学当兵的要求。丁副司令留我吃饭，他的夫人于华是山东老乡，亲自下厨做了一条大鲤鱼招待我。丁副司令说，在校大学生当兵，上边没有政策，你先回校，等到毕业时再说。如果因在三和时和解放军站在一起的事影响了分配，我们不会不管的！王政委在后来给我的信中也表达了同样的意思。告别了丁副司令，我连夜到了南京，想去找在三和认识的南京军区政治部的何居岩同志。到了军区接待处，除了站岗的，一个解放军也见不到。只见满屋子红卫兵，闹闹嚷嚷，墙上大大小小密密麻麻地写满了“我要当兵”。我一时热血沸腾，拔出笔来，在一张宣传画上写下了“许司令，我也要当兵！”几个大字，旁边又加了一行小字：“华东师大中文系一个红卫兵”。然后出挹江门，来到长江边上，用江水洗了一把脸，对着江面大喊：“投笔从戎，保卫祖国！毛主席万岁！”发泄完毕，我坐上火车，黯然回沪，争取当兵的最后一搏到此结束，我当兵的梦想至此彻底破灭。

谁承想大学毕业后，我却有过在部队生活了一年的经历。当时我被分配到一机部所属的一个内迁厂，先要到部队锻炼一年，于是我到了沈阳军区旅大警备区守备三师师直学生连。从辽宁庄河转战黑龙江勃利县七台河特区宝山农场，再到乌兰浩特（当时划归吉林省）。虽然和解放军朝夕相处，自己也当了班长

（排长以上的均为解放军），但当时知识分子已沦为“臭老九”，成了“再教育”的对象，尽管我锄地一个能顶一个排，杀猪打铁这些许多战士干不了的活，自己都抢着干，为此也受过表彰，得过嘉奖，但心情始终是郁闷的，情绪是低沉的，情感上是对立的，只是敢怒而不敢言罢了。当兵的自豪感是一点也没有的，有的只是屈辱和消极。想起我的那些当了兵的同伴和同学，他们早已提干，拿着比我高的工资，而且成了全国人民学习的榜样，而有的同学还正当着“军宣队”改造着像我一样的“臭老九”时，我真是后悔考上了大学而没去当兵。

为了表达当时的心情，我曾偷偷地写过这样一首诗：

北大荒里气萧森，歌声唱处是青衿。
斫木烧草开荒地，种豆割麦炼红心。
一日三餐吃冷饭，四时八节住野村。
读书有罪沦“老九”，“再教育”学解放军。

在部队窝窝囊囊地干了一年多，然后我回到远在湖南的工厂。直至粉碎了“四人帮”，才算甩掉了“臭老九”的帽子，入了党，提了干，算是工人阶级的一员了，但从心底里还是对解放军十分羡慕和崇敬。有时候回首往事，总觉得没当兵是今生最大的憾事。如果人生真有来世，让我重活一回，我最大的心愿还是当兵。

就在我大学毕业后的那几年，我的二弟谟欣也高中毕业了，当时正是“文革”时期，大学不招生，农村青年要想离开农村就只有当兵一条路。因此他与其他的农村青年一样，也是做梦都想当兵。从 18 岁那年开始，年年报名年年体检合格，但年年都走不成。有两年来带兵的解放军都看中了他，上门作过家访，也还是没有用。有一年，二弟竟在集中报到的前一天被人替换下来！当时，有多少干部子弟、亲戚、贫下中农的后代在等着，哪里轮到我们中农子弟啊！中农仅仅是团结对象，在那极左的年代，连三岁的小孩都心知肚明，对你冷眼相对。所以老二也没有当上兵。虽然他高中毕了业，学习也不错，别说当兵，连当一名民办教师或赤脚医生都没有他的份。

转眼间，三弟谟业（莫言）也长大了，虽然他连小学没捞到上完就辍了学，但由于天资聪颖，刻苦好学，文化水平早已比当时农村联中的中学生还高了。当时的农村连温饱都没有解决，大学又不招生，所以当兵就更加成了农村青年梦寐以求的事。莫言也是从 18 岁开始年年报名，年年体检合格，年年都参不成军，入不了伍。转眼到了1976年，莫言已经21岁，如果这一年再走不成，第二年就超龄了。

当时，莫言正在县第五棉花加工厂（河崖）当临时工，他工作认真负责，开会积极发言，工余时间写表扬稿、办黑板报，还为职工上课，帮大家学文化，干活又卖力，因此受到领导表扬。年初征兵工作开始，上级说符合条件的临时工可以在厂里报名，莫言马上第一个报了名。事先，他和有关领导的孩子交了朋友，报名后，他托这朋友给有关领导捎去了自己迫切想当兵表决心的信。厂里领导也帮了忙，部队上来带兵的领导也喜欢他。此时，因为全公社的劳动力都去了离家百多里地的胶莱河工地，大队支书、大队长、民兵连长全上了工地，没有人出面刁难阻拦。当莫言得知自己已经被批准入伍时，十分高兴，兴奋得恨不能找个地方大哭一场！过了春节，有一天，我们大队的民兵连长从水利工地上回来了，骑着自行车路过棉花加工厂，气呼呼地大喊莫言的名字，见到莫言，把一张应征入伍通知书“唰”地扔在莫言面前，一句话没有说，骑上车子就走了，那意思不言自明。在宣布入伍名单时，有的贫下中农竟然公开骂，为什么不让贫下中农子弟当兵却让中农子弟去当兵？但莫言终于还是拿到了入伍通知书。鉴于我的前车之鉴，全家人提心吊胆、战战兢兢，盼望着莫言早一天走，免得夜长梦多。

到了走的那天，别的大队敲锣打鼓送新兵，我们大队没人送莫言，好歹地让一个小学教师给做了一朵红纸花戴着。到高密集合后，莫言来到了位于黄县的总参某部当兵。这期间，虽然我们大队有的贫下中农写信给部队说莫言出身中农，有个叔叔在台湾，但部队没有理睬。这些自然都是后话。

莫言当兵的消息是莫言自己写信告诉我的。这也是我第一次看到莫言写的东西，当时就让我吃惊不小。因为那封信写得太好了，不光是文理通顺，而且文采飞扬。信中把自己当兵的经过，当兵的心情，部队的环境，自己的决心写得生动感人。当时，我正在教一个高中班，学生因受“文革”的影响，作文一律是“碰到困难，学习语录，问题解决”的“三段论”模式，毫无真情实感。为了教学生作文，我在班上把莫言的信读了，然后告诉学生，写信的是一个小学没毕业的人。可见作文不难，关键要用功。学生一片声地起哄说老师骗人，这封信大学生也写不出来。我说，老师不骗人，写信的人是我弟弟，他只读了五年书。这件事，对学生教育很大。所以事情已过去了30多年，我至今记忆犹新。

总之，莫言当了兵，圆了我们哥儿仨的当兵梦。从此，莫言在部队锻炼成长。在领导的关怀和战友的帮助下，莫言入了党，提了干，成了国内外知名的作家。我想，如果当初莫言当不了兵，或者部队领导听信了某些人的“揭发”，把莫言从部队上退回来，莫言决成不了作家！所以，军营是一所大学校的说法是绝对正确的！

我永远热爱中国人民解放军！

我与莫言

张世家

一

莫言与我，我与莫言，我们都是高密东北乡那片红高粱地上的不肖子孙。说是不肖，是因为我俩都是叛逆者，对生我育我的这块黑土地既恨又爱。从生下来懂事那一天起就想，一直想，逃离冲出这块高粱地。

莫言小我一岁，属“羊”，1955年生于河崖镇平安村；我属“马”，1954年生于河崖镇公婆庙村。平安村——公婆庙，两村相隔6华里。

我俩是喝同一条河的水长大的。那条河曲曲弯弯，从上游一直流到莫言家屋后、我家的屋前，每年夏秋时节，洪水滔滔，浪涛澎湃。这里，童年留给我俩深刻的印象是洪水和饥饿。

莫言的短篇小说《枯河》和中篇成名作《透明的红萝卜》，写的故乡的河流就是这条河。这条河的名字叫“胶河”。他家屋前还有一条河叫“墨水河”，我家屋后也还有一条河叫“郭杨河”。儿时的高密东北乡应该说是水族们的乐园，为了活命，我们的祖先只好在这里种红高粱。我俩的童年经历苦不堪言。

我们这一代人所经历的除了没有上山下乡外，什么样的苦难都经历了。大跃进，人民公社，三年挨饿吃茅草根、啃树皮，后来吃杂种高粱；小学时正逢

“文化大革命”，到现在我还记忆难忘。上海的“一月风暴”刮到我们村时，一夜之间村里成立了 3 支队伍：一支叫敢死队，一支叫敢抬队，一支叫敢埋队。你敢死，我敢抬；你敢抬，我敢埋。一支比一支厉害，这胆量颇有祖宗遗风。还有兴无灭资、红色娘子军。说不清是谁下的令，大人、孩子，男人、女人，一个个都像疯了一样，撕咬的劲头、狂叫声，比狗还凶。“革命不是请客吃饭，不是做文章，不是绘画绣花……革命是暴动，是一个阶级推翻另一个阶级的暴烈的行动……”

白天斗私批修，暗地里却干着偷鸡摸狗的勾当。至今我还记得我曾任“红小军”的军长，夜里去偷瓜，都背诵着篡改了的主席语录：“下定决心去偷瓜，不怕牺牲往里爬，排除万难摸大的，争取胜利扛到家。”我与莫言的小学生涯就是在这场疯狂的大革命中度过的。

莫言上了 5 年小学，我凑合着读完了高中。后来我才知道，“文革”期间我在公婆庙村小学当“红小军”军长时，莫言曾任平安村小学《蒺藜造反小报》的总编。“造反造反造他妈的反，毛主席号召我们造反！砸烂砸烂全砸烂，砸烂资产阶级教育路线！”这是莫言最早的创作，可惜只出了一期，就叫老师给封杀了。莫言成名后在好几篇文章里写过我们之间的交情，《故乡的药》《高密奇才张世家》《怪人张世家》和《红高粱与张世家》。

不少人误以为我与莫言自小摸爬滚打在一块，是童年的好友，其实我俩的童年互不相识。尽管我们在相隔 6 里路的地方，都在做着离开这鬼地方的梦。我们俩真正从相交到深交成为铁哥们儿，是 1973 年后中国发生了翻天覆地变化的这 25 年。尽管我们俩走的不是一条道，他当作家，我做企业，但骨子里的东西是一致的，冲出高粱地。我敬佩他的才气、灵气，他关心我的事业、命运。

如果说这个世界是个碰运气的世界的话，他的运气比我好。记得 1973 年他依靠在高密河崖棉油厂当主管会计的叔叔，我依靠在公社医院当司药的父亲，进了同一家棉油厂，每天挣 1 块 3 毛钱的工钱，这在当时是个了不起的数目。

自古京里有人好做官，莫言他叔是厂里的主管会计，安排莫言做了司磅员。这是厂里临时工中的一个美差，令我和很多临时工眼馋。我没门子，被分配到车间，干的是抬大篓子的活，上肩就是 200 多斤，是厂里最重最苦的活。

那时的莫言，在我的记忆中相当沉默。用莫言自己的话说，他当时的心境是：“白日做梦，也是如何冲出牢笼、离开家乡。”我深信，苦难的童年是莫言成为作家的第一所大学。冲出去，干一把，出人头地，谁不想？ 1976 年，莫言如愿以偿，报名 4 年，体检 4 年，终于当了兵。时年，莫言 21 岁，把 1955 年生人改成了1956年生人。要不，他这辈子就穿不上军装了。凭直感，我认为莫言如果当初当不上兵，离不开家乡，一直待在这里，他的童年再苦也成不了今天的名作家。

同年，我也离开了棉油厂，在我家乡的党委给“秘书”当“秘书”兼土记者，专管给党委书记、乡镇长写报告讲话稿，写典型材料，有时也在报纸上发表几篇小文章，一晃就是十几年。那时公社也好，乡镇也罢，党委秘书没有几个会写材料的，党委书记、乡镇长也很少有几个不念稿讲话的，统一口径，上下一致嘛。

莫言离开家乡成了名震文坛的大作家。我呢？尽管写的不比莫言少，一年少说也写1麻袋，10年我写了十几麻袋。可我写的净是些千面一孔，如同一个模具造的，报告讲话照抄照搬，典型材料就像猪八戒取经回来，介绍经验少不了“在观音菩萨的引导下，在我佛如来的感召下，在唐僧师傅的率领下，在悟空老兄的协助下，在众神众鬼的保护下”之类的套话，到头来一文不值。后来翻翻，真想大哭一场，这10年我干了些什么！

我这嘴没遮没拦，喜欢胡说八道，语言尖酸，在故乡是有名的。莫言在他的报告文学《高密之光》里，曾几笔勾画出他这位故乡朋友的形象：“瘦如猿猴，一双锐利的眼睛深深嵌在眼窝里，嘴里两排漆黑的被含氟水毒害了的牙齿，能说能写能喝酒能吸烟邋遢不洗衣服有济公风度挺可爱的。”还有伏笔画龙点睛：“语言尖酸刻薄，靠老天爷给洗衣服。”

够了！莫言老弟把我赤裸裸地捅到《人民日报》上，放在阳光下。文章发表后，不少朋友为此事找我：“你叫莫言丑化到家了。”我说：“知我者莫言也，几笔见精神，我感谢莫言。”

二

我知莫言，莫言知我。我们两个天生不是做官的材料。说真话，也不是不想，当不成罢了。我在党委10年知道官路也需要经营，咱不会经营罢了。如今他当他的作家，我做我的企业，这是天意。记得1984年莫言回家探亲，在我那间“秘书”的“秘书”的宿舍兼办公室里，我用一盘猪耳朵、一盘黄瓜炒鸡蛋、一碗花生米，还有蒜泥、黄酱、生菜和两小罐红高粱酒宴请他。酒至半醉，掏心窝子说话，我发表了一通对官场的不满和愤恨。他劝我还是少说为佳，走自己的路，中国在变。我说："你比我也好不了哪里去，发表的几个破小说在我看来，没啥了不起，哪个是你自己的经历，不信写高密东北乡，写我们的童年，你写，写……"天生我材必有用，这是醉话，后来被莫言连同我的哭坟写进他的《爆炸》《我的墓》里。记得那天莫言告诉我，他这一辈子不想做官，只想当作家，他对于当作家充满自信。任副连职马列教员时，部队首长提他当科长，他说："当科长你提谁都行，培养个科长容易，培养个作家不易。对我来说当作家比当科长有用。如果你感到莫言是个人才，就送莫言到军艺深造。"虽说他仅上过 5 年小学，但却凭着真才实学，一举考中。

我知道莫言平生最反对不择手段往上爬的人，最崇拜英雄好汉，最仇恨王八蛋。交朋友他喜欢的是一见面就能把自己的全部缺点暴露出来的人，最鄙视装模作样的人，最瞧不起的是钻别人的裤裆。他说："一个人若没有真本事真能耐，靠钻裤裆过日子是不会长久的。尤其是搞文学创作，死猫是发不上墙头的。"

酒后吐真言，一心想冲出高粱地的我，原本就是一个不安分的人，时逢改革大潮，不能不重新审视自己。这年县委调我去干高密县委报道组长，我断然回绝，义无反顾。

1985、1986 这两年是莫言的丰收年。《金发婴儿》开路，《爆炸》落地有声，《断手》《草鞋窨子》《红高粱》……一发而不可收，文坛号称莫言年。

受莫言影响，这年我烧掉了 10 年中我在党委写的十几麻袋一文不值的废纸，埋葬了我的昨天。在朋友的引荐下，我来到高密当时很出名的一个村——南关。当时不少人担心我这张嘴，莫言则告诉我："树挪死，人挪活，试试看，大不了再回你的大栏。"在这里我结识了党的十三大代表、南关村支部书记王建章和有胆有识的高方明两位农民企业家。1988 年莫言回家写了《高密之光》《高密之星》《高密之梦》，在《人民日报》上整版发表，主要歌颂的就是高密的这些农民企业家。我想这是莫言写高密吹高密的第一个三部曲。至今，他仍一直非常关心他讴歌过的英雄好汉，希望他们在反思中超越自我，不断蜕变。像说我一样，要求我不断地蜕皮，在蜕皮的过程中变成龙。

尽管今天我已与我所敬佩的英雄好汉王建章和高方明分灶，创立了天达药业，而且小有名气了，但我不能不说，王建章、高方明是三中全会后中国农村革命的探路者，大英雄。人不能割断历史，如果说没有王建章创立的兴华总公司，也就没有后来的发达集团；没有发达集团，也不会有今天的天达药业。

前人栽树后人乘凉，不以成败论英雄，至今我仍然非常敬佩王建章和高方明。放在南关村看，王建章做企业尽管不是一个很成功的大企业家，但他是高密经济发展当之无愧的第一带头人，第一个探路者，谁也不能不承认，也不敢不承认。高方明用十几年的时间在高密创建了第一个国家级民营科技工业园，在青岛建起第一座农民创建的发达商厦，在高密也是前无古人的。我敬佩他们，他们是三中全会后，中国这一特殊时代造就的大英雄。

三

莫言笔下的高密东北乡，位于胶河下游，在高密、胶县、平度三县交界之处，面积约有八平方公里。此处地势低洼，内有胶河、胶莱河、墨水河、顺溪河、郭杨河，五河贯穿东西。每年汛期到来，上游的水直往这里灌压，像灌耗子一样。

小时候记得大人们种小麦插不上犁，只好把猪赶到田里，一个猪蹄子，一墩小麦，那麦种叫"秃子头"，不长芒。山高皇帝远，这儿也是个历来三不管的地方，颇有点水泊梁山的味道。为了生存和糊口，我们的祖宗在这里种下了一片片红高粱。每到夏秋季节，这里是一望无际的青纱帐，也为一批铁骨铮铮土生土长的英雄好汉们提供了活动场所。他们为了改变自己的命运，拉帮结伙，在这无边无际的高粱地里神出鬼没，拉驴绑票，杀人越货，劫富济贫，好事坏事都做绝。连当初国民党正规部队不敢碰的日本鬼子的汽车，他们也敢抢敢烧。

儿时听老人们说，高密东北乡曾经土匪如牛毛。小狮子、郭鬼子、高仁生、冷关荣都是有名的。特别是高仁生、冷关荣，他俩一个是高密东北乡东流口子人，一个是王家丘人，都带过一团以上的土匪。二人为争地盘厮杀拼打过无数次。莫言笔下的传奇英雄余占鳌是不是高仁生我不很清楚，但冷麻子肯定是冷关荣这个土匪是无疑的，这小子后来当了汉奸，与共产党领导的胶高支队为敌。我还听说过高仁生这个土匪，长得人高马大，双手打枪，百发百中，这一带的土匪都怕他。

有一次高仁生和他的勤务兵从高粱地旁路过，路旁沟里有两个割草的孩子，一个说："我要有这么个干爹就好了。"另一个说："我要有这么个干儿就好了。"西北风把这俩小孩的戏言刮进高仁生的耳朵里。高仁生当即命令他的勤务兵把两个小孩叫到跟前问道："谁要给我当干爹，谁要给我当干儿，快说。"据说那个要拜高仁生当干儿的被抽了30马鞭，打得皮开肉绽；那个想拜高仁生做干爹的因此得福，成了高仁生最贴身的勤务兵。我始终怀疑，莫言笔下那个跟着余占鳌打天下的干儿子"豆官"就是这个割草孩子的化身和原型。

直到今天，人们一提曹二鞋底坐高密仍然滔滔不绝。曹二鞋底，真名曹梦九，是抗战前国民党高密县长。曹梦九在冯玉祥手下当过警卫营长，当时韩复榘还是他手下的警卫连长呢。提起他的绰号有点滑稽。听老人说，他长得身躯高大，嘴上留着髯口胡，腚膀子上挂着双大鞋底，遇上不养老的、抓着赌博的、逮住拦路抢劫绑票的土匪，他都是先抡起鞋底一顿臭揍。他做高密县令的座右铭是："一阵风，一阵雨，一阵晴天；半似文，半似武，半似野蛮。"

相传，曹梦九惩治地痞无赖的手段招数怪得出奇。当时高密有个王好善，人送绰号"惹不起"，他将别人典给他土地的契约改成卖地契约。官司打到县里，被曹二鞋底查明白之后，先打了200鞋底，又罚他在县府门前捣了3天尿罐，边捣边喊："大家都来看，我叫王好善，因为我捣蛋，县长罚我捣尿罐。"还有一次，曹二鞋底赶集，碰上一男一女争一只鸡，双方都指责对方赖鸡，有一群人正在围观。曹问："谁能作证？"其中一人指着男的说："掌柜的是俺邻居，我证着这鸡是他的。"女的是乡下人，找不到证人急哭了。曹二鞋底一转眼珠向男的问："你的鸡今早喂的是什么？"男的说"谷糠"，女的说是"高粱"，曹令人当场把这只鸡杀了，扒开鸡食囊一看，里面全是高粱。曹当即打了赖鸡人和作伪证的各200鞋底，仍不解恨，又命人买了半斤蜂蜜，扒下赖鸡人的裤子，将蜂蜜涂在赖鸡人的屁股上，叫作伪证的用舌头舔干净。一边舔，一边叫："我叫我舔腚，舔舔舔，叫你舔！"舔了半个时辰，叫了半个时辰。曹梦九这样的轶事趣闻，至今在高密留传着很多。

曹梦九坐高密时惩治了很多坏人，也错杀错打了不少好人。他曾用假招安计策骗去高密地面的80多个土匪，装入马笼车，拉到济南叫韩复榘枪决了，只跑了一个，那就是我高密东北乡的郭鬼子。记得我干土记者时．有一年在高密电影院门前碰到一个70多岁的老太太哭天喊地，大叫曹梦九，逢人便说如果曹梦九还在，她儿子、儿媳就不敢不养她，像今天这样虐待她，非挨200鞋底不可。

无疑，发生在高密大地上的这些故事，有不少已成了莫言创作的契机，化成了《红高粱家族》等一系列激动人心的篇章。对此，我曾建议莫言回到高粱地，把《红高粱家族》搞成40集电视剧，我投资。借电影《红高粱》的余温，创造更大的民间效应。

四

美在民间，美在高密。高密有莫言写不完的大善、大美、大丑、大恶。凭直感，我认为莫言之所以有一种天马行空、独往独来、奇思怪想的艺术风格，是与高密的民间艺术——高密剪纸、高密泥塑、高密扑灰年画的熏陶分不开的。还有高密的方言土语，哪一句都会使你产生丰富的想象力。像通红、条白、哄黑、显紫，这些形容颜色的语言，你说通红是什么样的红，条白是什么样的白，哄黑是什么样的黑，显紫是什么样的紫，你可以任意地想象。

高密三大民间艺术，以扑灰年画为最早。早在明朝末年，就以墨屏花卉及人物画行销于市，延至清代已趋向完美。它以纯熟的技巧、浓郁的地方色彩和独特的艺术风格博得人们的喜爱。其画法受元、明写意画影响很深，大笔挥洒与精工勾染相结合，大红大绿靠拢，以色代墨，追求的是鲜明强烈明快。

莫言的作品，特别在色彩上，与之有很多相似之处。小时候，我曾见过八仙、白蛇传、天女散花、观音送子等30多种画样。记得我爷爷在屋里边画边唱："黑屏黑屏，案头清供。婆娘不喜，老头奉承。货卖识主，各有前程"，还有"红绿大笔抹，市上好销货，庄户墙上挂，吉祥又红火"。我爷爷为人粗鲁，扑画家堂，把一头小鹿画成大叫驴挨了老爷爷一顿拄棒；为祖宗开眼漏掉一只眼，拿到市上销售才发现。谁知这张原认为无人要的家堂画，竟被一条汉子花四倍的钱买去。那汉子说：他爷爷就一只眼，这回叫他买着真家堂了。我把爷爷在画屋的奇闻说给莫言听，同时我还跟他开了玩笑说："如果你用第一人称写出去，那我敢肯定，我爷爷就成了你爷爷了。"

我同莫言经常谈论高密的方言土语，高密的民间艺术，特别是高密剪纸，玲珑剔透，淳朴浑厚，天马行空，自成风格。凡人间传说，生活情趣，无所不能，无奇不剪。这里我可唱一段，单表高密的窗花剪纸种种：

牛郎头上罩神光，脚踏行云会鹊桥。猴子架起二郎腿，学人吃烟面偷笑。

老鼠嫁女办喜事，吹吹打打碰着猫。刘海来戏金蟾女，一双娃娃玩小鸟。花鹿驮着寿星走，和合二仙各斗宝。望香十冬哭甜瓜，世代留传为心孝。梁祝长亭十八送，依依不舍离难熬。十八的姑娘爬墙头，越爬越恣越窈窕。吹箫引来凤凰舞，三姐彩楼把球抛。牛王弄枪来称霸，猴子抡棍揍老妖。瑞莲夜奔寻兰宽，井台之上情相邀。剪纸生花四季春，草虫小鸟都会叫。

高密剪纸，村姑胸中的题材不知有多少。1986年秋，莫言回家探亲，曾约我同他一道专程去找高密的剪纸世家范作信买了500余件，有老鼠娶亲、老鼠嫁女、蝈蝈出笼、水浒人物一百单八将、梅花鹿昂首挺胸等。这些题材，莫言特别喜欢，他说高密民间剪纸的大胆构思，体现了高密人情感奔放、怨愤冲天、不敬鬼神不信天的狂放性格。同年，我和莫言还到高密聂家庄搜集了一批泥塑老虎、叫猴。后来，高密剪纸中的蝈蝈出笼和昂首挺胸的梅花鹿被莫言选进小说《高粱酒》中，它们充分显示了村姑以物托人企图冲破封建礼教严密束缚的抗争精神，那种巧妙掩饰，内含真情的构思嚼有余味，闻有异香。莫言正是在高密大地的风物人情、民间艺术的培育下，建立了属于他自己的文学王国。

大凡，人一旦出了名，就成了了不起的人物。但据我所知，莫言的苦恼并不比常人少。别看他在他的文学创作里显得那么自由潇洒，但回到现实生活中来呢，莫言还是莫言。这几年，我知道他拼命已经拼到无以复加的地步。我佩服他的才华，他的天才和他的灵气，尤其是他对生活的敏感，他的异常发达的想象力。

莫言的第一部长篇小说《天堂蒜薹之歌》，是在我那间乡镇党委宿舍兼办公室的屋子里，看到山东《大众日报》刊登的一则800字的消息引发的。他把震惊全国的“苍山蒜薹事件”用移山倒海之术搬到高密东北乡，作品中用了高密艺人瞎子张扣，真人真名，只不过张扣的眼不瞎。当他把这本书寄给我后，我一天一夜一气读完，展现在我面前的遍地都是愤怒的蒜薹。由此我想到的不仅仅是蒜薹的愤怒，还有牛奶、棉花、甜菜、红高粱。

在表现农民的愤怒时，莫言自己也不能自已了。如果说愤怒出诗人的话，愤怒也出小说家，也出大律师。这是久被压抑的大喷发、大宣泄，是鲁迅“哀其不幸，怒其不争”的再现。还有莫言的《红蝗》，也完全是偶然的产物。那是他在《文汇报》上看到一条不到300字的消息，题目是《高密东北乡发生五十年来罕见的蝗灾》。他看到这条被《文汇报》转载、惊动联合国的消息，当天从北京给父亲寄回了200元钱，嘱咐老父亲快买粮食别饿着。真是一朝被蛇咬，十年怕井绳，莫言小时候被饿怕了，这是本能反应。

10天之后，他从北京匆匆赶回来。我是在车站碰上他的，一见面他就问我蝗虫的事。我说："你上当了，那篇报道是王结巴这杂种干的。他把几个土蝗蹦跶写成飞蝗漫天，弄得好多人受惊，连联合国都要派飞机来帮助灭蝗。"我、莫言，还有结巴王玉清，我们三个都在棉油厂当过临时工。我一五一十地把来龙去脉告诉他后，莫言长长地松了一口气。可我做梦也没想到，就这么点线索，他竟本能地想起50年前高密东北乡发生的那场蝗灾，由此写出了一部十几万字的中篇《红蝗》发表在《收获》上。

80年代，莫言每年两次回家探亲，每次在家乡供销社的一间小屋里都写下很多很多。我知道一条无形的鞭子正在抽打着他，像今天他抽打着我一样。脑海里一根弦绷得紧紧的，他在苦苦地思索，苦苦地写。他的《十三步》是1987年春节在家里写的，除夕之夜一直写到接神，满街响起雷鸣般的鞭炮声才打住。当初我曾十分担心这支蜡烛有一天会突然熄灭，忠告过莫言老弟，你何苦如此玩命。他说："世家兄，现在读者和编辑，一方面希望莫言的作品一篇比一篇好，一方面又要写得多，约稿的一大群，难啊！不写盛情难却，写吧，又怕害了读者。为了对所有关心莫言的朋友和读者负责，我不能不拼命，直到死。"

这就是莫言，没出名时想出名，出名之后他告诉我说："我算是尝到了在火炉上挨烤的滋味了。"当初莫言这样说不以为然，今天我要告诉莫言，我和你有同感。出多大的名，担多大的险。尽管我们俩走的是两条道，你当作家，我做企业，想成名想出人头地，都是两根藤上的苦瓜。你说过文坛各领风骚两三年，企业界又何尝不是呢。

送虎迎兔，今年正月十二收到莫言散文《会唱歌的墙》，随便翻翻，真有点"一唱雄鸡天下白，虎兔相逢大梦归"的感觉。莫言的狗文3篇，吃事3篇，超越故乡，不堪回首忆当年。故乡的经历，故乡的风景，故乡的传说，是任何一个作家难以逃脱的梦境。记得1988年山东大学在高密召开首届莫言学术研讨会，有人叫莫言冲出高粱地，说这是当务之急。我说莫言回到你的高粱地。看来我的担心是多余的，在高密东北乡，莫言已经创建了一个属于莫言的文学王国，莫言你就是这个王国的皇帝，这里的一切都由你莫言来主宰，用你的笔，你的语言，用你超人的灵气，用你超人的智慧，还有你的文学天才，回到故乡，超越故乡。

对我来说，创立天达药业，算是在高密东北乡建立了自己的一块根据地。在企业尽管很苦，但它已经成了我终生的职业，苦海无边，回头是岸。我意识到了，也看到了，80年代的中国商界是一个斗勇的时代，只要有胆量，就能发大财；90 年代的中国商界是一个斗财的时代，只要资金势力雄厚，就能度过市场疲软，通货紧缩；到了 21 世纪，中国的商界将是一个斗智的时代，赢得市场，靠的是有智慧的大脑和高超的管理艺术。要生存就要竞争，要发展就得超越竞争。正像莫言在《超越故乡》一文结尾所言，对故乡的超越首先是思想的超越或者说是哲学的超越。对我来说，要冲出高粱地，观念的超越与创新同样是重要的，不创新就意味着死亡。莫言，我祈祝你高举高密东北乡的大旗，抱回诺贝尔文学大奖，成为世界级的大作家。你期盼我成功，我深知创新和冒险将陪伴我的一生。

（作者系莫言研究会副会长、天达药业原董事长）

童年的莫言

毛维杰

多少年后的一个初夏，站在莫言家老宅后高高的胶河大堤上，再来看那所莫言曾就读过的小学，原先的校舍早已荡然无存，空旷的黄沙地上是一人高的玉米林。

每个人都有自己的童年，童年的经历和记忆一定会影响他后来的心理和精神历程。童年的历练、童年的饥饿和苦难是莫言成为作家的摇篮。

1955年2月17日，农历的羊年正月二十五日上午，莫言出生在河南岸这座古老的土屋子里，莫言是母亲生的最后一个孩子，在他上边有大哥、姐姐、二哥。中午，已经上小学五年级的大哥放学回家，看到不常来的大奶奶从母亲的房间里走出来，笑着说："快去看看吧，你娘又给你生了个拉小车的！"大哥理解大奶奶的意思，是说母亲又给自己生了个小弟弟！他心里虽然高兴，但对大奶奶的说法很反感，什么"拉小车的"？难道你要我们兄弟一辈子当农民吗？这小车我不想推，也不用弟弟拉！"大哥跑进娘的屋，看到娘身边躺着一个婴孩，满脸皱纹，闭着眼，就说："怎么这么难看？"娘说："刚生下的小孩都这样。"

说也凑巧，那年高密发生的两件事情，都和以后莫言的成长联系了起来。

那年的8月份，高密县建立了电影放映队，开始在全县巡回放映。这件事情在当时的高密异常轰动，让人们看到了不可思议的东西。32年后因为莫言的小说《红高粱》，中国电影在世界上第一次获得了大奖。

此年实行了义务兵役制，适龄青年可以报名应征。21年后莫言在河崖棉花加工厂报名参军，部队的学习生活成就了作家莫言。

一年后，高密成立了茂腔剧团，因为茂腔，之后莫言写就了奇异的小说《檀香刑》……

明晃晃胶河水流淌，荡悠悠日月星穿梭。

1958年，莫言3岁那年，“大跃进”开始了，家没有了，铁锅和带铁的东西全都充了公，5间屋打通了，里边住满了大炼钢铁的陌生人，一家人被分得七零八落，连上小学的姐姐和二哥也都背上书包去背矿石了，只有他和堂姐跟着奶奶住到大栏村姓陈的房子里，吃饭从食堂里打着吃，那饭实在是难以下咽，至今令他难以忘却。

1959年莫言4岁，大栏和平安庄连在一起吃大食堂，吃饭的时候要到公共食堂去打饭，打开水，提着瓦罐打稀饭。莫言跟着村里的人提着个热水瓶去打开水，走着走着摔了一跤，热水瓶打碎了。当时的农村，热水瓶是个非常珍贵的物品。莫言吓得跑掉了，钻到一个草垛里，一个下午没出来。母亲到了晚上才在星光下找到莫言。看到母亲不像是要打他的样子，莫言又感动又委屈。

1960年秋，正是人们吃不饱的年月，6岁的莫言入大栏小学。校址就设在平安庄大户单家的老房子。单家是地主，开烧酒锅酿过高粱酒，显赫一时。单家房舍俨然，是当时农村极为少见的大瓦房，宽敞明亮，解放后被政府改为一处完全小学，周围八九个村的孩子都来上学。学校的位置在大栏胶河古石桥以东200米、河的南岸，平安庄东西大街以北。学校北边是9间房屋，后墙河堤边上还有一户人家和一块菜园，西边有厢房7间，最南边靠着大街还有教师宿舍和3间教室。莫言的班级就紧靠大街。学校西南侧是操场，是学生和社员活动的场所。中间东侧两排房子早已分给了社员。学校虽有围墙，但低矮破败。学校校长是平度人王金榜，老师有尚怡、孟贤惠、于锡惠、张作圣、王兆聪、朱宗文、王润之、张焕文，伙房师傅1人。别看学校是所乡村小学，但教师来自五湖四海，师资搭配合理，藏龙卧虎。

学校就在莫言家东边，中间只隔一条南北胡同，孩子的读书、打闹声时常透过墙内外槐树枝杈的屏障传到莫言家中。

母亲用几块蓝布给莫言缝制了一个书包，书包里放着几本卷了皮的书，一块石板，几枝半截的石笔。大哥读完的高年级的书，也装在自己的书包里，书包鼓鼓的。莫言每天带着几分炫耀斜背着书包穿梭在学校与住家之间，很是高兴。因为离校很近，所以他经常早早地到校。开始上学穿着开裆裤，两条裤腿高低错落、参差不齐，两通黄鼻涕拖到嘴上，每隔半分钟就吸溜一次，吸不动了就抡起袖子一扫而光，冬天的衣袖似战士的铠甲，闪闪发光。莫言虽然小，但也多愁善感，别人惹他，他就喜欢哭，下了课就想往家跑，不是喝水就是搬干粮。莫言在班里年龄最小，在力量的对比中，处于劣势，最大的同学已经长了漆黑的小胡子。

在那挨饿的年代，可吃的东西都吃光了，村里天天有人饿死，姐姐已经退学，专门剜野菜供全家人吃。一个下午，放了学的莫言，跑回家里，扔下油灰的书包，看到"母亲坐在一棵白花盛开的梨树下，用一根洗衣用的紫红色的棒槌，在一块白色的石头上，捶打野菜的情景。绿色的汁液流到地上，溅到母亲的胸前，空气中弥漫着野菜汁液苦涩的气味。那棒槌敲打野菜发出的声音，沉闷而潮湿，让他的心感到一阵阵地紧缩。"（莫言语）

莫言抄起紫穗槐条子编成的筐子，一溜歪斜地窜上了屋后的胶河大堤，他要去挖一种叫"齐齐毛"的野菜，这种野菜叶子边上有毛，味苦，但人们没有东西好吃，只好吃它。河堤在夕阳的紫红色的亮光中向东无限地延伸着，莫言看着它出了村子，一直延伸到胶河农场的自来水塔后面，一直延伸到看不见的遥远的天际。河里是静静流淌着的蓝绿色的水草，一群杂毛的野鸭在靠岸的水边追逐着，不时将嘴插在水里泥里呱呱唧唧地吃着什么。几只野鸭仰着脸朝着莫言叽叽喳喳，还在嘲笑他那天挑水上河堤时，连人带水桶滚下河的情景，他涉过河水，往远处的田野走去……

莫言又一次感觉到温热的河水，禁不住回忆起自己的一次惊险的经历：那次，莫言正在圈（厕所）里蹲着大便，吃下的野菜消化不好，总是这样，很吃力，很困难，蚂蚁正在爬上莫言露着脚趾的鞋子，两个蚂蚁好像要打着肩膀，正在叠着罗汉，还没叠成，只听"嘭"地一声闷响，莫言像个球似的滚落到积满污水的圈里了，草木灰震荡着合拢了。莫言家的圈在院子的东南角，那年月夏天的雨水特别多，方形的砖砌的大圈里浑浊的粪水上飘着奶奶倒下去的草木灰和蛆虫。农村的茅房都是露天的，家里有老人的就在厕所的角落里钉上根木桩，方便老人起立。好奇贪玩的莫言边大便边扳着木橛子摇晃着，眼睛盯着地上的蚂蚁出神。年久的木桩在圈沿边松动了，腐烂的下半节突然断裂……

正在高密二中读书的大哥管谟贤正好放暑假在家，听到圈里"扑通"一声响，跑去一看，弟弟掉圈里了！他赶紧跳到圈里捞起莫言，扛起来，抓了一块肥皂就跑到房后的胶河里。河水滚烫，鱼好像在水里热昏了头，乱撞，很多人在追鱼，许多鱼肚皮朝天了。大哥把莫言全身洗了一遍又一遍，肥皂的气味很好闻，莫言到现在还经常回忆起那天肥皂的气味。晚上莫言老实了，坐在土炕上一言不发。一家人围着莫言，莫言蜷缩着，心里涌动着从来没有过的温暖和满足。爷爷知道了说：大难不死，必有后福。莫言呛着了，嗓子眼里好像拉着丝，咳嗽不止，肺里有痰，母亲清早起来用筷子沾了两滴珍贵的香油放到白瓷碗里，倒上半碗水给莫言喝了，真香啊！要是再掉，下次还会喝更多香油吧！后来莫言的奶奶表扬了他，说如果不是莫言把那根腐烂的木桩扳断，她掉下去可就麻烦了。

不久，莫言又上演了惊险的一幕。有一天，莫言从场院里跑回家，气喘吁吁，口渴了，水缸里有水，莫言头朝下用水瓢舀水喝，屁股朝上，脚尖踮起点着地面，用劲过猛，一头栽倒水缸里。幸亏母亲在院子里晾晒衣服，被母亲抓着屁股提了出来，水淋淋的莫言像个落汤鸡，虽然有惊无险，但屁股上也少不了母亲的巴掌。

莫言对色彩、气味有着先天的敏感，后来成了作家的莫言写了一个短篇小说《嗅味族》，说的是在那个饥饿的年代，他和小宝怎样闻到了香味到井里吃到了嗅味族留下的食物的故事。2001 年 12 月莫言在法国巴黎国家图书馆作了一次题为《小说的气味》的演讲，其中说到：“作家的创作，其实也是一个凭借着对故乡气味的回忆，寻找故乡的过程”。

好闻的肥皂味似乎从远处的河里飘来，莫言联想到了那个好心的老师身上的气味，那个个子高挑的女老师孟贤惠，人长得很清爽，经常穿一身洗得发白的蓝衣服，散发着一股好闻的肥皂味。那一天好像是学校的课外活动，全校的师生都集中在西南角操场上听王校长讲话，老师站在学生的队伍后面。莫言个小站在最前面，仰脸看校长。校长发光的唾沫从半空中带着绚丽的色彩飘落到脸上，讲话内容莫言一句也没有听明白。肚子似乎有饱涨的感觉，越来越强烈了，像远处的潮水一样，阻挡不住地漫过来，漫过来，快要决堤了，伴随着异样的疼痛。平静过去后，又是一阵强烈的感觉，憋，还是憋，似乎有热辣的东西出来了，手揪住了屁股，咬紧了牙关，想去茅房又不敢，扭来扭去，脚在地上不由自主地搓动着，似乎发出了我要去茅房的声音，校长根本就没理，就像没听到一样。实在憋不住了，莫言就奋不顾身地哭喊着向厕所奔去：我拉到裤子里了……师生一开始都愣了，这是哪个班里的学生？怎么这样没组织没纪律啊！校长讲着话就随便跑了？后来都笑了，连铁面人校长也笑了。过后，感觉到校长的话语声音小了，传来学生散场跑步的声音。莫言看到好闻的肥皂的气味像一丝丝蜘蛛吐出的银白的线在空气中荡漾着，孟老师担心地找到茅房里的莫言，将一大摞写满拼音字母的纸片塞进莫言的裤裆。莫言又是懊恼，又是感激，又是羞愧，五味杂陈。当了作家的莫言用电脑写作而不必学什么五笔字型，全是那时候打下的拼音基础。孟老师真是个好老师，这么臭的一个学生，搞了这么臭的一个活动，给班里出了笑话丢了丑，她不但不嫌弃，不歧视，不讨厌，反而来帮助。莫言长大想起此事深表感激，经常说起来回老家一定要找着老师表示感谢。孟老师是高密河崖镇陈家屋子人，沿着莫言家的河堤一直向西南走不几里地就是孟老师的村，和莫言岳父家是一个村。后来莫言向妻子打听孟老师，才知道如果跟着妻子论辈分，应该叫孟老师姑姑。莫言问姑姑有没有说起自己，莫言的妻子告诉莫言说，姑姑说你小时候上学的时候别看人小，但很讲究卫生的。同学李忠领着像做错了大事不敢回家的莫言回了家，莫言少不了又挨一顿臭骂，母亲说你糟蹋了衣服不要紧，要紧的是给孟老师糟蹋了珍贵的教学的拼音卡片，这个咱庄户人哪能赔得起啊！

说起莫言学习拼音，同学李忠的母亲，当时 45 岁的女教师于锡惠是莫言的启蒙老师。她个子很矮，外地口音，来自日照。1958~1975 年在高密县大栏小学任教，1975 年因病退休，1990 年病故。她拖着长腔教拼音很动听。就是她给这个圆脸眯眼瘦弱矮小的孩子起名“管谟业”。后来成了作家，把行辈“谟”字拆开做了笔名——莫言。和莫言一起上学的还有他的一个堂姐管谟华。就是莫言跟她争吃地瓜干的那个姐姐。

就是因为这个堂姐的许可，莫言才留下了唯一的一张童年的照片。

当时叔叔在河崖棉花加工厂任主管会计。后来莫言因叔叔的关系，进入了棉花加工厂当临时工，并从厂里报名参军入伍。令莫言至今难忘的是在挨饿的年代，叔叔从供销社弄回来半麻袋豆饼，这半麻袋豆饼藏到哪儿，莫言就找到哪儿，老想偷吃，很长一段时间折磨得他夜不能寐。

因为叔叔有工资收入，所以堂姐手里有零花钱。学校里来了照相的，真是太神奇了。堂姐同意让莫言和她站在一起照相。后来莫言在他写的散文《从照相说起》中写道：“这是我 20 岁之前唯一的一次照相，时间大约在 1962 年春天，读者可以看到，照片上的我上穿破棉袄，下穿单裤，头顶上似乎还戴着一顶帽子。棉袄上的扣子缺了两个，胸前闪闪发光的，是积累了一冬天的鼻涕和油垢，尽管吃不到什么油水。裤腿一长一短，不是裤子的问题，是不能熟练地扎腰所致。照片上的我丑陋无比，这样的照片公开发表无疑是环境污染，所以我希望编辑最好毙了这篇文章，照片也就不必发表。照片上，我旁边那个看起来蛮精神的女孩，是我叔叔的女儿，比我早 4 个月出生。”

“她已于十几年前离开人世，似乎也没有什么大病，肚子痛，用小车往医院推，走到半道上，脖子一歪就走了。”想起了这个不幸的堂姐，莫言不会忘记那时一大家子人围着低矮的饭桌边上稀里呼噜喝野菜汤的情景。孩子们夹在大人之间，坐在爷爷做的各式各样的枣木板凳上嗅着难以下咽的野菜汤，瞪着眼出神。莫言紧盯着奶奶黑瓷大碗底下的几页黑色发了霉的卷曲的地瓜干，不断地咽口水。母亲用筷子抽了莫言的肩膀一下，训斥他快喝汤。奶奶只好把两页地瓜干，分给莫言一页，堂姐一页。莫言眼明手快，比较着两页地瓜干的大小，抢了堂姐的，把自己的扔给了堂姐。拿到眼前一看，又觉得还是自己的那页大，就又站起身来从姐姐手上夺了出来。一抢二换，姐姐哭了，婶婶恼了。父亲要打，母亲也骂。一时间孩子哭大人叫。地瓜干吃到嘴里的莫言在大人的训斥中流着泪，说不出是什么滋味地下咽着。

傍晚的河里弥漫了雾气，正冲着袁家胡同的河水突兀地成一个很圆的幽深的水湾，那里一直是村里生出许多神异故事的地方。奶奶说，有一个晚上，湾里升上来一朵荷花，荷花上一桌酒席，好多眉目不清的人在推杯换盏，杯盘叮当。袁家胡同的南头就是生产队里的一盘大碾，母亲拉碾的身影时常在那里出现。石碾旁边的草垛是莫言经常躲藏睡觉的地方。有一段时间，母亲为了挣工分，得一点麸皮，每天为生产队推磨。母亲是小脚，推一天下来，腿都肿了。莫言放学后的一项工作是帮助母亲推石磨。莫言喜欢读书，自己的书看完了，连大哥的中学课本和作文都看完了，就向别人借，但借了人家的书是有时间限制的，无奈只好一边推磨，一边歪着头看书，母亲同情莫言，只好让他把书看完，自己推磨。

莫言的父亲是个十分严肃方正的人，对莫言读闲书是反感的。莫言经常把书藏到草垛里，冒着挨揍的危险钻进去读，有时还替人拉磨换书来读。有时钻进草垛读书忘记了割草喂牛，身上被蚂蚁虫子咬得全是红点。

晚上，全家人点一盏煤油灯，那盏煤油灯挂在堂屋的门框上，灯火如豆，莫言只好踩着门槛就灯火读书，日久天长，门槛踩出了一个凹槽。莫言东翻西找，有一次终于找到了二哥借来藏在猪圈顶棚上的欧阳山的《三家巷》，为此被马蜂蜇肿了眼睛，本来不大的眼睛眯成了一条缝。他忍着疼痛，偷偷地读得如痴如醉，神魂颠倒。读到区桃牺牲了，趴在自家的牛栏上呜呜地大哭了起来，在语文课本空白处写满了“区桃”。老师发现了，说，唉，你这个孩子，思想怎么这样复杂啊？

暑假结束了，晒得黑黝黝的 8 岁的莫言光着膀子又坐到了教室的最前边，该上3年级了。听说要换老师，莫言很是伤感。

讲台上站着一个瘦高个子的新老师，两手支在桌子上，抑扬顿挫地在训话，教室里鸦雀无声。这个老师就是河崖东流口子村24岁的青年教师张作圣。张老师语文、数学、体育、音乐一人担当。班上32个学生，莫言最小，木木地不说话。

3年级开始写作文，张老师上作文课有个特点，不愿意在教室里讲，喜欢走出教室到外边去，让学生学会观察。第一次作文他们去写个劳动场面，当时大栏在种稻子，学生跟随而去，课堂就设在过去的大栏自来水站东边的滞洪区的豁口处。学生的欢声笑语响彻在田野中。这是莫言最喜欢上的课，眼睛眯成了一条线，看着蓝天白云，看着熙熙攘攘的人群出神。

学校的小操场上要放电影《箭杆河边》，村里像过年一样热闹。电影是个多么叫人神往的东西啊！放电影的人是多么幸福啊！电影队里的三男两女是多么令人羡慕啊！下午张老师就布置了作业，看了电影写观后感，指导学生怎样开头，怎样结尾等等，学校也早早地放了学。孩子们奔走相告，邻村的亲戚也来了，家家户户炊烟袅袅，鸡飞狗叫。大人孩子搬着大大小小、长短不一的板凳、小马扎在场地上争先恐后地占地方，并在小板凳的下面挖出了深浅不一的用来小便的小洞，等着夜幕的到来。莫言一手拿着冷干粮，一手攥着大葱。白色的银幕在正前方挂了起来，他高兴得手舞足蹈，粗粮的饭粒挂满了嘴角。电影放完了，人们依依不舍，莫言一直看着放电影的收拾好东西装上马车而去。

第二天作文交上来，一般的学生不是平铺直叙，就是按照老师教的写了出来。唯独莫言的文章不一样。

《箭杆河边》不是有青蛙叫吗？莫言的文章开头写道："呱——呱——呱——几声青蛙的叫声，把我拉上了电影银幕……"张老师给予了莫言充分的肯定和赞赏，把莫言的文章当成范文在课堂上朗诵讲析；将莫言的作文推荐给全校的老师，并在全校的作文课堂上范读。莫言受到了有生以来的莫大的鼓舞，精神振奋。张老师发现了莫言作文的不同，发现了莫言组织排列语言的能力，及时表扬了莫言。也许就是张老师的这次不经意的关注，最终奠定了莫言走向文坛的道路。从此莫言一上作文课，心里就喜滋滋的，有了一种说不出的满足，周围的同学也投来了不一样的眼光。堂姐把莫言在班里的表现带回了家里，一家人对这个经常流鼻涕的孩子也刮目相看了。母亲也感到了荣光，对莫言说：人家老师表扬了你几句，你可别上了天啊！

莫言上到了4年级，一跃能翻过1.7米横杆的笑眯眯的王兆聪老师接了数学课和体育课。王老师说，莫言比别的同学年小，体能不佳，胆子又小，人家都不愿意和他一伙，课外活动人家跳绳、踢毽子，他就眯着一双小眼在一旁安然地观察，人家使劲他歪嘴，人家失误他叹气。人家赢了他跟着高兴，人家败了他随着懊丧。这使我想起鲁迅写他弟弟的话："他那时大概八九岁罢，瘦得不堪，然而最喜欢风筝，自己买不起，家人又不许放，他只得张着小嘴，呆看着空中出神，有时竟至于小半日。远处的蟹风筝突然落下来了，他惊呼；两个瓦片风筝的缠绕解开了，他高兴得跳跃。"这和莫言有些相似。

平安庄和大栏村交接处有一个大水湾，南北长 150 米，宽 10 米，过去雨水大，两个村的流水汇聚在这里，水很深。湾里蒲苇茂密。有一天中午，老师们和村民们到此翻大湾，摸鱼捞虾，改善生活。莫言和同学们帮老师捡拾老师摸到扔上岸来的泥鳅、鱼虾。几天过后，学校的西墙上，学生们给老师画出了漫画。莫言特别喜欢画，就捡了个粉笔头，找块光光的墙画。这次莫言创作了一幅画，取名就叫"湾泥味"——画面是剃着平头的王兆聪老师伸出一个兰花指，手里夹着烟，一手持筷子夹着一只泥鳅，口成咀嚼状，念念有词——怎还是"湾泥味"。声情并茂，栩栩如生。此画引起了村里小小的轰动。

也许是因为作文有了好成绩，后来莫言性格上也活跃了，在班级里也有了一定的影响力，变得调皮捣蛋。因为饥饿，馋；特别碎嘴，喜欢多说话；喜欢看热闹；经常冒傻气，做怪事；与人比赛偷吃学校的煤炭，喝墨水。有一回莫言喝了一瓶民生牌墨水，满嘴蓝牙，狰狞异常，老师碰上了，讥讽他是"高级知识分子"，嘴里肚里都是墨水。一听老师用普通话讲课他就抓耳挠腮缩膀子，为此经常被老师罚站。

有一次，莫言在课后说，学校是监狱，老师是奴隶主，学生是奴隶。此话被有心的同学告到了校长那里，学校给了莫言一个警告处分。莫言得了个处分，怕家里人知道，整天提心吊胆地过日子，成了一块心病。看到父亲的一个眼神不对，就猜疑，是不是知道了？看到老师和父亲在路上打招呼就害怕，看到姐姐们一起到学校玩耍就紧张，看到堂姐跟奶奶、爷爷多说话就怀疑。莫言的父亲解放前读过 4 年私塾，打得一手好算盘，是个追求进步的乡村知识分子。共产党一来就参加村里的工作，互助合作后，一直担任合作社、生产大队的会计，直至 1984 年退休。廉洁奉公，吃苦耐劳，一丝不苟。因为家庭出身问题，处世小心谨慎，对子女教育十分严厉。莫言小时候很怕父亲。

村里一个姓薛的滑稽的老光棍经常到学校南墙晒太阳，知道学校发生的大小事情。他对莫言的父亲说，你儿子了不得，在学校造反，还得了一个"特等奖励”。父亲回来质问，把绳子浸到水缸里要打，莫言说再打就去跳河。爷爷也来阻拦，说一个孩子家说句话就上纲上线，有什么大不了的？父亲叹了一口气说，不打了，你还是活着吧，死了，这个世界上就少了一个祸害精。只要以后改了就行。

莫言的爷爷和他发表的短篇小说《大风》里的爷爷近似。爷爷排行老二，很有性格，有远见，也很清高。他性格沉稳，仗义疏财，乐善好施。是当地有名的老把式，样样农活出色，尤其是割麦子在高密东北乡方圆几十里鼎鼎有名，是个高手。爷爷还是个多才多艺的木匠。爷爷虽然不识字，但洞察世事，天文地理知识，改朝换代的历史，神仙鬼怪的故事知之甚多。爷爷的故事，是对莫言最早的文学启蒙。莫言辍学后，每日割草放牛，成了地道的农民，其间受到爷爷的教诲，受益匪浅。辍学后的莫言上了滞洪闸桥梁工地，因为偷吃了生产队的萝卜，被罚到毛主席像前请罪，回家又被父亲毒打，还是爷爷给解了围。爷爷说，不就是个破萝卜吗？有什么大不了的。爷爷保护了饥饿的莫言，爷爷引导了莫言的人生。因为此事，当了兵，上了解放军艺术学院的莫言写就了他的成名作《透明的红萝卜》。

莫言逃脱了一顿痛骂、一场臭揍，心里倒真的不安起来，发誓在哪里跌倒就在哪里爬起来。为了挽回影响，莫言从此小心谨慎，冬天拿柴草帮老师生炉子，夏天帮老师喂兔子，放了学帮老贫农挑水扫院子。但反而被有些人认为是伪装进步，印象改变收效甚微。

一个夏日的中午，莫言到教室午睡，怕影响到其他学生的休息，本能地脱下了父亲给他做的木板拖鞋，赤脚走进了教室。这件平常的小事，被中午执勤的王兆聪老师发现了，王老师把此事提到了学校的办公会上。王老师家里是烈属，在学校里地位很高，说话很有分量。王老师力排众议说：莫言内心良善，品质优秀，学习良好，要给予学生改正错误的机会，以前的处分可以撤销。莫言知道后感激涕零，百感交集。后来在全校大会上宣布撤销处分的决定时，莫言哭了。

张老师器重莫言还是因为莫言的作文。有一次，作文题是运动会记事，莫言不像很多学生那样记流水账，面面俱到，而是把面上的事一笔带过，然后重点写了两支篮球队怎么样比赛，重点描写了一个老师的动作，表情，汗珠，以及他的身影和天上燕子的影子重叠起来等。老师在他的作文上画了许多赞美的圈圈。1998 年，43 岁的莫言回忆起当时的情形，回忆起当时的学校、农村的运动员、村东国营农场的右派们，写下了《三十年前的一场长跑比赛》，发表在

《收获》第 6 期上，后来被《小说选刊》选载。

有一天放学，老师留下了莫言，吓得莫言诚惶诚恐，心里想，处分才撤销了，又犯了什么错了吗？根据经验，放学后留下定是惩罚。老师将莫言的作文拍在办公桌上问，你这篇作文是从哪里抄来的？莫言说是自己写的。那你当场给我再写篇看看，题目就是《抗旱》。莫言铺纸持笔，当场开写，连诌带炮，云山雾罩，一会写小伙子往地里推冰块，一会写老汉打深井，“双臂一撑，车轮飞转，一声呐喊，冰块翻滚”，老师看完说，真是人不可貌相，就你这副气死画匠的模样，想象力这么丰富，竟然也能写好文章。

第二天，作文被大路南边公社农业中学的老师拿去给中学生朗读。

4 年级的下半年，张老师组织成立了 5 人作文兴趣小组，莫言是小组成员之一，也是个活跃分子。张老师也是个文学爱好者，老师把他保存的好多书，像《苦菜花》《青春之歌》《烈火金刚》《红旗插上大门岛》《吕梁英雄传》《钢铁是怎样炼成的》等借给莫言看。张老师告诉莫言，作文也是可以虚构的。这个会写作文的瘦小子，在班级中找到了自信。莫言酷爱读书且勤奋，涉猎领域广泛。找不到书读的时候，背过《新华字典》。

自由阅读是莫言语言发展的关键。这为其以后语言的斑斓，想象的多彩奠定了基础。

上到小学 5 年级，莫言参加学校组织的毛泽东思想宣传队，嘴唇上粘上几缕棉花，上台表演《老两口学毛选》，逗得观众哈哈大笑。他还按照老师的吩咐与一帮学生自编快板到集市宣传小麦新品种：“贫下中农听我吼，今年不种‘和尚头’，‘鲁麦一号’新品种，蒸出馍馍冒香油……”此事得到了公社领导的表扬，为大栏小学学校争得了荣誉。

看了苏联电影《列宁在一九一八》，莫言自编茂腔：“列宁同志很焦急，城里的粮食有问题。马上去找瓦西里，让他下乡搞粮食……”莫言带着用白线染黑的胡须在学校操场的领操台上表演。

批判“三家村”，什么“三家村，四家店，都是一些大坏蛋，邓拓、吴晗、廖沫沙，三人合伙去偷瓜。”

莫言的记忆力好，经常上台去背诗。莫言不会捆腰带，那时用绳子，好结死疙瘩，背着背着肥裤腰的裤子就掉下来了。

那时学校倡导搞勤工俭学，学生给生产队割草挣钱。有了钱，张老师就搞起了一个图书角。莫言的父亲会木匠，张老师就请莫言的父亲给做了个木箱，叫莫言管理，负责同学的借阅，莫言是近水楼台，一睹为快。

由于莫言的突出表现，在班级选班级干部时，他当上了学习委员，在班级起到了良好的作用，班级学习风气浓厚。张老师治学严谨，这个班级在乡镇考试中居第一名，后来出了许多在各行各业有作为的人才。

那个时候，据张老师说，一天上 6 节课，学生比较轻松，课外活动学生打篮球、打排球、跳绳、踢毽子、读书，比较自由。

在当时的情况下，莫言可谓遍读杂书，他经常与二哥争着看书。有一次读《破晓记》，二哥在看书，他像个长颈的鹅在二哥的肩膀边伸头看，二哥像赶绿头苍蝇一样赶跑他，莫言却像被味道吸引着又凑了上来。

1964 年大水。老师在学校的院子里挖个坑就能取水洗脸。学生站在课桌上就望见胶河里汤汤的河水。老师学生都上了河堤。村东河堤决开了一个百米长的大口子。一会儿大雨，一会儿小雨，连续半个月不见太阳，地里面、胡同里、家里面全是水。莫言的脚上生了个脓疮，不能下地，不能上学，他只有坐在土炕上透过后窗看后河里的水，河水比房顶都高了，滚滚东去的河水几乎要从河堤上溢出来。河水的浪头像马头一样。挂在窗台上的有线小喇叭滚动播放着来自官方的紧急防汛消息。扑鼻的水腥气，一浪一浪地就从后窗里扑进来。张老师说大水影响了我的学生，莫言对水的感觉在这里产生。

青蛙的叫声彻夜不息，整个村子漂浮在青蛙的叫声之上，呱呱呱，嘹亮潮湿，叫声把村子淹没了，托起来了。白天看到池塘里，一片碧绿，全是青蛙的脊背，密密麻麻，水面都看不到了。

所有的人都跑到河堤上去了，连奶奶都去了，脚上生疮的莫言却是一个人待在家里，没人理他，很寂寞。他只好一个人坐在床头，蹲在树下，看着院子里的蛤蟆爬来爬去，看着绿头的苍蝇翘起一条腿来擦眼睛、抹翅膀，看着蛤蟆怎样捉苍蝇，慢慢地爬，腿慢慢地拉长，收缩，向苍蝇靠拢，停住了，“啪”，嘴里的舌头像梭镖一样弹出来了。看着墙头草在长，看到蝉龟慢慢地爬出来了，爬到一棵向日葵的茎干上，看到一个嫩黄色的知了的背慢慢撑开，一只知了爬了出来，翅膀黏成一团，随后慢慢在空气中伸展，全身也改变着颜色，从嫩黄色一会儿就变黄，之后就变黑了，翅膀一抖，嗡地飞起来了。在炕上就翻来覆去看那些贴在墙上发黄发黑了的旧报纸，看着看着，一只很嫩很嫩的螳螂从窗户的破洞里爬进来了。窗外就是向日葵，窗棂上一只蜘蛛正在结网，一只飞虫撞在蛛网上了。一缕阳光慢慢地从稠云当中露出来了，大地像是一个烧开的锅炉一样，热气腾腾……

1966 年莫言上了 5 年级，“文化大革命”来了，在上海读大学的大哥回家探亲，说起了上海的“一月革命”，造反派如何夺权。莫言听了，受到启发，就和同学一起造老师的反，组织了一个蒺藜造反小组，编辑《蒺藜小报》。莫言他们占据了学校的黑板报，展开了对学校的攻击。做得最大、最辉煌的一件事是和杜云雨几个同学一起去青岛串联。走到胶州他们就蓬头垢面累得草鸡了，天黑了，住在一个旅馆里，夜里尿了床，一大早像是做贼一样结伙逃出来，垂头丧气地回了家，当然又挨了家人的一顿臭骂。

有一个星期六的下午，莫言和几个同学来到学校，由于对老师的课程安排有意见，毁掉了张老师用纸牌做的课程表。张老师请莫言的父亲来修，问起此事。莫言回去后受到了父亲的体罚。

后来来了“红卫兵”，派别斗争起来了，打校长、斗老师，大字报满天飞。学校站队，出身贫下中农的学生站在一块，出身“地、富、反、坏、右”加上“富裕中农”的站在一块。莫言出生在一个中农家庭，在那些极“左”的年代，中农只是革命的“团结对象”，是没有社会地位的。加上大爷爷家是地主，一个堂叔在台湾，全家总感到抬不起头来，只能逆来顺受地过着艰难的日子。因为成分不好，莫言离开了学校，这个低调、平淡、沉默、瘦弱的学生就此辍学。中学更是不可能上了，当时大栏联中就在本村小学的路南边。

莫言后来说：回顾往昔，我确实是一个在饥饿、孤独和恐惧中长大的孩子，我经历和忍受了许多的苦难，但最终我没有疯狂也没有堕落，而且还成为一个写小说的。到底是什么支撑着我度过了那么漫长的岁月？那就是希望。

莫言走在长满绿草的河堤上，耳畔似乎听到烦人的家猪用尖长的嘴巴撞击木栏门的声音，家兔用两个细小的前爪扒铁网的索索声。饥饿使它们不安，可是莫言的筐子里还没打着野菜，近处的野菜早已被村里的伙伴们剜净了。莫言只好孤独地向着离村更远的旷野走去，像一滴水融进大海，不一会儿，便消逝在茫茫的绿野之中。

（作者系莫言研究会秘书长，莫言文学馆馆长）

莫言

在河崖棉油加工厂的岁月

王受轼

据当年在棉油加工厂上过班、与莫言共过事的叔父说，莫言家庭成分有点高，是上中农，所以在厂子工作的几年里他很少说话，业余时间常寻个安静的屋子读书、写作，很是勤奋；他算盘打得很好。其他方面就说不上来了。

莫言是我国当代“能为这个民族奉献出有世界影响的作品”（李希贵语）的著名作家，这是事实。为了“抢救莫言过去的历史”，“原汁原味地把一些人对莫言的了解，把莫言曲曲折折的经历真实地记录下来、保存下来”，笔者利用节假日采访了莫言的几位同事，力争为高密莫言研究尽一点绵薄之力。

莫言的成长发展历史，根据地域与生活内容的变化大致可以分为四个时期：以红高粱地、胶河岸边为标志的童年生活时期，工厂里干临时工时的青年时期（简称“工厂时期”），兵营生活时期，成名作家时期。在河崖棉油厂度过的几年，是莫言成长过程中不可忽视的一个重要时段。如果说兵营生活（含在鲁迅艺术学院学习时期）使他完成了走向作家的质的飞跃，那么，工厂几年就是他重要的酝酿准备期，也是一个重要的过渡期。正是在这个时期，他走出了自己的乡村小天地，也为自己任马由缰、自由自在的童年时代画了一个句号，走向了更加广阔的生活空间。他开始更加勤奋地读书，开始文学创作的准备时期（准确一点说是练笔阶段）。他像一只雏鹰开始向往蓝天，像一只海燕迷恋大海，像一只羚羊站在一望无际的大草原边上。当时的心境，正如莫言自己所说的“白日做梦，也是如何冲出牢笼、离开家乡”。所以，大约从 1973 或者 1974 年开始，每年的征兵，他都要报名、体检，直到 1976 年梦想成真。

厂子前面是一条大马路，往东通往大栏和莫言的村庄平安庄（再往东就是胶州），往西连着公社驻地，通往夏庄、高密县城。附近有医院、学校、帆布厂、砖瓦厂等。厂子对面是大片田野，种植着棉花、大豆、玉米等农作物。再往南望去（约有两箭之地），可以看见蜿蜒向东伸去的长长的胶河堤岸。他在这里工作着、思考着、等待着、充实着……和现在相比，那时虽然物质生活还差些，但他比一般农家子弟的日子要好许多。在这里，他抬过大篓子，干过司磅员，搞过宣传，看过大门，工作不算太累，生活得也算有滋有味，能较为从容地观察、学习、思考、谈论、阅读、练笔，初步完成了从感性生活走向理性生活、从幼稚顽皮的童年走向成熟的成年的历史性过渡，为他在兵营成长成材以及后来的文学创作奠定了良好的生活基础、写作基础等。莫言的许多小说（《售棉大道》《白棉花》等）所反映的生活明显地带着这一时期的印痕。母亲甘甜的乳汁与高密东北乡徜徉血海般的红高粱地、村后蜿蜒东去的胶河、棉油加工厂里白云似的棉花共同孕育滋养了莫言的怪才。莫言在这个时期主要接受的仍然是中国传统文化。对西方文化、尤其是外国文学的接触应该是伴随着军营生活而开始的。鲁艺学习时期该是莫言成长过程中画龙点睛的一笔。

青年时期的莫言在棉花加工厂的日子正是“文革”动乱年代，他不但干活卖力，还会写文章，所以在领导的安排下，批林批孔、批邓反击右倾翻案风时也上台发言。因此，准确探寻莫言走过的足迹，搜集、整理莫言在河崖棉油厂度过的几年时光中的生活碎片，对于还原一个真实的莫言，研究莫言生平、作品，无疑具有一定的意义。以下是笔者利用假日采访莫言的几位同事时所做的记录。

据郭成江（河崖镇牟家园村人，年近 70，当时任棉油厂一车间主任）回忆说：

当时的厂子名叫高密县第五棉油加工厂。厂长起先是孙洪亮，后来换上齐传义（现任市政协主席齐世增同志的父亲）。莫言的主要工作是过磅、开单据、记账。他的工作很认真，任劳任怨。说话不多。1972 年至 1974 年左右，每年的秋冬季节才有活儿。

他为人耿直，很稳，一点也不狂妄自大。对一起的同事一样看待，向着有理的，决不曲意阿谀无理的人。

莫言文章写得好，字也很好。1972 年林彪事件后，厂子里组织批判林彪。

莫言写的讲稿不算长，看纸上没几段，可是讲起来一大箩，有才，讲稿里面有东西。

当时莫言在报纸上发表过文章（《潍坊日报》或者是《大众日报》），写了厂子里的事，划拉进去一大些人，包括我在内。

当时都是背着粮食（粗粮）投上，换出饭票，再打着吃。住大集体宿舍，在路东，睡大通铺。一周歇一天。

当时他与对象杜芹兰恋爱。杜芹兰是陈家屋子人。

郭承臻，是夏庄镇郭家泊子人，今年81岁，曾与莫言同在过磅组干。当我拿出《莫言研究》第2期给他看时，一看到封面上的莫言像，马上就认出，说这是当年的同事管谟业。据他回忆：那时管谟业20来岁，在棉油厂过磅组干临时工。当时论日工，一天一块四毛来钱，每月发了工资，回去要交给生产队一部分。过磅组组长是孙善贵，后岭人，现在不在了。当时任成德（夏庄北村人）在结算上。还有大石桥上老戴也熟悉他。我跟他不大熟，俺一人把着一个棉花垛过磅，不大接触。听他说话，分析个事儿，我就知道他有天分，能成个人才。却没想到能成这么大（个人才）。

王兆乐，姜庄镇城子村人，今年56岁，莫言同事。当他谈到与莫言在棉花加工厂共事的岁月，便一下子打开了话匣子：莫言在厂子政工科干过，负责宣传工作，经常办黑板报。当时厂里有3块黑板，包括厂门口外的一页木头黑板。厂子里面路两边屋山头上还有两块大黑板。莫言用彩色粉笔办黑板报。他还在黑板报上写稿子表扬过我们这些人。他经常写稿往当时的公社广播站和县广播站投稿，不少稿子被采用。他的好朋友是张世家（东风村人，现为天达药业董事长），张当时在车间抬棉花，也爱好写作。两人经常在一起研究着写东西。有一年，莫言在警卫室看大门，这回得了张世家的劲儿，干脆他也吃住在警卫室里，俩人以此为家，高兴了也睡一个被窝儿。俩人在被窝里研究写作，倒是方便。

1975年，邓小平提出了“工业大拉练”，要求火车多拉快跑，工业开足马力快上。厂里的工人干劲挺足。有一天，张家庄上冷相增在厂里表演了一个（精彩的）骑车把戏：他从正在前行的自行车上跳下来，迅速点上一支烟吸着，然后再快跑着撵上（独自前行的）自行车，骑上，自行车不能倒。莫言看后兴致勃勃地说：“你就像邓小平搞的大拉练，越快越好。”

记得莫言在过磅组干，碰上闲的时候，他就躺在棉花垛的半腰上眼望着蓝天出神，嘴里还咕囔着什么。王兆乐看到后，开玩笑说：“小管，神经？”莫言坐起来，笑笑说："您不知道。"

张世家是一个挺懒的人。他比莫言早几年结婚，他在棉油厂抬大篓子时，他的妻子一个人在家操持家务，打理农活。有一回，张世家下班回家，从门缝里看见老婆正在剥堆得像小山似的玉米棒子，于是掉头又（逃）回到厂里。莫言知道后，生气地说："你就不能在家干点活儿帮帮嫂子？"

莫言的大哥管谟贤说，莫言进了棉花加工厂后，全家人都很高兴，对他寄予很大的希望。莫言工作十分认真积极，不但干好本职工作，还发挥自己的特长，负责办黑板报，给报纸、广播站写稿。有一次厂里打扫卫生，清除杂草，莫言手持一柄大镰刀，拼命干活，以一当十，受到齐书记的表扬，这是他平生第一次受人表扬，所以至今记忆犹新。忆起当年往事，去年他曾写诗一首，并用毛笔写成条幅，诗曰："一柄大镰四面挥，眼前高草立纷披。莫言干活不偷懒，受人表扬第一回。"诗后题注云："余七三年入棉花加工厂，与众人一起割草，余手持大镰，四面挥舞，以一当十，引人注目，书记当众表扬我，此是我一生中第一次受表扬，三十年不能忘也。莫言，丙戌春三月。"

（作者系高密莫言研究会理事，高密市向阳中学教师）

莫言与胶河

蒋玉君

胶河，是流淌在莫言故乡的一条河流；莫言，是胶河岸边升起的一颗文学巨星。这二者之间会是怎样的一种关系呢？是否会存在一种必然的联系，抑或难以破解的密码？对于这样一个问题，要对其作出较为全面深刻的审美批评以及成因分析，的确是一件困难甚至危险的事情。所以本文只能仅仅就一些感性认识，进行一次粗浅的探究，但愿能对读者的审美有所启悟。

河流——人类文明之发祥地

水作为世间万物中的一种特质，它以浩瀚、博大的体魄孕育了生命，又以多变的形态、奔流不息的气势启迪了人类的智慧。因此，在中国古老的历史文化特别是儒道文化中，我们不难发现，孔孟、老庄不断将大千世界的“水”信手拈来，或以水阐明某种哲学观点，或以水论述王业兴衰，或以水比德君子，或以水诠释人生的道理……都试图沟通水之性与人类生命智慧的内在联系和洞悟二者之间的玄机。

河流，便是水的象征。无论从她的空间长度、时间长度还是她所拓展的广度上看，都是蔚蓝色地球上一条最长的生命带。而河流作为生命，则创造了人类最为灿烂的文明。所以，从古至今，仁者乐山、智者乐水，人类都是择水而居，世界文明发祥地都是以河流而命名，如两河文明、黄河文明，恒河文明……皆为人类受惠于河流的见证。

河流作为生命，她不仅自己独立存在，而且以其广阔的空间、时间和拓展带，繁衍、滋养、推动了众多生命体的存在。仅就人类而言，最初的形成与辉煌的文化，都是由河流滋养和哺育的。没有河流，很难想象，我们人类会是怎样地进化，也许我们会萎缩，像地拨鼠一样在烈日下隐身于沙漠的地层下；也许我们只好重新回到大海里，像海豚一样摇着尾巴在海中划行。正因为有河流，而且她像母亲一样，呵护着人类，并且教会人类创造文明，所以，我们才脱离了其他动物的思维和行为方式，成为高级的灵长类动物；我们才创造了劳动工具，创造了文字，学会了继承与发展，把地球变为目前宇宙间唯一的活力盎然的星球。

可以说，没有河流就没有人类的智慧和文明。

以流沙河为代表的一批具有浪漫情怀的文人，将河图洛书解释为黄河和洛水中被激流冲上岸边的美玉，美玉上的纹理天然而神秘，它打开了华夏先民通向最深奥的智慧的孔道。因此，曾经有人说，中国就是黄河边的中国，就是长江边的中国。江河中，不仅流淌着生命的存在，民族的历史，还有独特的智慧。

而胶河作为高密的母亲河，我们完全可以这样说，高密就是胶河边的高密，胶河中，不仅流淌着高密人生命的存在，高密的历史，还有高密人的智慧。东汉经学大师郑玄、齐国一代名相晏婴等高密诸多历史文化名人，都先后从胶河两岸土地上走来。如此现象，绝非一种偶然，而只能是“近水则智”自然规律的历史必然。当我们同样用这样一种视角和思维去看一个作家与一条河流时，那么，莫言作为当代文坛的一颗璀璨的巨星，谁能说不是源于胶河的智慧呢！

“因为围绕着任何一条江河，看起来河里流淌的是水，实际流淌的是历史和文化的记忆。长江也好、黄河也好，国外的大江大河也好，因为人最早的时候不是逐水而居吗，包括游牧民族，包括农业民族，他是要在靠近河边的地方，有水的地方居住，那我想高密最早的发展，先民们肯定是围绕着在胶河两岸生存发展，我们高密灿烂辉煌的古代文化，也肯定是与胶河的水是密不可分。”莫言的这番话，更加印证了本文前面的基本观点。

胶河——莫言的母亲河

“我的家乡有一条胶河，流量不大，在分省地图上只是细细一条线，但她却是我们高密东北乡的母亲河。胶河大多时候是一条涓涓细流，近年来更是经常断流，但她发起威来，也有浩浩汤汤、奔腾咆哮的景观和声势。在我童年的记忆中，胶河是世界上最大、最壮观、最美丽、最神圣的一条河。

“后来，我看到了黄河、长江、珠江、密西西比河、莱茵河、塞纳河等著名江河，但这些江河留给我的印象都不如胶河留给我的印象深刻。那些都是别人的河，唯有胶河，才是我的河。这条河已经成为我的高密东北乡文学地理的重要组成部分。”

这是莫言在评价青年诗人牧文的长篇叙事诗《华夏龙魂》时说的一番话，应该是源于心灵的肺腑之言。莫言是喝着胶河水长大的，自小生长在胶河岸边，胶河的流水，胶河的沙滩，胶河的一草一木，无不深深地烙印在他幼小的心灵上；胶河的灵气无时无刻不在滋养着他。如果说文学创作要求作家始终保持一种灵气的话，那么，可以毫不夸大地说，莫言文学创作的灵气不能不说主要来自胶河的智慧。一次，莫言到东北采风，明确表示，“我想写一部河流的小说，一部沿着河流航行的小说。”对此，随同记者给予的点评是，“逝者如斯，河流往往是时间的象征。莫言显然巧妙地从中获得了小说结构的脉络：以河水的流逝暗喻时空的转换，同时，河流又是其流经区域不同文化的契合点。”当我们把这一细节与莫言自己对胶河的记忆、描述和赞美相联系时，胶河之于莫言文学创作乃至他的整个文学生涯的特殊性意义，则是不言而喻的。

莫言说：“高密东北乡是我的故乡，我生于斯长于斯。20 岁以前的时光我都是在农村度过的，即便是当兵后前 10 年的时间我也是在农村生活，所以农村题材、农民生活都是我所熟悉的，农村的街道、村庄、树木、河流深深刺激了我的创作热情。前几年，每当有大的创作计划，我都会回到我的故乡，在那里一方面我可以避免外界的干扰，潜心写作；另一方面也便于我直面现实、身临其境。”

莫言认为，作家和作家的作品是分不开的，因为作家的作品无可避免地充满了自己的生命体验。那么，胶河作为唯一属于莫言的河流，又岂能不时时出现在他的作品中呢？

莫言的小说《枯河》中的“枯河”即现实中的胶河。另外，他的许多作品中经常出现胶河。这里仅试举几例：

“我们把全县的炉渣子都拉来垫了操场，我们拉着石滚子在操场上转圈，真有点人欢马叫闹春耕的意思。我们还到胶河底下挖来那种透亮的白沙子，在操场上撒了一层，撒一层就用石滚子镇压一遍，一遍一遍又一遍，越撒越压越好看。”——莫言《三十年前的一次长跑比赛》

“高密东北乡东南边隅上那个小村，是我出生的地方。村子里几十户人家，几十栋土墙草顶的房屋稀疏地摆布在胶河的怀抱里。村庄虽小，村子里却有一条宽阔的黄土大道，道路的两边杂乱无章地生长着槐、柳、柏、楸，还有几棵每到金秋就满树黄叶、无人能叫出名字的怪树。路边的树有的是参天古木，有的却细如麻秆，显然是刚刚长出的幼苗。”——莫言《会唱歌的墙》

“爬上农场后边的胶河大堤，一眼就看到了在河滩的白杨树林里，有一群英俊的少年，追逐着另一群英俊的少年。他们像走马灯一样在我的眼前转来转去，转得我头晕眼花。过了片刻，我的眼睛适应了，才发现说他们英俊是不妥当的。他们一个个都是小短腿，大脑袋，红脸蛋，腮帮子鼓得溜圆。他们的小模样还算可爱，但他们嘴里发出的声音却很凶残。杀杀杀、杀杀杀、杀声震耳，从他们嘴里喷出。前逐了几圈之后，拖棍的少年突然都立住脚，转回头，手里都攥着菜刀。”——莫言《白杨树林里的战斗》

……

区区小文，不可能穷尽莫言所有写到河流的作品内容。而管中窥豹，可见一斑。正如莫言自己所言，“这条河（胶河）已经成为我的高密东北乡文学地理的重要组成部分。”“唯有胶河，才是我的河。”

莫言——胶河一样的性灵特质

作家贵在有自己独特鲜明的个性。不能设想，一个缺少自我个性的作家能写出怎么好的作品。而作为当代中国文学界举足轻重的小说家莫言，其足够的文学个性是不容置疑的。正如不少专家所共同认为的，“莫言是当今中国小说家中最具自我个性、最不受任何成规约束，最天马行空、无所依傍的作家。他不但博采中外小说之长，而且独创了许多小说叙述技巧。”如果说给予莫言这样的评价是中肯而真实的，那么，我更相信“胶河之水孕育了著名作家莫言，孕育了莫言文学创作王国——‘高密东北乡’，也孕育了莫言天马行空、独来独往、奇思怪想的艺术风格”之说法。否则，莫言天马行空般的想象力、生生不息的创作生命力、滔滔不绝的语言冲击力以及善变求新的文学探索精神，与胶河自由豪放、不固形迹、奔流不息、不舍昼夜之天性，又岂能如此相似！

一个文学家的天才和灵气，集中表现在他的想象能力上。而如胶河天马行空、不固形迹般的超常想象力，则是莫言文学艺术的最大特色。如《枯河》中写人：女孩眼中白杨倾斜的感觉，男孩敏捷如猫的动作；写物：大到“杨树枝聚拢上指，瑟瑟地弹拨着浅蓝色的空气”，小到残存在树梢上枯萎的个把杨叶的色泽和音响，以及那“冰一样澄澈的天空”。是何等的传神，何等的奇警！处处见出笔力的弹动，灵气的闪光。这就是想象的功用。有了它，可以给经历过的生活插上翅膀，让它飞腾；也可以给未经历过的生活灌注灵性，使它活蹦乱跳。再看《金发婴儿》开篇写那个瞎老太婆夜摸“游龙戏凤”的缎被面，直摸得“龙嘶嘶，凤唧唧”，龙凤齐鸣；听那窃窃冥冥的夜声，直听到星星相撞，訇然作响，天河泛滥，浪涛喧哗。还有中间那一大段关于孙天球用望远镜看“渔女塑像”的描绘，借助一天中阳光的微妙变化，活生生写出了一块石头的肤色、体温和呼吸，以至“那显得非常结实的嘴唇里正在吹出三鲜水饺的香味”。这都是令人叹为观止的想象的结晶。很难想象，一个没有丰富想象力的作家能够写出如此精妙的文字。

艺术贵在变化，文学亦然。如胶河独来独往、随心所欲般的求变创新精神，是莫言文学艺术的又一大特色。莫言一直把“变化”作为自己写作的追求，总是希望新作不重复旧作，即便做不到脱胎换骨，哪怕有一些变化，也是好的。如他在小说结构上就是这样地随心所欲，他决不做“单纯”、“集中”之类的奴隶，而是哪儿有“味”就往哪儿写。因此也就避免了单调和呆板。反而还常常在环顾左右时能妙趣横生，在闲情逸致中有神来之笔，在艺术上最容易全军覆没之处铤而走险出奇制胜。

高尔基说过，“文学是语言的艺术”。莫言文学语言艺术风格一个最大的特点，是气势灌注、澎湃辗转而又生灵活泼。读莫言的小说，你可以从任何一页的任何一行读起，它首先征服你的，并不是故事和人物，而是那语言本身。那一个个字都像是在叫着喊着，笑着跳着，活鲜鲜水灵灵地来拉你，拽你，不知不觉你就跟着它们扑进了那一片情彩斑斓语言的波浪，心旷神怡地遨游起来。2002 年春天，我曾去北京当面采访过莫言，谈起文学，他口若悬河，真如胶河之水滔滔不绝，令人十分敬佩！

众所周知，莫言是一位“高产”作家。这一方面源于他非凡的文学天赋，一方面靠的是自己不懈的努力，就像“河流总在向前涌动着，歌唱着”。有文章称，1985 年中，莫言突然排炮式地在《中国作家》《收获》《钟山》等刊物上连续轰出了《透明的红萝卜》《球状闪电》《金发婴儿》等五部中篇和《白狗秋千架》《枯河》等 8 个短篇。一个名不见经传的青年作者在短短一年之内就奉献出一个多达数十万字的作品群，这已经是蔚为大观了。但仅止于此，我们至多也只能把他称作为一个“快手”。值得庆幸的是，他创作的质量几乎和产量等高（如果可以这样比较的话）。他不仅是带着“天马行空的狂气和雄风”，而且也是带着立足继承传统而又着意打破传统钳束的“邪劲儿”，带着从中外小说艺术的融渗中脱胎出来的独异的小说风貌登上文坛的。如同胶河奔腾不息终要流向大海，莫言其生生不息的文学创作生命力，也必将使这位中国当代文学星空中的耀眼的明星放射出更加灿烂夺目的光芒！

我早有意去写这样一篇文章，是因为我的故乡也在胶河边上，与胶河有着割不断的情结，更因为发自心底的对莫言老乡的敬仰。但面对博大与深厚的胶河历史文化底蕴，面对一个具有着非凡文学天赋与造诣的文学“大腕”，实在不敢轻举妄动！这真像文章开头所言，“的确是一件困难甚至危险的事情”。我不揣浅陋，草成小文，试将自己的一些粗浅看法公诸同道，以期抛砖引玉，是为望焉。还望广大读者朋友多加指教。

（作者系高密莫言研究会常务理事，曾任《高密日报》副总编）

莫言与高密茂腔

张宜琦

茂腔作为流传于高密一带的地方戏，在我市有过曲折和辉煌的历史，而对上世纪50年代出生于高密东北乡的作家莫言来说，由于自幼耳濡目染、心诵口唱，茂腔成为莫言心中高密东北乡一个独特的文化符号，也成为多思与敏感的他所依附的高密东北乡文化里的一条精神之根。

在莫言的长篇小说《檀香刑》中，第一次出现高密的地方戏茂腔（作品中称猫腔）。在前4章的开篇，莫言都以茂腔《檀香刑·大悲调》的唱词作引子，而在后面的章节中，茂腔《檀香刑》的唱词又时时贯穿于文中，成为连缀作品的主要部件，使主人公孙丙这个猫腔戏班班主除了具有鲜明的地域色彩外，也把一种地域文化的印记清晰地烙在文学作品中。高密，这个在全国和世界范围内名不见经传的县级市，因为莫言和他作品中独特的高密东北乡文化而逐渐引人注目，尤其是学术界高层人士的注目。

茂腔对莫言的影响

莫言在其长篇小说《檀香刑》后记中，曾表白自己此书“写的是声音”，除了火车的声音，“第二种声音是流传于高密一带的地方小戏猫腔。这个小戏唱腔悲凉，尤其是旦角的唱腔，简直就是受压迫妇女的泣血哭诉。高密东北乡无论是大人还是孩子，都能够哼唱猫腔，那婉转悲切的旋律，几乎可以说是通过遗传而不是学习让高密东北乡的一辈辈人掌握的。”

小时候，物质匮乏，文化生活单调，对莫言而言，他的精神食粮除了想方设法找书看，就是听高密的茂腔戏。莫言经常跟着村里的大孩子追逐着闪闪烁烁的鬼火（磷火）去邻村听戏。戏听多了，许多戏文他都能背诵，背不过的地方，随口就能添加词句。年龄稍大后，莫言在村的业余剧团里跑龙套，扮演一些反派小角，那时演的是“革命戏”，莫言的角色尽是些特务甲或匪兵乙。

那个年代，听八大革命样板戏是唯一的娱乐，李玉和、柯湘、郭建光等光辉的英雄形象和高亢嘹亮的唱腔使人百听不厌，它们几乎成了那个年代的人唯一的精神和情感寄托。对多情、敏感、有着戏曲与文学天赋的莫言来说，八大样板戏难以满足他对艺术与文学的渴求之心，也难以满足高密东北乡的人们在物质匮乏和政治高压之下对文化娱乐的需求。茂腔，这种被称为“拴老婆橛子”的地方小戏，恰似密闭的屋子里的一眼气孔，使莫言在单调窒闷的环境里透过气孔看到了生活的一丝色彩。写、唱、演，莫言表现出了对茂腔浓厚的兴趣和极高的天赋，茂腔也使莫言这个因家庭出身“中农”而被剥夺了读中学权利的人在文化赤贫与苍白的年代尝到了生活的一丝甜味儿。“拴老婆橛子”戏拴住的不仅仅是高密东北乡的女人，也拴住了莫言那颗善感、多思的心，耳濡目染、心诵口唱，渐渐成为莫言精神和生命中的血液。茂腔那婉转悲切的唱腔和唱词，由于渗入了诸多人生的无常和悲剧元素，从而成为莫言情感的寄托和释放，并影响到他个性气质与人生观的形成。

“文革”后期，形势有些宽松，允许编些新戏，于是，莫言他们创作了茂腔新戏《檀香刑》。据说，关于戏中孙丙（人物原型叫孙文）抗德的故事，曾被当时的茂腔艺人搬上戏台。具有戏曲和文学天赋的莫言发挥自己的特长，与一个会拉胡琴、会唱戏却是“睁眼瞎”的邻家叔叔编写了九场大戏《檀香刑》。创作过程中，村里一个爱好文艺的“右派”老师也帮了莫言许多忙。莫言说，小说中引用的《檀香刑》的戏文，是后来经过县里许多专业编剧加工整理过的剧本。

茂腔对莫言创作的影响

一个作家的文艺创作，总是难以离开他的生活经历和成长环境，难以割舍生活环境对他的滋养，这些都直接或间接地为作家提供着创作的源头活水，并影响着他的创作风格、文学视角和文学审美。

专家认为，莫言的写作一直是当代中国的重要象征之一。他通透的感觉、奇异的想象力、旺盛的创造精神、汪洋恣肆的语言天才，以及他对叙事探索的持久热情，使他的小说成了当代文学变革旅程中的醒目界碑。他从故乡高密的原始经验出发，抵达的是中国人精神世界的隐秘腹地。他笔下的欢乐和苦难，说出的是他对民间中国的基本关怀，对大地和故土的深情感念（需要说明的是，莫言笔下的高密东北乡是文学化了的故乡，是他精神上的故乡，而非地理上的故乡）。

茂腔尽管是地方小戏，但在高密人的心目中，它的分量远远超过了国粹京剧和大剧种评剧、越剧、黄梅、豫剧等。在《茂腔与戏迷》一文中，莫言这样介绍他及高密东北乡人对茂腔的情感："茂腔是一个不登大雅之堂的小剧种，流传的范围局限在我的故乡高密一带。它唱腔简单，无论是男腔女腔，听起来都是哭悲悲的调子。公道地说，茂腔实在是不好听。但就是这样一个不好听的剧种，曾经让我们高密人废寝忘食，魂绕梦牵，个中的道理，比较难以说清。比如说我，离开故乡快 30 年了，在京都繁华之地，各种堂皇的大戏，已经把我的耳朵养尊贵了，但有一次回故乡，一出火车站，就听到一家小饭店里传出了茂腔那缓慢凄切的调子，我的心中顿时百感交集，眼泪盈满了眼眶……

"'文革'后期，我们村来了一支工作队，队员 20 多人，全是县茂腔剧团的演员。我们村情况比较复杂，在县里都挂了号，工作队下来，是要帮我们揭开阶级斗争的盖子。自从工作队进村之后，村子里欢天喜地，好像过年一样。因为这些队员里，几乎包括了县茂腔剧团的全部名角。譬如青衣焦桂英，花衫邓桂秀，花旦宋爱华，老生高润滋，小生范兆启，武生张永君……都是如雷贯耳的人物，平日里可望而不可及，如今就在我们眼前，与我们同吃同住同劳动，我们的幸福和兴奋，无法子用语言形容。工作队自己不开伙，吃派饭，一般是 3 人一个小组，挨家轮户地吃。那时生活十分困难，每人每年只分 200 多斤粮食，麦子只有 20 来斤，也就是够过年包饺子的。但为了让工作队的同志们吃好，家家户户都把过年的麦子拿出来磨了。这是完全彻底地自发自愿，甚至带有比赛的色彩……"

离开高密到外地工作，莫言对茂腔的爱好被繁忙的工作和艰辛的生活压抑住了。1986 年春节，莫言回家探亲，当他从火车站的检票口出来，突然听到从车站广场边上的一家小饭馆里传出了茂腔凄婉动人的唱腔。正是红日初升的时刻，广场上空无一人，茂腔的悲凉旋律与离站的火车拉响的尖锐汽笛声交织在一起，使莫言的心中百感交集，他感觉到，火车和茂腔，这两种与他的青少年时期交织在一起的声音，就像两颗种子，在他的心田里，总有一天会发育成大树，成为他的一部重要作品。

这部作品，就是被方家广为称道的长篇力作《檀香刑》。茂腔滋养了莫言的心灵，丰富了他的情感，沉淀为他心中独特的高密东北乡文化。茂腔是燧火，点燃了莫言创作的激情，茂腔也是利钎，打通了莫言通向文学之巅的桥头堡。我们看到，在各领风骚三五年、各种流派和名字走马灯一样变幻无常的时下文坛，自《透明的红萝卜》和《红高粱》始，20 多年来，莫言，这棵当代文坛的常青树，他一直以独特的视角审视着生活，且一直是当代文坛的领军人物。莫言的丰富想象空间与澎湃辗转的辞锋总能叫人惊叹不已。他的作品频频出手，没有一部不引起轰动或争议，并有十多个国家争相翻译他的作品，国外有些书店还设立了莫言作品专柜，连获诺贝尔文学奖的日本著名作家大江健三郎都是他的铁杆读者，情愿在大年三十从岛国日本跑到高密东北乡的土炕上跟莫言对酌。在当代文坛的后 20 多年里，从伤痕文学、反思文学、知青文学、改革文学，到新历史主义、新现实主义、反腐小说，再到私人写作和身体写作……曾经有许多如雷贯耳的名字，也有曾经在某段时间内把当代文学推向谷峰的腕级作家。现在，他们大都销声匿迹，或另辟门径给自己制造一点余响了。作为作家，没能持续推出自己的作品，没有不断颠覆自己的创作文本而又在质量上超越以往的作品出现，实在是最悲哀的事情了。作为出生于高密东北乡的莫言，我们欣喜地看到，他在推出一部部力作、踏着文学的谷峰一路走来之时，又乘着满堂喝彩，借助高密丰富的滋养和独特的茂腔，把长篇力作《檀香刑》呈现给世界文坛和中国文坛，呈现给他的故乡高密，再次实现了创作上的超越与辉煌。“千言万语，何若莫言”！莫言旺盛的创造力如同高密东北乡的雨季高粱，抽抽地往云彩眼子里窜。茂腔丰富了莫言的情感与经历，茂腔成就了《檀香刑》，茂腔也借助莫言和他的作品把自己呈现在世人面前，使自己走出偏屋陋巷，从养在深闺人不识，到大胆骄傲地站在世界舞台上竞美。

茂腔借助莫言对高密的影响

单就戏曲而言，自元代以后，全国各种地方戏迅速发展，如今已发展成了300多个剧种，而这300多个剧种中就有我们高密的茂腔。尤其值得欣慰的是，我市申报的茂腔已被列为国家首批非物质文化遗产。《盼儿记》是高密茂腔冲出山东、走向首都舞台的唯一一个剧目，振奋人心的同时，也使人看到了小剧种生存和在全国众多剧种中获得一席之地的艰难。毕竟，在唱腔的优美动听上，茂腔难与京剧、评剧、黄梅、豫剧、越剧等剧种比肩。作为茂腔的爱好者，近些年，笔者还发现了一种两极现象：喜爱茂腔者对之如痴如醉，厌恶茂腔者却躲避三舍。为振兴茂腔，争取年轻观众，说句时髦话，为“与时代接轨”，有位不甘让茂腔艺术走向“没落”的茂腔演员将黄梅和越剧的唱腔糅进茂腔唱腔中，并适当加入了现代流行音乐的元素，忠心不改，痴心可敬，没想到，竟有个别中老年茂腔观众提出异议，认为“不纯粹，走了味儿”。眼看一代忠实的观众渐渐老去，我们年轻的观众却又痴迷于流行音乐，茂腔，作为高密的市粹，着实令人担心它的前途和命运。

笔者想起了央视对莫言的几次采访。有两次，背景音乐配的是茂腔经典剧目《罗衫记》郑月素的原板唱腔，凄凉哀婉，勾魂摄魄，勾出了乡音、乡情、乡思。这特殊的乡音，差点使笔者热泪盈眶。除了《盼儿记》，这是茂腔第一次借助莫言走进央视，尽管只是作为背景音乐出现。

茂腔第二次借助莫言出现，是在其长篇小说《檀香刑》中，这次的出现意义是重大的，因为《檀香刑》的出版发行以及对它的研究已成为一种全国性和世界性的现象。从国内到国外，许多研究生、博士生的毕业论文，都是将莫言的文学作品作为选题。大气磅礴的《檀香刑》和其中贯穿的茂腔，又一次使世人对高密东北乡的文化产生浓厚兴趣，也使茂腔这一地方剧种被国内外众多人士所了解。

“莫言不只是高密的莫言，他是全国的，世界的”。这是在2006年8月12日莫言研究会成立仪式上专家的论断。作为高密人的莫言，因着他全国性和世界性的影响，高密茂腔这朵戏苑奇葩又该如何绽放？专家称，国外高层人士对高密的认识大都来自莫言和他的小说。作为被瑞典文学院诺贝尔奖评委最看好的中国当代作家莫言，的确是高密的一笔财富。往大处说，莫言的意义不仅仅是对一个地方剧种，由于他文化名人和文学大家的特殊效应，他的意义对高密这座城市也是重大的。

（作者系高密莫言研究会理事）

北京之行访莫言

毛维杰

莫言是高密人，莫言的文学成就蜚声海内外。高密人没忘记莫言，高密人为莫言而骄傲。高密的有识之士决定成立“高密莫言研究会”，宗旨就是“立足高密，研究莫言”。这很有意义。

2006 年 5 月 14 日，我和莫言的大哥管谟贤先生受筹委会之托，决定奔赴北京征求莫言的意见。下午 3 点多钟，我们出了北京站。谟贤先生个子高，步子迈得不太快，但挺出路。我在他身后背着一个特别准备的硕大旅行包紧追不舍。北京的太阳挺烈的，气温比老家高密高多了，我们都汗润润的。跨过车站北边的一条塞满车流的大街，我们打的直奔莫言早已给预定好的位于地安门西大街上的齐鲁饭店。

一路闲聊，谟贤先生谈到了莫言作品中的那些栩栩如生的人物原型。谟贤先生才是真正能够解读莫言作品的人。我想真正的莫言作品研究是否也应该走乡土之路呢？我们不应该走到象牙塔里，全用外国的文学理论来剖析包装莫言的作品，写出一些令人费解的研究文章。莫言的根在高密，不研究高密的根，莫言文学艺术的苗就是无源之水、无本之木。高密莫言研究会的成立，牵动着高密人的心。

路途中，谟贤先生回忆家乡的话语把我的思绪拉回到高密东北乡的那个小村庄。我和莫言初次的交往，还是在 20 多年前。1984 年 7 月，我师范毕业分配到莫言的村子里教学。到了第二年，我在《作品与争鸣》中读到了他的《透明的红萝卜》及解放军艺术学院学员们和徐怀中老师的对话——《有追求才有特色》。我当时的第一感觉就是这个作者是我们家乡人，他熟悉家乡的田野，家乡的河流，家乡的风情，字里行间散发着家乡乡土的气息。他小说中抑郁的忧伤，凄美的氛围，越轨的笔致，超然的想象，空灵神奇的感觉，深深地打动了我。

其实，莫言就住在我们中学门口正对着北边的胡同里——那个胡同北头东侧的靠胶河最近的低矮古旧的老房子里。当时他只是个在外当兵的不引人注意的青年人。

《透明的红萝卜》是莫言的成名作。这部小说空灵神奇，有着不尽的韵味和多义的主题，那股艺术的气息如此迷人！我对此篇小说的理解，一直影响着我对故乡生活的认识。20年过去了，每当我回到家乡，走过胶河岸边那座滞洪闸石桥时，我的眼前就浮现出秋日深蓝的天空，在急急飘过的棉絮状的白云下，桥上那一片忙碌的景象。作品中蓝脸的小铁匠，红脸的小石匠，粉脸的花菊子，黑脸的小黑孩，不时地在眼前闪现而过。桥上打石子噼噼啪啪，桥下打铁钻叮叮当当。

我很想找到我故乡的老石匠在桥头做一尊雕塑，雕刻出那个小石匠和菊子及黑孩，让他们日夜守护着这座石桥，守护着故乡过去的那令人深思的岁月，守护着故乡文学的灵魂。如果真的有了这尊雕塑，大概会有好多的外乡人来到这里，像看顿河岸边前苏联作家肖洛霍夫的《静静的顿河》里边的葛利高里·麦列霍夫和阿克西妮娅的塑像一样有味。

原来我们的故乡人就生活在原生态的艺术之中，文学的殿堂并不遥远，文学的殿堂就在我的家乡，就在我的眼前。真是最远的也是最近的，最古老的也是最新鲜的，最民族的也是最世界的，这是多么的辩证啊！

我们在齐鲁饭店安顿好，莫言问询的电话就打过来了，像是心有灵犀。随后我们步行沿地安门西大街向西而行，走出去大约四里路，就到了一条向北的“护仓胡同”。胡同很窄，仅仅能并行两辆轿车，沿胡同向北走不多远，便看到一个向东而开的大门，大门在周围都是四合院的古建筑中很显眼，门口处有一个站岗的军人，显然这里是个军人的住处。过大门向里是一个写着毛体字“为人民服务”的照壁墙，墙后就是一幢红砖建成的朴素的五层楼，莫言就住在此楼。正欲敲门，里面的门早已打开了，全家人正等着我俩的到来。莫言的女儿管笑笑在清华大学读研究生，那天星期日在家休息，看到大爷来到家里，更是喜形于色。拉完家常，我向莫言说了这次来的目的，汇报了“研究会”筹备的一些情况，想听听他的意见。莫言很谦虚，说："有研究的必要吗？感觉自己做的很不够啊！"我说这是家乡父老的想法，也是一份情意。莫言站起来走进书房拿出了一张打印纸和一支粗头的笔，坐在外边的方桌旁，把纸垫在腿上，快速地写下了这样的话：

得知故乡成立莫言研究会，心中惶恐。

我只是一个普通的小说作者，所写小说，多是依据故乡素材，所用语言也以高密人日常语言为基础。可以说，没有高密的多彩历史和丰厚文化积淀，就不可能有我这样一个作家。我成为作家，纯属偶然，故乡人中，才华横溢者比比皆是，他们如果执笔，成就都应在我之上。

我愿把研究会的成立，当作故乡人民对我的鞭策。必当高悬鞭策自警，写出更好的作品，为家乡父老争光！

祝高密经济、文化全面发展，祝父老乡亲生活幸福！

这是莫言对高密莫言研究会的寄语，有很重的分量。

莫言挂在墙上的字幅引起了我们的注意，话题就说到了书法。莫言从书房里抱出了一摞书法作品放到了躺椅上，并一张一张地展示着让大哥给提意见，顺便也赠送给我们几幅。莫言说他写在书法里的打油诗的数量也可以结集出版了。莫言简陋的书案上的毛笔、印章引人注目，这是一个曾在教育部供职的朋友送给莫言的礼物。莫言的书法也似他的作品的语言那样汪洋恣肆，天马行空。我问他也经常习帖吗？他说只是读了点帖。

我坐在靠东窗的桌边一个老式的宽面杌子上，旁边的茶几上堆满了莫言不同语种，不同版本的书，莫言早已在这些赠书的扉页上签上了字。在其中一本书的扉页上写着："赠高密莫言研究会。写了几本小说，其实是雕虫小技，不值得研究，但盛情难却，乡情难达，提供各种版本图书七十册，填充橱格。"我看到这堆书，心里暗想，幸亏来的时候带了一个大旅行包。

晚饭，莫言安排到胡同口的一家"京味饭馆"。我们五个人坐在大厅里的一张桌子上点了菜。大厅里就餐的人很多，很嘈杂。吃完饭，莫言说什么也不让我们结账，推让了一番。走出饭馆，我回宾馆去取装书的旅行包，他们就先回莫言家了。

返回莫言家后，我和管谟贤先生坐在靠东窗方桌的两边，莫言和妻子坐在客厅北侧的条椅上，笑笑一晚上就围着大爷嘻嘻哈哈地说笑。

管谟贤先生是很博学的，说话很有含金量，他说近来在家经常背《百家姓》《周易》锻炼大脑。莫言说记忆力也不好。我插了一句说，记忆力不好怎写出那么多的词汇，那样多彩的语言？莫言说写作的时候大脑就被激活了。

这是我们这次北京之行唯一谈到的关于文学创作的话题。我知道关于文学方面的访谈，莫言不知道已经应付了多少媒体的记者，他也不喜欢再谈什么泛泛的理论了。他曾经说过：你要问一个母鸡为什么会下出一个蛋来，这个蛋在肚子里产生了怎样的化学、物理反应，这对母鸡来说太痛苦了。这也就跟让小说家来分析自己遵循什么规则写小说是一个道理，是很痛苦的。想象力毫无疑问是一个作家最根本的东西。想象力是你在所掌握的已有的事物、已有的形象的基础上创造出、编造出的一种崭新的东西，事实上想象力就是一种创新。当然想象力要借助于特殊语言，一种介乎于语言和图像之间的东西，任何想象都是用这种特殊的语言作为工具。一个作家想象能力的大小与一个作家这种特殊的语言能力的强弱有关系，一个没有这种强大的特殊语言能力的作家不可能拥有丰富的想象力。至今，我认为想象力是一个作家最重要的、最宝贵的素质。

莫言正处在创作休整期，不久就要出访日本和法国。我想他难得这样有时间来陪客人，我们还是自由休闲随意点好！

笑笑知道《周易》也是一本算卦的书，就嚷着大爷给她讲，谟贤先生就在一张报纸上边写边讲，笑笑听得很入迷，缠着问来问去。笑笑让大爷给爸爸拆个字算个卦。莫言好像是瞥了墙上的字幅一眼，顺口说了一个他的作品《食草家族》中的“草”字。管谟贤先生在纸上比画着推演，结果出来了，是“小过”卦。莫言就到书房里取出一本线装祖传的老版的《周易》查找出原文，管谟贤先生看着书一句句地批讲着，其中一句的意思是告诫人说话、办事、创业不要太过。笑笑很赞同，说爸爸现在是个大名人了，说话办事就要注意分寸，适中守雌。莫言笑而点头。这是否是大哥对弟弟告诫之语的委婉用心呢？谟贤先生这个大哥形象在我心中高大了起来。莫言谈话中每次提到大哥，不仅说大哥从茅坑里救了他的命，还从文学上给予他滋养，扶他走向文学之路。更重要的是做人，莫言所具有的人格魅力，与大哥潜移默化的熏陶不无关系。

时间不早了，莫言妻子批评笑笑不要烦大爷了，要休息了。走的时候，莫言的赠书一个包没装下，莫言妻子又找了一个浅蓝色的包。书很沉，我说打的回去吧，莫言不同意，下了楼，他和妻子从车棚里每人推出一辆旧自行车，将装了书的包放在车的后座上，推着出了大门。先是沿着小巷迂回地向东走了一段，后又向南上了大街。我接过莫言的自行车跟在莫言妻子的后面。莫言跟大哥边走边谈，在数不清的汽车灯光的交织穿梭中，我们步行在地安门西大街上。望着莫言的背影，我反复思忖，这就是在中国当代文坛上跃马驰骋的莫言吗？朴素的衣着，简单的话语，纯真的乡情。

《老子》曰："上士闻道，勤而行之。中士闻道，若存若亡。下士闻道，大而笑之。不笑不足以为道。故建言有之：明道若昧。进道若退。夷道若颣。上德若谷。大白若辱。广德若不足。建德若偷。质真若渝。大方无隅。大器晚成。大音希声。大象无形。道隐无名。夫唯道，善贷且成。"

愈是大家，愈是朴素。越是莫言，越是真言。乡情、人品、成就集于一身，这就是声名鹊起的莫言，这就是普通、朴实、宽厚而了不起的莫言。

第二天的上午，在齐鲁饭店，我和谟贤先生谈了很多关于莫言成长，莫言作品背后的事情，这些对于我再次阅读莫言的作品，理解莫言的作品，起到了很大的帮助，对作品中家乡的风土人情我有了更深入的认识。如果单纯让谟贤先生谈点关于莫言及其作品内容的话，我想也是很生涩的，人的谈话还是要放在个特殊的情景中才好，旅行、探亲就是一个很牵动人情思的环境，触景生情，情由心造。快中午时，我给莫言打电话，请莫言一家人来宾馆就餐，莫言说什么也不答应，说是已经包好了水饺，还批评了我一顿，不是说好了吗？赶快退掉！马上过来！我们就只好买了点水果又到了莫言家里。

饭前我拍到了莫言正在书写大字的照片，拍到了他写的挂在客厅西墙上的几幅字和他在书房里读书的工作照。

第三天的上午，我们考虑到坐火车行李会超重，就外出去买旅行包。莫言外出寄信顺便到宾馆来看我们未果，就发短信给大哥，说今天中午你们别安排饭，家里又包了高密大包子了，并再三嘱咐不要买什么东西给他，家里什么都有。

5 月 16 日晚 8 点半，我们踏上了返程的北京至青岛的火车，大包小包放在了行李架上，我们才长长地舒了口气。

列车无声无息地启动了，车外昏黄的数不清的灯扯着光线向后飘去，我恍恍惚惚如在梦中，思绪追逐着远处消失的灯，捕捉着过去的时光。

20 年来，莫言以独特的语言，营造着特别的文体，述说着神奇的故事，不断开拓着"高密东北乡"的文学领域，实践着一个真正作家的诺言，触及影响着我们的灵魂，引导着我们爱好文学的人进入文学的桃花源。

20 年前，莫言的作品、人品就叫我佩服。

20 年后，莫言的作品、人品征服了中国的当代文坛，征服了我们故乡的人。

他为故乡争了光。

列车的茶几上放着一个塑料三角体的广告宣传牌，上面写着“齐鲁饭店——山东人在北京的家”，莫言的一句话又在我耳边回响：“小毛，你来北京别客气，我们都是家乡人，我们没把你当外人。”

夜晚，火车贴着大地的肌腹向山东高密飞速滑行，耳边似乎只有风吹高粱的呼啸声……

莫言与高密民间传说

杨素梅

任何一个作家都与一种特有的地域文化血脉相连。而莫言在12岁失学成为一个地道的农民以后，除了自己能找一些杂书看看之外，他接受文学和文化的素养大多数来自高密的民间传说。他自己曾经坦然承认，他开始是用耳朵读书的，听奶奶、爷爷等长辈讲流传在高密的传说，使他具有了一颗敏感的心灵和万物有灵的感觉。他自己曾经说，他对自己家乡的高粱地，一草一木，都有一种莫名的敬仰和恐惧，这是别的任何地方的东西都不能给他的感觉。这种种传说和对万物有灵的民间思想，在他走向文学创作道路的时候，就成了他灵感激发的原发点，成了他思维的一种方式，成了他作品内容的一部分。我试图从几个方面简单地谈谈高密民间传说对莫言的影响。

一、高密的原始传说直接进入莫言的作品

这些传说在《红高粱家族》中很多。“奶奶想起去年曾有一个贴地沉雷殛杀

了她的同伴倩儿，一个17岁的姑娘。头发都焦糊了，衣服撕得丝丝缕缕，背上花纹纵横，有人说那些花纹是天上的蝌蚪文。人们风传倩儿图财害命，把一个大姑娘生的孩子给毁了。说得有鼻子有眼哩。说倩儿去赶集，听到路口有小孩哭，过去一看是个婴儿襁褓。抖擞开一看，襁褓里一个赤红的男孩，还有一张纸条，那纸条上写着：爹18，娘17，月亮正晌参正西，生了个孩子叫路喜……路喜路喜路上喜，谁家拣着谁家儿。包上绫罗一丈一，送上大洋整二十，求告好心行路人，救条性命积阴骘。人们说倩儿取了绫罗，拿了大洋，却把男孩扔到高粱地里，于是遭到了天打雷轰。”在这一段文字中，“爹18，娘17，生了个小孩叫路喜”应该在高密各地流传很广，我最早就是听奶奶讲的。当然细节上是有出入的。而这个倩儿拿了钱财扔了孩子而遭天打雷轰，这是高密人对上天的一种敬畏，这种意识几乎存在于高密人的集体无意识中。这种无意识也几乎成了“我奶奶”们的潜意识。这种干坏事就要遭报应的意识也是莫言作品中的一种基本的价值判断。还有曹梦九的传说，曹梦九曾经是高密的一县之长，有关他的传说很多，最精彩的就是他好用鞋底打人的传说，正因为这，高密人又叫他“曹二鞋底”。在《红高粱家族》中引用了一个曹县长审鸡的传说：曹梦九在审案时，发现吴三老说谎。在《红高粱家族》中这样写道：“曹梦九说：‘看你衣衫褴褛，面黄肌瘦，进城卖鸡为婆母治病，一定是孝顺媳妇，本县长最重孝道，奖罚分明。快快拿钱，回家为你婆婆治病。带着这只鸡，褪毛开膛，煮给你婆婆吃。’那女人拿着钱，提着鸡，千恩万谢地走了。赖鸡的吴三老和做伪证的瓜皮小帽在大太阳底下，瑟瑟发抖。曹梦九说：‘刁民吴三老，把裤子扒下来。’吴三老忸忸怩怩地不肯脱。曹梦九说：‘你在青天白日之下，欺压良家妇女，还有什么廉耻？你知道‘羞’多少钱一斤？把裤子扒下来！’……对准那朝天的屁股，左打50，右打50，打得吴三老哭爹叫娘……曹梦九对做伪证的人说：‘舔吧，你不是想舔腚吗？舔吧！’伪证人跪在吴三老腚后，伸出舌头，一点一点地舔那些黏黏稠稠拉着透明丝儿的蜂蜜。”这段对曹梦九的描写几乎就是民间对曾经的高密县长曹梦九的传说原封不动的照搬。这种有关历史真实人物虚虚实实的传说，加上莫言的“我奶奶”的传说，就产生了一种真假难辨，艺术和现实的有机结合。

二、高密的传说 成为莫言塑造人物的原型

“我爷爷”余占鳌的形象就有着曾经出没在高密东北乡大大小小土匪的形象综合。“小狮子、郭鬼子、高仁生、冷关荣都是有名的。特别是高仁生、冷关荣，他俩一个是高密东北乡东流口子人，一个是王家丘人，都带过一团以上的土匪。两人为争地盘厮杀拼打过无数次。莫言笔下的传奇英雄余占鳌是不是高仁生我不很清楚，但冷麻子肯定是冷关荣这个土匪是无疑的，这小子后来当了汉奸，与共产党领导的胶高支队为敌。”这是张世家在《我与莫言》中的片断。可见，莫言在《红高粱家族》中冷麻子的原型应是冷关荣，而余占鳌无疑是各个土匪形象的综合。其实这些土匪的林林总总，正史上很少找到有关的详细记载，而在民间对他们的故事的传说却是活龙活现，描写入木三分。在这些传说中，既有对他们杀人如麻的憎恨，也有对他们随心所欲痛快淋漓活法的羡慕。羡慕、憎恨、钦佩交织的叙事中，有关的是非判断，情感的好恶就变得模糊不清了。而莫言就是借用了这种模糊的叙事模式，使得他的小说充盈着民间传说般的驳杂与魅力。这是在《红高粱家族》体现出的最重要的艺术魅力。而另一部小说《檀香刑》同样是借助了传说中的人物原型。小说中描写的主人公孙丙的形象，原型是孙文，现阚家镇官厅村人，现在在官厅还有孙文的墓。在清末德国占领山东，以青岛为据点，向山东纵深延伸，开始了修建胶济铁路。高密人民为反抗德国的侵略，开始了不屈不挠的斗争，领袖就是官厅村的村民孙文。他号召高密铁路沿线 108 个村的村民，一声令下，把德国修好的铁路扒得一干二净。因为这种反抗体现了一种人民智慧的游击战，德国人根本找不到对手。在束手无策的时候，跟中国当时的最高统治者慈禧太后交涉。慈禧太后派她的得力重臣、后来的窃国大盗袁世凯镇压。后来由于叛徒的告密，孙文被抓。这事才算结束。而德国还是对这件事心有余悸，把铁路向北挪移了。有关孙文，清朝的正史当然不会有很多的记载，而以后的记录几乎就是根据人们口口相传的故事来叙述了。我记得奶奶曾经跟我绘声绘色地描述过孙文如何号令人们扒铁路的情形，当然在奶奶眼里，他们扒铁路的理由非常充足：只要火车一响，铁路沿线 40 里以内不长庄稼。虽然奶奶在叙述这件事的时候，铁路早已成为高密运输的大动脉，奶奶也曾经乘过火车，见过铁路沿线的庄稼。但她在叙述的时

候完全进入了孙文扒铁路时的情景，充满着对德国鬼子的憎恨，对叛徒的厌恶，她同时也认为扒铁路是为了人民的庄稼的理由理直气壮。可见孙文这故事在民间流传之广，对人们的思想感情影响之深。而《檀香刑》几乎完全借用了孙文这个原型，又加上在高密大地广为传唱的茂腔，使得这个故事有着浓厚民间风情的艺术特色和感人的情感魅力。

三、借助民间传说的思维来构建自己的艺术殿堂

莫言借助了许多民间的故事来充盈自己的小说，使得小说散发了高密大地泥土的芬芳。但一个有创造力的作家，不仅仅靠借鉴，更靠创造来丰富自己的艺术画廊。莫言是高密大地上土生土长的作家，他的思维，他的情感，一直没有脱离高密大地的怀抱。而在他独特的艺术创造中，用高密民间传说的思维来塑造艺术形象几乎是常用的一种艺术手法。在高密的民间思维中，万物有灵，树会说话，狐狸会附人——狐狸用他的神经指挥人的思维，让人替他说话，死了的人能够现形跟活着的人说话。现在在民间还有许多神婆就是假装狐狸或者黄鼠狼或者是活的年岁长远的大兔子、乌龟之类附身。她们认为自己具有了超乎常人的本领，知道人的祸福，知道人的前身和未来……这种万物有灵的思维和情感，无疑是莫言最重要的艺术特点。像当时一炮打响的《透明的红萝卜》就描写了这么个倾听一切生灵的黑孩；在《丰乳肥臀》中，上官金童的一个姐姐就是鸟仙，能看到未来，预测祸福；《生死疲劳》更是以这种民间思维来建构他的艺术框架：西门闹因为对自己的被枪杀不服到阎罗殿还喊冤，并且坚决不喝孟婆的迷魂汤，使得他即使生为驴，生为牛，生为猪，生为狗，还改不了西门闹的价值判断和思想感情。这就使这个故事具有浓郁的民间叙述话语的特征。而这种九死九生也改变不了的意志和精神正代表了高密农民的那种顽强和不屈的精神。

总之，莫言是高密土生土长的作家，民间传说培养了莫言的情感和价值判断，民间传说的原型为莫言的艺术创造提供了依据，民间的思维方式和情感判断成为莫言思维和情感的重要一维。莫言曾经说，高密东北乡是他的血地，是

养育他、培养他、跟他血肉相连的地方。当然莫言的这种艺术形象的塑造，丰富和发展了高密的传说，使这些仅在民间口头流传的故事登上了艺术的殿堂。

（作者系高密莫言研究会理事，高密市中等专业学校教师）

愤怒的呐喊

——读《天堂蒜薹之歌》

贾玉德

20年前，现实生活中发生了一件极具爆炸性的事件——山东苍山县农民收获了大约1亿公斤蒜薹，外地收蒜薹的客户纷纷涌到苍山来，但是县政府各有关部门都要借机利用权力捞好处。工商行政管理部门提高摊位收费标准，每笔交易都要由他们过秤，借此收取大量的好处费。税务部门也借机提高税收定金。交通局对外地车辆严加盘查，吹毛求疵，无事生非，提高罚款数额，以便给本单位职工发奖金。公路局在路口桥头设关立卡收取过路费。苛捐杂税的大量增加，必然提高蒜薹的收购成本，收购客户纷纷离开苍山。于是大量蒜薹滞销只好烂掉。当地农民对当局杀鸡取卵、挤走客户的行为非常气愤。数千农民因切身利益受到严重的侵害，便自发地聚集起来要求县委县政府赔偿他们的损失，县委县政府的官员吓得不敢出来，怒不可遏的群众包围了县政府，砸了办公设备，酿成了震惊全国的“蒜薹事件”。

现实中的蒜薹事件，地方报纸不足千字的一篇新闻报道，像一根导火索，引爆了作家莫言郁积已久的创作激情，把这一素材用移山倒海之术搬到了他的文学王国——高密东北乡。“家乡的父老乡亲便争先恐后地挤进了蒜薹事件，扮演了他们各自最适合扮演的角色。”（《天堂蒜薹之歌》自序）莫言仅用了35天的时间，就义愤填膺地写下了新现实主义力作《天堂蒜薹之歌》。小说以“蒜薹事件”为经，以高马、高羊、金菊，方四叔、方四婶的生活经历为纬，深刻地、多角度、多侧面地描写了农民当时当下的生存状态，以及引发的悲剧故事。深入剖析了农村文化的落后，思想的愚昧、贫乏，生存的窘迫，以及导致“方四叔车轮下惨死”、“金菊上吊自杀”种种悲剧发生的原因。“小说家总是想远离政治，小说却把自己逼近了政治，小说家总是想关心人的命运，却忘却了关心自己的命运。”（《天堂蒜薹之歌》自序）小说中描绘的那片苦难的土地上的苦难农民，背负着苦难的命运，作者再一次把现实生活中血淋淋的伤疤揭开，把社会阴暗的一面展露在我们面前，那种悲天悯人的愤怒让我们为之一振。同时为书中那些悲惨人物的悲惨命运所感慨。

小说对农村、农民的生存状态的描述，远远超过了人们想象的简单的对于“蒜薹事件”的描述。它通过对于本事件的前因后果，通过围攻县政府的3个农民——高马、高羊、四婶的回忆，描述了普通农民生活的点点滴滴。生存的艰难，不仅包括务农中从种到卖，受到各方面的盘剥，而且还包括落后的社会习俗对于自由恋爱婚姻的破坏，解放以来历次运动对于农民人格的摧残，官僚体制下的乡镇干部的贪污腐败，草菅人命，司法机关蔑视人权，执法过程简单粗暴，知法犯法，恣意妄为的行为。这些都刻画得淋漓尽致。

农民高羊，因为解放后父母被定为地主，他就成了地主的后代，成了每次运动的老“运动员”。甚至于他娘死了，他去埋葬老娘，都成了反革命翻天的行为。他只能老老实实地靠天吃饭。家境贫困，又养了一个双目失明的女儿，盼望着蒜薹丰收能够改善家里的生活状况。高马与四叔的女儿金菊自由恋爱，可是四叔、四婶已经和其他两家签订了连环换亲的协议，金菊要嫁出去帮他有残疾的哥哥换个嫂子回来。无奈之下，高马与金菊私奔，在麻地里蹲了一夜，跑到胶县而后被捉回，备受折磨，高马遭受方家兄弟的毒打，金菊被父母软禁。由于金菊怀了高马的孩子，四叔只好以1万元的身价放出金菊，同意她和高马的婚姻。高马盼望蒜薹的丰收能够换来为金菊赎身的人民币，而最终盼来的却是蒜薹的腐烂和金菊的上吊自杀。四叔赶着牛车去县城卖蒜薹，被乡党委书记的司机酒后驾车撞死，凶手逍遥法外，四婶有冤不能伸。这些愿望和矛盾，随着蒜薹的滞销，无比尖锐地集中起来，在县属冷库拒绝收购的第9天终于激化了。

中国农民一向是脸朝黄土背朝天，靠天靠地吃饭。他们朴实，他们极具忍耐力。但是当生存问题摆在眼前的时候，他们只能以命相搏。在改革开放之初，政府的经济调控能力相对薄弱，而个别政府干部为了捞取政绩，乱决策，瞎指挥，搞不切实际的一哄而起，一窝蜂。到头来，为这些错误决策买单的，还是普通的农民大众。莫言作为一个有良知的作家，用他的笔艺术化地再现了“苍山事件”的过程，并且从这个事件中折射出农民的苦难和艰辛，从愤怒的呐喊中唤起社会对农民的同情。莫言说：“作家是不能脱离社会的，即使作家千方百计地想逃避现实对你的影响，但现实会过来找你。这里有一个突出的例子，就是我写的《天堂蒜薹之歌》。作为一个农民的儿子，我有一颗农民的良心。不管农民采取了什么方式，但我的观点跟农民是一致的。所以我当时就找了一个地方用35天的时间完成了这部长篇小说。发表以后引起了反响，大家对我这种突然的转向似乎不可理解。本来《透明的红萝卜》《红高粱》已经很红了，我完全可以按照这个路线走下去，可这一转向却让我对现实社会进行了直接的干预，因为我的责任感和良心在起作用……从人的角度考虑，从自我的内心考虑，在当前的社会机制和法律状况下，假如我变成了某一个部门或某一个级别的官员的时候，我能不能保持我的清廉，我会不会也跟那些贪官一样变成一个人民的罪人，这是我创作反腐败小说的出发点。”

笔者看来，好的小说，应该是社会的切片，生活的缩影，反映出作家对社会的思考。从作家笔下，我们能够了解到一种不曾体验的另外的生活。从这一点上来说，《天堂蒜薹之歌》算得上能够让人深有感触的作品。在我阅读它的时候，往往有心理障碍不能接着读下去，扑面而来的是触目惊心，是沉重，是不能自已的愤怒。虽说以前对于那些事情有所耳闻，但是这样直接感受，却是像浪头打过来一样给我沉重一击。

小说在陈述的方式上，采用了后来《檀香刑》中也使用过的民间曲艺穿插的方式，用瞎子张扣的唱词串起每一章故事。“乡亲们种蒜薹发家致富，惹恼了一大群红眼虎狼。收税的派捐的成群结队，欺压得众百姓哭爹叫娘。”(《天堂蒜薹之歌》第二章开头瞎子张扣在县城青石大街上演唱歌谣片段)。张扣慷慨激昂的唱词中充满着悲愤，直接而富有煽动力，一下子抓住了读者的心，让读者迅速进入故事的核心中去。这样的手法让小说更具有冲击力，对于每个主人公，每个故事的叙述，使读者身临其境地体验到了农民在那种官僚腐败的治理下，传统习俗束缚下，贫穷困顿的生活逼迫下，铤而走险的苦涩和无奈。

莫言在《天堂蒜薹之歌》自序中说道：“我写的还是我熟悉的人物，还是我熟悉的环境。书中那位惨死在乡镇小官僚车轮下的四叔，就是以我的四叔为原型的。”小说中的说书艺人瞎子张扣，就是用了现实生活中的真人真名。其人姓张，大名张继成，原高密市曲艺宣传队队长，说一口好山东快书，拜山东快书名家杨立德为师，系杨派传人。唱一口好西河大鼓。60年代至80年代，他带领一帮子盲人组成的曲艺宣传队下乡走村串户，说唱演出。或紧跟形势宣传党的好政策，社会新风尚，或演唱红色经典故事《红岩》《桥隆飙》等优秀节目，喜闻乐见，很受群众欢迎。“也许因为正是人物和环境的亲切，才使得这部小说没有变成一部报告文学……这部小说，小说中的事件，只不过是悬挂人物的钉子。蒜薹事件早已陈旧不堪，但小说中的人物也许还有几丝活气。”（《天堂蒜薹之歌》自序）

（作者系高密莫言研究会副会长，曾任高密市人民政府教育督导室主任）

市委书记的“红高粱”情结

李大伟

《人民文学》创刊60多年来，高密市委书记吴建民自费订阅《人民文学》占其刊龄的多半，足有30多年之久，年年不落，期期俱在。唯独1986年第3期缺失。将近20年后，因莫言先生意外补遗，使得始缺复得终归完璧，而最后此刊物又归宿于莫言文学馆。一本普通期刊人遗弓人拾之的戏剧性曲折发展线路，使吴书记因之与“红高粱”结下了不解情缘。

上世纪七八十年代，文学在人们心目中，尚是一件算得上品位较高，具有培育人崇高情趣的事情，尤其之于广大文学爱好者，文学不可或缺，具有同食物和空气一样无可取代的地位和作用。当是时，国家重整山河，拨乱反正，风气乍开由文学始，人们的先锋思想，也是靠文学来启迪和引领。文学开动隐喻和思辨的两只轮子先发启蒙，故而一篇小说或一首诗歌往往会因其先锋性前卫性而一夜蹿红。这种靠一篇作品闻名的效应，因其和个人的前途命运密切关联，很难不引起文学青年的关注。文学三分天下有其一。文学刊物也像雨后春笋应运而生。众刊物中名气大、权威性高、发行量多、流传广、影响深远的要数“四大名旦”：《人民文学》《当代》《收获》《十月》。这四种文学刊物中的翘楚重镇，顶数《人民文学》。她是文学刊物中的领头羊，是旗舰。

高密市委书记吴建民同志当年是诸城市委的一名普通干部，他从1977年便开始自费订阅《人民文学》。当时的《人民文学》大名鼎鼎。毛泽东主席著名寄语“希望有更多好作品出世”，就发表在 1949 年 10 月《人民文学》的创刊号上，激励了半个世纪几代文学人。另外，1962 年 4 月《人民文学》接到了史上第一位也是唯一一位国家最高领导人的投稿，毛泽东主席在一个牛皮信封上写下“人民文学收”几个字。编辑郑重回信 ：“同意发稿”。当年第五期，《人民文学》发表毛泽东“诗六首”。有哪个刊物能约到如此重量级作家投稿，并以大刊物的气魄和胆识为其发稿？故而《人民文学》是文学的最高殿堂，其权威性上世纪五六十年代已确立，并且成为其一张撕不掉的标笺。多年来，她造就的著名作家不胜枚举，灿若群星。

1977 年第 11 期《人民文学》头条发表了刘心武的小说《班主任》。此文一发，人们奔走相告，“伤痕文学”由此发轫。说来凑巧，吴建民同志偶然阅读此小说后也眼前一亮，认为该小说思想超前、开风气之先的作用甚于小说的艺术性，从而也对《人民文学》敢于将具有时代先锋气息的作品大胆刊出而敬重。于是，开始订阅《人民文学》，且一发而不可收，延续 30 余年。

当然，自此以后，《人民文学》隔个一年半载，每每惊世骇俗地刊出引领全国文学发展方向的扛鼎力作，也应是坚定吴建民同志持之以恒订阅下去的动力之一。

这是 1986 年的第 3 期，在春日的一个平常日子里，生活平淡无奇，工作一如既往，但是吴建民同志读完了手中这本《人民文学》的头篇《红高粱》时兴奋了，莫言奇诡的思维，天马行空的奇思妙想，肆意汪洋毫不节制一泻千里的语言风格，把他吸引住并入了迷。这个中篇小说令他眼前一亮，心头一震，好久没有这么痛快淋漓地阅读了，大呼过瘾之际，吴建民同志再次确认了一下，此作，就是诸城北邻的高密人写的高密事，他记住了莫言。记住了高密有个东北乡。不曾想多年后应红高粱之约，来到这片热土，主政红高粱之乡。邻县高密出了这么有才气的青年作家，上了国家级别的刊物《人民文学》，毕竟是令人高兴的事情。诸城高密紧邻，一龙一凤兄弟城邦，谁家冒尖出了大作家都是令人鼓舞令人自豪的幸事。

诸城文脉深远，底蕴雄厚，历朝历代出了许多流芳千古的文士名流。当代诸城籍作家，早有见诸《人民文学》的作品，有大诗人臧克家的诗作，王愿坚的小说等等。但风格不同，不像莫言的小说有视觉冲击力，具精神震撼力，影响远流传广，几乎一夜之间红遍大江南北。

当时在诸城县委当秘书的吴建民同志便把莫言先生的《红高粱》推荐给了当时的诸城县委刘书记。据说，刘书记对此小说也爱不释手，读了又读。后因刘书记工作调动，先是潍坊，后是省城，那本《人民文学》不知何故始终未还吴建民。他是书记，不便向他讨要，此事便搁下了。吴建民同志积攒多年的《人民文学》杂志独缺着这一本。

小说归小说，赞叹归赞叹，拍案叫绝后，生活还得继续；《红高粱》热平息，吴建民同志又忙于日常工作。《红高粱》，莫言却从此埋在心头，成了一个挥之不去的思绪、情结。

诸如莫言《红高粱》等类大作隔三岔五的刊出，更坚定了吴建民同志订阅《人民文学》的信心。

时间在推移，《人民文学》以每年12本的数量，递增着吴建民同志的刊物存量，也积淀着吴书记的学养厚度。

多年以后，由于工作需要，吴建民同志调高密先后任市长、书记。吴建民和莫言一个是一方土地的最高领导人、决策者，一个是本乡本土名满国内外的著名作家。怀揣了多年的《红高粱》情结的一个书记，一个当红大作家，两人必然地在某一历史时刻，毫无悬念地相逢相遇，而且成为知心朋友。吴建民书记曾说：我十分仰慕莫言先生，是先生多年来的忠实粉丝。莫言先生则谦虚地说：吴书记多年持之以恒订阅《人民文学》，学养和文学功力在我之上。

交谈中，吴书记自然讲到他近30年《人民文学》本本俱在，唯独缺登有《红高粱》的1986第3期的憾事。这也是人们当时争相传阅，弄得一时洛阳纸贵该书告罄的真实写照。莫言先生笑而不语，把吴建民书记对该刊的偏爱有加记在心上。

另据莫言研究会的孙惠斌会长说，他不止一次，怕是有三四次在一些场合听到吴书记讲此故事，这不失为书记《红高粱》文化情结的一段佳话。

故事未完。

说者无意，听者有心。莫言先生是有心人，他深知该故事是建民书记向他传递了知遇意念，向公众表达了领导人一段《红高粱》文化情结，莫言先生感动了。忽一日，他在回乡探亲与吴书记见面时，亲手递上了一本褪了色的《人民文学》1986年第3期刊物，这是他去南方某大学演讲时淘来的。突如其来的珍稀礼物，弄得书记先是一愣怔，继尔是两双手紧握在一起，此时，用什么语言表达都是多余的。

吴书记积了30年的《人民文学》终于补齐。该故事可以画上句号了。该期《人民文学》的归队，虽使手中各期刊物呈完璧之势，但吴书记考虑再三，还是将其赠献于新开馆的莫言文学馆，个人缺憾却充实了馆藏资料，使这本见证了著名作家与地方官员一段佳话的读物，在文学馆中，以实物的形态，影响教育更多来者。这才是：人遗弓而人拾之，何遗之有？其实，树立“红高粱”旗帜和打造“红高粱”文化品牌的戏刚刚开始，大幕正在拉开。

（作者系高密莫言研究会理事）

拍电影《红高粱》的日子

张子照

电影《红高粱》是根据著名作家莫言的小说《红高粱家族》改编的，它以崭新的艺术形式，描绘了中国20世纪三四十年代一伙农民古朴、野性的生活和他们与侵略者浴血奋战的故事。明快、紧凑、张弛有度的节奏，画面、色彩、光线及其所构成的生动而浓烈的视觉形象，这一切电影艺术的表现令业界对中国电影刮目相看。《红高粱》在国际影坛引起了极大的轰动，被认为是中国电影真正走向世界的新的开始。《红高粱》"横空出世"，荣获国内国际11项大奖：1988年获第38届西柏林国际电影节最佳影片金熊大奖；1988年第5届津巴布韦国际电影节最佳影片，最佳导演，故事片真实新颖奖；1988年第35届悉尼国际电影节电影评论奖；1988年摩洛哥第一届马拉什国际电影电视节导演大阿特拉斯金奖；1988年第八届中国电影金鸡奖最佳故事片奖；1988年第11届《大众电影》百花奖最佳故事片奖；1989年第16届布鲁塞尔国际电影节广播电台听众评委会最佳影片奖；1989年法国第五届蒙彼利埃国际电影节银熊猫奖；1989年第八届香港电影金像奖，十大华语片之一；1990年民主德国电影家协会年度奖提名奖；1990年古巴年度发行电影评奖十部最佳故事片之一。

为了使读者更好地了解电影拍摄过程中发生在红高粱的故乡高密的电影背后的故事，为了使人们更好地回顾20年前拍摄《红高粱》那激情火红的场面，也为了纪念《红高粱》出世20周年，特撰此文，以飨读者。

——题记

2006 年末，中央电视台中文国际频道——“走遍中国”栏目组的两位编导，为制作 2007 年春节特别节目“中国电影地图——《红高粱》山东高密”，重访了电影《红高粱》主要外景地——河崖镇孙家口。我触景生情，忆起了 20 年前那个难忘的夏天，那些让高密与《红高粱》结下不解之缘的日子。

1987 年，在生长着红高粱的高密大地上，正悄悄地孕育着一批国际级别的名作家、名导演、名演员、名摄影。回顾这些明星的诞生，竟是因为他们共同在高密这块发祥地上播下了《红高粱》的种子。

提起张艺谋，人们马上会想到那些红高粱、红棉布、红辣椒、红灯笼充满银幕的画面，自然也会想到被这种强烈的色彩衬托着的一颗耀眼的国际影星——巩俐。

提起巩俐，人们又马上会想到使她成名的第一部影片《红高粱》，自然也会想到山东高密那片如血似火的红高粱。

1986 年 3 月莫言的小说《红高粱》在《人民文学》发表，在中国文坛上引起轰动。1986 年 7 月，正在西北拍《老井》的张艺谋到北京找到莫言，商定由陈剑雨、朱伟、莫言 3 人将小说《红高粱》改编成电影文学剧本。

当时陕西省委宣传部将西安电影制片厂《红高粱》摄制组张艺谋等人介绍到山东省委宣传部，山东省委宣传部介绍到高密县委宣传部。高密县委对此事非常重视，责成县委宣传部牵头，协调县文化局等有关部门和乡镇协助电影拍摄。

自 1987 年春天开始与先期到达高密的摄制组部分主创人员着手进行拍摄前的准备工作，从选景，到选群众演员，种高粱，演员体验生活，直到 7 月份，西安电影制片厂《红高粱》摄制组（当时叫“九九青杀口”摄制组）正式进驻高密县政府招待所。我也正式进驻摄制组，与西影厂编辑处处长、时任摄制组书记的赵云鹏老师共住一室，与摄制组全体人员同吃、同住、同劳动。有幸和张艺谋、巩俐等人相识相处，无话不拉，直到摄制组转场到银川。前后几个月的时间，我亲眼目睹并深切感受了他们对事业的执着追求和拼命精神。

一

1988年,《红高粱》在西柏林电影节力挫群芳，张艺谋、巩俐携手捧回该电影节最高奖“金熊”大奖。从此，他俩的名字红遍九州，至今令世人瞩目。种瓜得瓜，种豆得豆。从播下第一颗《红高粱》的种子开始，他们就用心血孕育着一个个丰收的到来。

我认识张艺谋要比认识巩俐早3个月。1987年春，我受命去县招待所与西影厂的美工师杨刚同志接头，协助他们在高密选外景地。在此之前，杨刚同志曾先期到过高密，选了一些外景，这次是让张艺谋实地拍板定音。在招待所，经杨刚介绍，我认识了张艺谋。若不是有人介绍，任你怎样想象也猜不出站在面前的这位只差在头上系一条羊肚子毛巾的庄稼汉，竟是因拍摄《黄土地》而荣获1985年“金鸡奖”最佳摄影、因扮演《老井》里的男主角孙旺泉而荣获第二届东京国际电影节最佳男演员奖的得主。我试图从他的外貌上找出些与众不同的特点来，可费了好大劲发现，这些特点都集中在他的头部：一个头发极短的平头，一张极有棱角的脸盘和一脸极亲切的微笑。

吉普车载我们一行几人在高密的大地上一连颠簸了7天，东西南北中看了个遍，最后选中了3个地方，一处是《红高粱》的作者、电影编剧之一的莫言的家乡，高密县东北乡的孙家口。这个村的地理位置非常特殊，地处高密平度胶州3县交界，胶莱河自西向东从村后穿过。解放前此地是“三不管”地带，每年胶莱河发大水总要在两岸冲出几个大口子，而该村正坐落在决口附近，村名由此而得。由于历史的原因，现在这儿自然遗留下一些河口、沟汊和水湾。横跨胶莱河有一座现在来看建筑规模不算太小的石板桥，此桥的桥墩、桥面全部用青色花岗岩石条垒成，古朴得近乎原始。桥始建于哪年说法不一，单从桥面上留下的车辙印记来看，历史决不会太短。抗日战争时期，此桥是连接平度和胶州两座县城的咽喉要道。1938年3月16日，抗日军民就是在这座桥上伏击了日本军车，毙敌50余人，烧毁军车4辆，击毙日军中将中冈弥高。现此处被高密市政府列为爱国主义教育基地，立碑为证。

找到了这样一个有利于电影创作的自然环境，张艺谋兴奋地连声说：“有戏，有戏！”后来，他让当地农民按照他的意图，在石板桥的北头及西侧种上了40多亩高粱，并曾经一度将片名定为《九九青杀口》，可见此景地对张艺谋的电影创作影响之大。孙家口外景地是电影《红高粱》上镜最多的外景地，张艺谋在这里拍下了“抢我奶奶”、“野合”、“伏击战”等众多重要的经典场面。

另一处外景地是位于高密县南部拒城河镇的泊子村，村南是一片丘陵，沟壑纵横。张艺谋在这儿安排农民种下了 50 多亩高粱，拍摄时动用了两辆消防车“降雨”，调动了附近几个村约 600 多名男女老少充当群众演员，并集中了我县文化系统剧团演员 30 多名男同志上阵扮演鬼子兵。在这儿，张艺谋拍下了“扒皮”以及影片中最大的一个场面：天昏昏，地沉沉，泪在流，血在淌。黑压压的一群穷苦百姓被日本鬼子用刺刀顶着腰眼儿赶进了杀人的现场。在他们的身后是一片即将收获的高粱，透红透红的高粱穗子像一团团高举着的火把在熊熊燃烧。而在他们的脚下，却是一片刚刚被迫用自己的双脚踩倒的高粱棵。被踩过的高粱穗像是一滩滩凝固的鲜血，铺满这块世世代代与高粱相依为命，孕育他们繁衍生息的大地……摄制组在这里完成了高粱外景地的最后一组镜头，50 多亩地的青纱帐全部被踩倒，高粱颗粒未收。

第 3 个外景地选在高密西南王吴水库岸边的一个农户家。张艺谋把这家农户的庭院改造成一个造酒作坊。在这以前，我曾带他到高密北大洼一个出“大槐树”牌白酒的造酒作坊看过，但是这些作坊的环境始终不尽如他意，后来他硬是让美工师在相距高密几千里路以外的银川市郊镇北堡生搭了一个“造酒作坊”。对于一个摄制组来说，外景地越多越分散，就意味着影片成本越大，拍摄周期越长。但张艺谋为了影片的质量，顶着只批给 85 万元人民币拍摄资金的压力，总是尽最大努力去做好每一件事情。

除了这 3 个景点外，还有一处是后选的，就是高密西部的峡山水库。当地老百姓在水库库堤边缘种了一些高粱，因水肥充足，高粱长势喜人，张艺谋在此拍摄了“炸军车”、“我奶奶死”等镜头。

《红高粱》的许多镜头是在高粱地里拍摄的，而当时在高密选的几个景点的农民早已多年不种这种低产难吃的农作物了，要拍电影就必须先种高粱，而且错过季节就得再等 1 年。当时西影厂领导对此片的生产把握不大。没有最后下达生产指令，摄制组没有正式成立，拍摄资金没有着落的情况下，张艺谋私下多方筹集资金 4 万元，冒险在高密选景种高粱，以每亩 250 ~ 300 元的价格，立合同种下了 100 多亩高粱（后来又追加了高粱亩数）。如果影片不被批准生产，当时张艺谋就是砸锅卖铁也还不了这笔钱。

幸好，影片通过了批准，很快成立了以张艺谋为首的摄制组领导班子，时任西影厂生产处长的李长庆同志出任制片主任，编辑处长赵云鹏同志出任摄制组党支部书记，派这两位具有影响西影厂的实力人物入阁，可见西影厂对这部影片的关注程度。

张艺谋挑选的摄制组创作人员，除了化妆师、烟火师和枪械师年过半百外，其他人都是与他年龄相当、在电影艺术方面有独到之处的哥们姊妹。摄影师顾长卫在电影学院 4 年的大学生活中，与张艺谋是同一宿舍的同班同学，他曾拍过《孩子王》《神鞭》等具有一定影响的影片。美工师杨刚、剪辑师杜媛在电影创作上有着独特的见解，以至后来他们在《菊豆》《秋菊打官司》《大红灯笼高高挂》影片中多次与张艺谋合作。电影是一门综合艺术，《红高粱》的成功是张艺谋等人精诚合作的最完美表达。

张艺谋为了使影片在色彩上达到强烈的艺术效果，花钱从上海电影制片厂租来当时在国际上也是比较先进的摄影机。据说当时全国只有两台，每台连同配套的镜片价值 20 多万美元。如此“千金小姐”谁也不敢怠慢，只好再从上影厂请来一位专职保管人员当“贴身丫鬟”。拍摄使用的胶片是日本进口彩卷，当时国家对这种彩卷限制进口，每年对各大电影制片厂只供应拍摄一部影片的用量。在拍摄过程中，曾因故胶片出现紧张，为保证拍摄，制片主任飞赴香港紧急采购。

对于一个电影导演来说，明星效应是必须要考虑的问题之一，当时《红高粱》一片中最有影响的演员只有姜文，观众刚好看过他主演的《芙蓉镇》。而女主角巩俐当时是“中戏”二年级学生，9 月份进大三。在跟她的交谈中得知，在此之前她只拍过一部电视短片。其他十几个演员分别来自北京、上海、乌鲁木齐、西安、兰州、青岛、高密，这种对配角演员的选择看起来似乎又有些过分地挑剔，虽然他们来自五湖四海，但他们有一个共同的特点，那就是张艺谋在让我帮他找演员时的标准：“形象土，年龄不限。”张艺谋对女一号的选择当然有他的标准，不过从后来经他手“造”出来的几位女明星看，她们在长相上也有一个共同的特点，那就是评书中美人赞所提到的：“上宽下窄满场脸，浓眉大眼高鼻梁”。

张艺谋在电影行里干过摄影、演员，《红高粱》一片是他第一次当导演。无论干什么他都是很玩命。这次拍片，为了赶在高粱成熟以前完成所有高粱地里的镜头，他带领摄制组全体人员连轴转，来去两头不见太阳，一天两顿饭送到现场吃。由于分镜头的需要，有时一个景点拍不了几个镜头就要换位置，为了抢时间，张艺谋总是亲自动手搬运器材。连围观的老百姓都说：“不是个活！”“有孩子不让他干这个！”

二

外景地选好了，高粱也及时种上了，在张艺谋的努力下，影片终于被批准拍摄了。这时演员从四面八方陆续来到设在高密县王吴水库管理所的演员生活基地。在这里我认识了巩俐。

那是 1987 年 6 月的一天，高密正值麦收季节。我去给演员送锻炼身体的体育器械——单杠，说是单杠，实际是县自来水公司无偿提供的两节一米多长的自来水管。

这一天，太阳像是跟人们闹翻了脸，无情地蒸腾着麦浪翻滚的大地。忽然，随着一阵欢快的民间吹打乐曲，一乘四人小轿被一群看热闹的孩子簇拥着，颤颤悠悠地从麦田旁的大路尽头走来。麦收的农民直起身来，瞪大了眼睛好奇地注视着这 30 多年没见过的新鲜景，他们不明白为什么有人竟会选在这大忙季节办喜事。待花轿走到眼前，人们更奇怪了，花轿没“穿”轿衣，一眼望去，轿子里端坐着一个衣着极平常的姑娘，再看轿夫和吹鼓手，一个个破衣烂衫，袒胸露肚，剃着光头，汗流浃背。轿夫们被压得龇牙咧嘴，一脸苦相，除了音乐，没有一点喜庆的样子。此时，当地百姓怎么也想不到，这是《红高粱》摄制组的演员们正在体验生活。

吉普车与迎亲的队伍一擦而过，瞬间我扫了一眼坐在轿中的“新娘子”，顿觉好面熟，却又想不出在哪儿见过。

车到生活基地，一帮光头光膀子的男演员很快拿过水管，在三棵树杈上并排搭上了两副单杠，他们在这里的主要工作就是游泳，晒皮肤，锻炼身体。不多时，迎亲的队伍也回到了基地，在张艺谋的引见下，我认识了那位新娘子——巩俐。我们握手相互问好，巩俐冲我微微点头一笑，唇边露出两颗白生生的虎牙。就她这一笑立刻接通了我刚才在车上对她那一瞥的印象。

“你长得很像一个人。”

“谁？”

“山口百惠。”

那时电视上播出日本电视连续剧《血疑》才没几年，当红日本女明星山口百惠家喻户晓。

“是吗？”巩俐满脸的谦和与娇羞。

“有点像。”张艺谋像选演员一样认真地看了看巩俐，微笑着说。

巩俐听了笑得更甜，更像山口百惠，散发着清纯、俊俏的魅力。

作为济南人的巩俐不善言谈，更不善调侃，跟她谈话总是在友好的气氛中进行，说不上几句话便无话可说，以微笑宣告谈话结束。

在演员生活基地近一个月的时间里，巩俐每天重复干着3件事，坐轿、骑驴、挑水。这3件事隔日分着干倒还可以，骑完了毛驴接着坐轿恐怕就不好过了。先是前后晃，后是上下颠，这感受不说也想得出来。问巩俐感觉如何，她啥话也不说，留下一个微笑，任你去联想。

影片开拍前，演员们离开了生活基地进驻了县政府招待所。开拍那天，摄制组举行了开拍仪式，邀请了县委、县政府的有关领导及有关部门的领导参加开拍仪式，与演员共进午餐，不知是安排上还是别的原因，巩俐没有跟县里及摄制组的领导们同席。她微笑着越过一张张圆桌，在我旁边的空位上落坐。随她身后的是她的“儿子”——“豆倌”——西安来的小演员刘继。除了不在一个房间睡觉，她“娘儿俩”整天形影不离，不管什么场合，一时见不着巩俐的影子，刘继便大声喊“娘”。巩俐答应得也真真切切。刘继往常拿着一些高密不多见的包装很精美的北京小食品吃，有人问他便说：“是俺娘从北京捎来的。”尽管她“娘儿俩”的关系不长，巩俐也确实尽了当“娘”的心。

热情洋溢的祝酒辞后，全体干杯，巩俐刚要放杯拿筷，却被眼前一盘菜吓得打了一个激灵，原来不知是谁跟她开了个小小的玩笑，在她喝酒时，将一盘炸全蝎悄悄转到了她面前。巩俐看着十几只冒着油花的蝎子，一个个扬着双螯，翘着毒钩，一副进攻的架势，身子直向后靠。我劝说在外拍片吃点有好处，但不管我和别人怎么劝说，怎么吃给她看，巩俐毫不动摇，“怎么说我也不敢吃！”

摄制组在高密拍完了所有外景，临走时想起要在高密凤凰宾馆前合影留念（姜文已先走一步）。当时已近中午，巩俐还在睡觉，张艺谋也是一身疲惫。尽管他们很累，可还是满足了我的愿望，给我们留下了甜美的一笑。

（作者单位：高密市文化馆）

01

02

03

04

01 童年莫言和堂姐（已故）；

02 莫言在高密县河崖棉花加工厂时

（后排左起第二人为莫言）；

03 莫言在山东黄县当兵时

（后排左一为莫言）；

04 莫言在山东黄县；

05 莫言在军艺创作；

06《透明的红萝卜》手稿

05

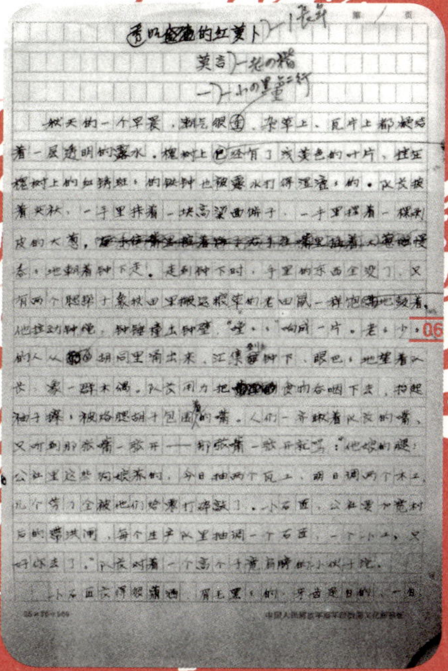

透明的红萝卜

莫言

秋天的一个早晨，潮气很重，杂草上、瓦片上都凝结着一层透明的露水。槐树上已经有了浅黄色的叶片，挂在槐树上的红锈斑斑的铁钟也被露水打得湿漉漉的。队长披着夹袄，一手里拤着一块高粱面饼子，一手里捏着一棵剥皮的大葱，

06

百家论坛

读《牛》说牛

管谟贤

在莫言众多的中篇小说中，我很喜欢《牛》(发表于《东海》1998年第6期，后收入小说集《长安大道上的骑驴美人》以及《莫言文集》十二卷本之《透明的红萝卜》)。

我之所以喜欢它，有以下几个原因：一是好读。正如莫言自己所说，它“好看，有精彩的细节，有栩栩如生的人物”，有“流畅的、富有特色的语言”①。二是这篇小说写的故事是以当年发生在我们的故乡的一件真实事件为基础的，故事中的人物可以在生活中找到原型，小说真实深刻地反映了那个荒唐的年代的现实，读来倍感亲切。

要解读这篇作品，首先要了解故事发生的那个年代，以及牛(当然也包括人、养牛用牛的人，即农民)在那个年代的生存状态。否则，当今的年轻读者，甚至包括年老的城市读者就读不懂它。某些“左”派遗老们甚至会祭起“污蔑社会主义农村的大好形势”、“污蔑中国农民形象”的法宝，对其大加挞伐，因为在他们眼里，当时的中国农村形势“是大好，而不是小好”，是到处“莺歌燕舞”的。

现实生活中，《牛》的故事和小说中写的一样，发生在1970年5月1日。那一天，在莫言的故乡，高密县河崖人民公社所在地，由于公社食品站出售变质牛肉，导致304人中毒，1人死亡。除了在中毒人数上有出入(小说中是308

人中毒）外，小说中的描写几乎是现实生活的翻版。需要补充的是，当时这事闹得很大，因为治病所需的药品本地没有，当时的省革委会主任、济南军区司令员杨得志同志专门从上海等地联系到药品，用军用飞机运到青岛，然后县里派摩托车去青岛把药接回来，治好了中毒的病人，被称为“毛泽东思想的又一伟大胜利”。

1970 年，时值“文革”，人民公社这一历史怪胎尚属“三面红旗”之一，内里虽已穷途末路，但表面上风头正劲，仍是一棵“万岁”的“常青藤”。但奇怪的是，那时的人口比现在少，土地比现在多，打的粮食却不够吃。不但粮不够吃，草也不够烧，牲口吃的饲料、饲草更是缺乏。于是便出现了小说中写到的令现在的人无法理解的怪现象：尽管牛是大牲畜，是生产资料，是耕地种田的主要动力，但却不能多养，更不敢随便繁育。尽管人们知道牛肉鲜美无比，却因为牛是生产资料而不能随意屠宰，即使病牛也要经有关部门审批才能由供销系统的公社食品站负责屠宰和销售，否则“阶级敌人破坏生产”这样的大帽子就会扣下来。如果谁偷杀了牛，就会被判刑。因此，解放后，尤其统购统销之后，普通农民是吃不到牛肉的。正因为养不能多养，杀又不能杀，所以那时在田野里甚至会出现无人认养的“流浪牛”。那是一个荒唐的年代，荒唐得贻笑天下，贻笑子孙后代。在那个年代里，一个农村户口就把农民的迁徙权、话语权剥夺了。小说中的杜大爷尽管说话处处小心，却时刻会遭到队长甚至是小孩子的上纲批判，于是真话不见了，假话、套话便大行其道。

在那荒唐的年代里，喂牛的农民吃不到牛肉，“为革命而大养其猪”的公社社员们连猪肉也很少吃到。一来他们不像城市居民那样有肉票，二来，即使有了肉票也没有钱买。当时的人民公社每个工分才几分钱，一个整壮劳动力干一天活，挣十个工分才几毛钱，不少农户干了一年，扣除口粮、柴草钱，还倒欠生产队的钱，叫做“透支户”。那年月，农民别说吃肉，就连粮食也不够吃。当时，小麦亩产才 200 来斤，夏收后分粮，人均 60 斤小麦的生产队就是好生产队。到了秋天，地瓜收上来，4 斤地瓜顶一斤粮，如果保存不当，霉了烂了就活该倒霉。所以，一年到头“瓜菜代”，“农忙时吃干，闲时吃稀”竟是最高指示。冬天吃两顿，也是绝大多数农民节省粮食的办法。那年月，实事求是地说，广大农民连起码的温饱都难以解决。由于物质的极度匮乏，像小说中杜大爷的女婿那样在供销社杀猪的，在公社机关食堂做饭的，都“人五人六”起来，成了令人羡慕的职业，其本人及亲戚也不免为此而自豪。正因为物质极度匮乏，温饱没有解决，加上“文革”的折腾，国民经济已到了崩溃的边缘，当时在山东，连买一盒火柴都要凭证供应。所以，人们只好冒着“美化旧社会、美化剥削阶级、向往资产阶级生活”的政治风险回忆 20 多年之前，亦即解放前及建国初期的生活，来一个“精神会餐”。对于这种精神会餐，莫言在《饥饿和孤独是我创作的财富》一文中这样写过：“在劳动间隙里，我们饥肠辘辘，胃里泛酸水。我们最大的乐趣就是聚集在一起谈论食物。大家把自己曾经吃过的或者是听说过的美食讲出来让大家享受，这是真正的精神会餐。说者津津有味，听者直咽口水。一个老头给我们讲当年他在青岛的饭店里当堂倌时见识过的那些名菜，什么红烧肉啦，大烧鸡啦，我们眼睁睁地望着他的嘴巴，仿佛嗅到了那些美味食品的味道，仿佛看到了那些美味佳肴从天上飘飘而来。”[②]生活中的这一情景，在小说里则变成了杜大爷的回忆：“那时候，每逢马桑集，我爹最少要割 5 斤肉，老秤 5 斤，顶现在 7 斤还要多，不割肉，必买鱼，青鱼、鲅鱼、黄花鱼、披毛鱼、墨斗鱼……那时候，马桑镇的鱼市有三里长，槐花开放时，正是鳞刀鱼上市的季节，街两边白晃晃的，耀得人不敢睁眼。大对虾两个一对，用竹签子插着，一对半斤，两对一斤，一对大对虾只卖两个铜板。那时候，想吃啥就吃啥，只要你有钱。……现在，这么大个公社，四十多个大队，几百个小队，七八万口子人，一个集才杀一头猪，那点猪肉还不够公社干部吃的。可过去，咱马桑镇的肉市，光杀猪的肉案子就有三十多台，还有那些杀牛的，杀驴的，杀狗的，你说你想吃什么吧。那时候的牛，大肉牛，用地瓜、豆饼催得油光水滑、走起来晃晃荡荡，好似一座肉山，一头牛能出一千多斤肉。那牛肥得肉膘子有三指厚，那肉一方一方的，简直就像豆腐，放到锅里煮，一滚就烂，花 5 个铜子，买上一斤熟牛肉，打上四两高粱酒，望凳子上一坐，喝着吃着，听着声，看着景，你想想吧，那是什么滋味……”这是多么诱人的情景，这是多么令人企盼的生活。但这却成了过眼烟云，成了回忆，而且连回忆都不能公开，否则就会落入骇人的政治陷阱！

这就是小说《牛》揭示的有关牛的社会背景。这揭示是真实的，深刻的，堪称栩栩如生，入木三分。了解了故事的背景，你才会理解生产队长麻叔要“我”在放牛时严防公牛母牛交配，并对所有的公牛进行阉割；也才会理解麻叔甘冒风险把明知不能阉割的“双脊”也不放过的真正原因。小说中麻叔、兽医老董、杜大爷、“我”都为能吃到一点满是腥臊之气的牛蛋子而斗智斗法，而高兴，而愤怒；当“双脊”死后，麻叔想到的是编造牛的死因把牛弄回去分而食之，公社孙主任想的是利用职权把牛留下公社干部们分吃。当中毒事件发生后，人们首先想到的是阶级敌人破坏，试图在“四类分子”身上找原因。这些就是小说的主题所在。在现实生活中，查一查高密县志，人们还会发现，就是同一个河崖公社食品站，在人民公社即将解体，旧体制仍在勉强维持的 1983 年 9 月 15 日，又因出售变质熟猪肉而使 134 人中毒，1 人死亡。这虽然是悲剧，却也实在是时势发展之必然。同时，也说明废除原有的计划经济体制进行改革开放的必要性。

需要特别说明的是，现实生活中，牛的故事虽然发生在河崖公社，但死掉的牛并不是我们生产队的，小说中的人物却与现实中的人物有相似之处。第一个是那个姓管的生产队长麻叔与现实生活中我们的四叔相似：一是四叔小时生过天花，脸上有麻子，二是四叔长期担任我们二队的生产队长，三是四叔骑自行车的技术与小说中的描写十分相像，滑稽而有趣。而小说中的自行车主人叫郭好胜，我们村确有其人，他也的确是当时村中极少数有自行车的人。很有可能连麻叔向他借自行车这个细节都是真实的。第二个人物是饲养员杜大爷，我们生产队确有一个饲养员出身中农，也姓杜。第三个人物是"我"，这个人物是故事的叙述者，其中有莫言的影子。当年莫言辍学后，即在四叔的指导下干农活。开始，也就是干些割草放牛的轻活。小说中有一个情节，是"我"在朦胧中听到被阉割的三头小公牛骂声不绝，于是和牛们进行了一番对话。这也是莫言当年生活的真实写照。莫言曾经这样描写过他的这种生活经历："我对牛的理解甚至胜过了我对人的了解。我知道牛的喜怒哀乐，懂得牛的表情，知道它们心里想的什么。在那样一片在一个孩子眼里几乎是无边无际的原野里，只有我和几头牛在一起。牛安详地吃草，眼睛蓝得好像大海里的海水。我想跟牛谈谈，但牛只顾吃草，根本不理我。"[③]

总之，通过上述分析，再一次说明了这么一个真理：生活是创作的源泉；苦难和孤寂的童年生活，是作家的一笔财富。反之，我们通过对《牛》的解读，就会发现，莫言所有的小说都有一个一以贯之的东西，那就是一个被饿怕了的孩子对美好生活的向往。莫言是一个真正的"作为老百姓写作"的作家，是普通农民的代言人。

值得注意的是，《牛》在《小说月报》转载后，获得了该刊当年优秀中篇小说奖，莫言曾写过一篇《文学与牛》的获奖感言，文中说："我模模糊糊地感到，几十年来，牛的遭遇与文学的遭遇很是相似，农民的养牛史，活像是一部当代文学史"[④]。他认为，小说中所描写的那个时代，中国基本上没有文学，"文革"结束，公社解散，"家家户户都养起牛来，牛的身份猛地贵了起来，人民公社时期说起来重要实际上根本不当东西的牛，重新成了农民的命根子。这个时期，正是中国新时期文学的黄金时代”⑤。上世纪90年代后，由于种种原因，“农民养牛的目的基本上是养肥了卖肉，社会的商品化，改变了牛的历史地位”，“现在杀牛跟杀猪一样，成了司空见惯的事情。这个时期，我们的文学也失去了它的神圣和尊严，文学创作，也正在变成一种商品生产。”⑥但莫言相信，“科学无论如何发达，农民无论怎样变化，为了耕田而被饲养的牛还是会存在的，因此纯粹的文学还是会存在的。”⑦在这里莫言把文学与牛扯上了关系，实际是把文学与社会，文学与经济的关系揭示出来，告诉大家，经济发展了，社会进步了，文学也在发展着，变化着，进步着，永远不会消亡，而作家，则应该与时俱进，写出与时代相称的真正的文学作品。

注：

①莫言：《牛就是牛》见《小说月报》1998年第9期。

②莫言：《饥饿和孤独是我创作的财富》见《莫言文集·小说的气味》170页。

③同上书169页。

④同上书265页。

⑤同上书265页。

⑥同上书265页。

⑦同上书266页。

让书香弥漫语文课堂

——莫言成功的启示

贾玉德　高伟

莫言成为“中国新一辈极具活力的作家”，在中国文坛的地位越来越高，在世界文坛的影响越来越大，“他不仅是当代中国文学的旗手，也是亚洲和世界文学的旗手”（17届福冈亚洲文化奖颁奖辞）。他的成功不能不说是一个奇迹，也颇耐人寻味。他没有上过多少年学，也没有在教室里听老师多少讲授，那么，他的成功秘诀何在？笔者认为，除了他所具有的文学天赋外，还有一个更重要的因素——

酷爱读书为成功奠基

莫言小学5年级辍学在家，以割草放牛为业。他一边劳动，一边像3年自然灾害时饿疯了的人突然拥有一桌酒席一样，拼命地读书，吮吸着虽不丰富却极有价值的营养。当时绝大多数孩子正处于饥饿的煎熬中，而他一面忍受饥饿，一面却享受着当时绝大多数孩子不能享受、不愿享受或者不敢享受的读书快乐。他读的第一本书是《封神演义》。为了看到这部神魔小说，他为同学家拉了一上午磨，才换来了看这本书一下午的权利。他七八岁时便懵懵懂懂读《鲁迅作品选集》，小学 3 年级时读了《林海雪原》《青春之歌》《钢铁是怎样炼成的》等作品，之后，又一口气读了《三国演义》《水浒传》《儒林外史》《破晓记》《三家巷》等。有一次，他从一个老师手里借到《青春之歌》时已是下午，明明知道如果不去割草羊就要饿肚子，但还是挡不住书的诱惑，一头钻进草垛后，一下午就把大厚本的《青春之歌》读完了，身上被蚂蚁、蚊虫咬出了一片片红疙瘩。为了找到二哥藏到猪圈棚子里的小说《破晓记》，他一头碰到了马蜂窝，几十只马蜂蜇到脸上，眼睛肿成了一条缝，还是坚持把书读完了。有书读时，便痴迷陶醉于书海之中而忘乎所以。实在没有书读的时候，就读大哥从初中到高中的语文课本，连大哥的作文也拿来读，甚至读《新华字典》。莫言的童年是不幸的，但又是很幸运的，正是那种无拘无束的自由阅读时空，为他后来成为“大家”作了丰厚的积淀。童年时期正是人生想象力最丰富的时候，因为兴趣而产生的广泛的阅读像发酵粉一样，将莫言的想象力催生到极致。透过他的作品可以看出，他创作的根在农村，童年时期的一切是他创作的魂。

莫言成名了，成为驰骋文坛的大作家，这是高密人的骄傲和自豪。然而，只上过小学 5 年级的莫言，为什么能成为今天的莫言？这不能不引起我们教育工作者的反思。

许多文学家之所以能够创作出大量的文学精品，是与他们博览群书分不开的，他们一谈起之所以“成名立家”，无不同声答道，那是得益于孩提时期多看了几本书。曾经有人向鲁迅先生请教写作经验，他也这样说，哪有什么经验，无非是多看了几本书罢了。著名语言学家吕叔湘说：“同志们可以回忆自己的学习过程，得之于老师课堂的占多少，得之于课外阅读的占多少。我回想自己大概是三七开吧，也就是说 70% 得之于课外阅读，课外阅读对语文课来说，决不是可有可无的。”

文学大家呼唤语文教学改革，而语文教改的关键在于——

还学生读书的权利

孩子上学就是读书，而事实上学生读了多少书？一学期一本书，围绕二三十篇课文，翻来覆去地讲、记、背。教师一支粉笔、一本书加上一张嘴，语文课几乎成了统一规定的模式，讲课文、记笔记、背笔记的教法使学生几乎成了语法修辞的训练机器。老师像讲数学题套公式一样几乎用同样的程序讲解每一课的字词、段落大意、中心思想、标准答案……把教科书中的名篇佳作肢解得支离破碎，而教科书之外的名家名篇学生又读不到，浩如烟海的文化宝库学生无法涉猎，窄小的课堂圈子扼杀了学生的学习兴趣，这多么让我们语文老师尴尬和悲叹！

“浩瀚的书海，乃人类最伟大的创造品。人类所建造的事物，无能经久的；纪念碑会倾坍；国家会衰亡；文明会因古老而为人摈弃……但在书籍的领域中，有许多书卷，是看过这些兴亡盛衰，然而仍复存在，仍不衰老……”（克拉伦士·礼）。有人曾说：“读一本好书就是同一位高尚的人谈话。”英国戏剧作家莎士比亚则这样谈读书：“书籍是全世界的营养品，生活里没有书籍，就好像大地没有阳光；智慧里没有书籍，就好像鸟儿没有翅膀。”莫言说：“语文水平的提高，大量的阅读非常重要”（《虚伪的教育》）。这些论述都形象地指出了读书的重要性。《中学语文课程标准》规定，中学阶段学生课外阅读总量不少于 260 万字，仅优秀诗文就推荐了 80 篇供学生课外背诵。《小学语文课程标准》也首次作出 2 年级每学年课外阅读不少于 5 万字，3 年级不少于 15 万字，4 年级不少于 30 万字，高年级不少于 50 万字的具体量化规定。这些刚性要求，进一步强调了课外阅读的必要性。

书籍是真正的大学，是全人类共同创造的财富，是永不枯竭的智慧源泉。引领学生认真读书，读好书是一种乐趣，一种情趣，是一把打开未知世界的金钥匙。泱泱中华，文学宝库博大精深。那些历久弥香的璀璨夺目的文学明珠，无不是古人“读书破万卷”的心血结晶。“读书破万卷，下笔如有神”的名句；“书中自有黄金屋，书中自有千钟粟，书中自有颜如玉”的古训，“胸藏万汇凭吞吐，笔有千钧任翕张”的潇洒……这些，无不是古人对读书的重要性和其乐无穷的形象化描述，在莫言的作品中也彰显得淋漓尽致。“我戴着红袖标走到大街上，感到荣耀得不得了，如果街上没有人只有一条狗，我就炫耀给狗看，狗便追着我的屁股咬。”（《我的中学时代》）“他看书时，我就像被磁铁吸引的铁屑一样，悄悄溜到他身后，先是老远看看，脖子伸得老长，像一只喝水的鹅。”（《童年读书》）“我们一班小孩都挺着个水罐一样的大肚子，肚皮似乎透明，绿色的肠子在里面蠢蠢欲动。”（《吃相凶恶》）“队长披着夹袄，一手里拤着一块高粱面饼子，一手里捏着一棵剥皮的大葱，慢吞吞地朝着钟下走。走到钟下时，手里的东西全没了，只有两个腮帮子像秋田里搬运粮草的老田鼠一样饱满地鼓着。”（《透明的红萝卜》）这真是个性化了的莫言的语言。质朴中透着睿智，形象中令人咀嚼玩味。

莫言作品中表现出的富有感性化的风格，不受控制，重视感觉的叙述态度，汪洋恣肆，激情勃发，鲜活率直，妙趣横生的文字，是莫言广泛阅读、细心观察的厚积薄发。

还给学生读书权利，提高学生阅读效益，最重要的手段——

给学生真正自由的阅读空间

古人学诗提倡“功夫在诗外”，而笔者认为提高语文整体文化素养的法宝便是课外阅读。实施新课程以来，新的教学理念正在逐步影响着我们的课堂教学，课堂教学结构和教学方式发生了很大的变化。但是，无庸讳言，学生阅读量少仍然是困扰语文教学乃至整个学校教育的一个“瓶颈”。过去，我们也强调过课外阅读，但是我们提倡了几十年的课外阅读，又有几个学校几个老师真正把课堂还给学生，让学生自由自在地阅读呢？我们也有过很多教改，也提倡过“朝阳读书计划”，但是每周只有短短两课时的阅读，仅靠这两节阅读课上接触到的数量有限的几篇文章，怎能满足好奇心和求知欲日益高涨的孩子们？怎能培养出视野开阔、知识丰富、富有想象力、创造性的人才？

语文教学改革呼唤语文教师，有责任、有义务为学生提供时间和空间，将语文向课外拓展，向生活延伸。在语文教学中，尽量减少教师讲授时间，给学生以时间，发学生以激情，将大量的阅读引进课堂，让学生在教师的鼓励和引导下，在阅览室、教室或课外自由自在地阅读。要特别注意避免在功利主义影响下的应试式阅读，让学生多角度、广泛地接触文学作品，增加学生的感悟和体验，培养学生的感受、理解、欣赏和评析的能力。让学生在阅读中不仅可以领略中华语言的优美、生动、形象、丰富多彩，而且感受到其中蕴涵的情感、思想、哲理、逻辑等深刻内涵，从而汲取民族精神的精髓。那“大珠小珠落玉盘”的优美，“柳暗花明又一村”的精辟，“却道天凉好个秋”的含蓄，“不尽长江滚滚来”的创意，怎能不叫人“口角噙香对月吟”呢？让学生大量阅读了，何愁学生语言不美，何愁写不出妙文佳句？高密大地上怎会不出现第二个、第三个莫言？

“腹有诗书气自华”。让我们的社会，我们的学校，我们的家长都来鼓励学生多进行课外阅读。让学生们真正明白书香是世界上最动人的味道，让书香弥漫语文课堂！语文老师们，请给学生一把钥匙，让他们自己解放自己，让他们在广泛阅读中更好地发展自己，升华自己吧！这是我们每个语文教师的神圣使命和义不容辞的责任！

（作者高伟系高密莫言研究会理事，城南中学副校长）

人性毁灭的悲歌

——莫言长篇小说《檀香刑》人物悲剧命运浅析

沈润亮

摘要：莫言的长篇小说《檀香刑》以民间文学的语言描叙了高密东北乡的一场可歌可泣的运动，一桩骇人听闻的酷刑，一段惊心动魄的爱情。把这一切和清廷的腐败，外族的入侵，放在历史的关口上，揭示出了人性的善恶。作品塑造了众多生动鲜明的人物形象，钱丁的仁义正气，孙丙的浪漫悲壮，眉娘的多情传奇，都展现出了人性中真、善、美的一面，但当时的社会扼杀了这些美好的东西。在极具民间特色的高密地方戏猫腔动人的旋律中，孙丙、钱丁、眉娘用他们可歌可泣的行动，演绎了一出以人性为内容的大戏。

关键词：人性　毁灭　悲剧命运

记得上初中的时候，张艺谋在我的老家拍摄电影《红高粱》，由此知道了作家莫言，且是高密老乡。后来我读了他的不少作品，作品中曾多次写到了故乡高密，从那时我就特别关注老乡莫言。最近我读了他的作品《檀香刑》，被作品中栩栩如生的人物形象深深震撼了，这部莫言用了5年时间写就的长篇小说，给我一种惊心动魄的感受。

1900年德国人在山东高密修建胶济铁路，猫腔戏班的班主孙丙的妻子被洋人侮辱，孙丙借助义和团的力量反抗洋人。他有个美丽的女儿叫眉娘，是县令钱丁的情人。在袁世凯的压力下，钱丁被迫将孙丙关入大牢，并给他施以类似西方木桩刑的一种残酷死刑——檀香刑。行刑者是大清朝头号刽子手、眉娘的公爹赵甲。

小说中的人物与情节环环相扣，尤其是在具有浓郁民间风格的高密地方戏猫腔荡气回肠的声音中，主要人物眉娘、钱丁、孙丙体现出了对生命本能的热爱，在高密这块沃土上，追求着自由自在的生活方式。钱丁的仁义、正气，孙丙的浪漫悲壮，眉娘的多情传奇，都展现出了人性中真、善、美的一面。他们对生命的强烈渴求，富有民间的原始色彩，并强烈地主宰着他们的行动，使我们体味到这些感性的自由生命鲜活地存在于高密这块令人爱恨交织的故土上。莫言把这种生命精神充分地张扬起来。但是，当时处于封建社会末期，外族入侵，清王朝大厦将倾，就在这片末世图景中，善良的人们被毁灭了。他们的毁灭，是列强与腐朽的封建专制共同造成的。孙丙、钱丁、眉娘等人在高密这片与他们血脉相连的土地上，共同谱写了一曲人性悲歌。

一、人生如戏，戏如人生

在小说中，我们高密的地方戏“猫腔”贯穿始终，它让一个惊心动魄的故事有了一种启承转合的格式。莫言在接受采访时说：“20 年前当我走上写作的道路时，就有两种声音在我的意识里不时出现，使我经常地激动不安。第一种声音节奏分明，铿铿锵锵，充满了力量，就是火车的声音；第二种声音是流传在高密一带的地方小戏猫腔。高密无论大人孩子，都会哼唱那种婉转凄切的调子。通过《檀香刑》，我完成了童年记忆中关于火车和猫腔的一次丰美的想象。”

地方小戏猫腔支撑着《檀香刑》的叙事模式，这种戏文谐趣与韵律感的说唱是《檀香刑》显著叙述特色。莫言让他的主人公们自说自话，比如眉娘的浪语，赵甲的狂言，小甲的傻话，钱丁的恨声，孙丙的说戏等等。莫言让每个人物都有自己的声音，使作品具有浓厚的民谣化特征，而每个人物的悲剧命运又呼应着猫腔的悲凉况味，这样就使作品染上了一种浓郁的悲剧气质。猫腔班主身份的抗德英雄孙丙，在组建了一支人马之后以戏文中的模式来训练他的抗德队伍，比如画符念咒，拜祭神坛，走在路上也是举着枣木棍子，摇着孙悟空的和猪八戒的大旗，以至沿路的乡民都以为他们是演班的戏子。这样使得他的抗德运动更像是一种邪门巫术，这样，这场正义与愚昧纠结在一起的抗德运动，失败是其不可避免的结局。这种闹剧效果中的悲剧的精神内蕴，使文本具有了悲感力量。特别是孙丙行刑前猫腔的悲愤唱调，以及众人猫腔的集体和唱，形成了万猫合唱的狂欢场面，这种以死为终点的殉道式的狂欢化仪式彰显出一种宣泄的激情与震撼的魅力。

我觉得，用“可歌可泣”来概括孙丙的一生是最合适的：他不是“英雄”，但他做了惊天动地的事；他仅是一个民间艺人，一个盲目的反抗者，可就维护人的尊严而言，却要比权势者们高贵百倍千倍，即使面临檀香刑，也要把生命的终结当作大戏来演唱，就像那戏里唱的，“窝窝囊囊活千年，不如轰轰烈烈活三天”。孙丙造反时，把自己想像成抗击金兵的岳飞。他受刑时，想的是英雄豪杰青史留名，“俺举旗抗德大功刚刚成一半，如果俺中途逃脱，就是那虎头蛇尾、有始无终。俺盼望着走马长街唱猫腔，活要活得铁金刚，死要死得悲且壮。俺盼望着五丈高台上显威风，俺要让父老乡亲全觉醒，俺要让洋鬼子胆战心又惊”，似乎他的每一个动作都在等待台下观众的喝彩。就连县令钱丁都不得不承认：“在这高密小县的偏僻乡村生长起来的孙丙，是一个天才，是一个英雄，是一个进入太史公的列传也毫不逊色的人物，他必将千古留名，在后人们的口碑上，在猫腔的戏文里。”

猫主孙丙发扬了山东高密东北乡的猫腔，在他的身上无疑有一种浪漫的悲壮。莫言通过对猫主的刻画，阐释了他的精神故乡高密东北乡。民间化的猫腔语言，勾勒出了一种狂欢，一种精神意义上的狂欢。孙丙在《檀香刑》这个大舞台上上演了民间的大悲剧。鲁迅说：“悲剧是将人生有价值的东西毁灭给人看。”孙丙的悲剧就是这样一个活生生的毁灭的过程，在这样一个过程当中我强烈的感觉到悲剧主人公孙丙身上巨大的精神力量，他身上继承的“窝窝囊囊活千年，不如轰轰烈烈活三天”的猫腔戏剧精神。

孙丙的悲剧之所以是民间的，是那个时代的必然。腐朽的摇摇欲坠的清朝对外妥协退让投降，无疑要将灾难降临在普通百姓身上。如果不是民族与时代的悲剧，那么孙丙的悲剧也就不会发生。当两个德国技师当街调戏他的妻子小桃红时，任何一个血气男儿，不论他是哪个民族，将棍子砸在那个德国技师的脑袋上也不为过。所以孙丙在心中，才感觉到那么理直气壮。可是悲剧就由此而生，当小石头的身体被德国人的枪口戳穿，就像一个黑色的小球，滚到河堤下面去了，当镇子里的人一个又一个的倒下时，当妻子被剥得一丝不挂时，被鬼子抬起扔进了马桑河，当云儿和宝儿被刺刀挑起来，小说第 7 章《悲歌》的惨景让孙丙的眼中充满了仇恨，猫腔的悲调在孙丙的心中升起。马桑镇 27 条性命就这样被屠杀，懦弱的官府，息事宁人最终让孙丙成为反叛者。他走投无路，用巫术组织起了民众祭起了抗德的大旗，结局显然是悲壮的，马桑镇变成一片废墟，孙丙经受天下酷刑檀香刑。在孙丙的身上，不难看出民间的愚昧，但也不难看出民间的反叛精神，孙丙运用所有戏中学到的东西，沉重地打击了侵略者。但悲壮的失败也成了必然。在那个时代，孙丙的失败无疑是宿命的，无法摆脱的，孙丙成了最大的悲剧人物。车尔尼雪夫斯基说："悲剧是人生中可怕的事物，悲剧是人的苦难和死亡。这苦难和死亡即使不显出任何无限强大与不可战胜的力量，也已经完全足够使我们充满恐怖和同情。"无论人的苦难和死亡的原因是偶然的还是必然，苦难和死亡反正都是可怕。眉娘试图救孙丙，可最终失败了，孙丙最终站到了升天台上，接受檀香刑。

刑场上，孙丙和刽子手赵甲原是亲家，莫言通过让亲情在屠刀下磨碾，把檀香刑推向了极致，抗德英雄孙丙就像一座浮雕从这个残酷背景里凸显出来。刑场成了戏院，孙丙成了这部戏唯一的主角。而赵甲道白，眉娘诉说，小甲放歌，知县绝唱，以及在整个刑场响起的由孙丙做猫主的盛大的猫腔悲音，则构成了这部戏的多重奏，它们共同把整台戏推向高潮。一边是极权和非人性的暴力，一边是无助肉体和猫腔大悲调混合发出的抗议，嘲笑；二者的力量本来是悬殊的，但在猫腔的诱发和启示下，后者突然变得强大起来，连最脆弱的、奄奄一息的肉体（处在檀香刑中的孙丙），也用极大的毅力蔑视了刑罚；猫腔的悲剧美使赵甲精心准备的邪恶的刑罚美黯然失色。

人生大舞台，猫戏班班主孙丙的演艺生涯到了兴办义和拳筑神坛抗德才是本色行当，已臻化境，他的岳飞岳元帅服饰扮相，率领"乌合之众"打德国鬼子的过程表明，他一直处在演戏狂欢之中。在小说结尾，他死前说的最后一句话是："戏……演完了。"孙丙当之无愧地成为伟大的表演艺术家。

二、一代士子的悲歌

如果说，孙丙的死是达到了自己的人生辉煌，那么，钱丁的毁灭表明了对自己理想的绝望。

钱丁的生命形态、精神世界、存在困境，在小说中表现得最为饱满、丰厚。金榜题名时，他意气风发，想为国家建功立业，但宦海险恶，他抑郁不得志，心境黯淡，放任于物产丰饶的高密。他又志气昂扬、精神健旺，与老百姓打成一片。但他很快意识到在黄钟毁弃瓦釜雷鸣之世，只能随波逐流、独善其身。他是一个受制于环境缺乏强劲意志的知识分子，同时又是一个正直正派、有情有义、体恤民情、不趋炎附势、不合时宜、不识时务的人。对洋人在高密犯下的滔天罪行，他义愤填膺，星夜奔驰，为民请命，自杀未遂后，他前去劝孙丙归案，又产生了挽狂澜于既倒，拯万民于倒悬的历史责任感。在面临洋人破城，生灵涂炭的紧急关头，他又挺身而出，只身入城，劝孙丙投降，随即而来的无情现实彻底摧毁了他的英雄气概，暴露了他的幼稚、天真。他是小说中唯一一个反躬自问，有着自省意识的人物，这也是知识分子的典型特征，在乱世变局之中，他意识到自己唯唯诺诺、委曲求全、首尾两端、瞻前顾后、窝窝囊囊，缺乏舍身求仁、手刃奸臣的勇气。转念间他又对袁世凯、对自身前途抱有一丝幻想，旋即他又意识到自己的卑鄙愚蠢。在孙丙生死的问题上，他尴尬、无奈、左右为难，在洋人、官府、民众之间他举棋不定，直到德国人在刑场上再次滥杀无辜，夫人殉死，他才幡然醒悟，毅然决然地与刽子手赵甲、受刑英雄孙丙同归于尽，打破洋人的美梦。这是一代士子的悲歌。

钱丁是知县，其道貌岸然是很容易感觉到的，在和孙丙的斗争中，他用了一些小伎俩，赢得了比赛。但他究竟是个怎样的官，却需要细细捉摸。钱丁每年的惊蛰日都要到郊外亲自扶犁劝农，每年的清明都要到郊外去种桃栽桑，每月的初一十五都要在教化坊前设桌讲经，劝谕百姓，宣讲忠孝仁义。他的一言一行都是从老百姓的角度考虑的，在封建社会中他无疑是一个百姓拥戴的好官。他对自己也很自信："余是个亲民的好官，如果余卸任离职，肯定会收到一柄大大的万民伞……"应该说，在封建社会中，钱丁的所作所为，确非那些贪官污吏所能比的。很值得一提的是，马桑镇血案后的第二天，钱丁亲自到莱州府为民请命，虽被莱州知府臭骂一顿，但他为民申冤的精神为当地老百姓所称颂，他的行为在当时的清朝末期确实是可敬可佩的。

当然不能说钱丁没有升迁的欲望，并且可以肯定地说，他的升迁之欲还是很强烈的。但他总想凭着好的政绩来实现他的人生理想，而不懂得在清朝末期的官场如何行事才会真正升官发财。倒是他的师爷道出了做官的真谛，即：“您这官，是为上司当的，不是为老百姓当的。要当官，就不能讲良心；要讲良心，就不要当官。”但钱丁对师爷的一番话嗤之以鼻，他对大清朝还抱着很高的期望。虽然钱丁的仕途坎坷，但他仍然相信在大清朝可以实现他的人生理想。

钱丁对清王朝的绝望，始自奉袁世凯的命令把刽子手赵甲请到县衙。当他被赵甲当堂羞辱一顿之后，在后院饮酒时，对他的夫人道出了自己的心声：“这大清的气数，已经到了尽头。太后擅权，皇帝傀儡，雄鸡孵卵，雌鸡司晨，阴阳颠倒，黑白混淆，小人得志，妖术横行——这样的朝廷，不完蛋才是咄咄怪事！夫人，你让余痛快地说一次吧，否则余就要憋死了！大清朝啊，你这摇摇欲坠的大厦，要倒你就趁早倒了吧，要亡你就痛痛快快地亡了吧！何必这样不死不活、不阴不阳地硬撑着。”

在执行檀香刑时，钱丁一直在为自己的软弱自责着，他在“执刑完毕”之后，在“反躬自问”之中意识到自己是“行尸走肉”，所谓论勇气不如戏子，论义气不如叫花子，而只是一个唯唯诺诺的懦夫，一个委曲求全的孱头，“在百姓面前耀武扬威，在上司和洋人面前谀言谄笑”，是一个“媚上欺下的无耻小人”。但行刑完，袁世凯的那番话又让钱丁对自己的升迁有了一线希望，但这希望是渺茫的。直到德国士兵血溅法场，钱丁的内心才彻底绝望，最后，为了不让袁世凯和洋人克罗德的计划得逞，他毅然在校军场杀死了孙丙。虽然小说结尾没有点明钱丁的最终结局，但杀死了朝廷要犯，袁世凯和洋人克罗德肯定不会让钱丁活下去了。钱丁的毁灭，可以说，是殉葬了他寄予了太多期望的清王朝。心中装着老百姓的钱丁，若生在封建社会的兴盛期，还能凭自己的聪明才智，使自己的仕途一片光明。可惜他生不逢时，只能做即将灭亡的清王朝的殉葬品。可以说，钱丁的悲剧下场是当时的社会对人性的一种践踏。

三、畸形的心理情感

剑子手赵甲是个独一无二的文学形象，小说的成功很大程度上依赖于该人物的支撑。小说写出了他杀人逾千、行刑数十年的行刑史和心理情感的畸变史。他狂妄、卑微、猥琐、倨傲、偏执，他既冷漠无情又良心未泯，小说中表现了他到宫内行刑的恐惧，处决六君子时的悲悯、柔情、感动，凌迟钱雄飞时的惭愧、紧张、恶心，处决孙丙时的颐指气使、得意忘形、极尽铺张之能事等多角度多侧面的心理情感。

赵甲的性格中最突出的一点是丧心病狂的偏执，这使他行刑数十年不懈的追求杀人艺术。杀人之道，不断地调动他作为一个刽子手的想象力、创造力和智慧。他是一个“行为艺术家”。他把受刑者的凄厉尖叫看作是高明的乐师制造出的动听音响，他砍头时能感觉到刀人一体，他凌迟时能根据犯人的性别、体质精确地设计下刀的位置、间隔，他能意识到不同肉体的不同质感影响到行刑的完美与否，檀香棒打进孙丙的身体时，他眼睛笑成一条缝，他听孙丙的尖叫，像听人唱戏。他又像名角一样有强烈的舞台表演欲。他有刽子手的独特逻辑和思维方式，他认为自己用高超的技艺向六君子表示了敬意，他认为檀香刑是世界上最精彩的刑罚，名称典雅、响亮，外拙内秀、古色古香。行刑精致讲究，西方的刑罚望尘莫及，他要让行刑完美无比。

赵甲有着自觉的权力意识，行刑杀人时他把自己看作是神，鸡血涂面行刑时他不用给皇帝下跪，这是他的特权。在他眼里自己是庄严神圣的国法的象征，至高无上，是皇上皇太后的代表。权力意欲假他之手使犯人屈服，他和犯人之间的对峙、较量、冲突，就是权力和反抗者之间的短兵相接。“公开处决不仅伴有一整套庆祝胜利的仪式，而且还包括一种冲突的场面，后者是单调的进程中的戏剧核心。这就是刽子手对受刑者的肉体的直接行动。”凌迟钱雄飞五百刀是他的杰作，但他在大义凛然的受刑者面前产生了惭愧、紧张、反胃、倦怠、心神不安等生理心理反应，从此他还落下了一种动辄双手灼热如火烧的怪病。这象征了权力和反权力者关系的相对之处，权力在无所不用其极地戕害、摧残犯人肉体时，意图宣告它至高无上的威严，却恰恰表明它的无力、懦弱、色厉内荏。它用这种方式妄图征服犯人的精神、思想，也可以说正因为它征服不了反抗者的思想才穷凶极恶地毁灭犯人的肉体。赵甲行刑的过程其实是权力失败的过程。

四、爱情悲剧

小说女主人公孙眉娘的悲剧，是她处于一种复杂的人物关系中以及她与钱丁的那份爱情悲剧。“狗肉西施”孙眉娘美丽娇媚，自由奔放，充满原始野性的生命活力。她是为爱而活着。为了让自己的父亲孙丙活命，她极尽周旋，通过乞丐的偷梁换柱，在快要成功的时候，却因孙丙拒绝逃出去而功亏一篑。但她为父赴汤蹈火的气概令男儿汗颜。

最能表现眉娘人物性格的，是她对钱丁的大胆而又热烈的爱情追求。因为两只大脚这个致命的缺陷，貌美如花的孙眉娘委屈地嫁给了县城东关的屠户半傻子赵小甲。赵小甲并不可能使她感受到爱情，所以当钱丁出现后，她压抑多年的情欲终于爆发了。她爱钱丁爱得死去活来，想得到钱丁而不能之时，她食不甘味，整个人形容憔悴。而当她得以与心爱的人在一起时，又显得是那么地神采奕奕。眉娘能干，有心计，煮狗肉独有一手，骂起大街来，也是无人能当，是一个大胆泼辣的农村妇女形象；而在和钱丁的爱情中，她又表现得柔情似水，表现出了眉娘温柔多情的一面。在莫言笔下，孙眉娘的形象是立体饱满的。

从描写孙眉娘的语言上，充分显示出了莫言的语言功底，也刻画出了一个敢爱敢恨的农村女子形象。莫言用浅显、夸张而又汪洋恣肆的语言，将小说装扮得穿红着绿，这种“土气”不仅与小说人物和内容吻合，而且增加了语言的力量和速度，犹如宝刀出鞘，在华美的光辉中也蕴涵着钢铁的尖锐。在孙眉娘单恋钱丁时，莫言把她那一厢情愿且又受到制约的“爱情”追求，描绘成为一种超越时空的世俗生活的象征。眉娘的大段爱情独白尤其具有一种震撼力：“钱丁啊，钱丁，钱大老爷，我的冤家，你什么时候才能知道，有一个女人，为了你夜不能寐。你什么时候才能知道，有一个如熟透了的水蜜桃子一样的身体等待着你来消受……天上的明月，你是女人的神，你是女人的知己，传说中的月老就是你吗？如果传说中的月老就是你，你为什么不替我传音送信？如果传说中的月老不是你，那么主宰着男女情爱的月老又是天上的哪个星辰？或者是世间的哪路尊神？”一只白色的夜鸟从明月中飞来，降落在院子一角的梧桐树上，她的心突突地跳动起来。“月老月老，你有灵有验，你没有眼睛但是能够观照世间万物，你没有耳朵但是能够聆听暗室中的私语，你听到了我的祈祷，然后就派来了这个送信的鸟使……鸟，鸟儿，神鸟，把我的比烈火还要热烈、比秋雨还要缠绵、比野草还要繁茂的相思用你白玉雕琢成的嘴巴叼起来，送到我的心上人那里去。只要让他知道了我的心我情愿滚刀山跳火海，告诉他我情愿变成他的门槛让他的脚踢来踢去……”

一个内心极度渴望爱情的女子活灵活现地展现在我们面前。

而当钱丁从莱州府回来大病时，莫言更是把眉娘的爱情描摹得异彩纷呈，使眉娘具有一种异样的美。当她从孩子们的嘴里知道知县的病情已经很严重时，热泪马上就盈满了眼睛。她的心里千遍万遍地念叨着知县的名字，想象中的知县因病憔悴的面容，不断地在她的眼前闪现。她痴迷地爱着钱丁：

“俺为了爱你，连遭受了家破人亡的沉重打击的亲爹都不管不顾了；俺的心里肉里骨头里全是你啊全是你。俺知道俺也病了，从见到你那天起就病了，俺病得一点都不比你轻。你说俺是你的药，俺说你是俺的大烟土。你在衙里要死了，俺在衙外也要死了。你在衙内死有多种的原因俺不过是你死的原因之一，俺在街外死了却完全是因为你。俺死了你活着你会哭俺 3 天，你死了俺活着俺会哭你一辈子；你死了其实俺也就死了。这样的不公平的买卖俺也要做，俺是你养的一条小狗，只要你打一个呼哨俺就会跑到你的眼前，俺在你的眼前摇尾巴、打滚、啃你的靴子。俺知道你爱俺如馋猫爱着一条黄花鱼；俺爱你似小鸟爱着一棵树。俺爱你爱得没脸没皮，为了你俺不顾廉耻；俺没有志气，没有出息；俺管不住自己的腿，更管不住自己的心。”

为了能见上钱丁一面，孙眉娘竟然攀树爬墙头，进了县衙后院。遭受了钱夫人的一顿羞辱，令她柔肠寸断，也使一个泼辣辣的敢爱敢恨的女子形象凸现出来。

眉娘的心中没有传统的三纲五常的桎梏，有着反叛意识，那种意识是大胆的。当最后钱丁把孙丙抓入牢房时，这段爱情无疑成了一种悲剧。在那个时代，她与钱丁的爱情是根本不可能的，再加上她公爹与丈夫都登上升天台为她爹执行檀香刑时，眉娘的悲剧就已经注定了。最后爹、公爹、丈夫都死在升天台上，眉娘的死也不用作者说白了。眉娘作为小说中的悲剧女主人公也就注定了是无法逃脱的。

结束语

一个气数将尽的王朝，所发出的声音必然是死气沉沉的。他们所剩无几的威力只体现在讲究颇多的刑罚上。残酷的檀香刑与美好的人性在读者心中形成一种强烈的对比。最后，在猫腔凄美婉转的旋律中，莫言用檀香刑把他们永久地钉在了这一出人生大戏里，从而结束在小说的最强音上。

历史的前进，社会的发展，正是由无数正义的、善良的人们以死推动的。他们的死必将深深影响着后人，尤其是生活在高密这片沃土上的勤劳的人们，使他们踏着悲壮的曲子在枪声和鲜血中前进。这就是悲剧的意义。

参考资料：

1 莫言《檀香刑》，作家出版社，２００１年出版。

2 石一龙《在民间传说中获得灵感——读莫言长篇小说 < 檀香刑 >》。

3 莫言《我的故乡与我的小说》，华东师范大学出版社，2002。

4 万千《莫言一个物化时代的感伤诗人》，当代作家评论，1993。

5 《规训与惩罚》，福柯三联书店。

6 谢有顺《莫言：从檀香刑的梦中醒来》。

7 何向阳《介入近代史深层——莫言 < 檀香刑 > 评论》。

8 王必胜《故乡与生命》，华东师范大学出版社，2002。

（作者系高密市教研院高中部语文教研员）

关于莫言文学特色的探源

宋亮

文学是一件自私的事情，写作是一件彻头彻尾的个人主义的事情。

莫言，高密大地贡献给文坛的一棵常青树，以一种凌然不可阻挡的势头给人们带来《红高粱家族》《酒国》《天堂蒜薹之歌》《白狗秋千架》《丰乳肥臀》《檀香刑》《四十一炮》《生死疲劳》等力作，每次都掀起一股莫言旋风。人们不禁要问，如此多产高产的作家，肯定有什么秘密武器。是不是高密这块神奇的土地赋予了莫言那些稀奇古怪的故事，唤起他无限的创作冲动？

当年一曲“妹妹你大胆往前走”，将一部电影《红高粱》推向全国，人们不仅为“我爷爷”“我奶奶”的故事所打动，还对与红高粱有关的信息产生了兴趣。人们猜测、思索、刨根问底，甚至膜拜皇帝的龙椅一般，跑到高密东北乡去翻天覆地地搜索，有不将莫言全部的底细揭穿不罢休的势头。到头来，去过高密东北乡的人都有些失望。看什么，没有得看，成片的高粱，飘摇的高粱穗子哪里还有？原始土炕和烧酒作坊哪里有？穿肥裆棉裤，剃光头的高密人哪里有？那里的人会告诉你，高粱那是当年为了拍《红高粱》而租了几十亩地种的，现在谁还种那玩意儿！其他的场景都在影视基地拍的。说得人心里瓦凉。其实，这只是猎奇心态作怪。莫言的大多数作品都是以故乡——高密东北乡为背景完成的写作。莫言为什么要如此繁密地将他几乎所有的作品安排在故乡发生，这源自莫言的一个深沉的故乡情结。像作品《红高粱》，真正探究起来，这与高密东北乡历史悠久的高粱文化有关。高密东北乡地势低洼，被莫言称为母亲河的胶河流经这里。民国时期，由于水利废弛，涝害连绵，收成惨淡，老百姓的日子也就拮据可知。独特的地理环境造就了独特的生物结构和独特的风土人情。高粱，确实是种神奇的庄稼，它在众多的庄稼中最高，并且米穗子挑在顶上，使它有了得天独厚的优势，在高密的涝洼地上，十年九不收，别的庄稼一场大雨就可使农人一季的期盼泡汤，高粱或许还可以收些，好歹还有些保命粮。收了高粱米，制成吃食红面饼子养身。围绕着剩余的高粱秸秆，也大有文章可做：其茎干下部可用来垒屋笆、盖新房；其茎干上部可用来制作盖垫，莫言在一篇关于过年的文章中曾有关于这种器具的记述。高粱穗子去掉高粱米，还可以用来扎扫帚和炊帚。高粱孕育的神奇不光这些，红红的高粱米还可以酿造醇香的烧酒，在产高粱的高密东北乡大地，稍大的村庄都有烧酒锅，成为一项很好的副业。穷生匪，富招贼，在那些动乱年代里，地广人稀的高粱地成了许多土匪和各种游击队伍藏身的青纱帐。什么绑票拉牵（偷牲口）、杀人越货、欺男霸女这些罪大恶极的土匪有；行侠仗义、杀富劫贫、打抱不平的也有；敢于反抗，不甘于做被唤来使去的厮奴，自由而旷达的真性情的真汉子也有。这些人制造了高粱地里的神秘世界，发生在高粱地的故事积聚多了，让老辈人添油加醋地一描摹，加上个人的憎恨感情，就可了不得，在小孩子心中形成一个情结。后来一个叫莫言的给拾去，修饰修饰，加工加工，就轰动了中国。后叫张艺谋一编排，让巩俐、姜文这样的人物再光鲜地一演，外国人就乖乖地把大奖给了，怪事不！其实，高粱文明的时代早已结束，高粱文明也日渐衰落，那些高粱丛中的土匪种也成了平常的百姓，但高粱文化没有消逝，在一代又一代人的口中流传下来。高粱文化、匪文化，还有东北乡文化，归根结底就是河文化、水文化，红红的高粱是它孕育的传奇。

善讲故事的莫言，如邻家大哥，装着无限的故事，称得上是“故事篓子”。他这些故事哪里来的，许多人把目光投向他的童年。在《丰乳肥臀》《檀香刑》中，他的许多新鲜的创意，如流淌的河水，不断地冲击着读者的欲望，让他们坚持读到底。尤其在《生死疲劳》中那种魔幻现实主义的手法的运用，那种轮回主义的写作方式。莫言有意地在隐藏自己，隐藏自己的肉身，忘掉自己的存在，只是留下故事本身，通过牛、驴、猪等动物的视角讲出来。这种人兽交融式的写作，跟清代蒲松龄的《聊斋志异》有异曲同工之妙，某些意象竟契合了著作者的心理感触。莫言在讲话中说过，《聊斋志异》是对其影响较大的小说之一，是他的经典，案头床边常读之书，当成模仿的对象，是其重要的“精神源头”。许多的想法和创意不能不说是来自其影响，这仅是后天的修炼。他童年听到的乡村故事才是对其影响深远，在其文学创意的过程中起到“主流”作用的根本所在。莫言童年生活的农村，是个泛神论的地方，生性老实，活得卑微的农民，对万物生灵的膜拜达到极致。平时看不到的狐狸、黄鼠狼等这些动物不必说，充满着不为人知的神秘力量。连一棵大树、碾砣子、画、笤帚疙瘩，稍大点的物件都可能幻化成人精，留下一段美好的故事。其实，在物质匮乏年代，政治氛围主导一切，精神生活更加枯燥，大人如何打发孩子度过长夜，唯有讲故事最好，主要还是为了节省灯油。这些东西在高密本地叫“胡诌”，也叫“扒瞎话”，大多数老人虽不识字，但都有几箩筐的神话故事，什么狐狸精、狼扮人、铁狸子闹事、蛇炼丹、树精淌血、皮货子精骗人、千年白、万年黑，怎么吓人怎么讲。这些信马由缰的传说故事，展开一幅壮丽神奇的画卷。长期的耳濡目染，在莫言的生命历程中完成一种最初的积淀。原来的害怕逐渐演化成一种美好，美好到放肆的地步，每个物件都充满灵性的质感，没有打开汪洋恣肆的想象那是不可能做到的。这种功夫，在莫言的作品中随处可见，尤其获得2007年度“蒲松龄短篇小说奖”的《月光斩》更见这种深厚功力。

莫言在他的文学世界里，驾驭着有独特气质的文字，勾画出高密东北乡，他精神上的理想国。他的语言那样不讲道理，那样不合逻辑，带着强大的冲击力和霸道的匪性直接占据了你的身心。他的语言的形成和童年的经历及在故乡接受的文化滋养有很大的关系。生活的苦难往往不能剥夺人内心世界的丰富和精彩。莫言说他在读完小学后有过几年的放牛生活，整日都处在一个孤独的世界里，不能与人交流的痛苦深深地折磨着他幼小的心灵，也给他一个仔细地观察大自然和身边生活的机会，为他以后能写作如此细腻丰富，别具一格的作品打下坚实的基础。在《透明的红萝卜》中那个黑孩传神的刻画，恰是他自己对自己这段生活的领悟和表达，对那个透明的红萝卜的描写更是精到。无精微不以致广大，莫言做到了纤毫毕露，透明的红萝卜直接“栽”种到读者心里：“光滑的铁砧子，泛着青幽幽蓝幽幽的光。泛着青幽幽蓝幽幽光的铁砧子上，有一个金色的红萝卜。红萝卜的形状和大小都像一个大阳梨，还拖着一条长尾巴，尾巴上的根根须须像金色的羊毛。红萝卜晶莹透明，玲珑剔透。透明的、金色的外壳里包孕着活泼的银色的液体。红萝卜的线条流畅优美，从美丽的弧线上泛出一圈金色的光芒。光芒有长有短，长的如麦芒，短的如睫毛，全是金色……”这种以自我感受为灵魂，以个性语言为血肉，自私的写作方式，呈现了华美的语言盛宴，产生了“爆炸”的效果，一举奠定其在文坛的地位。其文学语言如此出彩，“源头”何在？这恐怕与其少年生活的地域文化环境有密切关联。高密有自己独特的文化符号，剪纸、扑灰年画、泥塑和一种叫茂腔的小戏，这些鲜活着民间气息的高密绝活，都对其影响很大。他也真正将创作的根须伸到高密文化的土壤中，吸收了高密传统文化中的精华。一旦有些创作的冲动，自然而然地就回到那个儿时生活过的故乡，那个摇曳乡音乡情的灵感之地。甚至在《檀香刑》中，他都干脆直接拉上茂腔当作整个书的骨架了。

（作者单位：高密市城市管理行政执法局）

由莫言的想象力所想到的

管遵华

莫言的想象力之独一无二在小说界可谓是尽人皆晓。

著名作家史铁生曾经对莫言的想象力作过这样一个中肯的评判："莫言倒是没有那种思想家和社会良知的姿态，他有一个艺术家的姿态——小说艺术家的姿态，他的想象力非常丰富。"而行走在莫言小说的世界中，也经常被他汪洋恣肆，壮观宏大的叙述方式和想象力所惊叹。他用想象力这个神奇的羽翼，在文字的王国中驾轻就熟，纵横驰骋。从而为我们描绘出一个色彩斑斓，光怪陆离的世界。

阅读莫言的作品，在为他的想象力叹为观止的同时，也牵惹起我探索的兴趣。作为一个从小辍学，并没有接受过太多常规教育的人来说，其想象力缘何如此丰沛？带着问题，阅读他的作品，就成了我一段时间以来的乐趣。通过零零碎碎的阅读和思考，笔者想从三个方面谈谈莫言想象力丰富的原因。当然，仅是一家之言，希望见教于方家。

一、读书与想象力

想象是客观事物在人脑中的反映，它和其他思维活动一样，是在各种已有的感知材料的基础上形成的。所以，知识是想象的基础。知识基础越厚实、宽广，想象就越丰富。而阅读，是培养想象力的重要渠道之一，因为通过阅读，可将各种知识信息源源不断地输入头脑中储存起来，为开展想象创造良好的条件。

教育学也记载：人一生中，阅读获取的信息量超过信息总量的80%。读书与其他传播媒介相比，最大的优点是培养人的想象力。“一千个读者就有一千个哈姆雷特”，读书是一个仁者见仁，智者见智的过程，它可以充分发挥读者的创造力，去创造一个符合自己审美习惯的审美对象。莫言曾经在《童年读书》文章中谈到，小时候的他，就是一个书痴，只要是能见到的书，他都爱不释手地读。《三国演义》《水浒传》《儒林外史》《青春之歌》《钢铁是怎样炼成的》就是那段时间他最好的朋友。为了看书，他会心甘情愿给人家拉一上午的磨，为了看书，他宁肯钻进草垛忍受蚊虫的叮咬。书中五彩斑斓的世界给莫言开启了想象力的大门。除了书本中营造的美妙世界外，莫言还有一个会讲故事的祖母，会讲故事的爷爷，会讲故事的大爷爷，还有同一个村子里上了点岁数的人，都是满肚子的故事。莫言就是从他们的嘴里听到了难以计数的各种各样离奇各异的故事。这些故事对于小时候的莫言，其蛊惑力极其巨大，莫言就是在这些迷人的故事里激活着自己每一根想象的神经。

后来在写小说时，小时在乡下流传的鬼怪故事，就成为莫言许多荒诞小说的材料。《十三步》中出现了神秘的南美洲魔幻写实，描写一个人的“变身”，以华丽的语言带出一浪接一浪的神秘。《酒国》则以充满浪漫色彩的描写，绘画出一个盛产名酒地方的故事。《红树林》实现了小说题材的时空转换和创作方法的探索更新，是对自己的一大超越。这些充满华丽想象力的作品，不能不说得益于阅读滋润出来的想象。

二、耳朵与想象力

据西方学者研究，听觉调动人类的想象力，使人聪明而浪漫；视觉萎缩人类的想象力，使人愚蠢而无趣。几年前，在台北的一次会议上，莫言谈到他的阅读经验时说，他的阅读靠的不是眼睛，而是耳朵。除了聆听从人的嘴巴里发出的声音，莫言还聆听了大自然的声音，譬如洪水泛滥的声音，植物生长的声音，动物鸣叫的声音……耳朵的阅读可以让莫言在故事的叙述中展开无穷无尽的想象。莫言说："我虽然没有文化，但通过聆听，这种用耳朵的阅读，为日后的写作作好了准备。我想，我在用耳朵阅读的20多年里，培养起了我与大自然的亲密联系，培养起了我的历史观念、道德观念，更重要的是培养起了我的想象能力和保持不懈的童心。我之所以能成为一个这样的作家，用这样的方式进行写作，写出这样的作品，是与我的20年用耳朵的阅读密切相关的；我之所以能持续不断地写作，并且始终充满自信，也是依赖着用耳朵阅读得来的丰富资源。"

然而，时代变了，我们大踏步走进高科技时代，电脑成为我们不可缺少的高科技"宠儿"，互联网令人获得瞬息万变的信息，世界在成为变幻无穷的画面。生活没了空白，被塞得满满的，我们的一切感知完全由视觉技术所主宰。

有人说21世纪是一个读图时代，一点也不错。随着电视的普及，一代又一代的孩子在卡通片的熏陶中长大；随着印刷技术的提高，精美的报纸杂志、彩图版著作已经占领了孩子们的书柜；随着电脑走进千家万户，视频、网络游戏更让他们乐此不疲。图像阅读是一种表层化的阅读，它将使人类思维变得缺乏深度。如中国人看了《红楼梦》，林黛玉肯定是一位黑头发黑眼睛的窈窕淑女；美国人看了《红楼梦》，林黛玉肯定是一位白皮肤碧眼睛的金发女郎；而非洲人看了《红楼梦》，林黛玉一定是位黑人。如果看电视剧，则亿万观众的心中只能有一个林黛玉，为什么会有这样大的反差呢？原因就是图像在为观众提供一个确定形象的同时，也限制了观众的想象力。日本诺贝尔文学奖的得主大江健三郎的太太从小多病，卧床无聊时，她的母亲便将小说一遍一遍地念给她听，无形中增加了她丰富的想象力，后来成为很有名的创意插图画家。她说如果那时日本有电视，她大概就不会成为创意画家了。

还记得小的时候，每天写完作业我都要趴在收音机前，入迷地听着它播出的童话、广播剧、长篇小说连续播讲以及鼓舞人心的歌曲……收音机给我创造了一个无比丰富多彩的世界。在这个世界里，我可以让我的想象力无限度地延伸，看不到大海，可以想象；无缘亲眼见到高山，可以想象，总而言之，任何事物都可以凭借我的想象力创造出来。直到现在，我依然很少看电视，而保留听收音机的习惯。临睡前，打开收音机，让千变万化的音调在我的想象空间中拓展为无比宽广的世界。然而，图像时代的来临，我们纵然无法控制，但怎样为我所用，则是每一个人都需要认真思考的一个问题。

三、大自然与想象力

小时候的莫言，是一个沉默内向的孩子，他不喜欢和周围的小朋友一起玩游戏，他经常一个人在田野里放牛，因为没有人和他说话，孤独的他就和牛说话，和天上的鸟说话，然后躺在草地上，望着头顶的蓝天白云，做起一个个神奇的梦。当自言自语累了的时候，他就躺在草地上，望着天上的白云，做着他的白日梦。莫言说，那时候，梦到的多数是食物：雪白的馒头，香气扑鼻的烧鸡……但馒头不会从天上掉下来，烧鸡也不会从天上掉下来，从天上掉下来的只有鸟粪。或许，就是和大自然的亲近，激发了莫言无拘无束的想象力，这也为他日后的创作营造了背景和环境。

《食草家族》是莫言肆意挥洒他的奇崛想象力的长篇小说，堪称汉语文学中将荒诞魔幻发展到极致的作品；同时也是一部充分体现莫言的世界哲学的作品。小说以高密东北乡为背景，描写了生活在贫瘠而又富饶的土地上的祖先们与大自然的关系。历史与现实，人为与自然，视觉、味觉、触觉与魔幻荒诞的想象，浓墨重彩与天马行空的抒写，在这部作品中浑然一体，令人惊叹。这不能不说是大自然的营养哺育了这伟大的作品。而现代化的进程，高楼大厦拔地而起，鳞次栉比的钢筋水泥楼房在压缩着我们的空间，也在压缩着我们的想象力的空间。局促的生活环境，为作业和特长忙碌的莘莘学子，哪有太多的闲暇走进大自然，看看大自然的神奇，听听风的声音，海的呼啸，乃至大自然的一切天籁之音？忙碌的孩子们或许再也没有莫言那种躺在自然的怀抱中，看天，听风，赏云，听自己的呼吸和心跳的机会了。

莫言曾经说过，在北京和上海这样的大城市里，你可以获得知识，但很难获得想象力。而走入自然，让大自然的奇迹和美唤醒知觉、味觉、触觉乃至所有的感觉，从而唤醒创造性的思维。让我们的孩子善于接近自然，善于观察花草虫鱼，了解动植物的生长与变化，欣赏天然的美景，探索大自然的奥秘。那变化多端的花朵，绚丽多彩的晚霞，形状奇异的古松、怪石等，都能启迪孩子的灵气与想象。

爱因斯坦说：“想象力比知识更重要，因为知识是有限的，而想象力概括着世界上的一切，推动着进步，并且是知识进化的源泉。”先哲言：天地有大美而不言。是的，在自然的怀抱中，在辽阔的天地万物中，我们的想象力会无限拓展，设若没有了和大自然的亲近，我们这些自然之子如何能复有那种神来之想象？

总而言之，莫言的作品，无论故事的情境气氛是华丽炫目、荒诞无稽还是鬼灵精怪，他丰富的想象空间与澎湃辗转的辞锋总是能叫人惊叹不已——诚如张大春在为《红耳朵》作序时所言：“千言万语，何若莫言！”而莫言壮观的想象力的形成并不是无根之木，无源之水，读书、耳朵、大自然或许是打开莫言想象力大门的金钥匙。联想的一句广告语：“如果没有联想，世界将会怎样？”面对着当今想象力有所弱化的学生，面对着莫言奇崛瑰丽的想象力，我们的教育是不是应该从中思索到什么呢？

（作者系高密莫言研究会理事，高密市广播电视局《凤城民生》栏目组记者）

07

08

09

07 母亲；

08 父亲；

09 老屋；

10 莫言在县城南关天坛路 26 号的旧居；

11 莫言在灶下烧火；

12 莫言在高密民俗馆

莫言文学馆

莫言文学馆巡礼

魏修良　毛维杰

前言

当代著名作家莫言，生于山东高密东北乡。少年穷苦，弱冠好学，辍学务农，艰辛备尝，勤奋读书，其志飞扬。青年入伍，服务军旅。功深百炼，才具千钧；文思八荒，神游万古。妙笔写出《红高粱》，震惊文坛；廿余年来，笔耕不辍，佳作频现，创高密东北乡文学王国，被誉为“世界级的优秀作家”。

莫言故乡，紫气贲张。羊山苍苍，胶水汤汤，秀气所钟，人文蔚兴。晏婴、郑玄、刘墉，“三贤”不朽；年画、泥塑、剪纸、茂腔，“四宝”流韵，文运绵长。莫言生于斯，长于斯，受齐鲁文化之熏陶，得高密民间艺术之滋养。莫言因高密而骄傲，高密因莫言而自豪。

值此太平盛世，高密政通人和，各业兴隆，莫言文学馆应运而生。建立莫言文学馆，旨在展其文学成就，览其成长历程，溯其文学轨迹，探其成名真谛，解其家乡情结，扬其文学价值，振其人文精神。启迪后学，扩大交流。实乃高密建设文化名市之盛事。

文以载道赖群贤，为有气象谱新篇。

愿高密英才辈出，繁荣发展！

一、走进莫言文学馆

莫言文学馆坐落在山东省高密市文昌街569号省级规范化学校高密一中院内东南部。这是一座3层小楼，面积1900平方米。门前，水杉挺立，绿树掩映，芳草遍地。

文昌，星座名，传说主文运，故俗称文曲星或文星。高密世代文运昌盛，莫言文学馆建在此处恰如其分。将名人文学馆设在校园里，在山东省还是第一家，对教育青少年，培养学子文学素养，有着重要意义。正像山东省作家协会主席张炜在莫言文学馆开馆仪式上的讲话中所说："把莫言文学馆设在学校，让文学离学生更近，离年轻人更近，对于弘扬齐鲁文化和提高青少年的素质教育水平等必将发挥重要作用。"

走进莫言文学馆，首先映入眼帘的是原国家文化部部长、著名作家王蒙题写的馆名镶嵌在大门上方的楼面上，很是气派。门柱上的楹联则是陕西省作协主席、著名作家贾平凹题写的，上联是："身居平安里心忧天下"；下联是："神游东北乡笔写华章"。莫言，1955年2月出生于高密东北乡平安庄，如今居住北京平安里，这副楹联里的"平安"二字有着很深的含义。

移步向前，在电影《红高粱》的主题曲中，浑厚的声音响起："这里是红高粱的故乡，这里是莫言的文学王国，莫言文学馆欢迎您！"走进馆内，迎面是大幅砂岩浮雕莫言像，在一片红红的高粱地里，莫言正深情地凝望着每一个参观者。

在一楼廊道上悬挂着根据莫言代表作品《红高粱》改编的电影故事精心制作的剪纸长卷。该长卷是高密剪纸作者邓辉在继承高密传统民间剪纸的基础上进行创作的，精巧的富有金石味的剪纸，再配以在电影《红高粱》中人们耳熟能详的故事情节说明，既有传统意蕴，又有时代特征，相映成趣，意味深远。莫言在剪纸长卷上的题字"巧手剪出红高粱"，更为剪纸增色不少。

在迈向楼梯的东墙上，是曾经获得诺贝尔文学奖的日本著名作家大江健三郎写在赠给莫言的书上的手迹："莫言先生，作为朋友，我认为你是可怕的对手，然而，仍然是朋友！"足见两位世界级的作家之间的情深意笃。也说明了莫言在国际文坛上的地位。

那就让我们循着大江健三郎的手迹去领略一下莫言的文学成就、成长道路、故乡情结，以及他创立的文学王国和走向世界的足迹和心路历程，去体味一下“让文学走进校园，让学生走近名家”的意义。

二、骄人的文学成就

莫言从1982年开始发表作品，20多年来，勤奋写作，笔耕不辍，创作长篇小说10部，中篇小说20余部，短篇小说80余篇，话剧、影视作品多部。其作品之多，获奖之多，翻译成外文之多，在国内作家中是不多见的。其重要作品如《红高粱》《天堂蒜薹之歌》《酒国》《丰乳肥臀》《师傅越来越幽默》《檀香刑》《十三步》等已被译成英文、法文、德文、意大利文、瑞典文、韩文、挪威文、日文、希伯来文、德文、荷兰文、西班牙文等多国文字。至今已获得多项国内外文学、文化大奖，被戏称为“获奖专业户”。很多国际权威人士认为，莫言是中国最有希望获得诺贝尔文学奖的中国作家。

莫言在不断地创作实践中提出了“作为老百姓的写作”的立场和观点，丰富了中国当代文学创作的理论。

我们不妨从馆内陈列的部分著作和奖项来管窥一下其骄人的文学成就：

长篇小说：《红高粱家族》《食草家族》《十三步》《酒国》《天堂蒜薹之歌》《丰乳肥臀》《四十一炮》《红树林》《檀香刑》《生死疲劳》《蛙》11部。

中篇小说：《透明的红萝卜》《欢乐》《爆炸》《红蝗》《战友重逢》《怀抱鲜花的女人》《师傅越来越幽默》《白棉花》《筑路》等20余部。著名作家张洁1985年在西德访问的时候，有一个记者问她，1985年中国文坛有什么大事？她说要说有什么大事的话，那就是出现了莫言。张洁在那次答记者问时还说，《透明的红萝卜》是一个天才作家诞生的重要信号。

短篇小说：《春夜雨霏霏》《大风》《枯河》《断手》《白狗秋千架》《拇指拷》《月光斩》《冰雪美人》等80余部

电影：《红高粱》《太阳有耳》《暖》。

电视剧：《梦断情楼》《红树林》等多部。

话剧：《霸王别姬》《我们的荆轲》。

主要文集：《莫言文集》12 卷本，5 卷本等 20 余部。

散文、创作谈、访谈：结集 10 余部。

港台及各种外文版本数十种。

重要奖项：

1987 年《红高粱》获第四届全国中篇小说奖。根据此小说改编并参加编剧的电影《红高粱》获第 38 届柏林电影节金熊奖。

2001 年获第二届冯牧文学奖。

获奖评语：莫言以近 20 年持续不断的旺盛的文学写作，在海内外赢得了广泛声誉。虽然，他曾一度在创新道路上过犹不及，但他依然是新时期以来中国最有代表性的作家之一。他创作于 80 年代中期的“红高粱”家族系列小说，对于新时期军旅文学的发展产生过深刻而积极的影响。《红高粱》以自由不羁的想象，汪洋恣肆的语言，奇异新颖的感觉，创造出了一个辉煌瑰丽的莫言小说世界。他用灵性激活历史，重写战争，张扬生命伟力，弘扬民族精神，直接影响了一批同他一样没有战争经历的青年军旅小说家写出了自己“心中的战争”，使当代战争小说面貌为之一新。

1988 年《白狗秋千架》获台湾联合文学奖。根据此小说改编的电影《暖》获第 16 届东京电影节金麒麟奖。

1996 年《丰乳肥臀》获首届“大家文学奖”。

授奖辞：莫言的《丰乳肥臀》，旨在写一个母亲并希望她能代表天下的母亲，歌颂一个母亲并企期能借此歌颂天下的母亲，充分表现了母亲的勤劳、勇敢、善良、正直、无私等等；母亲具有大地那厚德载物，任劳任怨，无私奉献等品格，母亲又象征着大地。作品似有一种反史诗味道。艺术特点是：言说方式的爆炸性、情境构成的魔幻性和结构策略的戏仿性。作家以此摘取了首届“大家文学奖”的桂冠。

1996 年，莫言编剧、张瑜主演、严浩导演的电影《太阳有耳》获 46 届柏林电影节银熊奖。

2001 年《酒国》（法文版）获法国“Laure Bataillin”（儒尔·巴泰雍）外国文学奖。

授奖辞：由中国小说家莫言原创、汉学家杜特莱翻译成法文的《酒国》，是一个实验性文本。其思想之大胆，情节之奇幻，人物之鬼魅，结构之新颖，都超出了大多数读者的阅读经验。这样的作品不可能被广泛阅读，但却会为刺激小说的生命力而持久地发挥效应。

我代表评委会宣布，2001 年的“儒尔·巴泰雍”外国文学奖授予莫言和杜特莱。

2001 年《檀香刑》获台湾联合报 2001 年十大好书奖。2002 年《檀香刑》获首届“鼎钧文学奖”。

授奖辞：从《透明的红萝卜》开始，莫言的创作一直保持了旺盛的生命力。究其根本，应该归诸于莫言的感觉方式有着深厚的地域和民间渊源。《檀香刑》是这样一个标志：民间渊源首次被放到文源论的高度来认识，也被有意识地作为对近二三十年中国小说创作从西方话语的大格局寻求超越和突破的手段加以运用……

2004 年 4 月长篇小说《四十一炮》获第二届“华语文学传媒大奖·年度杰出成就奖”。

授奖辞：莫言的写作一直是当代中国的重要象征之一。他通透的感觉、奇异的想象力、旺盛的创造精神，以及他对叙事艺术探索的持久热情，使他的小说成了当代文学变革旅途中的醒目界碑。他从故乡的原始经验出发，抵达的是中国人精神世界的隐秘腹地。他的笔下的欢乐和痛苦，说出的是他对民间中国的基本关怀，对大地和故土的深情感念。他的文字性格既天真又沧桑；他书写的事物既素朴又绚丽；他身上有压抑不住的狂欢精神，也有进入本土生活的坚定决心……他的努力，极大地丰富了当代文学的整体面貌。

2004 年 3 月获法兰西艺术与文学骑士勋章。

授奖辞：莫言：您写作的长、短篇小说在法国广大读者中已经享有名望。您以有声有色的语言，对故乡山东省的情感、反映农村生活的笔调、富有历史感的叙述，将中国的生活片段描绘成了同情、暴力和幽默感融成一体的生动场面。您喜欢做叙述试验，但是，我想最引起读者兴趣的还是您对所有人物，无论是和您一样农民出身的还是所描写的干部，都能够以深入浅出的手法来处理。

2005 年 1 月获第 30 届意大利诺尼诺（NONINO）国际文学奖。

授奖辞：莫言的作品植根于古老深厚的文明，具有无限丰富而又科学严密的想象空间，其写作思维新颖独特，以激烈澎湃和柔情似水的语言，展现了中国这一广阔的文化熔炉在近现代史上经历的悲剧、战争，反映了一个时代充满爱、痛和团结的生活。

颁奖仪式上，一群意大利年轻男女围拢着莫言的热情劲，不难看出莫言作品在意大利青年中受欢迎的程度。

2005 年 12 月被香港公开大学授予荣誉文学博士。

主持词：山东省的崎岖土地，除了是孔圣之乡，也孕育出两个伟大的小说家。一个是蒲松龄，他在清代初年写出了不朽的《聊斋志异》。另一个伟大的山东小说家今天来到这里，他是我们的同代人，他就是敢于把中国农村的生活面貌如实记录的地道山东人——莫言。

……莫言不但小说技巧高超，而且向中国同胞及世界各地的人展露中国农村腹地的完整生活面貌，成就出众，再加上他小说中令人难忘的人物、人物那些虽痛苦但发人深省的经历、作品的非凡感染力，还有最重要的是，他那刚正不阿的作家风范和说出真相的勇气。因此，本人（闵德福教授）恭请校长引介莫言先生接受本大学荣誉文学博士学位。

2006 年荣获福冈亚洲文化奖大奖。

颁奖致词："莫言先生是当代中国的代表作家之一，他以独特的写实手法和丰富的想象力，描写了中国城市与农村的真实现状，作品被翻译成多种语言。莫言先生的作品引导亚洲文学走向未来，他不仅是当代中国文学的旗手，也是亚洲和世界文学的旗手。"

2007 年《生死疲劳》被中国小说学会评选为 2006 年小说排行榜榜首，被香港《亚洲周刊》推选为 2006 年十大华语好书，并获《十月》优秀作品奖。2008 年，香港浸会大学文学院主办的第二届"世界华文长篇小说奖——红楼梦文学奖"揭晓，著名作家莫言凭其长篇小说《生死疲劳》获得这项桂冠。2009 年《生死疲劳》获美国首届纽曼华语文学奖 。

2011 年，荣获韩国万海文学奖。

2011 年，《蛙》获茅盾文学奖。

其他奖项：

1985 年 4 月 10 日，获河北保定市文联颁发"创作数量二等奖"。

1985 年 5 月，短篇小说《黑沙滩》获"解放军文艺优秀作品奖"。

1986 年 3 月，短篇小说《枯河》获"北京文学奖"。

1986 年 10 月，中篇小说《红高粱》获总参谋部首届"新长征文学奖"一等奖。

1987 年 1 月，被总参三部政治部评选为"1986 新闻人物"。

1987年6月，散文《马蹄》获“解放军文艺优秀作品奖”。

1987年7月，报告文学《大音希声》获总参谋部第二届“新长征文学奖”。

1988年6月，中篇小说《高粱酒》获“解放军文艺优秀作品奖”。

1988年8月23日，长篇小说《红高粱家族》获第二届“全国图书金钥匙奖”。

1988年9月9日，中篇小说《狗道》获第三届“十月文学奖”荣誉奖。

1989年3月14日，中篇小说《红高粱》获“中篇小说选刊奖”。

1989年5月，中篇小说《复仇记》获“1984～1986年度青年文学创作奖”。

1989年9月，中篇小说《高粱酒》获总参首届文艺奖。

1992年5月，报告文学《一夜风流》获总政文化部报告文学优秀奖。

1992年8月9日，报告文学《一夜风流》获第四届“全国报纸副刊好作品”二等奖。

1994年12月27日，报告文学《千万里追随着你》获“建国45周年国防现代化征文”二等奖。

1995年12月，散文《望星空》获“浙江南浔杯散文大奖赛”一等奖。

1997年10月15日，散文《我的大学梦》获国家教委高校学生司和《中国教育报》联合征文一等奖。

1999年10月1日，获国务院特殊津贴。

1999年10月，中篇小说《牛》获得“广厦杯·东海文艺奖”银奖。

1999年12月12日，中篇小说《牛》获第八届“小说月报百花奖”。

2001年10月，短篇小说《沈园》获第九届“小说月报百花奖”。

2001年9月，报告文学《你坐在我的对面》获最高人民检察院“金鼎奖”一等奖。

2001年11月，话剧《霸王别姬》获第七届中国戏剧节编剧奖。

2003年1月15日，长篇小说《檀香刑》获21世纪“鼎钧文学双年奖”。

2003年7月14日，杂文《一碗羊肉面与五万元红包》获“新世纪北京文学奖二等奖”。

2003年11月，“庐山·小说选刊”组织投票被评选为读者最喜爱“新世纪十大小说家”。

2003年11月，短篇小说《冰雪美人》获第十届“小说月报百花奖”。

2004年10月25日，短篇小说《月光斩》获茅台杯人民文学奖。

2007年9月20日，短篇小说《月光斩》获蒲松龄短篇小说奖。

通过这些文学成就，我们不难看出，眼前的莫言不仅是一个勤奋的莫言，也是一个天才的莫言。且看国内外名家是怎样评价的：

莫言是世界级的作家，可能是鲁迅、老舍以来最有前途的中国作家。英译《红高粱》的出现是英语文学一大盛事，由此可预见中国小说在21世纪的活力和影响力。

——（美国）托马斯·英奇（著名文学评论家）

要是让我来选诺贝尔文学奖获奖者，我就选莫言……

在我们之间，文学上的血缘关系非常类似。可以说，再也没有人比莫言更接近我们的文学特质了。

——（日）大江健三郎

史诗般的小说，一流的中国作家。

——（美国）《里士满时报》评小说《红高粱》及作者

莫言的风格、对话、情绪和描写往往交融为一种多层次意义网络，其精致缜密的肌质通常体现为冗长的复合句。他镂金错彩、繁华奢侈的语音赋予素材一种具有讽刺效果的高贵感。

——（英）加内斯·威克雷

莫言是中国最好的作家之一……莫言在国际文坛上占有一席之地……他的作品会赢得美国读者的青睐，就像昆德拉和加西亚·马尔克斯曾经受到美国读者的喜爱那样。

——《纽约时报》(New York Times)

莫言是一位在国内国外都享有极高声誉的作家，他的作品题材广泛，内容深刻，情节曲折诡秘，语言汪洋恣肆……瑞典文学院唯一的汉学家、诺贝尔文学奖评委马悦然先生在上海等地两次提到，中国最有希望获诺贝尔奖的作家是莫言。

——姜智芹《当代文坛》

莫言的长篇小说《丰乳肥臀》，这是一部严肃的、诚挚的、富有象征意义的作品，对中国的百年历史具有很高的概括性。这是莫言小说的突破，也是对中国当代文学的一次突破。

书名不等于作品。但是也无伤大雅。“丰乳”、“肥臀”不应引起惊愕。

——汪曾祺（著名作家）

莫言不仅是带着天马行空的狂气和雄风，而且也是带着立足继承传统而又着意打破传统钳束的邪劲儿，带着从中外小说艺术的融渗中脱胎出来的独异的小说风貌登上文坛的。

——朱向前（现为解放军艺术学院副院长，著名文学评论家）

莫言的小说可以找到当代国际学界最热门的所有的主题，既是现代性的表达，又充满后现代的蛊惑人心的意味。20 年过去了，莫言的写作依然旺盛，笔力狂放，就说是随心所欲，我行我素也不为过。那些语词、情感、戏谑、快乐，就像他家乡的红高粱一样，始终那么茂盛！……

——陈晓明（北京大学中文系教授、博士生导师，著名批评家）

莫言是一位洋溢着理想主义精神的作家。他的理想主义是建立在民间狂欢和生命自由基础上的理想主义，这种理想主义针对着死板、实际、空洞的中国文化现状，因此具有突出的中国个性，对如此个性化的理想主义，也许在基督教文化熏陶下的诺贝尔文学奖的评委们一时还难以接受，但只要他们悟到其中的妙处，一定会大为惊叹的。

——贺绍俊（中国当代文学研究会常务理事，副秘书长，著名批评家）

莫言不仅是中国经验的杰出表现者，同时也是古老中国文化在当代的忠实传人，更是现代汉语文学表达的创新者。他的小说充满了浓郁的中国气息，同时有闪耀的强烈的现代主义精神光芒。他把典雅的古典气息与奇异的现代主义氛围交织在一起，形成了当代文坛上特异的“莫言风格”。当他站在现代精神的高地上俯瞰脚下古老的土地时，他笔下的中国形象变得更加清晰，更加触目惊心。他把肖洛霍夫的恢弘、马尔克斯的神奇、拉伯雷的狂欢、蒲松龄的诡异、冯梦龙的明晰、段成式的庞杂、果戈里的诙谐、雨果的道德勇气融为一体，他的小说语言激情澎湃，宛如黄河泛滥，冲刷出一片全新的语言河床，在现代汉语写作史上留下一道罕见的语言奇观。

——张闳（同济大学文化批评研究所教授、文学博士，著名批评家）

三、神圣的文学王国

莫言在《白狗秋千架》中第一次提到了“高密东北乡”这个地域名词。自此，“高密东北乡”成了经典的文学语言，也成了莫言的文学王国。“作家的故乡并不仅仅是指父母之邦，而是指作家在那里度过了童年乃至青年时期的地方。这地方有母亲生你时流的血，这地方埋葬着你的祖先，这地方是你的‘血地’。”莫言如是说，“自从我写出了《白狗秋千架》之后，就仿佛打开了一扇闸门。过去我感到没有什么东西可写，但现在我感到要写的东西源源不断地奔涌而来。我写一篇小说的时候，另一篇小说的构思就冒了出来。常常有这样的情况：一篇小说还没写完，几篇新的小说就构思好了等待着我去写它们了。1984 ~ 1987这几年中，我写出了大约 100 万字的小说。这一时期的作品，有许多个人的亲身经历，小说中的不少人物都有真实的原型。”

高密东北乡原指莫言的老家平安庄一带，位于高密市区东北 20 多公里处，那里是一马平川的平原，胶河从莫言旧居屋后流过。解放前这里辽阔荒凉，土匪出没。解放后仍然闭塞落后。莫言在这里生活了 20 年，莫言的根在这里。

现在，高密东北乡已经成为高密的文化符号，莫言所创立的“高密东北乡”文学王国已在世界文学版图上占有一席之地。莫言是当代世界著名作家，他以独特的写实手法和丰富的想象力，描写了中国城市与农村的真实现状。莫言先生的作品引导亚洲文学走向未来，他不仅是当代中国文学的旗手，也是亚洲和世界文学的旗手。多年以来，他以辉煌的文学成就、前卫的艺术主张、卓越的文化建树，而蜚声中外。

高密，历史悠久，文化丰厚，传统文化遗产众多，人杰地灵，名人辈出。齐国名相晏婴，汉代经学大师郑玄，清代大学士、著名书法家刘墉均诞生在这里。扑灰年画、聂家庄泥塑、高密民间剪纸、高密茂腔被誉为“民艺四宝”蜚声海内外。高密东北乡有着独特的地域文化，自古以来就是一道由红高粱架构起来的历史文化风境线，抗日战争时期的孙家口伏击战更是为这道风景线增添了火红的亮色。高密东北乡沉重雄厚的历史，朴实的民风，浓重的色彩，口口传承的民间故事，无疑成为产生莫言这样的大家的历史文化大背景。

莫言之所以提出“高密东北乡”这个文学概念，并一直倾注深情，创作作品，走向世界，这与他发现故乡、超越故乡和故乡情结有着须臾不可分离的关系。莫言说：“高密东北乡是我的精神故乡，我用写作发现故乡，返回故乡，超越故乡。”

首先是发现故乡。

莫言自从在《白狗秋千架》中第一次提到了“高密东北乡”之后，便一发而不可收。

“从这个时期开始，我高高举起了高密东北乡这面大旗，像一个草莽英雄一样，开始招兵买马，创建了我的文学王国。我创造了高密东北乡，是为了进入与自己的童年经验紧密相连的人文地理环境，它是没有围墙甚至是没有国界的。如果说高密东北乡是一个文学王国，那么我这个开国君主就应该不断地扩展它的疆域。”

莫言对故乡的眷恋之情是很浓的，好像永远都浓得化不开。“韭菜炉包肥肉丁，白面烙饼卷大葱。再加一碟豆瓣酱，想不快乐都不中。”“我第一次离开家乡是 1976 年，当兵，从生下来到 20 岁，20 年就没离开，活动的范围没超过县城，走的时候，当时想永远不回来最好。离开两年以后，有一次出差，当我听到高密人讲话那个声音的时候，我就感觉心里边特别激动，真是不一样，一回到家乡以后就是，我记得差不多也正是这个季节，正是割麦子的时候，我看到我母亲从胡同口，慢慢地，特别激动地走过来的时候，那眼泪哗哗地流出来了。”即使成名之后，还会时时想起小时候在家乡的印象，“当我 11、12 岁的时候，每天牵着一头牛，牵着一只羊，整天在田野逛来逛去的时候，那么我这时候的想象力，实际上是神游八极的时候，我躺在草地上，我观察白云的时候，可能我想的是许多非常奇妙的事情，那么这时候，我看到一个蚂蚱的时候，我当时不是把蚂蚱当作一个简单的昆虫来看，我觉得这个蚂蚱是有思想的，是有生命力的，蚂蚱是有语言的。”正如著名文学评论家朱向前所言：“读莫言的小说，你可以从任何一页的任何一行读起，它首先征服你的并不是故事和人物，而是那语言本身。”

1986 年莫言创作发表了中篇小说《红高粱》，一举成名。之后连续发表了系列中篇《高粱酒》《高粱殡》《狗道》《奇死》，1987 年结集为长篇小说《红高粱家族》。

红高粱系列的故事背景大致如下：1938年农历三月十五日，高密的抗日游击队在高密东北乡孙家口一带伏击了驻扎胶州的日本鬼子，歼敌39人，其中有在平型关大战中逃生的敌板垣师团中将指挥官中冈弥高，缴获了轻重机枪各1挺，步枪30余枝，子弹数万发，军刀3把，军车一辆，烧毁2辆，三月廿五日，日军前来报复，杀害公婆庙村普通百姓136人，伤70余人。烧毁房屋800余间，其他损伤无数。

正是这个故事给莫言创作插上了天马行空的翅膀，写出了震动文坛的《红高粱》。正像莫言所说："在我写《透明的红萝卜》之前，我是每天在挖空心思在编故事，到处找小说，找不到素材。那么从《透明的红萝卜》之后，我就感觉到小说在找我，就是我在写一篇小说的时候，后边可能有很多的故事就跟着来了，好像在后面催着我，你赶快写我，赶快写我，那么这就等于打开了一个童年记忆的闸门，过去所有的生活，全部都展现在眼前了。"

1987年夏，由张艺谋导演的电影《红高粱》在高密拍摄，1988年获得第38届柏林电影节金熊奖。开创了中国电影走向世界的新的篇章。《人民文学》编辑部主任、文学评论家李敬泽这样看电影《红高粱》："你看到的电影《红高粱》，它的那种力量，当时的那种视觉冲击力，实际上是从小说来的，小说的语言有巨大的冲击力，它的意义，到了这么多年以后，我们再看呢，他使语言回到身体，它有感官，我想它的那种影响，不仅限于文学。"解放军艺术学院文学系主任黄献国说，莫言把这个高密东北乡，作为他写作的唯一的一块土地，他在这块土地上，为什么能够开掘不完，永远像泉水一样往外喷，我觉得就是说他融合得比较好，把一种传统的文化，包括自己的这样一种情感，用新的文学形式加以包装，你想想莫言出来以后，80年代中期，后来有多少作家跟在他屁股后面跑，很多作家的语言形式，都变成莫言了。

其次是超越故乡。

2006年1月长篇小说《生死疲劳》由作家出版社出版，首印12万册，引起强烈反响。该小说以高密东北乡为历史背景而又超越东北乡，浓墨重彩地再现了半个世纪中国乡村的历史，可以说是莫言作品超越故乡的代表作。在此基础上，莫言继续大踏步地前进，开始了超越故乡的辉煌历程。莫言说："超越故乡，实际上是同化生活的能力，外边的事件离东北乡很远，用自己的感情、自己的想象力给它插上翅膀，就可以移植到自己的故乡来写。"在这个创作思想指导下，莫言1987年7月创作长篇小说《天堂蒜薹之歌》。这部作品的创作冲动缘自当年《大众日报》报道的一则苍山县蒜薹事件。莫言读罢便不由联想起1984年秋四叔被无证司机轧死的事件，由此激发了积压多年的愤怒和痛苦，便移花接木，超越时空，用了34天的时间即完成了这部长篇力作。这部作品这么快地问世，与其说是一种强烈的责任感在驱使着他，倒不如说是高密东北乡这个文学王国在召唤着他，在驱使着他，在鞭挞着他，让他的笔在手中不能自辍。

1995年莫言创作的长篇小说《丰乳肥臀》，荣获首届“大家文学奖”，引起了轰动，也遭到了攻击和批评。作品的动因是1994年春节前，莫言母亲去世。之后莫言在北京积水潭地铁站看到一个满面憔悴的农村妇女抱着吃奶的孩子在喂奶。夕阳西下，凄凉庄严。哺育、生殖的问题困扰着莫言。莫言将此移植到了高密东北乡创作了该书，献给他的母亲。2001年3月，长篇小说《檀香刑》出版，反响强烈。这是以高密的地方戏茂腔为主线创作的，高密东北乡的味道较浓，所以有人不免对号入座。对此，莫言1999年10月28日下午在日本讲学的时候这样说：“我想我的‘高密东北乡’应该是一个开放的概念，而不是一个封闭的概念；应该是一个文学的概念而不是一个地理的概念。我创造了这个‘高密东北乡’实际上是为了进入与自己的童年经验紧密相连的人文地理环境，它是没有围墙甚至没有国界的。如果说‘高密东北乡’是一个文学的王国，那么我这个开国王君应该不断地扩展它的疆域。在这种思想的指导下我写了《丰乳肥臀》。在《丰乳肥臀》中，我给‘高密东北乡’搬来了山峦、丘陵、沼泽、沙漠，还有许多在真实的高密东北乡从来没有生长过的植物。翻译这部作品的吉田富夫先生到我的故乡去寻找我小说中的东西，展现在他眼前的是一望无际的平原，没有山峦也没有丘陵，没有沙漠更没有沼泽，当然也没有那些神奇的植物。我知道他感到非常的失望。前几年翻译我的《酒国》的藤井省三先生到高密去看红高粱，也没有看到，他也上了我的当。当然，所谓扩展‘高密东北乡’的疆域并不仅仅是地理和植被的丰富与增添，更重要的是思维空间的扩展。这也就是几年前我曾经提出的对故乡的超越，夸张一点说，这是一个深刻的哲学命题，我心中大概也明白它的意义，但很难用清晰的语言把它表述出来。”

再就是解不开的故乡情结。

“少年辍学牧牛羊，老家大栏平安庄。荒草连天无人迹，野兔飞奔鸟儿忙。”莫言用这四句打油诗写照自己的童年和少年时代。

高密电视台《魅力高密》栏目曾经围绕莫言文学馆做过3集专题片，其中有这样一句解说词：这样的童年必然地建立了一种与故乡血肉相连的关系，故乡的山川河流、动物植物都被童年的感情浸淫过，都带上了浓厚的感情色彩。

然而，那些吃糠咽菜、忍饥挨饿的日子，那种在极左路线统治下饱受压抑的心态，以及在贫瘠的土地上不停劳作的艰辛，曾使莫言幻想，假如有一天，能幸运地逃离这块土地，就决不会再回来。

莫言没有想到自己曾发誓决不再回去的故乡，竟成为日后他生命中最大的财富。

1978年，在枯燥的军营生活中，莫言拿起了创作的笔，本来想写一篇军营小说，但涌到他脑海里的，却都是故乡的情景。莫言努力抵制着故乡的诱惑，描写着与自己没有丝毫感情联系的东西。但他在做着远离故乡的努力的同时，却在一步步地、不自觉地向故乡靠拢。在一篇题为《白狗秋千架》的小说里，他第一次战战兢兢地打起了“高密东北乡”的旗号。从此之后，他感觉那种可以称为“灵感”的激情在胸中奔涌。

莫言强烈地感觉到，20年农村生活中所有的苦难，都是上帝对他的恩赐。虽然身居闹市，但他的精神已回到故乡，他的灵魂寄托在对故乡的回忆里。

莫言文学馆

莫言文学馆注重以细节感人。馆内展出了莫言在故乡高密写作时用过的写字台、书柜和老得早已淘汰的电脑，以及电影《红高粱》里的酒歌被唱响的撼人心魄的场景。

故乡始终是一个主题，一个忧伤而甜蜜的情结，一个命定的归宿。故乡的风景、故乡的人物、故乡的传说，都被莫言写进了小说，“高密东北乡”成为莫言的文学王国。

高密有莫言写不完的大善、大丑、大恶。莫言之所以有一种天马行空、独来独往、奇思怪想的艺术风格，是与高密的民间艺术——高密剪纸、高密泥塑、高密扑灰年画的熏陶分不开的。还有高密的方言土语，哪一句都能使你产生丰富的想象力。

高密剪纸中的蝈蝈出笼和昂首挺胸的梅花鹿被莫言写进《红高粱酒》中，借用这一民间剪纸，莫言说道：“我奶奶就是金口玉牙，她叫蝈蝈出笼，蝈蝈就出笼，她叫蝈蝈唱歌，蝈蝈就唱歌，她叫鹿背上长树，鹿背上就长出了树。”

在京都繁华之地，听惯了各种堂皇大戏的莫言，有一次回故乡，一出火车站，就听到一家小饭店里传出了茂腔那凄切哀婉的调子，那特殊的乡音，使他的心中顿时百感交集。

“当兵两年返故乡，车站广场听茂腔。此曲唯有高密有，使我涕泪沾衣裳。”

“假如我的童年，我的故乡是有声音的话，我想茂腔就是它的主旋律。”

莫言的《檀香刑》和贯穿始终的茂腔，使世人再次关注高密文化，并被茂腔这一不登大雅之堂的地方小剧种所吸引。

莫言说，我只是一个普通的小说作者，所写小说，多是依据故乡素材，所用语言也以高密人日常语言为基础。可以说，没有高密的多彩历史和丰厚的文化积淀，就不可能有我这样一个作家。

正是出于对故乡的爱，成名后的莫言，曾经利用他的文学影响，在《人民日报》上用3个整版，连续发表了当时关于高密县的的报告文学——《高密之星》《高密之光》《高密之梦》，可谓空前绝后。在这3篇文章里，莫言为高密那些大刀阔斧、奋力献身于改革开放的“英雄好汉们”摇旗呐喊，对宣传高密、提高高密的知名度起了很大的作用，有人戏称《人民日报》变成了《高密县报》。

高密这个在全国和世界范围内名不见经传的县级市，因为莫言和他的作品中独特的高密东北乡文化而引人注目。人们对高密东北乡感到非常神秘，国内外文学界的朋友甚至不远万里来高密考察。

莫言对故乡文化的影响与日俱增，越来越强烈。

1986年莫言第一次应县文化局之邀回到家乡，为高密的业余作者讲课，在高密业余文学创作队伍中掀起了波澜。到2007年应高密电视台之邀与家乡的文学作者座谈，高密的文学创作已经成了气候。从这些作者们发表的作品，出版的书籍可以清晰地看到受莫言文学影响之深。莫言欣喜地把这支队伍称为文友。

2008年2月，莫言出席了由高密市委宣传部、高密市文化局在高密大剧院组织的高密文艺创作座谈会。莫言就发展高密地方文化、繁荣高密茂腔提出了很好的意见。莫言说：“我们高密市文化建设的现在和未来的整体构想，不是一人之力所能完成的，需要群策群力，上下同心。既要有市里领导的大力支持，财政方面的保障，又要有组织地落实。必须有一支创作的队伍，形成创作的机制。这十几年来，高密的变化确实是令人震惊的，说天翻地覆是夸张了，但说我们的变化日新月异，则基本是准确的。我作了一首打油诗：‘三贤四宝高密市，七龙八虎凤凰城，海市蜃楼非幻境，我影投射蓬莱东。’”

莫言对高密茂腔情有所钟。在其作品《檀香刑》后记中这样写道：“我在这部小说里写的其实是声音……就是流传在高密一带的地方小戏茂腔。这个小戏唱腔悲凉，尤其是旦角的唱腔，简直是受压迫妇女的泣血哭诉”。听说高密茂腔被列为国家级非物质文化遗产保护项目后，他尤为高兴：“这是令人振奋的消息。”高密电视台举办全市茂腔电视大奖赛，他欣然题名。

为了解决茂腔后继乏人的问题，高密在全市遴选了 40 名茂腔学员，由政府出资办起了小茂腔班，莫言专程到学员驻地看望，给与积极的鼓励。

为了茂腔出新戏、出新人，走向全国，莫言积极向高密市的领导建言献策，并亲自担纲创作现代大戏《刘连仁》。尤为可喜的是，为了让茂腔登上中央电视台戏曲频道的演播厅，他到央视做了访谈节目，7 月 7 日在央视播出时，专程回到家乡与家乡的领导和父老乡亲共同收看。可以说，没有莫言的参与，高密茂腔上央视不会取得如此效果，或者说难以成就如此文化大事。

莫言对茂腔振兴，寄予厚望。在高密文艺座谈会上，他说："我觉得我们茂腔要振兴，首先就是应从剧本上来突破。我们的茂腔能不能在近期内，就是在三五年内，打造这么一台具有高密特色，表现了高密文化特点的，表现我们高密历史现实的，当然也表现我们高密现代精神风貌的这么一台戏，让这么一台戏成为我们高密的一张名片，我们走出去，到北京、到上海、到济南、到外地演出。我们的眼光放得更加长远一点，随着高密进一步发展，随着我们进一步改革开放，我想会有更多外国朋友来到高密。除了让他们看我们的山山水水，让他们欣赏我们的美食，欣赏我们的城市美景之外，还要让他们看一看我们的茂腔戏。我觉得这是我们奋斗的一个目标。”

近几年来，莫言多次回到家乡，为高密的经济，为高密的文化，献计出力。在游览综合改造后的胶河时，他挥毫胶河畔，说了一句很深刻的话："胶河实际流淌的是文化"。他还为文体公园、南湖植物园、高密新闻大厦、莫言文学馆、高密文化馆、高密画院等题名。让高密人随处感受到了他的存在。

四、广泛的文化交流

莫言的文化交流是很频繁的。在国内，他到过大江南北，长城内外，足迹遍及大多省份和香港、澳门、台湾；在国外，他应邀到过十几个国家演讲或领奖。这些活动在莫言文学馆里，都利用图片、文字、展台实物、资料等陈列手段进行了集中展示。不妨让我们粗略地浏览一下。

1983 年 9 月，在保定参加《莲池》笔会，讨论莫言短篇小说《民间音乐》，获赞誉。

1984年1月，在石家庄参加《长城》笔会。3月去任丘参加河北省文学创作会议。

1985年春，参加《中国作家》杂志社在华侨大厦举行的《透明的红萝卜》讨论会。

1990年12月，到香港中文大学翻译研究中心访问。

1998年10月，在台湾访问。游览阿里山，在台北市演讲。

2000年9月，到中国社会科学院参加为大江健三郎先生举办的座谈会，陪同大江健三郎参观中国现代文学馆。

2001年3月，在台湾参加国际出版节。

2001年6月，在山东大学讲学，被聘为兼职教授。

2001年10月，在苏州参加“小说家论坛”，提出“作为老百姓写作”的观点。

2002年2月，日本NHK电视台制作电视片《21世纪人物》在北京和高密拍摄，大江健三郎被邀为嘉宾，随同拍摄。其间，与大江健三郎在家乡场院里聊天，在老家堂屋里过年，回京后与大江、张艺谋在家中晤谈，交情日笃。

2002年9月，与法国翻译家杜特莱夫妇在山东大学讲学，之后同回高密家乡，又同访淄川蒲松龄故居。

2002年11月，应邀赴台湾参加台北市国际艺术村活动，顺访花莲市。

2002年12月，在苏州大学与王尧教授对谈，后出书《莫言王尧对谈录》。

2003年10月，参加浙江首届作家节。

2003年11月，在汕头大学讲学，被聘为兼职教授。

2004年4月，与台湾作家余光中一起交流。

2005年9月，在辽宁锦州参加“小说现状与可能性”座谈会。

2005年10月，在北京大学世界文学研究所，参加斯特林堡研讨会，作主题发言《漫谈斯特林堡》。

2005年10月，参加《中国作家》创刊20周年纪念会。《透明的红萝卜》曾发表于此刊。

2005年11月，在武夷山参加中国中篇小说年会。

2005年12月，在香港接受公开大学荣誉文学博士学位，并发表演讲。接受香港电视台采访。

2006年3月，在社科院外文所，与日本学者李比英雄对谈。

2006年5月，在鲁迅博物馆演讲《中国小说传统——从我近期三部长篇小说谈起》。

2006年6月，应山东省政府邀请在济南参加首届山东文博会。

2006年6月，在上海大学讲学。

2006年7月，与作家铁凝在河北文学馆进行文化交流。

2006年8月，在北京大学，给韩国百名大学生东北亚旅行团演讲。

2006年9月，在社科院参加大江健三郎文学研讨会，演讲《大江健三郎先生对我们的启示》。

2006年11月，在鲁迅博物馆参加由《当代作家评论》与苏州大学、渤海大学、鲁迅博物馆联合举办的"莫言作品学术研讨会"。

2006年11月，在深圳读书月演讲《试论当代文学创作中的十大关系》。

2006年11月，在青岛理工大学演讲，被聘为客座教授，并接受半岛网专访。

2006年12月，在鲁迅博物馆与孙郁对谈关于《酒国》。

2006年12月，在社科院参加中日青年作家交流会。

2006年12月，在佛山、顺德参加"从乡村到社区"论坛。

2007年1月，在人民大学文学院讲学。

2007年3月，在宜昌市民文化广场演讲。

2007年4月，应邀作客常熟理工学院，并作专题报告《文学与乡土》。在苏州湖畔论坛演讲《我的文学创作道路》。

2007年6月，与香港作家金庸在北京解放军艺术学院附近刘家香饭馆交流。

2007年7月，应邀在香港书展上以"我的文学经验"为题举行讲座。

2007年8月，在国子监街留贤馆会晤以色列作家阿摩司·奥兹。

莫言构想了"我与奥运开幕式"，供张艺谋等人参考，其构想与张艺谋的设计理念不乏相通之处。

2007年9月，应邀到国际广播电台参加与日本NHK联系的秋季网络对话。

2007年10月，到中国社科院，参加埃及作家黑托尼的研讨会。

2007年11月，到广州参加高检检察文化巡礼活动。参观黄埔军校旧址。

2007年12月，在山东理工大学大学生艺术中心礼堂，做题为《我的文学经验》的报告。

在国内知名作家中，莫言的对外文化交流可以说是最多的作家之一。

1987年5月，莫言随中国作家代表团访问德国，在德国柏林演讲并参观恩格斯故居。

1991年5月，在新加坡参加华文文艺营活动，转道访问马来西亚。

1998年年初，在意大利访问，转道去巴黎。

1998年7月，在泰国访问。

1999年10月，日文版《丰乳肥臀》出版（译者吉田富夫），应邀赴日本访问。初访川端康成纪念馆，与日本汉学家吉田富夫教授相会于日本京都金阁寺。认识了知日两屋点心铺师傅，遂有“莫言馒头”的诞生。

2000年3月，英文版《酒国》出版，应邀赴美国访问，与哥伦比亚大学东亚系主任王德威教授交流，与美国汉学家葛浩文教授（《红高粱》英译者）在科罗拉多谈文学。

2001年4月，在法国巴黎领取《酒国》的奖项。

2001年5月，在瑞典访问。

2001年6月，在澳大利亚访问。

2002年9月，意大利文版《丰乳肥臀》出版，应邀赴意大利参加“曼托瓦文学节”。

2003年9月，日文版《檀香刑》出版（吉田富夫翻译），应邀赴日本东京、箱根、广岛等地访问。

2004年3月，法文版《丰乳肥臀》《铁孩子》《爆炸》《藏宝图》《酒国》《十三步》《红高粱》、《透明的红萝卜》推出。应邀赴巴黎参加中国书展，后去法国南部普罗旺斯大学参加文化活动。

2004年5月，随话剧《霸王别姬》剧组赴马来西亚，新加坡演出访问，期间作了两场演讲。

2004年9月，应聂华苓（美国华裔作家）邀请，赴美国爱荷华参加国际写作计划活动。

2004年12月至2005年元月，在日本北海道参加“莫言走笔北海道”活动。

2005年5月，在韩国参加第二届首尔国际文学会议。

2006年3月，法文版《檀香刑》出版。应邀赴柏林参加世界文化宫活动，开幕式发表《文化与记忆》演讲。

2006年5月，日文版《四十一炮》出版，应邀赴日本大阪、京都访问。第二次参观川端康成旧居、墓地。在关西大学即兴演讲《文学与故乡》，在京都大学会馆演讲《小说与社会生活》。

2006 年 6 月，参加法国西北部圣马路文学图书节。法文版《丰乳肥臀》《师父越来越幽默》、《生死疲劳》出版销售。

2006 年 6 月，参加西班牙塞万提斯学院开幕式。

2006 年 9 月，赴日本福冈领取亚洲文化大奖。期间到饭仓小学为学生演讲，在市民论坛上为市民演讲，在福冈与日本秋篠宫文仁亲王及其他得奖者合影。

2007 年 5 月，在意大利都灵参加文学节。与坎帕尼亚大区主席对谈，在意大利西西里岛科瑞大学、卡塔尼亚大学讲学。与西西里岛科瑞大学校长和恩那省长、西西里岛大区议会副议长合影。并参观意大利 ALBA 古堡（卡佛奖颁奖地），在西西里岛科瑞大学与女生合影。

2007 年 9 月，在瑞士日内瓦大学参加文化交流。与苏黎世大学教授洪安瑞合影，与日内瓦大学张宁教授合影。

2007 年 9 月，参加俄罗斯“中国文化年”活动，并与俄罗斯读者面对面交流。参观了俄罗斯克里姆林宫，托尔斯泰庄园，拜谒了托尔斯泰墓。

2007 年 10 月，中国作家代表团以评论家张炯为团长，作家莫言、诗人舒婷为副团长的一行 22 人在韩国首都首尔及南部城市全州进行文学访问。莫言在全州又石大学作了演讲，并在韩国全州与山东籍留学生合影。

2008 年 2 月，在日本参加国际笔会，朗诵了自己的作品《秋水》。会后在东京大江寓所看望了大江先生，得赠毛笔两支。有了先生告诫莫言“要减少社会活动，努力写作”的佳话。又在爱知县知立市称念寺会见和尚伊势德。这是莫言第三次访问该寺，第一次访问所赠和尚的墨迹已被刻在石碑上，当年寺旁点心铺设计的“莫言馒头”依然在热卖。期间，广泛接触了在东京的西萨摩亚作家阿尔巴特、日本青年作家诹访哲史、日本作家茅野裕城子 、日本作家浅田次郎等，并与译者吉田教授在《生死疲劳》日文版前留影。

2008 年 3 月，与国家大剧院设计者，法国建筑大师保罗·安德鲁交流，得他赠书两册，回赠他法文版《天堂蒜薹之歌》和短篇小说集《铁孩》。

2008 年 3 月，在韩国首尔，参加韩、日、中东亚文学论坛第二次预备会议。

这些频繁的国际文化交流，对提高莫言在国际上的文学地位起到了重要的作用。

五、让文学走进校园

莫言文学馆二期工程更加注重了“让文学走进校园，让学生走近名家”的题旨。

第一展室，是高密一中“莫言文学社”的活动室。这个文学社成立于2008年9月，其社刊《秋千架》曾荣获全国优秀校刊 。已与全国数十家文学社团、报刊杂志建立了广泛的联系和交流。

为了便于学生读书，吸收大家作品的营养，莫言文学馆精心设计了6个莫言作品阅览室。

第1阅览室展示的是莫言的部分短篇小说和散文，版面上有《春夜雨霏霏》《丑兵》《民间音乐》《罪过》《寒冬的阳光》《猫事荟萃》《草鞋窨子》《母亲》《我们的普通话》9篇图文。

其中《草鞋窨子》画面上聚集着“我”“五叔”“六叔”“于大身”“小钻镳子”。人物情态各异，惟妙惟肖。在雪夜的草鞋窨子里，“于大身讲了几个亲身经历的故事，他讲完，一看小钻镳子没了。我说，钻镳子被邪邪去了吧？”

《母亲》的画面上是一位戴着白色头巾，身着黑衣的小脚老奶奶，手持棒槌在一块方石上敲击着野菜。“生活留给我最初的记忆是母亲坐在一棵白花盛开的梨树下，用一根洗衣用的紫红色的棒槌，在一块白色的石头上，捶打野菜的情景。绿色的汁液流到地上，溅到母亲的胸前，空气中弥漫着野菜汁液苦涩的气味。那棒槌敲打野菜发出的声音，沉闷而潮湿，让我的心感到一阵阵的紧缩。”

第2阅览室有《屠户的女儿》《弃婴》《拇指铐》《麻风的儿子》《美丽的自杀》《红耳朵》《卖白菜》《死神的舞步》《姑妈的宝刀》9篇。

其中《屠户的女儿》画面上外公穿着臃肿的棉裤，披着一个拖地的大袄，嘴里含着一个长管的旱烟袋静静地等着买肉的顾客；筐子里残疾的女儿拿着妈妈刚刚买回来的烧饼，妈妈慢慢地扶起了女儿，像是在诉说着什么。

《拇指铐》的画面展出了两个版本的书和一双戴着拇指铐的手。

《麻风的儿子》的画面是大力右手握着镰刀背对着我们，像是在远望那一片一望无际的麦田，脚下是一捆刚刚割下的麦子。不难看出他忧伤的心情。采用了两个人物的对话：老猴子说：“大侄子，适才的话，权当你大叔放了一通屁。”大力咧咧嘴，没说什么……

《姑妈的宝刀》由两幅画面组成，一幅是月夜的孙家姑妈家的3间草屋，没有大门，院墙很矮，墙头上生着野草。另一幅是在一个石碾的旁边一个熊熊燃烧的铁匠炉，孙家姑妈穿着老式的对襟灰色大褂，踱着一双三寸金莲，目光盯着炉火，念念有词；身边是她的2个女儿。“娘啊娘，你把我嫁给什么人都行，千万别把我嫁给铁匠，他的指甲缝里有灰，他的眼里泪汪汪。”

第3阅览室的版面展示的是《白棉花》《欢乐》《牛》《红蝗》4部中篇小说。

其中《白棉花》写的是年仅17岁的农村青年马成功，一直迷恋着大他几岁、年轻貌美、正直勇敢、身手不凡的青年女子方碧玉。他们有幸一起离开棉田，来到向往已久的棉花加工厂，结识了多才多艺、风流多情、自命不凡的青年才俊李志高，复员军人孙禾斗，社会垃圾“铁锤子”，干部子女孙红花等人，由此开始了一段崭新忙碌的生活和一段不同寻常的爱情故事……

《牛》写的是“文化大革命”时期，调皮捣蛋的少年罗汉辍学在家，与生产队饲养员杜大爷一起放牛。因生活贫困养不起更多的牛，生产队长麻叔请来了公社兽医站的老董同志为双脊、大小鲁西三头小公牛施行阉割手术。术后，罗汉、杜大爷与3头牛朝夕相处。历经煎熬，大小鲁西康复了。但桀骜不驯的双脊却因术中大出血、术后感染，在经历了数天的折磨后不幸死去……

第4阅览室介绍了莫言的中篇小说《战友重逢》《筑路》《透明的红萝卜》；长篇小说《天堂蒜薹之歌》《酒国》《四十一炮》。

其中《透明的红萝卜》是莫言的成名作。在展板鲜红的标题下有一段作品中奇异的文字：“他看到了一幅奇特美丽的图画：光滑的铁砧子。泛着青幽幽蓝幽幽的光。泛着青蓝幽幽光的铁砧子上，有一个金色的红萝卜。红萝卜的形状和大小都像一个大个阳梨，还拖着一条长尾巴，尾巴上的根须像金色的羊毛。红萝卜晶莹透明，玲珑剔透。透明的、金色的外壳里包孕着活泼的银色液体。红萝卜的线条流畅优美，从美丽的弧线上泛出一圈金色的光芒。光芒有长有短，长的如麦芒，短的如睫毛，全是金色……”画面的右下方是一个铁匠炉，炉子冒出红绸缎子一般的火，一个破旧的风箱，几把锤子，一把铁钳，一个条凳。仿佛刚刚锻打过的铁钻，淬火的盆里还冒着热气。富有节奏的叮叮当当的响声在耳边回旋。从此，莫言驰骋文坛，一发而不可收。

《天堂蒜薹之歌》是莫言的一部长篇小说力作，一部“作为老百姓写作”的杰作。读完后是无奈的悲凉和压抑，真的体会到了小人物的欲哭无泪的感觉。小说以“蒜薹事件”为经，以高羊、高马、金菊、方四叔、方四婶的生活经历为纬，深刻地、多角度多侧面地描写了农民当时的生存状态，以及由此引发的悲剧故事。并剖析了农村文化的落后、思想的贫乏、生存的窘迫，以及导致“方四叔车轮下惨死”、“金菊上吊自杀”种种悲剧发生的原因。

《酒国》写的是省人民检察院的特级侦察员丁钩儿奉命到酒国市去调查一个特殊的案子：酒国市的官员吃掉了无数婴儿。但到酒国市的人没有能经得起诱惑的，丁钩儿虽不断提醒自己不喝酒，最后却醉酒淹死在茅厕里。《酒国》不是通常意义上的反腐小说，莫言在酒国中还通过酒国酿造学院勾兑专业的博士研究生李一斗不断寄给作家莫言的小说中，几乎将整个20世纪中国各种各样的小说，从狂人日记到武侠小说，再到魔幻小说、先锋小说之类都戏仿了一遍。

《四十一炮》以上世纪90年代初农村改革为背景，通过一个孩子的视角折射出了农村改革初期两种势力、两种观念的激烈冲突、人性的裂变以及人们在是非标准、伦理道德上的混沌和迷惘。小说的副线是一个老和尚的传奇人生。两条线索交叉进行，使整部小说在实和虚的场景不断变换，扑朔迷离，曲折迂回，又一次近距离地回看了农村改革初期的历史。作者着力塑造了3个人物形象，村长老兰、我父亲罗通和母亲杨玉珍。

第5阅览室展板介绍了莫言的《生死疲劳》《檀香刑》《丰乳肥臀》3部重量级的作品，是莫言文学创作的3座丰碑，是矗立在高密东北乡版图上的3座文学超级大厦。

《生死疲劳》以高密东北乡为背景，叙述了1950年到2000年中国农村50年的历史，围绕土地这个沉重的话题，阐释了农民与土地的种种关系。“六道轮回”民间想象与古典章回体成功结合，展示半个世纪农民命运和乡村变迁的长篇史诗，关于人和灵、生和死、苦难和慈悲的长篇力作。

《檀香刑》是莫言潜心五年完成的一部长篇新作。在这部神品妙构的小说中，莫言以1900年德国人在山东修建胶济铁路、高密乡民孙文领导抗德斗争、袁世凯镇压山东义和团运动、八国联军攻陷北京、慈禧仓皇出逃为历史背景，用摇曳多姿的笔触，大悲大喜的激情，高瞻深睿的思想，活龙活现地讲述了发生在“高密东北乡”的一场可歌可泣的运动，一桩骇人听闻的酷刑，一段惊心动魄的爱情。

《丰乳肥臀》热情讴歌了生命最原初的创造者——母亲的伟大、朴素与无私，生命的沿袭的无与伦比的重要意义。并且在这一幅生命的流程图中，弥漫着历史与战争的硝烟，真实，不带任何偏见，再现了一段时期内的历史。这部以大地母亲为主题的小说，奇诡瑰丽，汪洋恣肆，令人叹为观止，被莫言本人视为他众多作品中的代表作的这部小说有50多万字，写了一位中国北方农村妇女，在艰困的情形下，如何拉扯大9个孩子的故事。故事始自抗战前夕，终于上世纪90年代中期，这些年的个人际遇和家国风云，皆尽涵括在内。

《丰乳肥臀》展板展出了5幅人物素描，莫言给每幅画配上了文字。人们通过这些精心设计的画面，想象着作品那惊心动魄的故事。

第六阅览室的两面墙上介绍了莫言的《红树林》《十三步》《红高粱家族》《食草家族》和莫言新作《蛙》5部长篇小说。

《红树林》是根据真实案例构思创作的一部既生动抒情又极具现实震撼力的动人故事。其中凝聚着莫言对珍珠，以及围绕珍珠而展开的生活和传奇长达数年的深刻思考。莫言是独特的，就像当年他从汪洋恣肆的红高粱地里找到了中国人敢恨敢爱的恢宏意志。在珍珠的故乡，在那片望不到边际的海中森林——红树林中，他找到了那个名叫珍珠的渔家姑娘，和她的一段美丽而凄楚的人生经历。在他的笔下展示了一场由正直诚恳的检察官马叔，雍容典雅的女市长林岚，公子哥大虎和珍珠姑娘等人物，交织而成的情与仇、爱与恨、善良与邪恶、法律与犯罪间的剧烈冲突，又揭示出深刻而复杂的社会矛盾，具有巨大的现实力量。

《十三步》写的是中国至今犹存的八股教育制度下一个尴尬学校一两个穷酸教师上演的荒诞剧。小说采用非现实的笔调，混合魔幻、夸张、意识流的气氛，从现实陆离的碎片中随意、直接地提取潜藏在生活骨子里的众多困惑、无奈。莫言在此部小说中尝试了汉语言的所有"人称"。

《红高粱家族》是莫言向中国当代文学奉献的一部影响巨大的作品，被译成近20种文字在全世界发行。本书中创造了他的文学王国"高密东北乡"，通过"我"的叙述，描写了抗日战争期间，"我"的祖先在高密东北乡上演了一幕幕轰轰烈烈、英勇悲壮的活剧。"我"的家族里的先辈们，爷爷、奶奶、父亲、姑姑等，一方面奋起抗击残暴的日本侵略者，一方面发生着让子孙后代相形见绌的传奇般的爱情故事。书中洋溢着莫言独有的丰富饱满的想象。

《红高粱家族》的创作使莫言的名声传遍大江南北，走向世界，至今仍是莫言的代表作，也是莫言重要的巅峰作品之一。这部作品后来被张艺谋搬上了银幕，获得了西柏林世界电影节大奖。画面中展出了国内外多种版本的《红高粱》和电影的相关场面。

《食草家族》以高密东北乡为背景，描写了生活在贫瘠而又富饶的土地上的祖先们与大自然的关系。历史与现实，人为与自然，视觉、味觉、触觉与魔幻荒诞的想象，浓墨重彩与天马行空的抒写，在这部作品中浑然一体，令人惊叹。

展版展出了莫言新作《蛙》，小说通过讲述从事妇产科工作50多年的乡村女医生姑姑的人生经历，反映了新中国近60年波澜起伏的农村生育史，描述了国家为了控制人口剧烈增长、实施计划生育国策所走过的艰巨而复杂的历史过程。

特别值得一提的是，莫言捐献了大量国内外图书报刊，以供学生阅览，其中有不少出版珍本，具有较高的收藏价值。莫言表示，将继续为文学馆捐献。

在莫言文学馆会议室里，简单的装修、淡雅的色调烘托出静谧的气氛。墙上莫言在德国法兰克福书会与国家副主席习近平、德国总理默克尔一起的照片，以及2008年8月莫言文学馆开馆的超大水晶照片豁然醒目。紫檀色的椭圆形会议桌上面摆放着“文房四宝”。这里是莫言研究会理事聚会的场所，也是许多重大的决策酝酿形成的地方。

六、隽永的书法对联

在莫言文学馆书法作品室里，由当地文学爱好者和书法家撰稿书写的对联意味深长。现摘录如下，以飨读者。

1. 笔端千秋风云唯根植故乡斯有千秋华采，
   万古风流人物尚莫言血地必传万古文章。
2. 神游东北乡心忧天下，
   身居平安里笔写华章。
3. 大栏河崖东北乡莫言之文学王国，
   棉花萝卜红高粱须知非种树之书。
4. 萝卜透明惊文坛，
   高粱火红誉全球。
5. 奇思妙想震文坛，
   立异标新领风骚。
6. 创东北乡文学王国如鱼得水，
   写红高粱系列小说似松长青。
7. 莫道君已道故事缘起大禹旧封国，

言轻人未轻文脉永昌高密东北乡。

8. 左手右手都是高手，

作家书家皆为大家。

9. 言语妙天下植根故乡名扬四海，

天才跨时空起家军旅誉满五洲。

10. 奇思异想名著惊风雨，

精言妙语华章泣鬼神。

11. 天才跨时空奇思异想惊儒林，

大笔写春秋精言妙语震文坛。

12. 腹有锦绣心游万仞才气达三江，

口吐珠玑精骛八极华章传四海。

13. 唯有根植故乡莫言问鼎诺贝尔，

只管埋头写作且说学习高尔基。

14. 谁敢问鼎诺贝尔，

君已比肩加西亚。

15. 如椽笔笔写天下事，

且寻根根植东北乡。

16. 问民疾苦莫之与京，

写新小说言妙天下。

17. 红高粱酒烈莫言能饮，

白沙井水清谁说不喝（白蔷薇花清冰心飘香）。

18. 红高粱家族十三步白棉花透明的红萝卜酒国红树林白狗秋千架丰乳肥臀檀香刑天堂蒜薹之歌食草家族小说的气味四十一炮——（录莫言文集书目集锦）

19. 郑公故里晏子风，

胶河墨水代峥嵘。

歌尽凤城千古事，

笔录华夏千秋功。

高粱一曲非绝唱，

再著丰乳檀香刑。

高标入世淡名利，

一蓑烟雨任平生。

20. 千言万语，何若莫言。

21. 故乡血地，文学王国。

22. 影视风云奔眼底，清明襟怀唱大风——题莫言音像室。

23. 琅琅书声惠后学，芬芳德行育桃李——题莫言作品阅览室 。

……

不能说这些对联都字字珠玑，但作者都倾注真情，经过了认真打磨，具有很强的针对性和文学意义。

七、莫言文学馆的意义

2009 年 8 月 22 日，高密市在莫言文学馆门前隆重举行了莫言文学馆开馆仪式。

国家文化部副部长王文章，著名作家莫言，山东省文化厅厅长亢清泉，山东省作家协会主席张炜，潍坊市委常委、宣传部长刘明珂，潍坊市副市长王桂英，高密市委书记、高密莫言研究会名誉会长吴建民，高密市委副书记、市长范福生，高密市委副书记杜洪君，高密市政协主席齐世增，高密市人大常委会第一副主任、党组书记崔红旗，高密市委常委、宣传部长万丽，高密市委常委、秘书长李庆华，高密市副市长刘秀平，著名二胡、高胡演奏家、中国艺术研究院研究员李祥章，北京市十一学校校长、国家督学、高密莫言研究会名誉会长李希贵，山东师范大学文学院教授、博士生导师、高密莫言研究会顾问杨守森出席开馆仪式，高密市委副书记、市长范福生主持开馆仪式。吴建民在致辞中说，我们举行莫言文学馆开馆仪式，这是高密文化建设中的一件大事，也是高密文学艺术发展史上的一大盛事。莫言文学馆的正式开馆，为我们大力发展文化产业和文化事业，打造以莫言为代表的“红高粱”文化品牌，推动高密文化大发展大繁荣提供了载体和平台。王文章在讲话中指出，莫言是从高密走出去的著名作家，是高密的骄傲，更是文学艺术界的骄傲。张炜在讲话中说，把莫言文学馆建在学校，让文学离学生更近，离年轻人更近，对于弘扬齐鲁文化和提高青少年的素质教育水平等将发挥重要作用。刘明珂在讲话中希望高密以莫言文学馆开馆为契机，加快推进莫言名人文化的挖掘、研究和宣传工作，不断做大做强“红高粱”文化品牌，使莫言的文艺思想和文学艺术在新时代绽放新的魅力。莫言在发言中表示，要把文学馆里的“莫言”抛在身后，轻装上阵，继续向前走，写出具有更高的思想和艺术水平的作品，来报答高密80多万父老乡亲和这块黑色大地的养育之恩。出席开馆仪式的文化部、山东省文化厅、潍坊市和高密市的领导为莫言文学馆剪彩。出席和参加开馆仪式的数百名各界人士和高密一中的学生代表参观了莫言文学馆。

社会各界对莫言文学馆的关注，说明高密莫言研究会建立莫言文学馆的价值非比寻常。可以说，莫言文学馆的建立，对于促进高密文化的发展，推动和繁荣文学创作，具有重要的意义。这里已经成为对外文化交流的平台，对青少年进行传统文化教育的基地，国内外爱好和研究莫言文学的文化桥梁和研究中心。

莫言为家乡的发展而自豪，高密为莫言的成就而骄傲。莫言是高密文化的形象符号。为回顾他的成长和创作道路，研究和发扬他的文艺思想和艺术主张，推动高密文化的发展，高密成立了莫言研究会，又在具有浓厚文化和教育氛围的高密一中建立了这座莫言文学馆，通过大量的文字、图片和实物资料，利用现代与传统相结合的展示手段，全面介绍了莫言的人生经历和辉煌的艺术成就，特别是他的成长道路和创作轨迹。除文学成就、成长道路、文学王国、故乡情结、文化交流五部分外，还有影视室、故乡创作室、莫言书法手迹展室、莫言作品资料室。莫言文学馆共分五大部分，五大标题各有一个精美的展版，如同五扇即将打开的门，随时迎接每一颗真诚的心灵来走近作家和他的作品。有一部电视专题片的片头是这样写的：“当代著名作家莫言用他的生花妙笔，将他的故乡——‘高密东北乡’带进了世界文学的版图；如今，高密人在高密的土地上，建起了莫言文学馆，让每一颗求索的心灵从这里得到滋养、温暖与光亮。”

从对青少年教育的意义上讲，莫言文学馆犹如醒目的路标，赫然屹立在省级重点中学高密一中院内。这里是一片远离尘嚣的宁静之地，不时隐约传来学子的诵读之声。莫言文学馆设立在这里，可谓珠联璧合，别有深意。也为这些莘莘学子们打开了一扇文学的天窗。

从研究莫言、研究莫言文艺思想、探究其创作轨迹的意义上讲，这里有弥足珍贵的第一手资料：

这里有莫言第一部成名作的手稿和多部作品手稿；

这里有管氏家族的第一手史料；

这里有莫言小时候写过的第一本作文；

这里有莫言小时候读过的第一本故事书；

这里有莫言发表的第一件作品的手稿；

这里有莫言在国外出版的第一本著作；

这里有当年莫言创作彷徨时远在湖南工作的大哥管谟贤鼓励弟弟坚持创作的书信；

这里有莫言在国内外发表的各种版本的图书；

这里有莫言成名后读过的大量书籍；

这里有莫言在国内外进行文化交流的大量珍贵照片；

这里有莫言在国内外获奖的证书、奖牌、奖杯、勋章的原件；

这里有莫言与海内外作家交流的书信原件；

这里有莫言小时候在老家读书学习劳动生活的珍贵老照片；

这里有莫言和家庭成员、老师、工友、邻居的老照片；

这里有莫言在部队时与战友合影的老照片；

这里有莫言在军艺学习时与老师、同学的大量照片；

这里有莫言收到的国内外作家赠送的大量书籍；

这里有莫言早年学习劳动创作用过的珍贵实物；

这里有社会各界捐赠的各类与莫言密切相关的资料、书籍、实物；

这里有国内书法家为莫言题写的书法作品；

这里有文学家、书法家为莫言文学馆联袂创作的诗歌、对联、书法作品；

这里有记录莫言创作道路的大量原始资料；

这里有与莫言创作、莫言作品有着密切关系的被列为国家级非物质文化遗产保护项目的高密四宝——扑灰年画、高密茂腔、民间剪纸、聂家庄泥塑（根据莫言作品形象创作的作品）。

……

这些原始资料无疑为莫言文学馆增色不少，对探求莫言成长道路、文学轨迹，研究莫言及其文艺思想具有宝贵价值。

从解读勤奋的莫言、天才的莫言、高密的莫言、世界的莫言的意义上，莫言文学馆也是做足了文章。故乡成为莫言文学馆作好这篇大文章的第一要素。故乡，始终是莫言创作的主题。莫言文学馆力图从多侧面、多角度，利用多种手段，还原一个真实的莫言。为了这个目的，首先就要从故乡出发。从故乡出发，莫言开始了他的人生，从故乡出发，莫言开始了他的小说。高密这个在全国和世界范围内名不见经传的县级市，因为莫言和他的作品中独特的高密东北乡文化而引人注目。莫言与故乡有着怎样血肉相连的关系呢？莫言文学馆的设计者匠心独运，特别制作了莫言出生时的老屋和故乡20年生活环境的实景模拟。位于高密东北乡的这座又矮又旧的房屋，后面是蜿蜒流淌的胶河，前面是一望无际的田野，这里是莫言人生的起点。

莫言说："故乡始终是一个主题，一个忧伤而甜蜜的情结，一个命定的归宿，一个渴望中的、或现实中的最后的表演舞台。"

莫言的文学思想，从其文学语录中可以明晰地洞察，这都在莫言文学馆里有所展示。不妨摘录部分，领略一下：

我的小说既是民族小说，也是民俗小说，但归根结底它们是关于人的小说。

一个作家要想使自己的作品保持锐气，必须不断地从外界汲取新鲜的东西。

真正的文学，不是"替天行道"的工具，不是"杀富济贫"的利器，也不是鼓动穷人造反的宣传品。真正的文学，应该是超越了党派和阶级的狭隘利益，超越了国家和地区的封闭状态，应该是站在全人类的高度，用一种哲学的、宗教的超脱和宽容，居高临下地概括社会生活的本质，对人类精神进行分析和批判。

我认为文学的资源主要来自下层生活，你只有了解老百姓的疾苦，才可能写出对社会有所批判的作品。

饥饿和孤独是我创作的两大源泉。

"长度、密度和难度"，是长篇小说的标志，也是这伟大文体的尊严。

真正的民间写作就是——作为老百姓的写作。

每一个作家都有他自己的独特价值；每一个作家都有他自己的独特世界；每一个作家都要发出属于他自己的声音。

只有好奇，才能有奇思妙想；只有奇思妙想，才会有异想天开；只有异想天开，才会有艺术创新。从某种意义上说，艺术的创新也就是社会的进步。

一个作家一辈子其实只能干一件事：把自己的血肉，连同自己的灵魂，转移到自己的作品中去。

我是一个在饥饿和孤独中成长起来的人，我见多了人间的苦难和不平，我的心中充满了对人类的同情和对不公平的愤怒，所以我只能写出这样的小说。

故乡留给我的印象，是我小说的魂魄，故乡的土地与河流、庄稼与树木、飞禽与走兽、神话与传说、妖魔与鬼怪、恩人与仇人，都是我小说的内容。

洪水和青蛙的叫声是我童年暑期的两大记忆。

经常在梦中看到好小说的样子，它像一团火滚来滚去，它像一股水涌来涌去，它像一只遍体辉煌的大鸟飞来飞去，我不停地追逐着……

作家在进入创作过程之前和创造过程中，最艰苦也最幸福、最简单也最复杂的劳动就是想象。

能用富有特色的语言讲述妙趣横生的故事的人我认为就是一个好的小说家了。

真正文学的共性是关注人的命运、生存、情感，这才是中国文学进入世界文学的前提，也只有当中国文学具有了广义世界文学的特质，才有可能进入国际文学的范畴。

好小说使用的语言应该是那种既有大众口语风格又符合语言规范的具有鲜明个性特征的语言。

好小说应该具有丰富的思想内涵，给读者提供解读的多种可能性。

……

从这些意义上讲，莫言文学馆自然成为莫言在超越故乡的道路上创作出更高水平的作品的强大动力。作为莫言来讲，莫言文学馆无形中给他增加了继续向前走的压力。

当然，莫言文学馆还要不断完善，不断充实，不断珍藏，不断发挥积极作用。莫言文学馆这道初露光华的文学风景线，一定会更加熠熠生辉。

（作者魏修良系高密莫言研究会常务理事，曾任高密市文化局副局长）

莫言文学馆创建回想

管谟贤

莫言文学馆落成开馆，为高密文化建设一大盛事，自2006年筹划至今落成，历时3年，余皆参与其事，回想其中艰辛波折，不胜感慨。适逢《莫言研究》专刊征稿，草此拙文。

一、父亲的告诫

早在筹划之初，80多岁的老父亲就知道了，他对我说："我的意见最好别建什么文学馆，你看人家日本的大江健三郎，世界上的什么大奖都拿了，还那么谦虚，70多岁了还到咱这么穷的地方来过年，也没听说人家建什么文学馆啊！告诉谟业，千万要谦虚谨慎。"我点头唯唯，告诉他建文学馆不是我们的意见，是政府行为，就像要修复旧居一样。其实，我对建文学馆和修旧居也有想法，我知道陕西的贾平凹，浙江的余秋雨，家乡人为他们建文学馆，修旧居，网上都有人反对，我们何必因此招惹是非？我总觉得这两件事莫言都担当不起，我们家担当不起，禁不住惶恐万分。谈到修旧居，父亲也说过不要修，他说："修了让人笑话，听说周恩来总理在世时，家乡人要给他修旧居，他都反对，我们这些小人物修什么旧居！”开始，我就是带着父亲的告诫和一份惶恐之心参与了文学馆的创建。

二、会长的批评

因为有老父亲的告诫和自己心中的一份惶恐和半分疑虑，在工作上总是放不开，无论是开会发言还是改稿，总是人云亦云，很少提个人意见；在起草有关文稿时，凡是牵扯到本人及家人的，我是尽量避开或简略言之；凡涉及到对莫言的评价的，则尽量就低不就高。为此，会长孙惠斌同志对我提出了批评。他不止一次说：“谟贤啊，建文学馆不是为你们老管家修家庙，这是高密文化建设的大事。莫言是高密的，莫言是世界的！你不要把它看作是你自己的私事。莫言走上文学创作道路，怎么也少不了你这个大哥的影响和帮助，这一点你要加上，不能客气！我们干的这个事是要留给后人的，要对莫言负责！更要对历史负责。”听了会长的一番话，我才意识到自己肩上的责任，全身心地投入了文学馆的文字写作和图片实物的收集工作。其中序言部分我自己三易其稿，魏修良同志三易其稿，后取两者之长，字斟句酌，经孙惠斌同志修改才定了稿。在“成长道路”这一部分中也增加了我对莫言的“影响”和“帮助”的内容，比较客观地反映了当年的事实。

三、四上北京

为了筹建莫言文学馆，研究会秘书长毛维杰同志曾 6 上北京，每次都是收获丰厚，满载而归。其中我陪维杰同志就去了 4 次。第一次去是 2006 年 5 月中旬，坐火车去的。这次主要是征求莫言对我市成立莫言研究会的意见。莫言自然不赞成，一再表示自己只是一个普通的作家，写了几本小说，不值得研究。

在我们一再坚持之下，莫言为研究会题了词，表达了自己的惶恐之意。我们在北京只待了一天，就匆匆赶回来了。临行，莫言将包括自己作品在内的近百册书籍送给研究会，并亲自将两大包书推车送到旅馆。这两大包书可把维杰同志累苦了，上下火车只好扛在肩上，提在手里，书又重，一会儿就大汗淋漓了。

第二次赴北京是2007年秋天，其时莫言文学馆已经动工。馆内设计已出初稿，研究会派我和维杰同志进京征求莫言和李希贵同志的意见，同时向莫言征集展品和商量找人题写馆名的问题。我们又一次来到莫言家里，莫言已经将几百册书籍，手稿及获奖证书若干件准备好。恰好中国现代文学馆的人也来征集此类物品，莫言只好说："对不起，我大哥和家乡人来了，这次不能给你们了。"这次我们的收获极大，装了满满一车。至于馆名的题写，莫言感到为难，我们不约而同地想到李希贵同志。李希贵同志早在1996年任高密一中校长时就提出要成立莫言研究室，是莫言研究会最早的发起人之一。我和他共事3年，深知他活动能力强，堪称社会活动家现在担任北京十一学校校长，国家督学的李希贵同志肯定有办法。我和维杰同志到了十一学校，受到希贵同志热情接待，当希贵同志听说莫言把许多珍贵的物品献了出来时，一再叮嘱毛维杰同志，回去要买保险柜，把这些珍贵物品保管好。维杰同志回来后汇报领导照办了，这是后话。谈到为莫言文学馆题字的事，希贵同志满口答应。我们一起商量了一会儿，觉得王蒙较为合适，一来他是国内外著名的大作家，是莫言的前辈；二来他曾经担任过文化部长，名位都适当。希贵同志说："包在我身上了。"果然，几个月后，王蒙的题字就拿到了。

第三次去是2008年11月，这次去主要是到莫言家拉书。莫言在家整理了好几天，上千册书刊堆在家里。车到后，莫言夫妇帮我们装车，装得满满的。这次去，我们还参观了中国现代文学馆和鲁迅故居博物馆，参观之后，更坚定了我们办好文学馆的信心，因为我们拥有的东西比他们多得多。但回来却不顺利，因为走济南方向，一上京沪高速就堵车，早上很早离开北京，中午12点才到天津静海，到达济南，天已经黑透了，人也极疲劳，只好住下。所幸我的腰椎病没有犯，总算圆满完成了任务。

第四次去北京是2010年8月28日。其时，文学馆已开馆，为报答家乡父老的厚意，莫言要捐献大批书刊和资料。这次也是带车去的。莫言果然送了几百册书刊和一些实物，最宝贵的是香港公开大学发给莫言的博士服和大量光碟、音像资料及荣誉证书等，装了满满的一车。回来时，我和维杰只好坐火车。

四、一张奖状和一张照片

随着建馆工作的深入和发展，我心中的疑虑也逐渐消除了。我原来想，文学馆至多办成“文革”中那种阶级斗争图片展览就不错了。但事实是，孙惠斌同志凡事都是高标准严要求。这种精神感动了我，所以我把自己珍藏的莫言的书籍、手稿、书法作品、物品等逐步献了出来。为了说明我对莫言的“影响”，我把自己在高密二中读高中时获得的一张奖状和刚上大学的照片拿出来。奖状是1962年5月1日获得的。高密二中一向有重视文体活动的传统，每逢五一、国庆总要举行文艺汇演，每个班级都要出节目，有时老师也出节目，师生同乐，其乐融融。我因为从小爱好文学，所以每次会演都参加，在二中的舞台上，我曾经扮演过吕剧《墙头记》里的二乖，话剧《三世仇》里当了解放军的“虎子”，歌剧《三月三》里的匪兵甲等角色，还登台说过相声，虽然演技拙劣，但大家高兴，自己也高兴。这一年的五一节前，班里准备节目时，大家一致认为下学期即是高三，这次一定要搞台大节目，给母校留下点印象。我自告奋勇，用了几天时间把语文课本上峻青的短篇小说《黎明的河边》改编成话剧，然后班上的文艺活动积极分子们争先报名担当角色，就自导自排起来。我自己在其中担任了武工队副队长一角，借了总务主任的驳壳枪（真家伙、那时有的校领导有枪）背着，很是过瘾。演出后，班上得了一等奖，同时发了一张奖状给我，上写：“管谟贤同学荣获我校第三届文艺汇演剧本改编奖。高密县第二中学，一九六二年五月一日”。这张奖状，我已珍藏了50多年，这次拿出来作了我爱好文学的佐证。那张照片是我刚考上大学时在上海照的，在我保留的青年时期的照片中，这一张是美化了自己形象的，为了说明自己考上大学对莫言的“影响”，让这张照片也出了丑。谈到“影响”，一家子兄弟几个，老大应该是弟兄们的榜样，我考上大学，对弟弟们的“影响”，当时应该是很大的，起码，可以让他们知道，除了当兵之外，通过自己的努力，读好书，考上大学，也可以跳出“农门”！

五、三份手稿和三封信

展出的手稿中有几份是我献出来的。其中要说明的是一篇小说《青草湖边的故事·金翅鲤鱼》的初稿。这篇小说是莫言初学写作不久的作品，大概是1983年吧。那时我还在湖南工作，莫言写好后寄给我让我修改。我看过后，认为很好，大有孙犁《荷花淀》的味道，我稍作修改，重抄一份寄给了上海的一家小文学刊物，未被采用，原稿就被留下来，保留至今。这个短篇，后来莫言又重新写了一遍，改动不大，刊登在河北的《无名文学》上，后收入上海文艺出版社出版的莫言精短系列《初恋·神嫖》一书中，标题改为《金鲤》。这份手稿字迹规整漂亮，于此可见莫言写作的态度之认真。另两份手稿是莫言为大栏至诚小学起草的有关碑文、校训等，中间有我用毛笔改动的地方，特此说明。至诚小学是我村台胞单亦诚先生投资建成的，现在已废弃不用，大门上方“至诚小学”四字也是莫言请著名作家吴祖光先生题写的。莫言从当兵之后，给我写过大量书信，其中绝大多数我还保存着，虽然从南到北地折腾，多次搬家，很多信件书刊都处理或丢失了，唯有莫言的信保存完好。这次展出的3封信件是从莫言在保定当兵时给我的诸多信件中挑出的，主要是反映莫言写作之艰难，学习之刻苦以及我对他的所谓“支持”这个主题的。进入90年代，电话、手机家家有，人人有，信写得少了，但莫言只要寄东西给我，哪怕是只言片语，我都珍藏着，恕我不能捐献。

六、得意之作

文学馆筹建期间，自己参与写作和修改的文字不计其数，可以说每一个字都有我的心血，但不敢说其中没有缺点和错误，更不敢说没有可以修改的地方。自己最满意的是楹联的创作。尤其大门口的一幅最感满意，“身居平安里心忧天下，神游东北乡笔写华章。”现经贾平凹先生书写之后，从内容到形式相得益彰。上联云“身居平安里”好在“巧”上，因莫言出生在大栏平安庄，北京的家在平安里，县城的新家在翰林苑，查民国《高密县志》，有“城南十里有平安岭”的记载，此正翰林苑所在地也，可谓巧极！居住地不离“平安”二字，愿莫言一生平安。下联云“神游东北乡”，妙在“神游”二字，莫言生在东北乡，想念东北乡，关心东北乡，描写东北乡，创“高密东北乡”文学王国，一回到东北乡就文思泉涌，东北乡将伴其一生。

当时和维杰同志去北京征求意见，李希贵同志一眼就选中了这一幅，说，就用这个吧！得到同志们的认可，我心中很是得意。

写在莫言文学馆开馆之时

毛维杰

先有了莫言研究会，后有了莫言文学馆。

关于高密研究莫言，成立组织的问题，据酷爱文学艺术的高密农业银行原副行长李储恩说，高密的有识之士潍坊市教育局原局长李希贵，高密市人大常委会原主任孙惠斌，山东师范大学教授杨守森，高密教育局原局长柴修森，高密教育局教育学会原会长韩金绶，天达药业原董事长张世家等，在2006年之前就在不同的场合，反复协商议论过。

孙惠斌主任是高密最早关注莫言的领导者之一，也是将关注付诸行动的第一人。早在他担任高密县委宣传部长期间，就以宣传部的名义与山东大学、山东师范大学联合召开了全国第一次莫言作品研讨会。来自全国各地的记者云集凤城，引起了深远的轰动。在当时的条件下，来的专家之多，来的媒体之众，会议讨论之热烈，实属罕见。时隔多年，参加过那次研讨会的天达药业董事长张世家仍是念念不忘，经常在朋友聚会时慷慨陈词提及此事，不忘那次研讨会之盛况，不忘老部长的运筹帷幄。他说，当时如果没有老部长的关注，研讨会也许就“黄”了。他也不忘那次研讨会开拓了他的人脉网络，进而成就了天达药业。

2006年4月，孙惠斌同志在李希贵等同志的大力支持推动下，开始具体安排有关人员筹备成立莫言研究会。一个老同志多年形成的组织观念使他没有忘记，此事应向市委汇报。让他感到振奋的不是吴建民同志的点头同意，而是这位市委书记丰厚的文化底蕴和对莫言作品特别是《红高粱》的深刻理解、高度赞赏。高密莫言研究会在市级领导层中找到了知音。

2006年8月12日，“高密莫言研究会”成立大会在高密凤凰宾馆召开，教育局局长柴修森主持，国家督学、潍坊市教育局局长李希贵，山东大学教授、《青年思想家》主编贺立华，山东师范大学文学院博士生导师杨守森，高密市委副书记魏志强，高密市政府副市长刘秀平等出席了大会。

当选会长的孙惠斌在大会上首先代表大家邀请吴建民、李希贵同志为研究会名誉会长并作了言简意赅的讲话，这里我们摘录其中两段：

“从《红高粱》问世到现在的20多年来，莫言先后发表了十几部长篇小说，主要作品被翻译成十几种外文，获十几次国内和国外大奖。1990年前，莫言在《人民日报》先后发表了《高密之光》《高密之星》《高密之梦》3篇报告文学，热情讴歌了家乡的改革开放，空前提高了高密在国内外的知名度。今天已经在海内外赢得广泛声誉的莫言，在家乡人的心目中，当之无愧的是‘高密之星’、‘高密之光’。他所走过的道路，取得的成就，十分自然地成为当代文学爱好者，特别是文学青年所追寻的梦。”

“研究莫言，不仅国人关注，外国人也关注。处在盛世文化氛围中的高密人，对研究莫言义务上责无旁贷，作用上不可替代。”

“在酝酿成立高密莫言研究会过程中，我同有关的领导、专家和朋友交流过对研究会工作的意见，我们注意到，在研究莫言的诸多高论中，有这样两句话非常值得重视，一句是，‘莫言的创作之所以一直保持了旺盛的生命力，究其根本，应该归诸于莫言的感觉方式有着深厚的地域和民间渊源。’另一句是，‘他从故乡的原始经验出发，抵达的是中国人精神世界的隐秘腹地。’这两句出自莫言2003年两次获得文学大奖的授奖辞，所表述的观点，应当是高密人研究莫言的基本命题，所以高密莫言研究会的宗旨便确定为：‘立足高密，研究莫言’。就是以莫言与高密，莫言与高密东北乡，莫言与高密文化为主线，多层次、多角度、多方面地去挖掘探索，拿出具有高密特色的研究成果。为国内外研究莫言现象、莫言作品、莫言的成长历程、莫言的发展轨迹、莫言的文学思想、莫言的作品价值等提供原生态的东西，为推进本市教育改革，繁荣本市文学创作，提升本市文化品味，丰富本市人文资源，共建文化名市贡献力量。”

后来莫言读了会刊《莫言研究》第一期中“高密莫言研究会成立大会专辑”的文章后，说起研究会成立时孙会长的这个讲话，认为很有水平。特别问莫言研究会秘书长，这是不是孙主任自己写的？得到的答案是完全出自个人之手。莫言非常赞许，对研究会更加关注。

2007 年 2 月莫言来到高密莫言研究会，与研究会会长孙惠斌，副会长柴修森亲切交谈。并为研究会题写匾额：“故乡成立研究会，诚惶诚恐惭且愧。高悬鞭策自努力，永远知道我是谁。”莫言一直保持着他自己谦逊的品德。

莫言研究会成立后，柴修森局长想到自己在担任教科院院长时建立的“莫言资料室”中的资料应该归到莫言研究会了，就安排时任教科院院长的楚万仁帮助交接。我们用教科院的小货车把有关资料拉回研究会，整理着这些资料，我们感慨万千！多少年来，这些资料体现着我们故乡人对莫言的尊重，凝聚着我们高密人对文化的敬重。

2007 年孙惠斌会长因事去北京，专门参观了位于地安门西大街什刹海边的郭沫若故居。展柜中的两张郭沫若小时候的成绩单引起了会长的关注。一张系四川省嘉定府官立中学堂于宣统元年五月二十八日所发，郭沫若时年 16 岁，读完了中学二年级。成绩单上的成绩是：修身 35，算术 100，经学 96，几何 85，国文 55，植物 78，英语 98，生理 98，历史 87，图画 35，地理 92，体操 85。

另一张成绩单为四川省立高等中学堂所发。郭沫若当时 18 岁，读完了该校三年级第一学期的课程。成绩是：试验 80，品行 73，作文 90，习字 69，国文 88，英语 98，地理 75，代数 92，几何 97，植物 80，图画 67，体操 60。

从两张成绩单上的成绩看，郭沫若当时显然算不上优等生。第一张成绩单平均成绩 79 分，包括国文、图画在内的 3 门功课不及格，最差的仅 35 分。第二张成绩单上图画、习字的成绩也很一般，倒是理科成绩如几何、代数、生理等反而高。不过，郭沫若后来终究没有成为数学家或医学教授，却成了诗人、书法家。

成绩倒用不着分析，令人关心的是这些资料怎么能保留下来？

有关莫言的东西如果不尽早地想法保留，以后流失的会很多。孙会长思考再三，想到，如果在高密建莫言文学馆并以此为载体不就可以得以保留下莫言的东西吗？为在世的知名作家建馆在中国有先例吗？怎样建？在什么地方建？建到什么档次？怎样运作？一系列的问题在孙会长的头脑中酝酿。

为博采众长，莫言研究会先后派出多人次赴陕西西安贾平凹文学馆、陈忠实文学馆、河北孙犁文学馆、北京鲁迅博物馆、首都博物馆、中国现代文学馆、冯德英文学馆参观学习，取多方精华，聚众家智慧设计方案。

当时孙惠斌会长考虑得非常周全，建莫言文学馆不要加重政府的负担，最好是利用现有的建筑加以改造；建莫言文学馆不要增加事业编制，还要方便管理，最好要有一个依托单位；建馆之后还要能发挥其应有的作用，最好有一个明确的定位：文学馆应当是高密对外开放的窗口，文化建设的标志，研究莫言的平台，教育学生的基地。

莫言文学馆的选址，莫言研究会一班人动了不少脑筋，费了不少周折，进行了反复调查酝酿。在此期间，侯宗凯校长闻讯主动要求将文学馆建在一中。高密一中对此给予了强有力的支持，拿出了单独的一幢大楼。莫言研究会最终决定莫言文学馆建在省级规范化学校高密一中。

2009 年 3 月莫言回乡，高密一中顺理成章，聘请了莫言先生为高密一中名誉校长。

为论证文学馆设计方案，莫言研究会多次召开讨论会，广泛征求多方面的意见，并邀请了来自北京、济南、潍坊的专家，实地考察，听取指导意见。柴局长最先组织常务理事和装修工作人员在教科院、高密一中作了两次论证。2008 年 7 月 12 日，在高密一中会议室又请来了原潍坊文化局局长王振民、专家鲁鸿恩父女现场指导。鲁鸿恩建议说，文学馆的观众要面向全国、面向世界，因此展示的内容及形式应丰富多彩，强化实物的展示，大量地收集与莫言有直接或间接关系的实物资料放入馆内；突出当地民风民俗，多挖掘一些民间文化的东西，把民俗文化与莫言文学馆结合起来，色彩主调以红黄为主，红象征红高粱，黄象征黄土地。 鲁鸿恩的女儿也是设计的高手，她建议文学馆的馆名的书写采用竖排，这样有气势。孙会长表示赞同并强调文学馆不仅要面向全国，而且要面向世界，馆内文字说明要采用中、英文对照。第四次讨论会我们又请来了山东师范大学的杨守森、南京航空航天大学书法家张其凤等。他们每一次到来都提出了很好的意见和建议。

广大理事充分发挥作用，积极建言献策，从馆藏布置、文字撰写、图片选择以及整体方案都几易其稿。

邹治方同志组织召集了高密书法界的名人，为文学馆书写了大量楹联及书法作品，极大丰富了文学馆的内容。

为丰富馆室内容，我们广泛开展了资料搜集工作。多次派人去北京莫言居处征集资料，赴莫言老家征集实物、拍照，对莫言的同学、老师、乡邻、工友、文友、亲戚、直系亲属等进行采访并收集了大量有价值的资料。莫言在黄县当兵时，在河崖有几个战友，当兵的老照片我们是从他的战友那里得来的。2007 年的夏天，我们找了车，带着笔记本电脑、扫描仪到河崖的许家庄，仪家庄。

在仪家庄得到了当时莫言和战友在黄县时的老照片。

莫言文学馆的第二部分的北墙上有一张莫言在河崖驻地的棉花加工厂工作时期的照片，是市人大常委会副主任薛维钧提供的。有一次我们去北京，问起莫言老师，谁和你一起在棉花加工厂做过工？当时有没有照过相？莫言忽然想起了同薛维钧同志去潍坊参加过棉检培训班，照过相。他也是个有心人，但这么多年了，不知道还有没有了。我们找到薛主任说明了来意，薛主任很热情，费了好多的时间、好多的精力才在半个月后找到这张难得的照片。

后来我们把这张照片拷贝给莫言老师，莫言老师如获至宝，给妻子女儿炫耀。莫言的女儿管笑笑说，爸爸，那么些大辫子女的，没有看上你的？唯有我妈（莫言妻子杜芹兰当时也在棉花加工厂）看上了你？

这是莫言这一时期唯一的一张照片，因为棉花加工厂的生活经历，后来莫言在张艺谋的授意之下创作了中篇小说《白棉花》，也是因为这一时期的生活，莫言收获了爱情，莫言才有难得的机会当了兵。当了兵，后来才有可能去解放军艺术学院，才有可能写小说，每一个生活链条的间断也许都很难成就今天的莫言。

河崖棉花加工厂其他的照片是我们 2007 年夏天去现场拍摄的。

那个“棉花垛”的图片是有心人高密市劳动局原局长、现高密市市长助理赵仁东提供的。现在已经很难找到当时的此类图片了。

莫言文学馆里有一瓶“十八里红”酒，这是一位老同志珍藏多年的真品，是地地道道的高密酿酒厂生产的以小说《红高粱》里的酒命名的酒。到现在已经过去 20 多年了，很难再找到当年的酒了。“十八里红”酒应该属于高密，因为红高粱长在高密东北乡，而莫言是高密东北乡人，看到这瓶酒我们感到骄傲和自豪。

文学馆的建成，首先是高密市委市政府的重视，吴建民书记、范福生市长十分关注，在文学馆建设过程中多次到现场指导。

莫言每次回到家乡，吴书记都要跟他交流高密文化发展的大业，莫言也为家乡文化发展出谋划策。莫言研究会的重大活动，高密市委常委、宣传部部长万丽都到现场指导帮助。

国家督学李希贵每次回乡，都要来研究会、来文学馆建言献策。

莫言在不同场合多次表示拒绝建馆，但乡情难却，最后妥协，表示支持。莫言把自己这几年收藏的大量的获奖证件、作品、图书资料、实物等捐赠给莫言研究会。征集莫言的手稿，莫言在北京也为我们作过努力。

萧立军是《中国作家》的编辑，先前莫言给他发过一条手机短信，照录在此：

"立军兄，知道你在办公室，但还是用短信吧。前些天高密老家来人说要建'莫言文学馆'，力拒不止，征集手稿。我一直没留意保存这些玩意儿。想起在贵刊发表过小说，贵刊是国家级刊物，制度健全，原稿定会保存，因此烦兄代为周旋，能否将《透明的红萝卜》手稿和《白狗秋千架》手稿还我？《筑路》送给兄做纪念。《透明的红萝卜》凝结着我们的友谊和生死惊险（莫言和立军在召开此文研讨会时过马路，莫言被一车刮碰，惊而无险），我会制作复件赠你。我自然会守口如瓶，不给刊物招致麻烦。望兄成全，如实在困难也就罢休。"

萧立军说，可是已经晚了，《中国作家》积累的作家的手稿，三年前就全捐给了中国现代文学馆，我已无力助他实现这一心愿了。

2007 年 4 月 26 日，莫言发给我们一个电子邮件：

"小毛，你用研究会的名义给中国现代文学馆的常务副馆长李荣胜写封信，跟他们索要《透明的红萝卜》《白狗秋千架》的复制件。

"此两篇一是我的成名之作，一是篇中第一次出现了'高密东北乡'的字样。去年我跟他们索要，馆长陈建功说，从法律的角度讲，文稿是现代文学馆的，但考虑到他们毕竟是国家级的馆所，原件还是给他们，陈建功答应给制作一份跟原作一模一样的复制件。另有中篇《筑路》原稿也在他们那里，可以跟他们要个复印件。他们的地址是：北京市朝阳区芍药居文学馆路 45 号中国现代文学馆、李荣胜、邮编：100029"

莫言文学馆最终还是拿到了中国现代文学馆的常务副馆长李荣胜给我们寄来的莫言手稿的复制件。从这里我们也可以看到莫言先生对我们家乡的感情，对我们莫言研究会的大力支持。

文学馆的第二部分"成长道路"的展柜中还展出了莫言长篇小说《酒国》、中篇小说《二姑随后就到》及《初恋》等 12 个短篇小说的复印件。这些复印件来自天达药业董事长张世家，是当年莫言在高密天坛路 26 号的家里写出小说，还没有寄发时复印出来的。没有这些复印件，我们已很难看到莫言当年手稿的样子。这些手稿对研究莫言先生当年的创作很有价值。

展柜中还陈列着《丰乳肥臀》的部分复印件，这是莫言先生在 2008 年的冬季送给莫言研究会的，是此长篇小说的初稿。后来发表时作了改动，莫言说还是初稿写得好，就送给了我们研究会。

展柜中还展出了莫言的家书，这是莫言的大哥管谟贤捐出的，从中可以看出莫言在当初学习创作时的苦乐以及大哥给予的帮助和支持，给人以深深的启迪。研究会每年两次到北京取莫言捐出的资料，到现在为止大约有3000多册书刊，许多第一次发表莫言文章的刊物非常珍贵，中国现代文学馆也要收藏，但莫言还是捐给了我们文学馆。

莫言文学馆大门的楹联是莫言大哥管谟贤拟好由陕西省作家协会主席贾平凹先生给题写的。是副会长柴修森安排他在西安工作的学生刘浏去办理的。刘浏跟莫言和贾平凹私交都很好，我们在2007年夏去西安贾平凹文学馆考察时也是刘浏给安排的，可是去西安时我们没有见上面，刘浏去外地给作家路遥的母亲捐款去了。后来刘浏回到高密，住在世纪嘉华商务酒店，我们谈过话，我们请他有机会到文学馆来看看。刘浏跟柴会长说，贾平凹的字市场价位挺高，贾平凹开玩笑讲，莫言文学馆的题字，让我们研究会省了6万元钱。

莫言文学馆得力于社会各界的帮助。高密广播电视局、教育局、高密一中等单位对此做了大量的工作，给予了大力的支持。每次去北京，高密教育局或高密一中提供车辆，莫言的资料才顺利运回到我们文学馆。各界领导的关心，才使我们研究会的工作顺畅开展。

莫言文学馆的音响及线路是后来安装的，当时已是冬天，天气很冷。高密一中科教处门志展主任、现代教育技术科赵凯华老师、闫春青老师给予了全力的帮助和支持，那种敬业的精神使人感动。赵老师和我们一起去购买DVD播放机，去了维客又到金孚隆，货比三家，不辞劳苦。帮忙到北京某厂订制邮寄功放机和喇叭。为了达到在大门厅里就可以遥控在二楼走廊最远地方的音像室里的播放机，门主任和赵老师认真磋商解决这一技术难题，一连两周经常到深夜焊接调试。更叫我们感动的是，为了文学馆室内的美观，他们决定音响线路要走楼房室外。寒冬腊月，天寒地冻，赵老师找来了学校最高的竹梯，站在没有保险的梯子头上贴在墙上仰脸套管走线接线，让人提心吊胆，手里都捏着一把汗。在2008年的那个寒冷的冬天里，一连半个月，爬上爬下，安装调试了3次，最终成功。

安装完毕，孙会长提出要录制个迎宾曲，并提出了结合电影《红高粱》主题曲穿插话语的具体要求。在广电局总编辑李章合的协调下，请广播部的张作强主任录制，每次录制回来就放给孙会长听听，再按照会长的意见反复修改。孙会长要求极为严谨，7次反复下来，张主任不厌其烦，人家给搭上了光盘不说，每次去了录音室，别的同志一听是莫言研究会的事情就停了自己手中的工作帮助我们。当参观文学馆的人们将要迈步进入大厅之时，伴随着《红高粱》的背景曲子，张作强主任浑厚的富有魅力的男中音悠然响起：“这里是红高粱的故乡，这里是莫言的文学王国，莫言文学馆欢迎您！”饱含诗意而又庄重的气氛油然而生，人们仿佛看到遍野的红高粱随风舞动，禁不住心潮澎湃。

文学馆建设从 2008 年 3 月份开始设计，6 月初正式动工，11 月份竣工。总建筑面积 1900 平方米，一期工程 700 平方米，投资近 60 万元。一期工程的主体由“文学成就”“成长道路”“文学王国”“故乡情结”“文化交流”等五部分组成，附设影视室、创作室、莫言作品资料室等。展示了莫言部分获奖证书原件，珍贵手稿，不同时期的照片，部分作品，以及莫言影像资料、书法、书信等。

莫言文学馆作为研究莫言的一个平台，力求成为国内外收集珍藏莫言资料、开展莫言研究的中心，高密对外宣传的窗口，青少年教育的基地，高密文化建设的重要标志。2008 年 12 月对外试开放以来，先后接待各级领导及社会各界人士来馆参观考察 1000 多人次。他们对建馆规模、内容结构、艺术价值等给予了较高评价。曲阜师范大学党委副书记刘新生看完了文学馆十分感慨地说：这个文学馆创意新颖，内容丰富，艺术价值高，放在大学里也是高质量的。莫言文学馆正在发挥着应有的作用。

2009 年 4 月 20 日晚，在中央电视台 11 频道的演播大厅，“燕升访谈——戏苑百家”高密茂腔专辑节目正在录制之中。高密茂腔走进了中央电视台的演播大厅。

“燕升——莫言”的谈话在和谐的气氛中进行……

白燕升：高密市委、市政府及有关领导不光重视茂腔的推介、人才的培养，对于莫言老师文学上的成就也非常重视，去年他们修建了莫言文学馆，近两千平方米，所以我非常高兴地告诉大家，我也希望全国的文学爱好者，喜欢莫言老师的朋友，一定到山东高密莫言文学馆去参观去学习一下。

莫言：见笑了，像我这样级别的作家不应该修文学馆的，但是高密市要修，我也没办法。不过我父亲经常教育我，不要得意忘形，必须知道自己从哪里来的，不要忘本，你不要忘记 30 年前你还是一个推小车的农民，你现在取得一点成就，往大里说跟政府的扶持教育帮助分不开的，往小里说你是跟乡里乡亲的扶持分不开的，你必须谦虚点。所以，要建文学馆，我是极力反对的，但后来他们坚持建，我也没办法，我只能力所能及地帮助一下。

伴随着两人的谈话，莫言文学馆的镜头也第一次上了中央电视台的 11 频道，展现在了全国观众的面前。

2009 年 7 月 11 日，高密莫言研究会第三次理事会在教育局会议室召开，全体理事参加了会议。会议由莫言研究会会长孙惠斌同志主持，高密市委常委、宣传部部长万丽出席会议并讲话。

莫言研究会会长孙惠斌同志最后作总结讲话：

“正确认识我们已经取得的工作成果。莫言研究会已经做过的工作如果值得肯定，我认为主要是得益于盛世文化大气候的形成；得益于高密市委、市政府、市委宣传部的高度重视；得益于包括教育局、高密一中、广电局在内的有关部门和社会各界的大力支持；还得力于以国家督学李希贵同志为代表的在外地工作的老乡们从莫言研究会的成立到文学馆的建立，所给予的全程的帮助。当然，研究会理事的共同努力必不可少。

“莫言研究继续深入，应当注意掌握的四个方面，或者是四条脉络。

“我们现在研究莫言已经形成了立体化格局，目前我们有一馆（莫言文学馆）、一站（红高粱文苑网络）、一刊（《莫言研究》）和两居（莫言两个旧居）。如何利用好这些平台，进一步挖掘原生态资料，给世界一个真实的莫言，任务仍很艰巨。我的初步认识，真实的莫言应当包括这四个方面：第一是天才的莫言，第二是勤奋的莫言，第三是高密的莫言，第四是世界的莫言。

“我认为应该沿着这四条脉络，进行研究。比如说天才的莫言，莫言的天才表现在哪里？至少表现在三个方面：天马行空的想象力，运用现代汉语的创造力，观察社会敏锐深邃的洞察力。研究这个问题，我们高密研究会的同志可以大有作为。研究勤奋的莫言，高密人有独特的优势。莫言之所以成为今天的莫言，不是以小学没毕业的学历为前提的，恰恰相反，第一学历低是他曾经的缺憾，所以他才付出了常人难以想象的艰苦努力，恶补了文化知识，在这方面我们应当挖掘更多的原生态的东西，把一个勤奋的莫言向世界展示出来。至于说高密的莫言，已经有许多高密文友写过不少文章，推崇高密东北乡的文学王国，写好这个题目，不少同志可以大有作为。关于世界的莫言，涉及内容宽泛。他的作品翻译成那么多国家的文字，全世界有那么多的著名作家、文学评论家对他备加推崇，可以说在当代中国作家当中他是知名度最高的作家之一，他在国外比他国内的知名度要高得多，这种现象应当研究。”

孙会长的讲话又一次给莫言研究会、莫言文学馆今后的工作定了位。指明了下一步工作的方向，使我们研究的思路更加清晰，研究的领域更加宽阔。

莫言文学馆建在省级规范化学校高密一中。为了充分发挥莫言文学馆的功能，莫言研究会决定进一步完善莫言文学馆建设，启动了二期工程。

现已做出了莫言文学馆二期工程设计方案，对一楼进行装修改造。以学生的文学活动、文学沙龙场所为主。建设莫言作品及经典文学作品阅览室，以莫言作品为核心层图书，配以经典文学作品。建设莫言作品人物画像室，结合高密文化，采取油画、扑灰年画、剪纸等多种艺术形式展现莫言作品人物形象。同时对文学馆一期工程的内容进行调整、充实、完善。

2009年8月24日，莫言文学馆开馆之后，日本东京大学研究生藤田玲和她的父亲香川县观音寺市议会议员藤田芳穜先生，在东京大学教授，汉学家藤井省三的介绍下，持介绍信自费慕名来到了山东高密，参观了莫言文学馆。藤田玲的硕士论文的题目是《莫言文学与故乡》。他们很希望了解到跟莫言文学有关的地方，所以来到高密，下榻锦江商务酒店，一住就是四天，期间租车去过莫言的老家，晚上在金孚隆广场听过高密的茂腔，到过莫言研究会并在莫言文学馆接待室采访了莫言的大哥管谟贤先生。

莫言文学馆将以独特的莫言文学为载体，将以独具的办馆理念为指导，发挥自己的作用，在海内外享有应有的声誉！

13

14

15

13 家乡名吃“高密炉包”；

14 集市上听“茂腔”戏；

15 与诺贝尔文学奖获得者、日本著名作家大江健三郎在家乡场院；

16 母亲河边的回忆；

17 胶河岸边接收采访；

18 2010 年高密“红高粱”文化节，市长范福生去机场迎接中国作协主席铁凝和著名作家莫言

19

20

21

19 文学馆外景

20 莫言文学馆开馆仪式。

前排左起为高密市委书记吴建民，

潍坊市委常委、宣传部长刘明珂，

国家文化部副部长王文章，

中国艺术研究院创作研究中心研究员李祥章，

山东省文化厅厅长亢清泉，

莫言研究会会长孙惠斌，

高密市政协主席齐世增，

山东省作协主席张炜，

高密市市长范福生，

著名作家莫言，

高密市人大常委会党组书记副主任崔红旗

21 文化部副部长王文章为莫言文学馆题字

“扎根乡土，走向天下”。

（左一为中共高密市委书记、高密市人大常委会主任吴建民）

22 中国作协主席铁凝（左二）参观莫言文学馆

23 中国作协主席铁凝为莫言文学馆题字

“高密宝地，大家莫言”

24 高密市市长范福生（左二）、市委副书记杜洪君（左一）陪同上级领导参观莫言文学馆

25 莫言研究会名誉会长、国家督学、北京十一学校校长李希贵（右二）同莫言研究会有关人员一同商讨建馆事宜

研究资料

莫言家族史考略

——《高密管氏家谱》研究

管谟贤

序

莫言，原名管谟业，我的三弟，高密管氏（大股）24 世孙，当代著名作家。

现在，研究家谱和姓氏，已成为一门专门的学问。据中国科学院有关专家研究成果，姓氏是暗藏遗传密码的，它是连接文化遗传和生物遗传的一个桥梁。我们国家长期以来，姓氏随男。而从遗传学角度来说，只有男性具有 Y 染色体，因此，Y 染色体就同姓氏一起遗传给男性后代。由此，具有同样姓氏的人群也就具有了同样类型的 Y 染色体以及它所携带的遗传基因。

这部文稿是我近年来的研究成果，初稿完成于 2004 年 4 月。之后，又进行了几次修改补充，成了今天这个样子。通过研究，可以发现，管姓历来崇文而不尚武，自古至今，管姓名人多为文人。如讲习《诗》《书》的管宁，精于《易》算的管辂，诗人管师复，词人管鉴，女画家管道升（赵孟頫夫人），散文家管同，经济学家管大同，诗人管用和等。莫言之成为作家，是否得益于管氏遗传呢，我的结论是肯定的。

管姓来到高密，仅从元末明初算起，已经有 600 多年的历史。600 多年来，高密管氏在高密大地上繁衍生息，辛勤劳作，耕读传家，可谓人才辈出，代有英贤，为高密的发展作出了贡献。现在，时当盛世，希望高密管姓族人，发扬光大祖辈的优良家风，奋发图强，为国为民作出更大贡献。

值此“莫言研究会”成立之际，我将此稿付梓，希望得到领导及从事莫言研究的学者和朋友们的批评，尤其希望得到管姓父老兄弟们的批评指正。

是为序。

一、管姓的起源

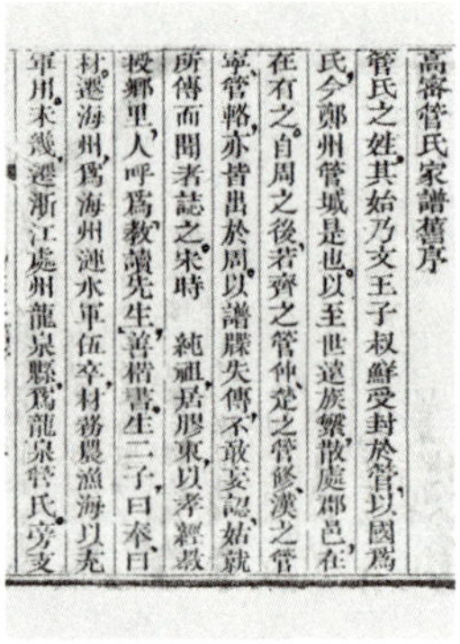
高密管氏家譜舊序
管氏之姓其始乃文王子叔鮮受封於管以國為氏今鄭州管城是也以至世遠族繁散處郡邑在在有之自周之後若齊之管仲楚之管修漢之管寧管輅亦皆出於周以譜牒失傳不敢妄認姑就所傳而聞者誌之宋時 純祖居膠東以孝經教授鄉里人呼為教讀先生善楷書生二子曰奉曰材遷海州為海州漣水軍伍卒材務農濱海以先軍用米幾遷浙江處州龍泉縣為龍泉管氏旁支

管姓，列于《百家姓》之166位，在当今姓氏排行中列140位，人口占全国汉族人口的0.09%，即每一万个汉族人中就有9人姓管。在中华民族大家庭中，管虽非大姓，但从古至今，代有贤人，英才辈出，为中华文明的形成和发展作出了伟大贡献。

关于管姓的起源，根据目前掌握的资料，主要有3个：其一是周文王第3子叔鲜，其二是周穆王姬满，其三是少数民族锡伯族、傣族中的管姓。具体论述如下：

1. 起源于管叔鲜。此说见于《史记》卷35《管蔡世家》，《通志·氏族略》《中国姓氏起源》《广韵》等典籍中亦有记载。《史记·管蔡世家》中说：“管叔鲜、蔡叔度者，周文王子而武王弟也。武王同母兄弟10人，母曰太姒，文王正妃也。其长子曰伯邑考，次曰武王发，次曰管叔鲜，次曰周公旦……”“武王已克殷纣，平天下，封功臣昆弟，于是封叔鲜于管。”《高密管氏家谱》康熙十六年序云：“管氏之姓，其始乃文王子叔鲜，受封于管，以国为氏，今郑州管城是也。”（地在今河南郑州管城区）。但是，同一篇《管蔡世家》读下去就会发现，这一说法还有些问题，那就是叔鲜“无后”。司马迁说：管叔蔡叔“二人相纣子武庚禄父，治殷遗民，封叔旦于鲁，而相周为周公。”“武王既崩，成王少，周公旦专于王室，管叔蔡叔疑周公之为不利于成王，乃挟武庚作乱，周公旦承成王命，伐诛武庚，杀管叔而放蔡叔，”“管叔作乱诛死，无后。”司马迁特地交代，说得很明白，管叔因造反被诛杀没有后代。那么后世管姓从何而来呢？近见江西《齐川管氏宗谱》，其光绪二十二年《齐川管氏重修宗谱序》中说："管氏之先为文王第三子叔鲜，受封于管，后因以国为姓。至成王十一年乙未，命叔元子兑为纶邑大夫，岁时奉祀，因徙纶别管城。"也就是说，管叔鲜虽然"无后"，但成王让叔元的儿子兑继承了叔鲜的封位，把管城迁到了纶邑，其后世自然为管姓。

2. 起源于周穆王姬满。此说亦见于《通志・氏族略》《风俗通》等典籍。说周穆王时，将其庶子分封于管，至管仲始显于齐，后世子孙以邑为氏。今人浙江龙泉管月福先生，在研究了龙泉管氏族谱等史籍后，著有《龙泉管姓》一书。他在书中认同了这种说法，认为管氏第二起源为"西周穆王姬满的后代，管夷吾（仲）出自周穆王。"而龙泉管姓"系穆王之后，夷吾（管仲）支系，管公明（辂）后裔。先祖居平昌郡（今山东潍坊一带）。"另据与高密、诸城管氏同族同宗的莒县管氏后人管恩灼所著《双凤山下人家》一书之论述，《莒县管氏宗谱》亦认同此说。认为莒、诸、高之管姓都是出自管仲、汉之管宁、管辂，至晋之管辰，皆一脉相承。

3. 少数民族中锡伯族、傣族中亦有管姓。其中锡伯族之管姓乃其瓜尔佳氏之汉姓也，此氏亦有改姓"关"者。傣族之管姓待考。

因为管仲辅佐齐桓公实施改革，通货积财，尊王攘夷，九合诸候，一匡天下，使齐国成为春秋五霸之首，功勋卓著，名扬天下，青史留名，故管姓子孙尊管仲为得姓始祖。但《高密管氏家谱》的修纂者是很慎重的，他们考证了历史，认为"自周之后，若齐之管仲，楚之管修，汉之管宁、管辂皆出于周，以谱牒失传，不敢妄认。"这一点齐川谱的魄力大一些，认为管仲是继管兑之后的第十四世，而管宁、管辂都与管叔鲜一脉相承。而管月福先生则认为龙泉管氏是"穆王之后，夷吾（管仲）支系，管公明（辂）后裔。"值得注意的是，不管齐川管氏还是高密管氏、莒县管氏、诸城管氏，都承认自己是出自龙泉管氏的。如按管月福先生的说法，大家都是管仲的后代，那么高密管氏也应是出自周穆王了。穆王乃西周继武王之后第5代天子。所以不管是出自管叔鲜，抑或穆王，都是出自姬姓，是黄帝的后代，真正的炎黄子孙。这一点，在《史记》的《五帝本纪》《周本记》里记载得很清楚：自黄帝之后，第四代为帝喾（高辛），然后依次是后稷、不窋、鞠、公孙、庆节、皇仆、羌弗、毁隃、公非、高圉、亚圉、公孙祖类、古公亶父、公季、昌。昌即姬昌，周文王是也。也就是说，除去黄帝之父少典不计，自黄帝至周文王，整整19代，至管叔鲜，正好是20代，再下去4代，则是穆王姬满，其血缘关系是一脉相承的。在西周众多的诸侯国中，管国立国早，消亡亦早，其后世子孙风流云散，繁衍播迁。时齐鲁富庶，多数子孙播迁山东，亦有徙往安徽（管仲即颍上人，属安徽）、江苏北部及河南东部者。春秋时除管仲相齐外，同时代的齐有管至父，可见此时管姓主要繁衍于山东，这也是天下管姓多出自山东的原因。至西汉时，见于史册的管姓有汉高祖刘邦妃管夫人，李陵之军侯管敢，燕令管少卿。而齐川谱说管氏始有郡望（平昌）乃自管衎，其“以中涓佐高祖”打天下，以功封平昌侯，平昌在汉时与高密同属北海，大体在今山东潍坊一带。总之，管氏郡望应在秦汉之际形成。东汉时农民起义首领管亥，亦齐人，据北海。而三国时魏之名人管宁、管辂亦均为齐人，而且都是今潍坊一带人。东汉初，有曾任山东副都军务的管思藏，自江西豫章之带源徙居闽地宁阳招贤里羊岗坝（今福建宁化水茜张坊村）。中常侍管霸、顿丘人管伯都是河南籍，可见此时河南仍有管姓。另外三国时管宁自朱虚（今山东临朐一带）迁居辽东 30 余年，自然有子孙留居当地。魏晋南北朝时期，因社会动荡，管姓避乱有西去秦陇，南及潇湘者。据《管氏宗谱》载：“齐有管仲后裔，秦陇有管纯后裔，湖湘有管修后裔，辽宁有管宁后裔。”另据考证，管修为管仲后代，春秋时为楚大夫，被封为阴邑，称为阴修，故其后代有以阴为姓者，于此可见，阴姓乃出自管姓。至南北朝时也有管姓避居江南，隋末农民起义领袖管崇即为晋陵郡（今江苏常州）人。唐宋之际，管姓在江南繁衍日盛。五代后唐年间，管思藏有后裔真郎返徙江西带源居住，其子孙播衍闽、粤、赣各地。宋代管师仁、管师复为名宦名人，青史有名，其先祖管福（辐）于唐懿宗时迁居池阳、金陵，后定居于浙江龙泉。其后人管鉴，为南宋著名词人，随父仕宦，由龙泉徙江西临川。元时，翰林学士管祎开基河南光山。明初，有光山一支迁往新蔡。此时为管氏迁徙频繁期，尤以江、浙、鲁、赣为甚。高密、诸城、莒县一带管氏亦是元末明初自海州（今江苏连云港）迁回故土的。同时，管姓作为明初山西洪洞大槐树移民姓氏之一，被分迁于河南、河北、山东、陕西、天津、江苏、安徽等地。据《明清进士题名录》所载，明清之际管姓进士及第者有 55 人，有 35 名为江苏、江西、浙江人，排除其特有的文化氛围因素外，说明在此 3 地管姓分布甚广。另有湖北二名，云南一名。北方则以山东莒州 5 名（管廷献探花、廷纲、廷鹗、象颐、象晋），高密 2 名（七世祖嘉祯公、嘉福公），陕西咸宁 2 名为众。其中莒州小窑之五进士与高密管氏为同族同宗，均自江苏海州（今连云港）迁来，至清末民初两处尚有往来。另外，此际管姓亦有渡海赴台湾侨居海外者（吾大股 17 世祖管侗，即曾任台湾南投淡水县丞）。再者，山东之管姓闯关东去东三省谋生留居彼处者亦甚多。于是天下皆有管姓矣。但仍以江苏、山东等省为多，二省管姓约占全国汉族管姓的63%。

二、管氏地望、堂号

管叔鲜，封于管。管本夏、商侯国名，武王胜商之元年，封叔鲜于管，后八载，武庚不轨，周公致辟，废其国为管城邑。汉属河南郡，管城县隶焉。隋于管城置管州，唐改郑州管城县。

管叔墓在郑州西南之梅山。

管兑，邑纶。纶，夏国名，在河南登封县西颍阳城。周成王封叔元子兑为纶邑大夫，始自管城徙纶邑。

管仲，字夷吾。《史记·管晏列传》：管仲夷吾者，颍上人也。相齐桓公，“九合诸侯，一匡天下”。管仲墓在临淄县南牛山阿。

管衎，汉高帝封其为平昌侯，后世遂以平昌为显望。平昌，西汉时属琅琊郡，东汉时为侯国。《后汉书·郡国四》：“平昌侯国，属北海国，故属琅琊郡。”时北海国下有剧（古纪国，今寿光）、营陵、平寿、都昌、安丘、淳于、平昌侯国、朱虚侯国、东安平、菑川、高密侯国、昌安侯国、夷安侯国、胶东侯国、即墨侯国、壮武、下密、挺、观阳。北海者，本齐青州地，管公度仕齐，居营丘（今临淄），其后管仲相齐，至管衎自营丘迁平昌（今安丘、诸城一带地方。据考证，治所在今诸城都吉台）。至管延寿又自平昌迁北海愚公谷。至管宁，复自北海避难辽东，已而浮海还平昌，平昌为管氏郡望。

研究资料

管方，寓石城。石城，汉县，属丹阳郡（今江苏）。管方随晋元帝渡江居此。隋废石城，置秋浦县，为池州（今安徽池州）所辖，号池阳。五代即池州，置贵池县，属金陵府（今南京）。

管辐，刺昇州。昇州，本楚金陵邑，秦改秣陵，吴改建业，陈改建康，唐为蒋州，乾元初改升州，五代改金陵府，宋复为升州，仁宗升为江宁府。唐官辐为昇州刺史，居金陵古冶城。

管伸，官武胜军。武胜军，唐末浙江藩镇名号也，浙江杭州，陈置钱塘郡，隋废郡置杭州，唐景福初，昇号武胜军，置节度使（或作威胜军，疑为当时称号）。伸官此，凡5载，后解任，寇发不得归，遂居浙江龙泉县。

管纯，宋时居胶东。胶东侯国汉时与高密侯国同属北海国，当今之高密胶州一带。宋时密州有胶西、胶东，当在平度、即墨一带。

管奉，迁海州，即今江苏连云港。

管政与二子隆、盛，北归高密南王柱社（今柴沟镇大王柱村），又迁掌家庄社，今城西张吉村（应为仉家庄）。

管士谦，定居县城东门外路北，为高密管氏一世祖。高密，秦时建县，汉时为高密侯国，属北海郡，宋时属密州。

另有：平原郡（治所在今山东平原），晋阳郡（今山西太原）。

堂号有：匡世堂、平原堂、白云堂、过一堂、孝思堂、耕钓堂。

其中“匡世堂”来源于管仲，因他佐齐桓公成就了霸业，孔子赞他“一匡天下”，后世遂有“匡世堂”之号。“平原堂”来源于管辂。“白云堂”“耕钓堂”来源于管师复。师复长于诗，隐居不仕，宋仁宗赐其官不受，问其诗所得如何，答曰：“满坞白云耕不破，一潭明月钓无痕”。有《白云集》传世，后世称“白云先生”。其弟管师常自号“白云翁”。其他待考。

三、高密管氏的世系

关于高密管氏，据《高密管氏家谱》康熙十六年旧序中说，管氏“自周之后，若齐之管仲，楚之管修，汉之管宁、管辂，亦皆出于周，以谱牒失传，不敢妄认。”现在的世系只能追溯到北宋初年，还是高密二世祖思敬在元朝时所序。说北宋初年，一世祖管纯“居胶东，以孝经教授乡里，人呼为教读先生。”管纯有2子，长曰奉，次曰材。2人迁至海州（今江苏连云港市），奉“为涟水军伍卒，材务农渔海以充军用”。不久，又迁到“浙江处州龙泉县，为龙泉管氏，旁支仍居胶东”。管奉生有2子：“长曰师复，次曰师常。”2人皆饱学之士，但都隐居不仕。其中管师复为知名诗人，有《白云集》传世。管材亦有2子：“长曰师仁，次曰师礼，”其中管师仁在徽宗崇宁年间“举进士，知建昌军，有善政，召为吏部尚书，大观间，累官枢密院直学士，以奏议忤权幸，罢。”《宋史》有传。（见《宋史》卷351，列传第110）。师礼做过江陵知县。而管师仁有3子：长子管洪，次子管浩，三子管深。其中管洪“以恩授龙江提举”。管浩“有才识，以杂科任临淮县尉，未几，以疾归。”浩有一子，名曰大方。时金人入侵，北宋灭亡，高宗南渡，管大方遂迁回海州。其他族人留在龙泉的仍有很多。而管深有一子名鉴，“调江西常平提干，乃家临川。”此人乃南宋著名词人，有《养拙堂词》1卷传世。那么，是谁迁到高密来的呢？序中说，管大方迁回海州后，“金侵疆愈急，大方又渡江，居丹阳（今江苏丹阳），教其子国信曰‘管氏牒谱，当固藏之，异日有北还之理，祖宗之陵，在齐之东界，不可迷也’。”管国信生5子，分别为镗、锪、镛、镇、锴。越四五年，又迁回海州。其中管镗生2子：长子熙光，次子熙烈。熙光“易贩于江淮，20年间，蓄积有数千金，家业颇振，人号为海州大户。”熙烈“少有大志，知州事，举为屯田官……又迁海州都税大使。”“熙烈生4子：曰植、槐、松、榛。”这时金人攻陷涟水军，槐、松、榛都被金人俘获，只有管植逃出。“四月，元兵至瓜州（今江苏省长江北岸，扬州市南面），植适贩海实及闽府果，因以进偏师，得授沭阳主簿。后元兵大陷江淮军，举家失散，植殉节坠井死。有2子，曰夔、曰政。”2人“抱父骸瘗于沭阳之髡柳西岗”，管政把谱牒藏在衣袂之中，逃归海州，“娶陈氏，生2子，曰盛，曰隆。元军往来淮泗间，南北摽掠，殆无虚日，于是父子遂北归，流落于高密县南王柱社（今柴沟镇大王柱村），未几，又迁掌家庄社（今高密城西张吉村，应为仉家庄）。其他旁支仍居海州。管隆生2子，曰克勤、克礼。克礼生2子，曰士谦、士能。士谦方10余岁，学书算，来县，娶孙氏。迁于县之东鄙，又居县之东门外街北。”高密管氏奉管士谦为一世祖。而士能之子文敬迁诸城，为诸城管氏一世祖。其时，已经是元末明初了。其中诸城管姓，就我所搜集到的两种《诸城管氏族谱》的记载，其一世族的确是文敬。与《高密管氏家谱》不同的是没有点明文敬系士能之子，而是说文敬于“前明洪武二年间”直接“自江南海州迁诸城东乡，居管疃庄”的。而莒县管恩灼所著《双凤山下人家》一书，亦认同管纯为始祖，是为避战乱由海州至丹阳，再迁回海州，后代流落江淮200余年后才北归至山东。这与《高密管氏家谱》记载相同。所不同的，莒县谱认为其始迁祖与高密、诸城之一世祖是兄弟3人，莒县者是老三，称“滨海公”，于洪武二年至莒州北65公里之双凤山下安居的。据先伯祖遵仁公说，莒县、诸城、高密是联了宗的，自13世开始，所定行辈为“泽、岐、鸣、廷、国、恩、家、庆”。从《双凤山下人家》一书中可见，高密的15世与莒县的16世，皆为“廷”字辈（高密有改为“福”字者）。高密谱中载明，因为诸城一世祖是高密一世祖之侄，所以高密16世“绍”字与诸城15世“泽”字兄弟相称。由此可见，莒县谱称莒、高、诸三处始祖为兄弟 3 人之说似不可信。

关于 3 县管氏同族同宗的事，本人曾多次听祖父和父亲说起过这样两件事：其一是说，在光绪年间，胶河年年发大水，有一年在王当决了口，为堵王当口子治理胶河，沿河 40 多处村庄公议，决定从仓上、王当一带将河堤取直，并报县上同意，刻日即将动工。这样，就把管家苓芝围在河堤之内了。当时，高密管氏家族中没有一个人的功名地位超过高密县县官的。其时，我们家尚在管家苓芝，我高祖父的哥哥笃庆公（考名书贤）是庄上唯一的秀才，他想到了莒县的探花府，决定亲自出马去莒县请人来高密直接与县官交涉。于是专门从夏庄一家大财主家借了人家新置的亮顶子马车去莒县把廷鹗公接了来。廷鹗公让车夫直接打马进了高密县城，此时，早有人报知了县官。县官心怀鬼胎不想见，坐上轿子就往城外跑，廷鹗公一声“追”字，车夫打马飞奔。其时正是春季，恰逢鳞刀鱼（带鱼）上市，那马车夫真是训练有素，马车过处，轧得鳞刀鱼嘎唧乱响，鱼块横飞。当时的高密县城很小，加上马车比轿子快得多，一会儿就望见县官的轿子了。高密县官一看，跑不脱了，只好下轿打千儿请安，赔不是，修河的事也不再提起。管家苓芝直至今天仍留在胶河西岸堤外。祖父生前曾说，要不是廷鹗公来，民国元年的那场大水，就把管家苓芝冲到东海里去了。可见，高密管姓族人也是以莒县小窑的探花府五进士为自豪和荣耀的。

其二是说，我奶奶娘家东王家苓芝的戴家，擅长竹制工艺。民国年间，有一年麦收前，奶奶娘家的某人用大车拉了一车杈把扫帚之类的货物去诸城地（相州？）赶大集，因为卖货讲价得罪了当地人，货物被哄抢一空。正在叫天天不应，叫地地不灵之时，忽然想到此地有一姓管的大户人家，何不冒充管家苓芝的人登门求救呢？于是自称管氏某世孙求见老爷。老爷问明情况，说：“孙子，上炕。货抢了好，不用你自己卖了。”一边摆上好酒好饭招待，一边问清了各色货物的价钱，吩咐管事的说：“到集市上去说说，凡是拿了咱家孩子东西的，叫他们按价送钱来，送货来的不要，给我打出去。”酒足饭饱之后，钱也交来了，一算账，比平时多卖了若干钱。这正是“姓了半天管，赚了若干钱”。此事一时传为笑谈，同时也说明，高密、诸城管氏乃一家。

从上边的记叙看，高密管氏经历了从山东到江苏海州，再到浙江龙泉，再从龙泉回海州，又因贸易或战乱辗转于江淮间，最后落脚高密这么一个过程。因此必须研究一下龙泉管氏。

四、关于龙泉管氏

关于龙泉管氏，管月福先生之《龙泉管氏》一书是这样叙述的："龙泉管姓，系穆王之后，夷吾支系，管公明后裔，先祖原居住平昌郡（今山东省潍坊一带地方，贤按：这与高密谱所说之'齐之东界'相符），后居池阳（今陕西泾阳县。贤按：似应为今安徽池州）。管福（江西齐川宗谱为管辐）自池阳迁南京。唐末，五季兵乱，约在公元904年，从南京迁徙龙泉，暂居白云岩，后居黄鹤镇（今市区内）。管福之子管伸，为（宋）威胜军节度使，宋朝隆兴（南宋孝宗年号）时有功于国，为黄鹤将，封秦溪公。娶叶氏、沈氏、张氏，前后相继生15子1女。据传叶氏生子最多，但未得其传，无从稽考。"只知道13、14、15公为张氏所生。"15公管庆河后代子孙排行60个字辈，分别为：庆、文、大、师、可、金、水、彦、魁、道、学、崇、普、宗、胜、和、仲、志、怀、智、信、正、应、云、音、奏、梦、虞、韶、德、修、思、盛、世、为、忠、毓、俊、子、笃、敬、效、先、贤、知、仁、雄、才、齐、家、治、国、礼、义、道、达、诗、书、振、明。"对此，江西丰邑（今广丰县，原名永丰）《齐川管氏宗谱》记载尤详。该谱最早的一篇序言为明朝万历二十九年11世嗣孙管宗泰所撰。序中说："吾族管姓，始于周初，以国为氏。至汉高帝封管衎为平昌侯，地望始显（贤按：关于管衎被封为平昌侯，《史记》《汉书》均查不到，待考。而平昌在汉时与高密同属北海郡，大约在今安丘、诸城一带地方。据考证，其治所在今诸城都吉台）。及晋元帝渡江，管方徙居石城，属金陵府（今江苏南京）。洎唐管辐，偕子伸，宦浙，籍满，遂寓处州之龙泉石马岗。"而伸生15子1女，皆显贵，于是形成龙泉管姓。三者比较，《龙泉管姓》一书与《齐川管氏宗谱》记载差不多完全一致，可信度较高。齐川一支为管师复之后，高密管氏为管师仁之后，但对2人的世系记载，高密谱与齐川谱不同，而齐川谱与《龙泉管姓》一书却差不多相同，因此必须列出加以对照。

五、关于管师仁、管师复的身世及子孙

1. 先看《高密管氏家谱》的记载：

1世	2世	3世	4世	5世	6世	7世	8世	9世	10世	11世	12世	13世
纯	奉	师复										
		师常										
	材	**师仁**	洪									
		师礼	浩	大方	国信	铿	熙光					
			深	鑑		锪	熙烈	植	夔			
						镛		槐	政	盛		
						镇		松		隆	克勤	
						锴		榛			克礼	士谦
												士能

（士谦为高密1世祖，士能子文敬，迁诸城，为诸城管氏一世祖）

2. 江西《齐川管氏宗谱》的记载如下：

辐——伸——瑞
　　　　　明
　　　　　玛
　　　　　裔
　　　　　陟
　　　　　张
　　　　　成
　　　　　制
　　　　　临
　　　　　睽
　　　　　统
　　　　　思温
　　　　　玉
　　　　　思旃－文珂－大钧－师复—希政－翔——挟——稷——拱辰－国谕－葵
　　　　　　　　文复　大成　师常—希旦－宗光
　　　　　　　　　　　　　　　　　希亶
　　　　　　　　　　　　　　　　　希望
　　　　　庆河－文政　　　　　师淳
　　　　　　　　文瓒－大忠－师渐
　　　　　　　　文昌　　　　　**师仁**
　　　　　　　　文炳　　　　　师滂
　　　　　云英（女）

（葵为齐川始迁祖）

3.《龙泉管姓》一书记载如下：

- 福—伸
  - 明
  - 延
  - 马
  - 裔
  - 陟
  - 张
  - 成
  - 制
  - 临
  - 睽
  - 统
  - 思温
  - 郜
  - 旃
  - 庆河—文瓒—大忠—师仁
    - 因可
      - 铣—淮
      - 铸—淡
      - 镌
      - 镇—溥
    - 适可
      - 鎔
      - 鑑
        - 洪
        - 淇
          - 楝
          - 榏
          - 楷
        - 湛
    - 言可
      - 镃—浩
      - 锐
    - 思可
      - 钎
      - 镳
      - 铎
    - 彦可
    - 志可
      - 钧
        - （渍）—机
        - 瀻—榶
        - 资
          - 桦
          - 棣
      - 铨
        - 源
        - 滂
  - 云卿（女）

①在高密谱中可找到名字者，除管师仁之外尚有镇、鉴、洪、浩。但高密谱中镇乃浩之曾孙；鉴乃洪、浩之弟深之子，而洪、浩、深为师仁之子，行辈相差太多。

②此世系之中后三辈显系采五行中金生水，水生木之说。高密谱中金、水、木不连贯且次序不对。

4.《龙泉管姓》一书师仁一支世系图：

管庆河 —— 文瓒 – 大忠 – 师仁
- 因可
  - 铣 —— 淮
  - 铸 —— 淡
  - 镌
  - 镇 —— 溥
- 适可
  - 鎔
    - 洪
    - 淇
      - 楝
      - 榏
      - 楷
    - 湛
  - 鉴
- 言可
  - 镒 —— 浩
  - 锐
- 思可
  - 钎
  - 镳
  - 铎
- 彦可
- 志可
  - 钧
    - （渍）– 机
    - 瀻 —— 榶
    - 资
      - 桦
      - 棣
  - 铨
    - 源
    - 滂

关于管师仁的世系，后 3 种记载更可信，且齐川谱中还收载了大观（宋徽宗年号）三年四月初五日皇帝颁布的《加赠师仁曾祖庆河太子少保诰》《加赠师仁祖文瓒太子少傅诰》《赠少傅夫人叶氏吴氏诰》，以及四月十五日皇帝颁布的《加赠师仁父大忠太子少师诰》《加赠大忠公夫人周氏季氏诰》以及《追封枢密夫人余氏诰》。最后一道诰书是追封师仁亡妻余氏为永嘉郡太夫人的。所有诰书名讳与谱系相同，比较可信。（见附录之四）

六、明以后高密管氏世系情况

高密管氏自始祖士谦之后，至5世，长曰忠，次曰恕，三曰惠，四曰宪，始分为大股、二股、三股、四股，谱牒分列。至明嘉靖年间，有7世祖嘉祯、嘉福兄弟（三股惠祖之嫡孙）分别在嘉靖壬午年、癸丑年中进士第，官至吏部主事、台州同知。之后，少有显贵者。自13世开始，其行辈应为“泽、岐、鸣、廷、国、恩、家、庆”。但从家谱上看，因所在股、支不同，而字辈亦有改动，并没有完全按此排列，如15世“廷”字，有改用“福”字者，16世又插入一“绍”字（或“万”字），17世“国”字有改为“贵”或“邦”者，19世“家”字有改为“正”字者。20世之后，光绪二十九年所修家谱又往下排列了16字，为“谨、遵、贻、谟、襄、延、式、祜、继、志、恪、叙、后、昆、垂、裕。”其中“谨”字有改为“锦”或“金”字者。进入21世纪，目前高密管氏最小的行辈已到26世，即“延”字辈。离第36世“裕”字辈，只差十辈。加上从光绪二十九年（1904）至今已整整100年，其间因子孙繁衍，家庭迁徙，以至不少支股行辈混乱，不按家谱命名，大有迷失宗派，无法寻根之虞，实在到了应重新修纂家谱的时候了。

七、《高密管氏家谱》的修纂

《高密管氏家谱》现存世最多的是光绪二十九年（1904）修纂的，作序者为17世祖讳晖吉公、18世祖讳恩覃公（四股，邑庠生）2人。据余之先伯祖讳遵仁公生前说，高密新谱于民国年间已修纂完毕，木版业已刻成，存高密城管恩覃家（即光绪二十九年谱作序者之一）。但因倭寇入侵，全部毁于兵燹。查现存《高密管氏家谱》最早一次修纂为康熙十六年（1677年），作序者为12世祖讳音亮公；第2次为乾隆三十一年（1767年），作序者为12世祖讳英公；第3次为道光二年（1822年），作序者为15世祖讳廷琮公；第四次为同治三年（1864年），作序者为16世祖讳万选公。

光绪二十九年谱共分4卷，第一卷共收序6篇，谱例一篇，老茔图17幅。宋至元旧谱及大股一部分。第二卷全为大股。第三卷二股全部及三股全部。第四卷为四股全部及新排21世至36世行辈16字，壬寅续谱襄事人名单，管氏本县无考者，居邻县无考者并跋一篇。跋作者为17世祖讳鄜公。

综观全谱，其缺陷是显而易见的，一是旧谱中关于管师仁的出身世系明显错乱有误；二是人名之后，除有功名官职或军功善行者的简单介绍之外，再无任何说明文字，尤缺生卒年月或享年几许等重要信息。三是个别支股迁至外地，甚至连始祖迁来高密这一类重大事件，均未注明具体年代，如管家苓芝、东栾家庄是高密管氏最大的聚居村落，何人何时率子孙来此建村也没有记载。四是对女方尊重不够。配偶几乎都没有说明其母家为何村人氏，而自己生的女儿根本上不了家谱，更遑论说明生女几人及嫁往何处了。

八、明、清两代高密管氏名人录

高密管氏除明嘉靖年间七世祖嘉祯、嘉福兄弟中进士，官至吏部主事、台州司马外，自道光壬午之后，后世“日渐式微，非谋食于耕，即弃学为贾，书香莫继”，少有盛名于世者。现将明、清两代功名在庠生（秀才）以上，职务在从九品以上以及奇行特异之士，登录于下：

二世

管思中　邑庠生

管思义　思中之弟，邑庠生。

五世（此世开始，高密管氏忠、恕、惠、宪兄弟四人，分为大股、二股、三股、四股）

管忠　大股。岁贡，任直隶（今河北）赵州大成学训导，载县志。娶张氏，生九子。

管惠　三股。邑庠生。

六世

管九成　大股忠公之长子。庠生。

管九达　大股忠公之次子。庠生。

管九经　大股忠公之第6子。庠生。

管九衢　大股忠公之第7子。庠生。

管九街　大股忠公之第8子。庠生。

管九云　三股惠公之长子。贡元。任镇江开州学正，载县志，娶王氏，子8。

七世

管嘉佑　三股九霄公之长子。邑庠生。

管嘉祯　三股九云公之长子。字吉甫，号鹤渠。嘉靖壬午科举人，癸未科联捷进士。授顺德广宗县令，调无锡（今江苏）县令，授吏部文选司主事。廉明谨饬，无敢干以私者，工书法，崇祀乡贤祠，载县志。娶李氏，子2。（详见传记）

管嘉福　三股九云公次子，嘉祯之弟。嘉靖庚子科举人，癸丑科进士，任台州（今浙江）同知，载县志。娶李氏，子4。（详见传记）

管嘉谟　三股九云公之第5子，邑庠生。

管嘉儒　三股九云公之第6子，邑庠生。

管嘉行　三股九云公之第7子，邑庠生。

八世

管世用　大股。选贡，任藁城（今河北）县丞，藁城知县，载县志。

管懋光　三股嘉祯公长子，邑庠生。

管懋元　三股嘉祯公之次子。邑庠生。

管一元　三股嘉福公之长子，监生。

管二元　三股嘉福公之次子，监生。

九世

管冲　　大股世用公之第3子，邑庠生。

管嗣仲　字魁吾，三股嘉祯公八弟嘉乐公之孙。崇祯壬午科（1642）武举。壬午守城，提调火药，抗击清军，英勇负伤。事迹载县志《全城记》。

管可训　三股，邑庠生。

管星　　三股，邑庠生。

管最　　三股，邑庠生。

管吕藩　三股，邑庠生。

管大同　四股，邑庠生。娶李氏、张氏、乔氏、孙氏，子6。

十世

管梦庚　大股，拔贡，载县志。

管简　　三股最公之长子，邑庠生。

管范　　三股最公之次子，邑庠生。

管鼐　三股吕藩公之子，岁贡，载县志。

管图南　三股，邑庠生。

管绘南　三股，图南之弟，邑庠生。精外科，应手则愈，号为神医。(详见传记)

管梦兆　四股，岁贡生，载县志。

管梦弼　四股，梦兆之弟。邑庠生。

管梦仪　四股大同公之长子。邑庠生。

管梦图　四股大同公次子，邑庠生。

管菉　四股大同公第4子，邑庠生。

管梦玺　四股大同公第5子。邑庠生。

管梦甲　四股，邑庠生。

十一世

管仁　大股，庠生。

管骏声　大股，庠生。

管阁　三股，邑庠生。

管永捷　三股嗣仲公之孙，邑庠生。

管慎　三股绘南公次子，邑庠生。

管赞王　四股，邑庠生。

管相王　四股梦兆公第3子，邑庠生。

管佐王　四股梦弼公第2子，邑庠生。

管少闵　考名绍闵，四股梦仪公长子，廪生。

管少武　考名绍武，四股梦仪公之第3子，邑庠生。

管少轲　考名绍轲，字诚三,四股梦玺公之长子，邑庠生。

管鹏　四股大同公之孙，邑庠生。

十二世

管振响　大股仁公之子，庠生。

管徽音　字文山。大股骏声公之子，康熙丙午科武举。

管朝臣　字圣选。三股绘南公之孙，监生。

管合义　字清凤，考名万军，朝臣二弟，出嗣，邑庠生。

管韶音　四股梦兆公之孙，邑庠生。

管音谐　四股佐王公长子，邑庠生。

管音亮　四股佐王公次子，邑庠生，康熙十九年谱序作者。

管音飏　四股佐王公第3子，邑庠生。

管殿　字肯堂。四股鹏公之子，邑庠生。

十三世

管徵　字照九。大股徽音公之次子，邑庠生。

管文德　字振修。三股，邑庠生。自逄戈庄迁律家村。

管俊德　三股，邑庠生。

管义才　四股，邑庠生。

十四世

管维潇　字清溪。大股徵公之第三子，监生。

管维苹　字鹿音，耆寿，大股。恩荣八品顶戴。

管瑞周　三股，监生。

管有炜　四股，邑庠生。

十五世

管廷璞　字希玉。大股徵公之孙，邑庠生。

管廷珲　字佩玉。大股维潇公之次子，邑庠生。

管廷琮　字瑞玉。大股维潇公之第 3 子，邑庠生，道光二年谱序作者。

管廷珷　字光玉。大股维潇公之第 4 子，邑庠生。

管廷瑍　字采玉，考名廷瑶。大股维潇公之第 5 子，邑庠生。

管廷乾　字万资。大股维苹公之长子，监生。

管廷翰　字西园。大股维苹公之次子，邑庠生。以子云龙贵，赐封登仕佐郎；以孙侗贵，封奉直大夫。

十六世

管万里　字鹏程。大股廷璞公之次子，邑庠生。

管绍龙　大股维潇公之孙，邑庠生。

管魁元　大股廷珲公之子，邑庠生。

管万青　大股廷琮公之长子，邑庠生。

管万春　字民羲。大股廷琮公之次子，例授从九品。

管万书　大股廷瑍公之子，武庠生。

管云龙　字景瑞。大股廷翰公之子，附监生，任陕西宝鸡县虢川司巡检，吴堡县典史。以子侗贵，赐封登仕佐郎，晋封奉直大夫。

管智远　字明遥。四股，佾生。

十七世

管部　大股，武庠生。

管鄘　大股，万选公之子。字初封，有孝行，载县志。同治十年谱跋作者。（详见传记）

管华南　大股。例授从九品。

管侗　字同人。大股云龙公之子，监生。盐提举衔，福建候补通判，敕授登仕佐郎，任福建邵武县水口巡检，台湾罗汉门巡检。军功以县丞升用，清咸丰八年十一月初四至咸丰九年五月初九日，署南投淡水县（今台湾）县丞。

管贵徵　大股，议叙七品。

管清奎　二股，武庠生。

管晖吉　字公孚，号云阁。三股，邑庠生。光绪二十九年谱序作者。

管贵麟　三股，谱载“辛酉殉难”。查辛酉为1861年，捻军（长毛）来县东，杀人放火，骚扰百姓，百姓奋起抵抗。（据民国《高密县志·人物志·忠义》载，辛酉年高密管氏骂贼不屈而死而家谱未载者尚有管玺、管绍虞、管国林、管国立、管国华、管恩灼等）

十八世

管学源　大股。辛酉骂贼死。此处之贼亦应为“长毛”。

管恩沛　字子然。大股，邑庠生。

管恩久　字恒斋。大股，例授从九品。

管恩长　大股，华南公之长子，监生。

管蒙恩　字伯正，号少平。大股侗公之长子，监生。直隶（今河北）候补县丞，加六品衔。

管益恩　字晋卿。大股侗公之次子。军功，八品衔。

管复恩　大股。议叙从九品。

管恩铭　字敬斋。三股，邑庠生。

管恩覃　字孚斋，一字泽生。邑庠生。光绪二十九年谱序作者。据云民国间新修家谱木版即藏其家，因倭寇入侵，未及印刷而版毁于战火。（详见传记）

十九世

管正音　大股。辛酉骂贼殉难。贼者，捻军“长毛”也。

管鸿义　字渐臣。大股恩久公之次子。例授从九品。

管述祖　字友兰，号墨村。大股蒙恩公之子。圣庙斋奏厅蓝翎四品衔，迁逄戈庄。

管家臣　名学礼，字修五。四股，诗礼堂启事。

二十世

管笃庆　字友斋，考名书贤。大股，余之高祖有庆公之兄。邑庠生。

管琦庆　字伟臣。大股，例授从九品。

另据《高密县志》，明有管琛，为岁贡生，任通判。有耆寿管懋绩。

附录 1

明清两代节孝、贞烈妇女（据县志及家谱、不完全统计）

明管嘉祉妻荆氏。年 25 守节，事闻，旌表。载县志。牌坊原在玉皇阁东祠堂外。

明监生管二元妻高氏。年 23 夫故，昼夜伏柩哀号，勺水不入 7 日，舌烂声哑而死。事闻，旌表。载县志。

明童生管师孔妻李氏。年 25 夫故，自缢床柱死。载县志。

明管沔妻郭氏。孪生 2 子，未两月沔卒。时年 22，家贫无依，日拾野菜自给。教 2 子，长举明经，次为诸生。邑令徐旌曰："柏舟矢志"。载县志。

明生员管仁之女管氏。适南曲副贡张予居。崇祯壬午（1642）年冬，清兵围高密不下，为害县之四周乡村，予居死于清兵之手，氏抚子女 20 余年，卒。载县志。

明生员管吕藩之女管氏，嫁监生王春耀。夫故，潜服砒霜，家人觉，急救之。数日后，绐家人以浴，严扃门牖，以木杵搅水使作声。良久，启户视之，投缳死矣。载县志。

清管维元妻田氏。年 22 夫亡，无子女，姑年高，竭力奉养，守节 30 余年，遇荒年饿死。载县志。

管续宗妻车氏。夫故，子甫周岁，又得遗腹子，抚 2 子成立，苦节 40 年。载县志。

管万福妻刘氏。旌表节孝，入节孝祠。

管振西妻王氏。年 19 夫亡，守节 60 余年，敕旌节孝，载县志。

管蒙恩妻刘氏，诸城刘春元女。敕旌节孝，载县志。

管象德妻郭氏。以节孝闻。

管法宁妻赵氏。孝事孀姑。

管绍茗妻王氏。节孝，事闻旌表。县志另有绍名，疑为一人。

管家宰妻董氏。守节，事闻旌表。载县志。

管霖妻孟氏。孝事舅姑，事闻旌表。

管坊之妻宫氏，宫华章之女。以贞节闻。

胡献表妻管氏。年 20 余夫故，尽鬻衣饰营葬。复自置棺，有幼女送姑抚养，葬夫前一夕自缢。邑令王勒石旌之。载县志。

又，清咸丰辛酉（1861）年秋，捻军来县东，杀人放火，奸淫掳掠，民间谓之"来长毛"。灵芝一带遭难尤甚，妇女首当其冲。据县志记载，仅管氏之女、妇即有如下数十名不屈而死。

管续周妻邱氏（诸城大村邱有麟之女）、管正音妻杜氏（投河死）、管贵麟妻刘氏、管贵成妻傅氏（傅良玉之女）、管正志之姊管氏（年仅 19）、曹毓英妻管氏、王相寰妻管氏、王相吏妻管氏、杜华西妻管氏、单霆谟妻管氏、张守成妻管氏、任坤妻管氏、王国贞妻管氏、聂光德妻管氏、刘经立妻管氏、陈黉礼妻管氏、仪中正妻管氏、任宝贻妻管氏、张汝临妻管氏、刘垂成妻管氏、刘卓立妻管氏、史怀瑜妻管氏、张敏节妻管氏、张敏捷妻管氏（县志有两个张敏捷，疑为一人）、王墨林妻管氏、王梅林妻管氏（光绪二十九年立碑“松筠节操”。疑与墨林为一人）。管万福妻刘氏、管祥妻李氏、管荣邦妻王氏、管国楹妻张氏、管廷卓妻侯氏、管万清妻单氏、管国理妻聂氏、管国林妻刘氏、管国卿妻仪氏、管从如妻栾氏、管魁郭妻赵氏、管恩富妻王氏、管际昌妻徐氏。以上诸人，虽无具体事迹，但有的是夫妻双亡，其惨烈之状可想而知，战争对人类之危害亦可见一斑。

附录 2

民国初年高密管氏名人（中等学历以上）

管谨谔，北平朝阳私立大学法学本科毕业，执行律师职务，著有《刑法表解》。

管谨撰，山东大学法学专科，历任山东高等法院书记官。

管汉宗，山东省立工业专科。

管恩覃，前清秀才，山东高等警察学校专科毕业，历任山东恩县、夏津县一等警佐，县志有传。

管庆昌，胶州初师。

管谨讱，济南育英中学。

管鲁，高级中学。

管维钊，县油业工会主席。

管家任，高密县九区区长。

九、莫言家一支世系（列至廿四世）

莫言家属于高密管氏大股居河崖平安庄一支，自曾祖锦城公民国元年从管家苓芝迁来至今已近百年（同时迁来者尚有锦藻公一家），子孙繁衍，居然大家矣。现将我支世系据家谱整理于下：

1世	2世	3世	4世	5世	6世	7世	8世	9世	10世	11世	12世	13世
士谦	思中											
	思敬	贤	进	忠	九成							
	栾氏	程氏	李氏	张氏	九达	銮						
	思义			恕	仪氏	鉴	世熊	润	梦凤	仁		
	思声			惠	九德	冷氏	刘氏	宗氏	刘氏	佐	仕英	文明
				宪	九皋	石氏	世豹		梦凰	宫氏	仕连	文炯
					九叙	鉷	世豸		梦鲤	孙氏	仕珙	文秀
					九经	镡			梦蛟	骏	仕宗	李氏
					九衢					伟声	仕德	
					九街							
					九渊							

14世	15世	16世	17世	18世	19世	20世	21世	22世	23世	24世
维莱	炘	绍麟	苘	立殿	正岳	笃庆				
刘氏	栾氏	王氏	任	张氏	李氏	有庆	锦城	遵仁		
维藩	焕	赵氏	邓氏	刘氏	正伦	张氏	李氏	刘氏		
维松	熠	绍凤	兴邦		正心	培庆		遵×（女）		
维茂	炤	出嗣	安邦					遵義	贻×（女）	谟贤
维华	熙							戴氏	贻範	谟芬（女）
维蓁								遵禮	高淑娟	谟欣
								杜氏		**谟业**
									贻喜	谟华（女）
									聂希兰	谟策
										谟江
										谟山

① 19世正岳、正伦、正心，道光3年谱3人名讳分别为家昌、家乘、家良）

② 20世笃庆字友斋，本名书贤，邑庠生。娶王氏，子二。

② 20世有庆字公善，娶张家官庄张氏，生一子，坟在管家苓芝村西北隅

③ 21世锦城字千里，号蜀官，娶河西村李氏，生三子一女，迁居河崖镇平安村，坟在管家苓芝村西北隅，李氏坟在大栏村前。

④ 22世遵仁字居安，又字寿亭、嵩山，以此字行于世，名医，擅妇科、儿科。娶张鲁刘氏，生一子二女。坟在平安庄东，高平庄前，胶河之南。遵義字居正，又字嵩峰，以此字行于世，娶东王家苓芝戴氏，生二子一女。坟在平安庄东，南北大路东侧。遵禮字立庵，又字嵩岩，以此字行于世，娶高平庄杜氏，生三子一女。坟在平安庄东，高平庄前，胶河之南。

⑤ 23世贻×嫁谭家荒耿世义。

⑥ 24世谟业笔名莫言，作家。

伯祖（大爷爷）家一支：

22 世	23 世	24 世
遵仁	贻福	文杰
刘氏	贻蓉（女）	文君（女）
	贻兰（女）	文卿（女）
		谟启
		谟亮

叔祖（三爷爷）家一支：

22 世	23 世	24 世
遵礼	贻×（女）	
杜氏	贻禄	谟泰
	贻寿	谟军
		谟东
		谟锡
		谟春（女）
		谟强
	贻文	谟玲（女）
		谟霞（女）
		谟刚

十、高密管氏名人传记

之一

管师仁，字元善，浙江处州龙泉人，熙宁六年（1073 年）中进士第。初任沧州教授，深受学子爱戴，任满，以德才兼备召为广亲，睦亲宅教授。（按：

管师仁像（浙江龙泉管月福先生提供）

“广亲”“睦亲”两宅均为宗学，景祐二年，分宗学为南、北两宅，北宅为“广亲”，是秦王即太祖胞弟延美后之子弟所处；南宅称“睦亲”，为太祖太宗后之子弟所处）后通判澧州（今湖南澧县），又出知邵武军（今福建邵武），任内政绩卓著，朝廷考核为第一，旋升至建昌军（今江西），所至力行教化，多有善政。《江西通志·名宦》有传，谓“人戴其德，为立生祠”。擢右正言，左司谏，“论苏轼、苏辙，深毁熙宁之政，其门下吏部员外郎 晁补之辈不宜在朝廷，逐去之。在京滥员并裁”。又言“河北滨、棣诸州岁被水患，民流未复，租赋故在”，致使军士饥寒，百姓匮乏之情状，奏“请悉蠲减以绥徕之”。帝纳其言，河北一带灾民渐次归农，“方赖其赐”。迁起居郎，又升中书舍人，给事中、工部侍郎。当时吏部下属“选曹吏多挠法为过”，朝廷命师仁暂摄其事，主吏部。师仁授命，“发其奸，抵数人于罪”，严惩了贪官，僚属震摄，“士论称之”。改任吏部侍郎，进升刑部尚书。崇宁三年（1104 年）又诏师仁兼领重修神宗皇帝玉牒（皇家族谱），审阅哲宗皇帝玉牒。

研究资料

大观初年，授枢密院直学士，以此衔出知邓州（今河南邓县），兼西南路按抚使，未行，改知扬州兼淮南东路兵马钤辖。辞行时，徽宗问边防之事，师仁条陈甚详，并献“定边策”。

当时辽、夏二国修盟，觊觎中原，辽遣使要宋归还曾被金占领已被宋防守的土地，边关震动。朝廷急调师仁为定州（今河北）安抚使（一曰“知定州”），措置防边。宋自澶渊之盟，“时承平百余年，边备不整，而辽横使再至，为西人请侵疆，朝廷诏师仁设备。”师仁到任，即精选士卒，下令增陴浚湟，善葺甲胄，储备粮草。僚吏们当时都很害怕辽国，不知所措，而“师仁预为计度，一日而举众十万，转盼迄成，外间无知者。”为了麻痹敌人，师仁“日与宾客燕集，以示闲暇，使敌不疑。”辽使入境，见军容甚整，大为惊愕，至京师，再不敢复言请地事。徽宗手书褒奖，曰：“有臣如斯，朕复何忧。”召为吏部尚书。大观三年（1109 年）四月十五日，升任同知枢密院事，在朝廷的授职文书（制）中赞扬他“智周事物，学洞古今。有猷有为，允文允武。甲兵不试，边境以宁。入为天官，益隆时誉。”两个月后，身体染病，力辞同知枢密院事，拜资政殿学士，佑神观使。六月甲戌卒，享年65岁，赠正奉大夫，封南阳侯。世称“名宦”。

见《宋史卷三五一·列传一一〇》《宋史·宰辅表》《两浙名贤录》。

之二

管师复，管师常兄弟皆从北宋初著名学者、教育家胡安定（胡瑗）先生为师，有盛名，世称“二管”。师复长于诗，隐居不仕。仁宗闻其名，召至京城，问：“卿诗所得如何？”师复答曰：“满坞白云耕不破，一潭明月钓无痕。”仁宗称其才，赐官，辞不受，辞归故里，所著有《五经要义》《读诗管窥》《白云诗稿》传世。《中国人名大辞典》曰：“师复仁勇好义，陈襄门人，襄讲学仙居，师复为都讲（主讲）。”学者称其为“卧云先生”。《宋史翼》《两浙名贤录》均有传。

管师常，自号“白云翁”。《中国人名大辞典》载：“师常履行贞固，精经术，继兄为陈襄都讲，容止庄谨，自律以劝人。又从胡瑗学，益留心民事，适于时用。”熙宁元年（1068年）诏举逸民，有司以师常荐。三年召试舍人院，赐进士第，授校书郎，为太学正。后调江宁府上元知县，对青苗法与察访使抗论，辞官，至安州应城，少息僧庐，忽一朝瞑眩，问其子希旦曰：“早晚？”希旦曰：“午矣。”起摄衣冠，索纸笔书曰：“吾年四十五，四大不相守，寄语同道人，日轮射半斗。”徐置笔，就枕遂逝。

管师复诗四首

其一　福州白云堂

入寺层层百级梯，野堂曾与白云齐。
平观碧落星辰远，俯瞰红尘世界低。

其二　客中思归

双眉闲锁一天愁，名利缘何苦逗留。
时运不逢文运盛，异乡空忆故乡游。
芭蕉雨滴琼阶夜，梧叶风摇金井秋。

寒已到今衣未到，归心遥寄锦江头。

其三

夜窗风雨独花寒，一纸家书数遍看。

堂上老亲头已白，秋来连喜报平安。

其四

周遭池馆历平川，门枕山弯水底村。

满坞白云耕不尽，一潭明月钓无痕。

松筠翠合垂冬夏，猿鸟声齐奏晓昏。

最好诗余无个事，直将谈笑对清樽。

之三

管鉴。字明仲，龙泉东后甸人。生卒年月不详。工诗，有《养拙堂词》一卷传世。今人唐圭璋主编的《全宋词》曰："其父管泽（高密谱为管深），官江西常平提干（全名为'提举江南西路常平茶盐司干办官'）。鉴靠父之功绩荫授此官，于是举家自龙泉迁居临川（今江西抚州）。乾道间任建宁府通判（载《福建通志》），淳熙十三年（1186年）以佐湖南统帅平剧盗有功，提升为广东提刑权知广州兼经略安抚使。十四年改任广东转运判官（载《广东通志》）。后任泰宁知府，又以奉直大夫知广西全州，广西提点刑狱（载《广西通志》）。任职时多著政绩，在湖南时，发动民众浚河疏池，灌田一万六千顷，免彬州和籴，新建石鼓书院，在广东时减免湖、惠七郡丁租，建广安宅，买田给南迁士大夫不能北还者使用。"（载《江西通志》）

管鉴为南宋一大词家，其词作清丽和婉，属婉约派词家，为历代词学者所推崇，其词作被选入《唐宋名贤百家》《永乐大典》、清代朱彝尊的《词综》、万树的《词律》、王鹏远的《四印斋宋元三十一家词》等。《全宋词》录其词68阕。

管鉴，娶赵氏，系宋宗室赵善良之长女，太府赵少卿赵汝谊之姐。生3子6女，长子管湛、次子管淇、3子管洪（高密谱洪、浩皆为师仁之子）。五婿：忠翊郎赵彦逯、将仕郎吕浩、进士游仲钧、国学进士张椿、将仕郎赵崇俊。鉴妻赵氏于淳熙七年九月丁丑日终于家。

管鉴词一首

醉落魄　　正月二十日张园赏海棠作

春阴漠漠，海棠花底东风恶。人情不似春情薄，守定花枝，不放花零落。绿尊细细供春酌，酒醒无奈愁如昨。殷勤待与东风约：莫苦吹花，何以吹愁却。

之四

管湛，字定文，系管鉴之子。《中国人名大辞典》载："管湛，师仁后，侨居临川。累官广西提刑，兼经略安抚使，区处横山罗甸（横山在广西，罗甸在贵州）两处边防，蛮人帖服。三迁至大理少卿。有《定斋类稿甲乙集》。嘉定六年（1213 年）由广西转运判官授直秘阁知静江府（载《广东通志》），累官至金部郎中（《江西通志》）。"

之五

管浩，字元洸。按：龙泉谱为管辐 14 世孙，是管庆河 12 世孙，其曾祖管椅因避寇从龙泉迁浙江天台，后到黄岩东洋长浦居住。浩在明洪武十七年三月以管钧所纂修之《龙泉管氏宗谱》为依据，编纂了《黄岩东洋长浦管氏宗谱》。此人与高密谱中之管浩非一人也。

之六

管嘉祯，字吉甫，号鹤渠，明代高密北隅（今高密镇）人。三股惠祖之孙。父九云，贡元，曾任镇江府（今江苏镇江市）、开州（今河南濮阳市）学正。

管嘉祯在兄弟八人中居长，好学、博闻，嘉靖元年（1522 年）中举人，次年联捷癸未科第三甲第 192 名进士。该科共取 410 名，其中一甲 3 名，二甲 142 名，三甲 265 名。状元为浙江慈溪人姚涞（字维东），探花即大名鼎鼎的徐阶。管嘉祯成进士后，授广宗（今河北）知县，改无锡（今江苏）知县。广宗在河北南部偏东，属左黄河冲积平原。无锡位于太湖之滨，京杭大运河贯通全境，素称"鱼米之乡"，两地均为富庶之地。管嘉祯在两任知县上，为政廉明，毫不涉私，在考核中均称卓异，因而被擢为吏部文选司主事。该司掌管吏班秩、升迁改调等事宜，并赞助尚书做具体工作。任满回乡。《高密管氏家谱》上说他"廉明谨饬，无敢干以私者。"意思是说管嘉祯为官廉明谨慎，勤于政事，没有人敢求他办私事。最近（2004 年 12 月）无锡市蠡湖街道青祁村发现了他在无锡知县任上（嘉靖五年二月）立的一通碑，碑文为他亲笔，要乡民"劝善惩恶"，

“建社仓积粟以备凶荒”，可见其廉政爱民之心。

管嘉祯有文名，工书法，在乡里甚有声望，因此当他辞世之后，名字被崇祀于乡贤祠内。

其二弟嘉福亦为进士，五弟嘉谟、六弟嘉儒、七弟嘉行均为秀才。管嘉祯有 2 子，长曰懋光，次曰懋元，皆秀才。

之七

管嘉福，号砺山，嘉祯之二弟，于明嘉靖十九年（1540 年）庚子科乡试中举，三十二年（1553 年）癸丑科中第三甲第 121 名进士。本科共取 403 名，其中一甲 3 名，二甲 105 名，三甲 295 名。是科主考为礼部尚书徐阶。该科高密人李邦魁亦中进士。

管嘉福有文名，工书法，尤善楷书。官至台州府同知。台州府地处浙江省东南部，背山、面海，素有“鱼米橘乡”之称。同知系知府的佐官，分掌督粮缉捕、海防、江防、水利等事务，分驻指定地点。

管嘉福于此服官之后，即告归乡里，居家恬淡，嗜学勤劳，有一椽茅屋，三径清风之风。

管嘉福娶李氏、刘氏，有四子：长曰一元，次曰二元，三曰三元，幼曰起元。其幼弟管嘉乐谪孙管嗣仲，字魁吾，崇祯壬午科武举，壬午守城有功，事迹载县志《全城记》。

之八

管郿，贫不自给。父母殁，负土成坟，立碣志之。后以族谱久失，沿门采访，数载得成。年五十始娶，得一子。

——《县志 · 人物志 · 孝友》

之九

管绘南，字振侯。遇道人传授方术，精外科，应手辄愈，号为“神医”。初道人授方时曰：“阅人多矣，唯子具仙骨，善为之，勿自误前程也。”越数载，道人复来访之，闻绘南颇挟其术要金帛，怅然而去。

——《县志 · 人物志 · 杂稽志》

之十

管恩覃，字敷斋，邑庠生，山东高等巡警学堂毕业。民国七年任恩县二等警佐。先是，恩县素无戒备，为匪破城者再。恩覃至乃督率警士，昼则检查户口，夜则巡逻城厢，一身当先，数月不敢安枕，恩邑遂靖。又因捕蝗、治河，办团练各案，劳绩卓著，十一春提升警佐。是秋，恩县令蓝晋琦调夏津县缺，夏津匪尤充斥，晋琦知恩覃贤能，请于上，调夏津县一等警佐，励精图治，屡破大案，匪氛以泯。七年，奉委代理警察所长。未几，因病辞职，越二年卒。

——民国《高密县志·人物志·仕绩》

之十一

管谟业，笔名莫言，以笔名行于世，高密管氏（大股）24 世孙。现就职于中国艺术研究院，任文学院院长，国家一级作家。

1955 年 2 月 17 日（农历乙未年正月二十五）生于高密河崖乡平安庄，1967 年小学肄业，务农。于 1976 年 1 月应征入伍，先至黄县总参谋部，后至河北保定，再至北京延庆。1982 年入中国共产党，同年提干。1981 年发表处女作《春夜雨霏霏》。后入解放军艺术学院文学系，再入鲁迅文学院研究生班，获文学硕士学位。作品有《红高粱家族》《丰乳肥臀》《檀香刑》《四十一炮》《生死疲劳》等，有文集 12 卷。作品被译成多国文字，受到各国读者欢迎，多次在国内外获奖。现居北京。

十一、古今管氏名人录

周、春秋

管叔鲜，周文王第三子，武王弟，周公兄。名鲜，封于管，故称管叔鲜。与弟蔡叔度，相纣子武庚、禄父。治殷遗民。武王崩，成王幼，周公摄政，鲜与度流言与国曰：“公将不利于孺子。”周公避居东都。后成王迎周公还，鲜、度惧，乃挟武庚叛。王命周公讨平之，杀武庚，鲜亦被诛。

管至父，春秋齐大夫。齐襄公时，与连称一起作乱，襄公遂被弑。

管仲，春秋齐颍上人。名夷吾，字仲。（此本《史记·管晏列传》；据《四书逸笺》引陈心叔名疑云：“管夷吾字仲，其父名山，亦字仲。”）亦作敬仲，敬，其谥也。少与鲍叔厚，常曰：“吾与鲍叔分财多取，鲍叔不以我为贪，知我贫也；谋事困穷，不以我为愚，知时不利也；三仕三退，不以我为不肖，知我不遇时也；三战三走，不以我为怯，知我有老母也。生我者父母，知我者鲍子也！”鲍叔事齐公子小白，管仲事公子纠，小白立为桓公，公子纠死，管仲囚，鲍叔释而进之，遂相齐。作轨里连乡之制，使士农工商各异其业，通货积财，富国强兵，寄军令于内政，攘戎、狄，尊周室，九合诸侯，一匡天下，桓公尊为仲父。著有《管子》86 篇。

管修　春秋楚大夫。仲之后。以贤称。白公胜作乱。杀修。叶公子高闻而讨之。

汉、三国

管敢，为李陵军候。陵以 5000 人入匈奴。敢为校尉所辱，亡降匈奴。具言陵军无救。陵遂败。

管辂，（209 ～ 256）三国魏平原人。字公明。年八九岁便喜仰视星辰，及成人，风角占相之道，无不精微。体性宽大，每欲以德报怨。清河太守华表召为文学椽。正元初为少府丞。自知不寿，当终于四十七八间。果四十八而卒。

管宁（158 ～ 241），三国魏朱虚人，字幼安。与平原华歆、邴原相交，游学异国，并敬善陈寔。尝与歆同席读书，有乘轩冕过门者，歆废书观之，宁与割席分坐。曰：子非吾友也。时黄巾之乱，至辽东，往见太守公孙度。语惟经典，不及世事。乃因山为庐，凿坏为室。越海避难者，皆来就之，旬月而成邑。遂讲诗书，陈俎豆，饰威仪，明礼让，非学者无由见。由是度安其贤，民化其德。黄初中浮海还，文帝、明帝时以为光禄勋，并辞不受。正始初卒。著有《氏姓论》。

管统，三国魏人，初仕袁绍，为东莱太守。后袁谭更以为乐安太守。谭破，诸城皆服，统守乐安不下。曹操命王修取统首。修以统亡国忠臣，因解其缚使诣操，操悦而释之。

管承，农民起义领袖。《三国志·魏书·武帝记》：“秋八月，公东征海贼管承，至淳于，遣乐进、李典击破之。承走入海岛。”

管亥，黄巾起义首领，据北海，为孔融所破。

隋、唐、五代、宋

管革，唐 赵人。少好道，往来赵魏间。后随张果游恒山，结庐山中。后不知所终。

管迥，五代汉人。汉球守郡时，辟为判官。及汉球卒于汴，迥在州未之知。一日忽谓所亲曰：太保遣人召我。遂沐浴新衣冠。无疾瞑目而终。

研究资料

管师仁（见前）

管师常（见前）

管师复（见前）

管湛（见前）

管及，宋全州人。崇宁间黄庭坚谪官宜州，亲知绝迹。时及为宜州理曹，不避权势，与庭坚交游甚密。庭坚书“折桂亭”三大字贻之。且谓之曰：“君家积庆，后必有登进士科者。”后其言果验。

元、明

管如德，元黄陂人。仕宋为江州统制，至元中以城降。先是如德尝被俘，思其父，间道南驰，被获。如德引械击杀数十人，破械南走，间关万里达父处。比入鄞，世祖嘉之。后从丞相阿术南伐，为前锋，累立战功，迁江西行尚书省左丞。卒谥武襄。

管道升，元吴兴女子。赵孟頫妻。字仲姬，一字瑶姬。天姿开朗，德容俱备，翰墨词章，不学而能；善画墨竹兰梅，笔致清丽。尝手书《金刚经》数十卷以施名山。又奉旨书《千字文》，帝敕太工玉轴收藏秘书监。封为魏国夫人。享年58。

管一德，明常熟人。字士恒。万历举人。著有《世家考》《沥阳集》《经传子史参同》《四书闳览》《诗经闳览》。

管璋，明安福人。字相器。成化举人。历乐清、谷城令，俱有政绩。比归，囊无长物。两邑皆祠祀之。

管应律，明咸宁人。字正之。于书无所不读。举万历进士，官元城、泗水等县令，仁政茂著。著有《南游草》《偶然草》等集。

管鲸，明陕西咸宁人。字文化。读书养亲，不求仕进。周恤贫困，有古义士风。又以工书名於时。

管楫，明陕西咸宁人。字汝济，号平田，又号作木山人。正德进士。官至右副都御史，巡抚山东，以治闻。忤严嵩，辞疾家居20年。文徵明尝书画平田草堂、杜曲山房二图并以贻之。有《平田集》。颇沿七子之派。

管志道，明娄江人。字登之。隆庆进士。官南京刑部主事。疏陈利弊九事。忤张居正，出为分巡岭东道，以察典罢官。有《孟义订测》《问辨牍》《从先维俗议》《觉迷蠡测》。

管良相，明乌撒卫指挥。为人慷慨负奇节。天启初樊龙等反于四川，巡抚李槽召与筹军事。良相策安邦彦必反，佐槽为固守计。逾月，邦彦果反，围其城，良相固守不下。久之，外援不至。城陷自缢死。

管宗圣，明余姚人。字霞标。宗良知之学。为人孝友忠亮，言动必准于礼，乡人多化之。少保孙鑛始与宗圣为文字交，既从讲圣学，叹曰：向嗜读左国秦汉百家书，先生为我洗尽矣。崇祯间，祁彪佳荐於朝，诏徵不起，卒。

管时敏，明松江华亭人。初名讷。以字行。洪武中以秀才徵，拜楚府长史，任事40余年。忠诚谨恪，始终如一，年70致仕。王留居武昌，禄养之终身。所著《蚓窍集》春容淡雅，多近唐音。

管朝用，明祁阳人。父早死，事母至孝。母病经年，日侍汤药，非手调不供，非口尝不进，历寒暑不倦。

管思易，明鄞人。字原理。永乐进士。授刑部主事，持法平恕。奉命使湖广辨疑狱，释系囚，全活甚众。时有囚罪不应死，尚书吴中以私憾论死，思易争之，不听，竟杀之。乃叹咤愤惋，感疾而卒。生平有至行，临财廉，事亲孝，与人不为依阿，人皆惮之。

管贞，明洪武进士，字清源。授阳谷县丞。寇至，贞危坐堂上，骂不绝口，遂遇害。

清

管同，清上元人。字异之。道光举人。少负经世志，不守章句学，尝从姚鼐学古文，有所论述，简赅清邃，皆通达政体，深切时弊。著有《因寄轩文集》《七经纪闻》《孟子年谱》《文中子考》《战国地理考》《皖水词存》。

管嗣复，清上元（南京）人，同子。字小异。性仁勇，博雅好经术，能文章；又研算学，窥代数微积之略。遭兵乱，死吴中。

管干贞，清武进人。字阳复。号松崖。工画。乾隆进士。累官漕运总督。在任七载，以清节著。遇当纠劾，虽要人无所顾忌。坐事夺职。

管世铭，清武进人。字缄若，号韫山。乾隆进士。由户部主事累迁郎中，授御史。工制举业，从游之士甚众。尤精诗古文，深于经术。有《韫山堂诗文集》。

管希宁，清江都人。字幼孚，号平原生。涉猎诸史百家，旁及金石，尤究心书画。有《就懦斋诗集》。

管绳莱，世铭孙。字孝逸。官知县。长于诗古文辞，有《万绿堂诗文集》《凤孙楼词》。

管晏，绳莱子。字敬伯。官河南知县，署运河厅同知。历参左宗棠、阎敬铭戎幕。所著诗文多亡佚，存者有《山东军兴纪略》。

管乐，晏弟。字才叔。诸生。候选训导，与晏齐名，纵谈豪饮，所至诸巨公争相延致，以幕客终老。身后仅遗文稿古今体诗 200 余篇、日记数册。

管棆，清武进人。官宗州知州。有《据梧诗集》。

管庭芳，清海宁人。字芷湘。喜钞书，专研目录之学。撰有《海昌经籍著录考》。

管遹群，清武进人。字兆钱，号椒轩。道光进士，官至浙江巡抚。尝言理繁如治丝，惟静可以解纷。又以南人脆弱，思复明戚继光军制以振起之，未及施行，以暴疾卒。

管礼耕，清元和人。字申季。岁贡生。长于训诂。著有《操牧斋集》。

管筠，清钱塘女子。字湘玉。陈文述妾。文述负官帑钜万，筠脱簪珥偿之。后以为继室。性悦禅，工画佛，所居曰小鸥波馆。著有《小鸥波馆诗集》。

管珍，江苏武进人，清代画家。字阳复，号松崖。乾隆年间翰林，官至漕运总督。工花鸟，得恽寿平真髓，尤善设色牡丹。有《松崖集》传世。

管声，浙江瑞安人，清代书法家。工书，以风韵胜，学欧、赵。有名于当时。

管廷祚，上海嘉定人，清代学者。同治元年举人，工诗，豪饮，善书法，曾任泰州学正。

管廷献，字士修，号石夫。山东莒县小窑村人，与高密管氏同族同宗。于同治九年（1870 年）庚午科乡试中举，出仕。光绪元年（1875 年）癸未科中一甲第三名进士（探花），授翰林院编修，官至京兆尹。以直声震朝野，致仕家居，享年 69 岁。著有《梅园诗文集》。

管廷鹗，字士一，廷献三弟。光绪二年（1876 年）乙亥科进士，改翰林院庶吉士，授职编修。充湖北乡试副考官，任山西学正，河南、陕西正考官，历任国子监、大理寺卿，署察院副都御史。一生从事学政，提倡“以为政颁行，务在循名核实，因请政务处，明定赏罚”。“学堂新立”，“学政有成，予以仕进，学艺有成者，果能独创新成……”为官 3 年，不尚结网，不通声气，绝迹津要，官到副宪，年 54 卒署任。著有《晋轺吟草》《党门集》《风山诗钞》6 卷。

管廷纲，字季张，号澹园。廷献二弟。光绪十八年（1892 年）壬辰科进士。在广西做官，“减税恤商，商人大和，收入转溢……”后任省警总巡，“逮捕匪首康阔珠，擒其党羽，又捕大族通匪者数人轩诸法，全境肃然。”自云，‘吾不敢姑息以养奸，亦不忍多杀以邀誉’，时称“良吏”。任满后迁东兰州，赴部引见，中途闻国变，遂回籍。宣统元年（1912年）卒于乡，享年54岁。

管象颐，字养山，号梅痴。廷献子。光绪十六年（1890年）庚寅科进士，翰林院庶吉士。户部员外郎，本部参议，在任“清理各省财政”。充江南财政监理官。民国既建，被选为众议院议员，赴山东、陕西治水、放赈。自捐款万金，以善为乐。卒年6。

管象晋，字康锡。廷俊子。光绪二十四年（1898年）戊戌科进士。入翰林院，官至安徽知府。享年52岁。

近、当代

管平（1895～1967年），江苏吴县人。画家管念慈之子，古琴学家。曾先后受教于九嶷派杨宗稷、武夷派悟澄老人、川派秦鹤鸣等著名琴家，并采撷民乐之长，有所创新，自成一格。新中国成立后，任中央音乐学院民族音乐研究所副研究员。潜心发掘古代琴曲及打谱，率先为琴曲“广陵散”“幽兰”“离骚”“大胡笳”等大曲打谱。所奏琴曲“流水”被美国录入太空探测器。著有《古指法考》。亦工画人物。

管松涛（1902～1966），原名管之山，山东巨野县田桥乡邹官屯村人。早年参加东北军，曾任连长、副团长。1931年冬，在天津经石又新介绍加入中国共产党。1940年参加八路军，曾任山东滨海军区独立旅参谋长、辽宁军区第二分区司令员、第四野战军师长，率部参加了辽沈、平津战役。1950年参加抗美援朝，任中国人民志愿军38军参谋长。回国后任高级炮兵学校副校长。1955年授少将军衔。1957年6月荣获中华人民共和国独立自由勋章和二级解放勋章。1966年5月1日病逝，终年64岁。

管大同（1913～1981），笔名纪衡、同明、亦同等。山东潍县人。1935年考入中国大学经济系，翌年加入中国共产党。曾任北平社联中国大学小组负责人和北平学联常委。“七·七”事变后，投入抗日救亡运动，历任寿张县抗日政府县长，平原纵队副司令，党总支书记，八路军泰西第六支队副司令，北平军调处执行部黄河小组中共代表，解放区救济总会中共代表，该会驻天津代表，华北财办出入口管理委员会主任等职。建国后，历任济南市人民政府秘书长、中央财政经济委员会党组成员、外资企业处处长、中央工商行政管理局常务副局长、党组副书记、国务院财贸党委委员和国家机关党委委员，中国人民大学兼职教授等。主要著作有《过渡时期的中国资本主义》《中国资本主义的高级形式公私合营》《我国对资本主义工商业的改造》《工商业者的社会主义道路》等。

管致中，电子学教育家，1921 年 1 月生，浙江富阳人。1944 年毕业于国立中央大学电机系，1945 年回母校任电机系助教。1947 年后历任国立南京大学电机系讲师，南京工学院和东南大学无线电系讲师、副教授、教授，并先后担任南京大学校务委员会常委，南京工学院教务副部长、无线电系副主任、副院长、院长、院务委员会主任、东南大学校管委员会副主任等职务。1994 年离休后，任东南大学老教授协会会长。1980 年起，曾先后被聘为国家教委工科电工课程教学指导委员会会员、组长及主任委员。他是中国电子学会会员，国际 IEEE 高级会员，曾为中国电子学会教育分会常务理事、江苏省电子学会理事长，第七届全国政协委员，第七届江苏省人大代表。

管纪文，男，1934 年生，毕业于吉林大学数学系，研究生，吉林大学数学系主任、教授。他在代数数论、自动机理论和计算机软件方面有所建树。曾获国家教委科技进步奖、国家教委优秀教材二等奖。

管德，1932 年 6 月出生，北京市人，高级工程师，教授，博士生导师，中国工程院院士。1952 年 9 月毕业于清华大学航空工程学院。曾任沈阳飞机设计所副所长，沈阳飞机制造公司副总经理、总工程师，航空工业部总工程师、科学技术委员会主任，中国民航总局副局长。他是我国气动弹性专业的奠基者和带头人。曾荣获 1978 年全国科学大会奖和国家科技进步二等奖；他对歼八的研制作出了重要贡献，荣获国家科技进步特等奖、航空工业部新机首飞一等功。

管晓宏，清华大学教授，自动化系系主任，智能与网络化系统研究中心主任。西安交通大学教授、博士生导师，长江特聘教授。制造系统国家实验室主任，系统工程研究所所长，网络化系统与信息安全研究中心主任。1996 年获国家教委科技进步二等奖、美国李氏基金杰出成就奖。1997 年获国家杰出青年基金。

管文蔚，1904 年生于江苏丹阳。1924 年参加革命，1926 年入党。在大革命时期投身党的白区工作。抗日战争时期和解放战争时期率部队转战大江南北，为民族解放和新中国建立作出了重要贡献。文革前任江苏省副省长，1993 年病逝于北京。

管惟炎，1980 年当选为中国科学院数学物理学部委员（院士）。低温物理学家。江苏如东人，1951 ～ 1952 年在清华大学物理系学习，院系调整后转入北京大学物理系。1953 ～ 1957 年先后在苏联列宁格勒大学物理系、梯佛里斯大学物理系和莫斯科大学物理系学习至毕业。1957 ～ 1960 年在苏联科学院物理问题研究所作研究生。1960年后历任中国科学院物理研究所研究员、所长，中国科技大学校长。还任中国物理学会秘书长、中国制冷学会副理事长、《物理学报》副主编，《低温物理》主编。

管梅谷，原山东师范大学校长，后调上海工业大学任校长。

管华诗，中国海洋大学校长，中科院院士。

管贺征，中央电视台新闻联播节目制作。

管卫强，中央电视台新闻联播节目制作。

管彤（女），上海人，生于北京。中央电视台主持人。

管波（女），辽宁人。著名京剧演员，荀派传人。

管宗祥，山东人。著名电影演员。

管虎，宗祥子。著名电影导演。

莫言，原名管谟业，国家一级作家，作品有《红高粱》《丰乳肥臀》等。

结　论

通过上述研究考证，可以得出以下几点结论：

（一）管姓不管是起源于文王第三子叔鲜，还是出自穆王姬满，都是出自周文王之姬姓，可上溯至黄帝，是真正的炎黄子孙。

（二）江、浙、赣一带管姓，大部为唐、五代或宋时自山东潍坊一带南迁者。开始在江浙一带活动，至元末明初始分迁现居住地。而山东之管姓，认管仲为始祖，应该是符合事实的。

（三）高密管氏原籍即高密一带，后自江苏一带迁回故土，与诸城、莒县等地管氏皆为同宗。

（四）高密管氏出于管师仁亦当可信，但《高密管氏家谱》恐有谬误之处，因年代久远，在所难免。

（五）管姓崇文而不尚武，重文学崇儒术，其名人多学者、文人。如讲习《诗》《书》的管宁，精于《易》算的管辂，诗人管师复，词人管鉴，女画家书法家管道升（嫁赵孟頫），散文家管同，作家管谟业（莫言）等。

（六）管姓乃交友典范，管仲与鲍叔牙的“管鲍之交”，管宁与华歆的割席分坐都是交友典范，名垂青史。

（七）管姓为官者多能吏廉臣。以管仲为代表，宋之管师仁、管湛，明之管时敏、管嘉祯、管嘉福，清之管廷鹗，今之管文蔚等，皆政绩卓著，清正廉明之士，重学问，有政声，任满回乡，少有恋栈贪墨者。

（八）家庭教育十分重要，家族中往往是父祖学而有成，则子孙、兄弟亦皆博得功名在身，有的连绵数代，兄弟连芳，父子折桂，成为佳话。这里面固然有遗传因素，家庭教育、互相影响应是重要原因，不可忽视也。望管氏子孙严整家教，务使子孙成才，以发扬光大家族的优良传统，为国为民作出更大贡献。

附录之一

高密管氏家谱旧序

管氏之姓，其始乃文王子叔鲜，受封于管，以国为氏，今郑州管城是也。以至世远族繁，散处郡邑，在在有之。自周之后，若齐之管仲、楚之管修、汉之管宁、管辂，亦皆出于周。以谱牒失传，不敢妄认，姑就所传而闻者志之。宋时纯祖居胶东，以孝经教授乡里，人呼为“教读先生”，善楷书。生 2 子，曰奉、曰材。迁海州，为海州涟水军伍卒，材务农渔海以充军用。未几，迁浙江处州龙泉县，为龙泉管氏。旁支仍居胶东。奉生 2 子，曰师复、曰师常，隐居不仕。材生 2 子，曰师仁、曰师礼。师仁崇宁间举进士，知建昌军，有善政，召为吏部尚书，大观间，累官枢密院直学士，以奏议忤权幸，罢。师礼知江陵县。师仁生 3 子，曰洪、曰浩、曰深。洪以恩授龙江提举；浩有才识，以杂科任临淮县尉，未几，以疾归。生 1 子，曰大方。高宗南渡之时，徙居海州，族人之在龙泉者尤多。深生 1 子曰鉴，调江西常平提干，乃家临川。后金侵疆愈急，大方又渡江，居丹阳。教其子国信曰：“管氏谱牒，当固藏之，异日有北还之理，祖宗之陵，在齐之东界，不可迷也。”国信闻之，相涕泣曰：“谨依教命。”国信生 5 子，曰镗、锪、镛、镇、锴。越四五年，又迁海州。家属虽多，无生活之计，以镇习鞭锤之术，乡里昼夜有劫掠者，辄护卫之，财货得 1/3，故乡里依仗焉。镗生 2 子，曰熙光、熙烈。熙烈少有大志，知州事，举为屯田官，屯田绝无怨尤者。又迁海州都税大使。熙光易贩于江淮，20 年间，蓄积有数千金，家业颇振，人号为海州大户。熙烈生四子，曰植、槐、松、榛。金陷涟水军，槐、松、榛皆为金所获，独植无恙。及 4 月，元兵至瓜州，植适贩海实及闽府果，因以进偏师，得授沭阳主簿。后元兵大陷江淮军，举家失散，植殉节坠井死。有 2 子，曰夔、曰政，抱父骸瘗于沭阳之髡柳西岗。政以谱牒藏衣袂中，谋北归。复居海州。娶陈氏，生 2 子，曰盛、曰隆。元军往来淮泗间，南北摽掠，殆无虚日。于是父子遂北归，流落于高密县南王柱社，未几，又迁掌家庄社，务农业。自是而乱亡之祸少息矣。吾族旁支仍居海州。隆生2子，曰克勤、克礼。克礼生2子，曰士谦、士能。士谦方10余岁，学书算来县，娶孙氏，迁于县之东鄙。又居县之东门外街北。士谦生4子，曰思忠、思敬、思义、思声。思忠以病疲，思义、思声无子。思敬娶栾氏，生1子曰贤，务农守分，乡里称为忠厚长者。以上皆思敬祖在元时序焉。后之有志者，当以此志之，无使或失焉。

大清康熙十六年三月朔一日丁巳谨述。

附录之二

江西齐川管氏宗谱原序（节录）

吾族管姓，始于周初，以国为氏。至汉高帝封管衔为平昌侯，地望始显。及晋元帝渡江，管方徙居石城，属金陵府。洎唐管辐，偕子伸，官浙，籍满，遂寓处州之龙泉石马岗。凡4世，至师复，号卧云先生，壹志幽栖。耕云钓月之风，堪与严陵相埒。又6传至国谕。世有闻人，炳蔚史籍，皆处石马，为龙泉人也。国谕生葵，字涵珍，号向日，行文4。因慕西江名胜，自龙泉徙丰之齐川而居焉，则向日实我齐川之始祖也。……

大明万历二十九年岁次辛丑仲冬上浣之吉

十一世嗣孙宗泰沐手谨撰

附录之三

清光绪二十二年齐川管氏重修宗谱序（节录）

管氏之先，为文王第3子叔鲜，受封于管，因国为姓。至成王十一年乙未，命叔元子兑为纶邑大夫，岁时奉祀，因徙纶别管城。兑传子鱼，鱼传康。康有淑德，召入为卿士。自康以后，失纪三世，数千年难以探补。康元孙旅，旅传坊，坊传阳，阳传戚，戚传亶，以上世掌周天府。亶传咸，咸随平王东迁，为司会。咸子公度，仕齐，居营邱。度子曼多，多生仲，字夷吾。相齐桓公，号仲父。仲子宜，避五公子之乱，退隐于青郸。孝公立，思仲父之德，封宜为骈邑大夫，世有骈以祀仲。宜传歜，歜传敖，敖传彘，彘传得臣，臣传庄，庄传渠，渠传况，况传瑗。是时，田氏篡齐，瑗以世禄姜氏，义不仕，去之秦。瑗子斯，斯生殳。殳为秦内史。殳子衎，由中涓佐汉高皇平定六合，封平昌侯，管有望自衎始。衎传钰，钰传纪，纪传壬。凡历3世，坐酎金失国。壬子今，又失纪。其孙容，容子伯石，石生洩，洩生延寿，复自平昌迁北海。寿子遂，遂生子国，国生度，汉河南尹。度生宁，字幼安，汉末，往依公孙度，寓辽东，凡二纪，既而浮海还平昌。宁子邈，为魏从事中郎将。邈字辂，字公明，以天文风角显名当世。辂子翊，翊生方，晋参安东将军事，随元帝渡江，侨居石城县，后世遂为池阳人。方子禹授，晋龙骧将军。授子德，德生目，目生钜，宋上柱国。钜子汉臣，臣生冀，冀生旮，梁中领军。旮生俨，俨生戣，戣生彦德，唐贞观间，位升金紫光禄大夫，永徽中，追封新蔡伯。德子印，印生达，达生中孚，孚生駉。駉生栻，为固始令。栻子泮，泮生瞉，徙升州。瞉生四子，孟名轮，叔名轼，季名轸。辐为仲子，唐升州刺史。其子伸，官于浙，为武胜军。见龙泉石马岗山水秀丽，迎父即家焉。伸子15，思旃，伸之14子也，官长沙。生子翔，字垂天，景德间举秀才，献《天下大难赋》，授国子助教。翔生大钧，大成。成，右班值殿，钧赠朝奉大夫。钧子师复，宋仁宗召对，有“满坞白云耕不尽，一潭明月钓无痕”之句，赐号卧云。复子希政，政生安持，持生稷与拱辰，辰详“旌义传”。其子国谕，生葵，号向日、省元，迁丰之齐川而居焉，即齐川之始祖也。……

据此，制图表如下：

1世	2世	3世	4世	5世	6世	7世	8世	9世	10世	11世	12世	13世
管叔鲜	兑	子鱼	康	○	○	○	旅	坊	阳	戚	亶	咸
14世	15世	16世	17世	18世	19世	20世	21世	22世	23世	24世	25世	26世
公度	曼多	仲[①]	宜	歜	敖	毳	得臣	庄	渠	况	瑗	斯
27世	28世	29世	30世	31世	32世	33世	34世	35世	36世	37世	38世	39世
殳	衎	钰	纪	壬	今	○[②]	容	伯石	洩	延寿	遂	国
40世	41世	42世	43世	44世	45世	46世	47世	48世	49世	50世	51世	52世
度	宁[③]	邈	辂	翊	方	禹授	德	目	钜	汉臣	冀	俨

53世	54世	55世	56世	57世	58世	59世	61世	62世	63世	64世
戣	彦德	印	达	中孚	駉	杖	泮	瞉	轮 辐 轼	伸④

①另据《世本》一书所载，管仲之世系与此表不同，大概古人多子，此主支与旁支故也。《世本》云："管氏。本庄仲山（一本无'山'字）产敬仲夷吾，夷吾产武子鸣，鸣产桓子启方，启方产成子孺（一本为'豫'），孺产庄子卢，卢产悼字其夷，夷产襄子武，武产景子耐步（一本作'能陟'），耐步产微（一本曰'带'），凡十代（《史记索隐》）"。

②③据《三国志·魏书·管宁传》傅子曰："齐相管仲之后也。昔田氏有齐而管氏去之，或适鲁，或适楚。汉兴，有管少卿为燕令，始家朱虚，世有名节，九世而生宁。"以此推断，此33世应为少卿。传中云："会宁卒，时年八十四。拜子邈郎中，后为博士。"但邈子是否即管辂，该书《管辂传》未载。

④伸为辐之子。伸有子15人。其中14子思旟生1子文珂，文珂生2子曰大钧、大成。大钧生2子，长曰师复，次曰师常。15子庆河，生5子，曰文复、文歧、文瓒、文昌、文炳，其中文瓒生1子曰大忠。大忠生4子，曰师淳、师渐、师仁、师滂。江西齐川管氏为师复之后，高密管氏为师仁之后。从管叔鲜至管师仁，已是第68世。即使从周穆王姬满算起，至管师仁也已63世了。

附录之四 关于管师仁的有关史料

（一）《宋史》管师仁传

管师仁，字元善。处州龙泉人。中进士第。为广亲睦亲宅教授。通判澧州，知建昌军。有善政，擢右正言左司谏。论苏轼苏辙，深毁熙宁之政，其门下士吏部员外郎晁补之辈不宜在朝廷，逐去之。河北滨棣诸州，岁被水患，民流未复，租赋故在。师仁请悉蠲减以绥徕之，一方赖其赐。迁起居郎，中书舍人，给事中，工部侍郎。选曹吏多挠法为过，师仁暂摄，领发其奸，抵数人於罪，士论称之。改吏部，进刑部尚书。以枢密直学士知邓州，未行改扬州，又徙定州。时承平百余年，边备不整，而辽横使再至，为西人请侵疆。朝廷诏师仁设备，至则下令增陴浚湟，缮葺甲胄。僚吏惧，不知所裁。师仁预为计度，一日而举众十万，转盼迄成，外间无知者。於是日与宾客燕集，以示闲暇，使敌不疑。帝手书诏奖，激召为吏部尚书。俄同知枢密院。才2月，病。拜资政殿学士，佑神观使。卒年65。赠正奉大夫。

（二）加升管师仁枢密院诰

敕朕惟致治之原，实总兵之要，折冲万里，制胜四夷，我图其人，肆颁显命。中大夫试吏部尚书，轻车都尉、南阳县开国子，食邑六百石，赐紫金鱼袋管师仁，智周百物，学洞古今，有猷有为，允文允武。顷者，朕始亲于机政，尔荐历于清华，逮分定武之符，克著元戎之绩，甲兵不试，边境以宁。入掌天官，益隆时誉，蔽自朕志，进贰枢机，朕命惟休，往其祗服，可特授宣奉大夫，同知枢密院事，南阳郡开国侯，加食邑四百户，食实封一百户，勋如故。

大观三年四月十五日诰

（三）管师仁谢升枢密院秩表

伏以天府旧臣，际风云之庆会，瀛州高选，依日月之光华，宠渥自天，震惊无地。臣切谓子房明哲，方堪帏幄之运筹；安石雍容，始副庙堂之重望。苟仅取乎充位，适贻讥于旷官。如臣者，章句陋儒，草莽下士，言不足拾遗而补阙，学不足以致君而泽民，误辱主知，屡承清问，已遂攀鳞附翼之愿，又步行鹓振鹭之班。揣已何堪，蒙恩有自，兹盖伏遇皇帝陛下，圣由天纵，德本生成，乾开坤闢，定万古之规模；日照月临，膺兆民之归仰。初向心于黄屋，待俛念于苍生，置酒未央，陋繁文于汉祖；问安内竖，追大孝于周文。任官惟用旧人，虚已聿咨于说论。遂令微贱，骤历清华。臣敢不竭蝼蚁之微衷，效犬马之补报。稽周宫六典，往迓太平，听嵩岳三呼，恭祈天命，谨具表以谢。

（四）加赠师仁曾祖庆河太子少保诰

敕朕绍胜先烈，临制万邦，惟时政事之基，实赖股肱之助，敷求一德，共守太平。乃眷登延，方隆属任，宜追崇其所自，以大慰于厥心，爰锡恩章，远喻再世。具官某，故曾祖庆河，潜德晦善，在约弥充，积厚流光，启佑来裔，粹然德器，简在朕心，擢赞枢庭，时望允惬，念切原始，讵可弥忘，保于春宫，是推异数，尚其幽冥，亦克知歆，可特赠太子少保。

（五）加赠师仁祖文瓒太子少傅诰

敕朕惟昔庙祧，诸侯惟五。盖种德之厚，则泽之所流者长；致位之崇，则恩之所及者远。礼惟其称崇，岂惟私眷。言辅政之臣，追嘉三世之祖。揆于古制，允合大中。具官某，故祖文瓒，明允笃诚，业履惟茂，迹虽晦而闻则显，善既充而庆有余。惟时文孙，蔚为邦彦，特进于国论，师言允谐，及祖之恩，厥有成宪，春宫之秩，传位甚隆，尚期有灵，亦克膺此，可特赠太子少傅。

（六）赠少傅公夫人叶氏吴氏诰

敕朕惟尊祖之仪，学士大夫之所同，而进位于朝，崇卑有间，故追命之典，远近以殊，盖非道德之隆美，曷克致身于近弼。则夫褒其所自，是宜异于庶工。师仁故祖母叶氏吴氏，柔顺静专，得于所性，幽閒淑善，宜于厥家，庆钟乃孙，实辅予治肆，亦封于大郡，以增贲于幽窀，尚期淑灵，膺此休宠。叶氏可特赠齐安郡太夫人，吴氏永阳郡太夫人。

大观三年四月初五日诰

（七）加赠师仁父大忠公太子少师诰

敕教忠之训，服于能仕之初；显亲之心，遂于扬名之后。眷予爱弼，褒厥前修。师仁故父，通议大夫，粹美中涵，惠和外畅，积仁之报，及嗣而昌，为时真贤，登赞机务，嘉尔有子，稽于国章。进贰春宫之帅，是为不次之宠。尚期幽冥，克享兹荣。可特赠太子少师。

（八）加赠大忠公夫人周氏季氏诰

敕考慎杰才，延登政路，大阐褒崇之典，以增闺阃之荣，眷念其亲，永怀弗汩，宜伸愍锡，用慰孝思。师仁故母信安县太君周氏、缙云县太君季氏，嫔于令人，厥有懿德。惟时息子，进翊百枢，善庆所种，王室是赖。褒崇之数，肆举旧章，改疏嘉郡之封，遂正小君之号。淑灵不泯，共服朕恩。周氏可特赠信安郡太夫人，季氏缙云郡太夫人。

（九）追封枢密夫人余氏诰

敕朕祗循前宪，优遇大臣，登延之初，褒逮家室，永言厥配，弗遇兹荣，人臣所悲，恤典宜厚。师仁故妻崇德县君，改封永嘉郡太君。余氏婉娩淑质，幽闲令仪，嫔于高门，遭会不淑，日月云迈，懿范若存，改疏嘉郡之封，遂正小君之号，尚期未泯，服此宠章。可特赠永嘉郡太夫人。

大观三年四月十五日诰

（十）管师仁资政殿学士诰

敕朕考慎弼臣，延登右府，简折冲之宿望，资经武之宏才。谋图厥任，忠贞靡已，曾未亲于执政，乃屡抗于曩封，爰锡命书，始绚诚恳。师仁禀资端亮，迪德忠纯，学足以知先王之言，才足以周当世之务。肆予缵服，召寘近严，中外洊更，休有绩用，顷由师阃，擢长天官，居然声实之隆，嘉乃猷为之懋，进陪枢筦，允叶佥言，兹遽爽于节宣，方少须于瘳复。而乃躭词荐贡，确请莫回，勉从摄眷之私，载衍优隆之盛。数升华秘殿，须使真词，併尔眷怀，益昭体貌，往绥寿祉，茂封宠光。可特赠依前朝请大夫，充资政殿学士，佑神观使，勋封食实如故。

大观三年六月十二日诰

（十一）资政殿学士管师仁谢表

伏以窃禄朝行，愧谫能之无取。置身文馆，又渥命之诞，敷于盟感，以惟深思，称报曷已。臣伏念斗筲下士，翰墨庸才，谋猷无补衮之能，思藻乏演纶之妙，遭圣神之拨乱，尝嘉宠于帏幄，属天造之兼容，遂荐更于清选，谬庸奖拔，莫效驰驱，兹盖伏遇

皇帝陛下，德洽舜文，功崇汤武，当驰武张文之日，为经邦论学之图，乃建乃文，乃延硕德，于以丝纶乎？至道于以黼黻乎？皇猷遂令参佐之微，兼取高华之选。臣敢不上思圣泽，益励愚忠，非道莫陈于前，誓勉输于忠敬，归美以报其上，庶不负于初心，谨奉表以谢。

按：上述资料，应该是真实的。可知管师仁曾祖为管庆河，祖父为管文瓒，祖母为叶氏、吴氏，父亲是管大忠，母亲是周氏、季氏，而其去世的夫人是余氏。可见高密谱的说法有误。

附录之五 现存世之管氏家谱

天下管姓，以江浙、山东为多，江西、安徽、湖北、湖南、东北、陕西亦有之。现存世之管氏家谱，从上海图书馆存书目录及网上查询，可知有如下数种：

（一）《如皋管氏宗谱》，始迁祖管重和，元至正十七年自常州迁如皋之掘港场。谱为从育才等主修，民国十五年（1926年）铅印，共20册，现存上海图书馆。

（二）《如皋管氏宗谱》，28卷。民国时管惟一主修。民国十五年（1926年）铅印20册，存南通图书馆。疑与前同。

（三）《云阳管氏宗谱》，一世祖管御，北宋仁宗时自山东青州渡淮，先寓维扬，后徙洪州。元丰二年，其子管炬卜居丹阳永济乡之管山，后世遂奉其为始迁祖。管亨裕主修，现存上海图书馆。

（四）《云阳管氏宗谱》6卷。明万历五年（1577年）邵南公始修，此为第十二修，清管贞茂主修，道光七年（1827年）永思堂活字本六册。现存历史研究所。

（五）《吴县管氏家谱》，旧籍山阳（江苏淮安），宋靖康之乱徙苏州城东之东河。一世祖管进，始迁祖为进之五世孙管文正。明成化间迁邑之平江里龙潭上，又治宅于管家园。管礼秉纂修，有明陈鹤撰序，吴昌硕题书名页，民国10

年（1921年）铅印2册。现存上海图书馆。

（六）《吴县管氏家谱》，光绪十八年（1892年）抄本，一册，管廷奎纂修，现存上海图书馆。

（七）《吴县管氏家谱》，不分卷，康熙二十三年（1684年）管鸿始修，民国10年（1921年）铅印本二册，存苏州市博物馆、苏州大学、吉林大学、哈尔滨师大等图书馆，苏州图书馆、北京图书馆、历史研究所亦有存书。

（八）《西溪管氏宗谱》（江苏溧阳），一世祖管天龙，北宋时居浙江，五世祖管思舜迁溧阳。思舜子文绰，号西溪，南宋绍定间再徙邑之奉安黄雀花墩下，是为本支始迁祖，光绪九年（1883年）孝恩堂活字本7册。存上海图书馆。

（九）《武进华波里管氏族谱》，民国时管凤和等修，民国5年（1916年）活字本，现存美国。

（十）《管氏宗谱》，附管氏分谱**卷。清咸丰年间修，光绪年间补钞本，4册。全书原题4册，内容有重复。现存北京图书馆。

（十一）《管氏重修宗谱》31卷，末一卷，民国管启韶等修，民国12年（1923年）昭格堂活字本32册，现存北京图书馆。

（十二）《浙江萧山管氏宗谱》四卷，清管廷元修，清光绪元年（1875年）活字本4卷，现存日本、美国。

（十三）浙江常山《平昌管氏宗谱》3卷，民国3年（1914年）木刻本。浙江常山县辉镇高峰村。

（十四）《黄岩新桥管氏宗谱》，民国间活字本，浙江临海县博物馆存13卷。

（十五）《黄岩管氏宗谱》，始迁祖管新涵，元末自括苍龙泉州前东浦迁至黄岩新桥。管庆桂纂修，清咸丰八年（1858年）木活字印刷本8册。疑与14相同，只时间早而已。

（十六）安徽《泾川浙南都管氏续修宗谱》10卷，首1卷末1卷，清管贤书、管国培修。清道光十九年（1839年）木刻本13册。该谱创修于明天顺年间，该族散居安徽泾县、旌德等地。谱存河北大学图书馆。

（十七）湖北黄冈《管氏宗谱》9卷，清管应起经理创修。同治八年（1869年）管氏新镌木活字本8册，存武汉图书馆。

（十八）湖北黄冈《管氏宗谱》，民国元年管承喜等纂修。民国36年（1947年）管氏绍仲堂刊木活字本，此谱始修於清同治八年（即前种）此为二修，有缺页，武汉图书馆存其1～3卷。

（十九）黄冈《管氏宗谱》，同前，存卷首及1～7卷。

（二十）武陵（今湖南常德）管氏宗谱，清末活字本。迁益阳、桃源、龙阳世系。该谱存上海图书馆。

（二十一）《齐川管氏宗谱》今江西广丰。始迁祖管葵，宋末元初自浙江龙泉石马岗迁来，为管师复之后，谱 17 卷。现存上海图书馆。

（二十二）《高密管氏家谱》2 卷，清管延芳、管延选等修（按：延疑为廷字），清同治十年（1871 年）木刻本二册，现存日本、美国。（注：高密只存同治三年本，同治十年本未见过。）

（二十三）《高密管氏家谱》2 卷，同治三年（1864 年）管万选等主修，现散存于各股长房家中，下同。

（二十四）《高密管氏家谱》4 卷，光绪二十九年（1904 年）管晖吉、管恩覃等主修。

（二十五）江西齐川《管氏宗谱》今江西广丰。现存上海图书馆。谱十七卷。清、木版。始迁祖葵（元），宋末元初自浙江龙泉石马岗迁江西广丰齐川。

（二十六）湖南《管氏族谱》，民国 25 年木活字本，23 卷。管昌旂等修。鼻祖唐管福（辐）。先祖君赐。先祖明、道卿。堂号耕钓堂。福（辐），唐懿宗时人，家池阳，五季之乱迁福建邵武，后迁龙泉剑川，八世君锡移江西丰城，越九世至道卿，字德文，号和三，明洪武七年迁长沙新都，为长沙、宁乡分支之祖，道卿后裔散居益阳、武陵、汉寿、桃源等地（贤按：此江西广丰齐川管氏之后裔也。）

（二十七）安徽霍邱《管氏支谱》民国 22 年管传训纂修。铅印本，二卷。始迁祖管宇（明），明后期自山东青州府枣林冈迁居霍邱南乡。

（二十八）浙江龙游管氏，其先临川人，初迁至衢州西安县南门，继迁至仙源（西安地），至明弘治间，有名伯通者，始迁县南枫林村，为其始祖。

附录六 管氏家族传统佳联

（一）竹苞松茂，官廉民安 （上下联第一字合而为管）

（二）割席传美谈，减租建奇勋 （上联为管宁，下联为管师仁）

（三）仁存白云集，瑞应折桂亭 （上联为管师复，下联为管及）

（四）九合诸侯匡天下，三迁少卿宁国邦（上联为管仲，下联为管湛）

（五）幼安高节，仲父霸功 （上联管宁，下联管仲）

（六）平原世泽，相国家声 （上联管辂，下联管仲）

（七）魏国管宁真名士，元代道升女画家 （上联管宁，下联管道升）

（八）尊王攘夷成霸业，通义精术识天文 （上联管仲，下联管辂）

（九）玉树芳兰承俎豆，金章紫诰答蒸尝 （莒县管氏宗祠联）

（十）龙尾家声，凤阳世胄 （上联为管宁，下联为莒县之始祖）

（十一）忠厚传家久，诗书继世长 （吾家风也）

附录七　本县、邻县管氏之无考者及高密管氏外迁情况

1. 凡天下管姓，皆一家焉，但因年代久远，谱牒失传，在清同治十年（1871）修谱时，本县及邻县管姓中即有无考者，现据家谱录之如下：

（一）管氏本县无考者：

呼家庄前　西周阳　西沙窝　冯家庄

菜园　崖沟　朱符　张家墩

槐树底　帽子屯与槐树底同祖　顾二屋子

闫家台落自即墨迁来

（二）管氏邻县无考者

潍县之柳疃自西迁潍，有世袭奉祀生一名，奉管仲，祀庙在临淄。 郭 泽村与柳疃同祖。

胶州之城里无考。　山前　王台街　大行以上皆无考。

东牟管庆续自高密迁去，支股无考。

即墨之城里为高密管氏，因谱牒失传，支股行辈皆无考。 兰 村 与 城 里同祖。

2. 高密管氏，自元末来高密，子孙繁衍甚速，其时多居县城，至明初逐渐外迁，形成管家灵芝等管姓聚居的大型村落。至光绪二十九年（1903 年）为止，高密管氏又有不少人自原居住地外迁。现据《高密管氏家谱》的记载，按股分世汇总如下：

（一）大股

十二世：

管应选

十三世：

管文耀、管文燃

十四世：

管成松

十六世：

管绍康、绍熙兄弟、管绍福

十七世：

管贵勷、贵是、贵寔、贵安、贵旭、贵郲、贵邗、贵鄌、贵鄏、贵桉、管彦邦、杰邦兄弟、管得君、仕君、良君兄弟、管贶仕、将仕、求仕兄弟

十九世：

管家乐 以上皆出外不知所之者

十三世：

管金 出居任马（贤按：疑为昌邑之饮马，其弟银亦出外，可能亦至其兄处）

十六世：

管绍望 适辽（今辽宁）

十七世：

管贵缕 出居王台东北小庄，自乾隆年间外迁至王台东北小庄，已有2子4孙，长孙曰运灵，次子曰玉，据其孙行四者说，他们是从陶家庄（贤按：疑为今之姚哥庄）迁去的，到1903年修谱时，至其身已三十世。

管贵邵：居苗家村

管教邦：迁张家屯

管振彩：迁北河崖

管振升：迁东北河崖

管贵鄷：住河套管家庄（贤按：此三人是否今河崖管家庄或王家屋子管姓之始迁祖，待考）

管贵郃：居高家楼

管贵纶：迁向家岭

十八世：

管恩照：全家适辽东

管恩遗：迁辽东

管恩大：迁辽东

管恩谱：迁辽

管恩仪：迁东牟

管恩鸿：居綦家村

管恩六：与其父贵绅出居黄县

管恩重：迁律家村

十九世：

管正常：迁冯家屋子

管家冀：迁沈阳

管家舆、运昌：居祝家庄

管述祖：迁逄各庄

（二）二股

十六世：管绍成：出外不知所之

十八世：

管恩爵：迁顺天

管恩级：父子迁顺天（今沈阳）

管恩承、恩秉兄弟出居黄县九里箭

管沛恩：迁黄县

十九世：

管家巨与其弟家升迁辽东新开河大黄沟

（三）三股

十世：

管长庚

十三世：

管宗宁、管法远

十九世：

管家杞 以上皆出外不知所之

十六世：

管文德自杨各庄迁居律家村

管廷耕 迁辽东

十八世：

管恩隆、恩雍、恩渥兄弟迁黄县

十九世：

管家俊 迁黄县

（四）四股

十五世：

管 忦

十六世：

管化疆

管绍吉

十七世：

管可萛

十九世：

管家御

管明方 以上皆出外不知所之

十七世：

管贵酆 父子俱迁辽东

十八世：

管恩居 迁辽东船厂东关

十九世：

管家乐 迁辽东淮阴县（贤按：未闻辽东有淮阴县者）

管家佃 迁辽

附录八 新发现的高密管氏（三股）

七世祖嘉祯公在无锡知县任内所立“无锡县里社”碑。

该碑于2004年12月于无锡市蠡湖街道青祁村建筑工地出土，现存无锡市博物馆。

该碑为嘉祯公于明嘉靖五年（1526年）三月，在无锡知县任内所立，碑文内容是要求各里社毁淫祠寺观以建社坛，每月初一集会1次，祭五土五谷之神，读抑强扶弱之词，劝善惩恶，申明乡约，以敦风化，兴礼恤患，以厚风俗，同时，“立社学设教读以训童蒙；建社仓，积粟谷以备凶荒”。根据当地老人说，此碑出土之地，原为“蒋大王庙”，即属于碑文中所说的“淫祠寺观”之列，当地将其拆毁以建社坛或立社学了。于此可见其清廉爱民，敦本尚实之一斑。

该碑距今虽已近500年，但字迹清晰，为楷书。据笔者以外行眼光看来，其书法有颜欧之风，端凝朴拙而不失碑意，颇具大家风范。

"无锡县里社"碑碑文

无锡县里社

常州府无锡县为申明乡约，以敦风化事，抄蒙钦差总理粮储兼巡抚应天等府地方都察院右都御史陈 案验备仰本县遵照洪武礼制，每里建立社坛一所，就查本处淫祠寺观毁改为之，不必劳民伤财。仍行令各该当年里长，自嘉靖五年三月起，每春秋贰社，出办猪羊祭品，依式书写祭文，率领一里人户，致祭五土五谷之神，务在诚敬丰洁，用虔祈报。祭毕，就行会饮，并读抑强扶弱之词，成礼而退。仍于本里内推选有齿德者一人为约正，有德行者二人副之。依照乡约事宜，置之簿籍二扇，或善或恶者，各书一籍。每月朔一会，务在劝善惩恶，兴礼恤患，以厚风俗。乡社既定，然后立社学，设教读以训童蒙；建社仓，积粟谷以备凶荒。而古人教养之良法美意，率于此乎寓焉。果能行之，则雨旸时若，五谷丰登而赋税自充；礼让兴行，风俗淳美而词讼自简。何待于催科？何劳于听断？而水旱盗贼亦何足虑乎？此敦本尚实之政，良有司者，自当加意举行，不劳催督。各将领过乡约本数，建立过里社处，所选过约正、约副姓名，备造文册，各另径自申报，以凭查考。其举之有迟速，行之有勤惰，而有司之贤否，于此见焉。定行分别劝惩，决不虚示，等因奉此，除遵奉外，今将备蒙案内事理，刻石于本社，永为遵守施行。

大明嘉靖五年三月 日

无锡县知县管嘉祯立石

跋

余自幼受父辈教诲，深知孝亲敬祖为人伦之大德，饮水思源，不敢忘己所从来。故对家谱甚为重视。吾族平安庄一支，原有谱一部，存先伯祖讳遵仁公处，两岸始通后，被二叔梅五携之去台。幸辛巳年（2001年）五月既望，由三弟谟业斥资500元，由内子王梅棣赴青岛一书商处购回一部。余如获至宝，时常研读，遂有所得，加之随时注意收集有关资料，于是做了上述研究考证。由于掌握资料太少，这些研究还是肤浅的、初步的。更深入的研究、更正确的结论，只能俟之来日，期于后来之人了。

甲申年（2004年）春三月朔初稿

庚寅年（2010年）孟秋增补修订

高密管氏二十四世孙谟贤沐手书

参考书目：

1.《史记》

2.《汉书》

3.《后汉书》

4.《世本》张澍、茆泮林辑各一种

5.《三国志·魏书》

6.《宋史》

7.《高密管氏家谱》

8. 江西《齐川管氏宗谱》及江苏如皋、吴县，山东诸城等地管氏家谱

9. 管月福《龙泉管姓》

10. 管恩灼《双凤山下人家》

11. 有关工具书及网

莫言家书

编者按：

我们在此刊登了几封莫言与大哥的通信，从中可见莫言在保定时勤奋学习，努力写作的情况。莫言学习像饥饿的人扑在面包上，要求读的书之深、面之广可见一斑。大哥在学习上不遗余力地支持莫言，提供书籍，刻治印章，规劝莫言多读史书。大哥在生活上关心爱护、精神上鼓励莫言，兄弟俩可谓手足情深。读他们的信，就像是在读作品。

“皇天不负有心人”，莫言终于在保定的刊物《莲池》上发表了处女作《春夜雨霏霏》，自此稳健地步入文坛。这是研究莫言创作道路的第一手材料。

1980年

哥：

寄的材料收到，多谢！

现将我所需书目列于下，您手边有的，可借我阅，手边没有的，能否想法替我买？购书所需款项后寄。

一、《辞海》或《辞源》的关于政治、经济、哲学、历史、文学的各分册。

二、大学的政治经济学教材（您以前在校时学没学？）。

三、您认为有参考价值的各类书籍。

这是我能否达到目标的最后一次“垂死挣扎”，是破釜沉舟的背水一战，成败在此一举，希望您能给予我支持。

祝

好！

弟：谟业

80．5．4

所谓的“公元”是怎么一回事？我们训练队的好多大学毕业生们都不知道。

谟业弟：

“五·四”来信收到，所要书籍，我去常德新华书店看了一下，《辞海》、《辞源》无货，分册已经不出，只好待日后再说。

现寄上苏联列昂节夫《政治经济学》一册，于光远的一册，是我们在大学里的课本。另有《刘禹锡诗文选注》一册，是在评法批儒时我参与编写的，虽然略有“文革”遗色，大内容是不错的，起码没有知识性错误。

你目前工作甚忙，提干压力大，教学任务重，还要写小说。人的精力是有限的，因此要注意身体，如果身体搞垮了，其他东西还有什么意义？

在文学创作上，我提不出什么意见，现在时代正在转变，我在大学里学的都是毛主席延安文艺座谈会上的一套，虽不能说过时，但也陈旧了些。依我看，作品要发表，总要有自己的特色。以前你寄来的几篇，我感到很有点孙犁的味道，你在保定离白洋淀近吗？有机会可以去看看。

不要灰心丧气，一切都会好起来。

前天收到了父亲来信，说家中一切都好，我想，再好，辛苦劳累是免不了的。

我们都挺好，勿念。

祝

进步！

大哥大嫂

80. 5. 15

关于公元

所谓“公元”即公历纪元，也叫基督纪元。以传说中的耶稣基督的诞生年为公元元年。常以 AD（Aanno　Dominl 之缩写，即主的生年之意）表示之，始创于公元六世纪，今为世界上多数国家所采用，故称“公元”。

又，公元前则以 BC（英文 Before　Christ 之缩写，即“基督以前”之意）表示之。

信是我自己封好又拆开过的，为了解答“公元”。书又加了二册《哲学名词解释》，捆作一包，收到请来信。

大哥又及。

1981年

哥、嫂：

久没去信，还望见谅。

我的提干问题，局党委已通过，因情况特殊，转报部党委审批，近日又闻，部里也不能批，又转报总参，这真是小题大作。按说战士提干，局里即可批，没想我竟搞得如此麻烦。总参是审批师级干部晋升事宜的，竟把我也划拉了进去，令人感慨不已！此事成败与否很难预料，谋事在人，成事在天。我是不敢抱过大的希望的。老天爷，人生多歧路，坎坷何时平。

前些时患痢疾，折腾了十几天，现已痊愈。每年夏秋之交总要闹几天肚子，成了惯例。

暑假里，我写了一篇小说，已在保定《莲池》发了首篇，这是瞎猫碰了死耗子。这篇东西费力最少，一上午写成，竟成功了，有好多“呕心沥血”之作竟篇篇流产，不知是何道理。

据父亲来信讲，家乡大旱，种麦困难，十分忧虑，然也爱莫能助。芹兰分娩之期日近，我竟也要替人做父亲了，这简直不可想象。往事不堪回首，几十年，一场梦幻。我马上也要30岁了，再不努力真的就完了。

祝福我吧，你们！

即颂

平安！

弟：谟业

10. 7

谟业弟：

你好！

得知提干有望并处女作发表，又兼芹兰分娩在即，你马上要做父亲，三喜临门，让我们万分高兴！

请马上把刊登你作品的《莲池》寄给我，让我们分享你成功的快乐！这真是“皇天不负有心人”啊！万事开头难，希望继续努力！

痢疾要抓紧根治，否则，弄成习惯性的就麻烦了。

我这里一切都好，只是冬天死冷（无取暖设备），夏天酷热，从来此报到第一天起我就想调走，前些年知识分子“臭老九”，哪里也不欢迎。现在知识分子又要“吃香”了，厂里又不肯放人了，真是世事无常，30年河东，30年河西，捉弄死人！

家里来过信了，都好！

我准备明年暑假回家探亲，希望能见到你。

祝

不断进步！

大哥、大嫂

81. 10. 18

1982年

谟业弟：

好久没有给你写信了，主要是有点忙。（两个人带2个小孩，下班比上班忙，星期天比平时更忙。）忙而没有名堂是很可悲的。调到北方的事难度十分大，关键是此处不放人。厂里分管学校的头儿说：你若前些年调走也就罢了，现在粉碎了“四人帮”，人才难得，你往哪里走？要走可以，你找两个华东师大毕业的来替换你！这话简直是放屁！气煞我也。

我祝贺你不断有作品发表，这是你奋斗的结果。我看你的作品虽然还幼稚，但十分亲切；虽然还没有形成自已的风格，但已经开始探索。尤其是在心理描写和景物描写上已有相当高的水平。但我觉得，你应该在文史方面狠狠地下点功夫补补课，尤其是古典文学方面。从《诗经》《楚辞》一直到明清小说，要通览一遍；《左传》《史记》等史书也要读几部。尤其是《史记》，鲁迅称其为“无韵之离骚，史家之绝唱”，此言得之，读过你就知其中之妙。再说，你毕竟不是科班出身，在这方面是欠缺的。鲁、茅、郭等老一代作家可都是博古通今底蕴深厚的，就连钱学森，华罗庚，杨振宁这些搞自然科学的，国学功底也是十分了得的！所以希望你永远不满足。学习、学习、再学习。进步、进步、再进步！

我弄了一套胡绳的《从鸦片战争到五四运动》，你要不要，要的话给你寄来。这是官方认可的。

我们都好，勿念。

即祝

永远进步！

大哥、大嫂

82. 10. 24

哥、嫂：

来信收到。

谢谢你们能耐着心看完我的不像样子的东西。信中对我作品的分析可能出于亲情而多溢美之词，其实连我自己都晓得水平是很凹的。譬如：浓厚的小资情调，明显的模仿都是非常露骨的毛病。目前我正在酝酿一个小中篇，已基本成熟。但苦于课程太累，不能动手。元旦前党史课新民主主义革命部分可望赶完，到时又有一段空闲来完成我的计划。今年我偷空写了十几个东西，但都不能发表，其主要原因是在题材的陈旧或者是对旧题材没有新突破，至于语言文字当然也不足，但都是次要的。

胡绳著《从鸦片战争到五四运动》我已有一套，不需寄了。襄华、襄明还好吗？需要我帮他们办什么事吗？这儿去北京的人还是经常有的，买东西较方便。

虽已是严冬，但并不甚冷（与去年相比），但愿这样下去才好。

即祝

安好！

弟：谟业

11. 12

哥嫂：

我考进了解放军艺术学院文学系！

文学系是军艺新开设的一个系，今年初次招生，招收对象是在全国公开发行刊物上发表过作品的部队青年干部，学制两年，毕业后发给大专文凭，系主任是写过《两线轶事》《我们播种爱情》的部队老作家徐怀中，我们的老乡诸城人胡克是军艺院长。

文学系今年招收30名学生，竞争很强，总参谋部只招了我一个。比我强的多的是，可我考进了，这不能不说是苍天保佑。

军艺和东方歌舞团、中国京剧团住在一个大院里，房子很紧，所以，我们总参、总政、总后的学生一律走读，我只好求助部里，住在海淀，离学校有40分钟的公共汽车，这样当然辛苦多了，但这机会千载难逢，走读就走读吧。

我们这里的人都祝贺我，我自己觉得没什么，因为上大学并不一定能上出作品来。写不出作品来，读文学系简直是绝妙的讽刺。让我试试看吧。

我终于得到了一个扔掉小学肄业帽子的机会，因此我感到有几分高兴。

我终于算跨进了大学校门，因此感到有几分高兴。这次考试，简直像一场梦。别人5月初就拿到了准考证开始了复习，我得到消息，萌动念头已是6月中旬，6月19日上午搞到准考证，6月21日开始复习，7月1日开始考试，复习了10天。语文、政治、史地3门课考了216分（语文90分），成绩差强人意。文化考试占40%，作品占60%．我的作品不是一流，但送审的几篇还是马马虎虎的，就这样考上了。解释：上帝保佑我！

这也许能成为我进入专业创作队伍的一个跳板，如果在这两年里我能拿出几篇打得响的作品的话。

详细情况等我入学后再写信告诉你们。

即颂

时绥

弟 谟业

84. 8. 12

哥嫂：

来信及图章拓片收到，我很喜欢。大哥刻的比我那个学生用肥皂刻的好，谢谢！

我去北戴河参加部征文评奖，24号才赶回延庆，匆匆忙忙收拾了一下，已于今天来学院报到。经过努力，我已由走读改为住校。这样就方便轻快多了。据老师们说，我的作品分是90，最高分，与李存葆的一样，他们欣赏的是《民间音乐》，其实我哪能和李存葆比，人家一部《花环》早把中国轰动了。李住在我隔壁。这是军艺文学系第一次招生，招了35人，各大军区、总部机关平均一至二个，带薪学习，待遇不变，享受寒暑假。

粗看了第一学期课程表，有刘白羽、王蒙、冯牧、丁玲、张承志、邓友梅等人讲创作，陆振山开近代史、党史，冉淮舟开现代文学史，估计会安排相当多的时间创作。

我很惶恐，信心不是太足。

初来乍到，要写的信很多，就此打住吧。

即颂

秋安

弟 谟业

84. 8. 28

莫言作品参考篇目

（一）长篇小说

《红高粱家族》解放军文艺出版社 1998

《红高粱家族》（再版）南海出版公司 1999

《天堂蒜薹之歌》作家出版社 1988

《十三步》（笼中叙事）作家出版社 1989

《酒国》湖南文艺出版社 1993

《酒国》（再版）南海出版公司 2002

《食草家族》华艺出版社 1993

《愤怒的蒜薹》北师大出版社 1993

《天堂蒜薹之歌》（修订本）北师大出版社 1993

《丰乳肥臀》作家出版社 1995

《红树林》海天出版社 1999

《檀香刑》作家出版社 2001

《四十一炮》春风文艺出版社 2003

《生死疲劳》作家出版社 2006

《蛙》上海文艺出版社 2009

（二）中短篇小说集

透明的红萝卜》作家出版社 1986

《爆炸》解放军文艺出版社 1988

《欢乐十三章》作家出版社 1989

《白棉花》华艺出版社 1991

《怀抱鲜花的女人》社会科学出版社 1993

《金发婴儿》长江文艺出版社 1993

《神聊》北师大出版社 1993

《猫事荟萃》新世界出版社 1994

《长安大街上的骑驴美人》海天出版社 1999

《师傅越来越幽默》解放军文艺出版社 1999

《战友重逢》解放军文艺出版社 2001

《生蹼的祖先》文化艺术出版社 2001

《冰雪美人》文化艺术出版社 2001

《莫言中篇小说集》（上、下）作家出版社 2002

（三）散文随笔

《会唱歌的墙》人民日报出版社 1998

《莫言散文》浙江文艺出版社 2000

《清醒的说梦者》（东岳文库）山东文艺出版社 2002

《什么气味最美好》南海出版社 2002

《北海道走笔》上海文艺出版社 2006

《说吧，莫言》（1 ~ 3 卷）海天出版社 2007

（四）文集、选集

《莫言文集》（1 ~ 5 卷）作家出版社 1996

《莫言短篇小说》（1 ~ 3 卷）上海文艺出版社 2000

《红高粱家族》（东岳文库）山东文艺出版社 2002

《酒国》（东岳文库）山东文艺出版社 2002

《拇指铐》（东岳文库）山东文艺出版社 2002

《罪过》（东岳文库）山东文艺出版社 2002

《师傅越来越幽默》山东文艺出版社 2002

《透明的红萝卜》（东岳文库）山东文艺出版社 2002

《司令的女人》云南出版社 2002

《走向诺贝尔 - 莫言》文化艺术出版社 2001

《莫言文集》（1 ~ 12 卷）当代世界出版社 2004

（五）报告文学

《美丽的自杀》《解放军文艺》1986 年 1 期

《高密之光》《人民日报》1987 年 2 月 3 日

《高密之星》《人民日报》1987 年 12 月 13 日

《高密之梦》《人民日报》1988 年 9 月 3 日

《大音希声》《昆仑》1989 年

《程祥凯论》《解放军文艺社丛书》1990 年

《军歌》《群众文艺》1989 年

《一所有特色的大学》《中国教育报》1990 年

《一夜风流》《解放军报》1991 年

《怪人张世家》《青年思想家》

《奇人奇药》《青年思想家》

（六）创作谈及杂文

《天马行空》（管谟业）《解放军文艺》1985. 6

《桥洞里长出红萝卜》《文艺报》1985. 5

《几位青年军人的文学思考》（莫言等）《文学评论》1986. 2

《黔驴之鸣》《青年文学》1986. 2

《两座灼热的高炉》《世界文学》1986. 3

《十年一觉高粱梦》《中篇小说选刊》1986. 3

《< 奇死 > 后的信笔涂鸭》《昆仑》1986. 6

《与罗强烈的通信》《中国青年报》1986. 7. 8

《唯有真情才动人》《文艺报》1986. 8

《我想到痛苦、爱情与艺术》《八一电影》1986. 8

《与莫言一席谈》莫言、陈薇、温金海《文艺报》1987. 1. 10、1. 17

《也算创作谈》1987. 8. 20《钟山》1988. 1

《玫瑰玫瑰香气扑鼻》（附：也算创作谈）《钟山》1988. 1

《狗鸟马》《中国作家》1988. 1

《影片 < 红高粱 > 观后杂感》《电影、电视艺术研究》1988. 4

《也叫“红高粱家族”备忘录》《电影、电视艺术研究》1988. 5

《我的“农民意识”观》《文学评论家》1989. 2

《打靶歌》（散文）《解放军文艺》1989. 2

《供销社的朋友们》《农民日报》1989. 8

《酒与文化及其他》《人民日报》海外版 1989 年

《我痛恨所有的神灵》（辑入张志忠著《莫言论》）1990. 3

《跑跑跑，看电影》（文汇）《电影时报》1990 年

《清醒的说梦者——关于余华及其小说的杂感》《当代作家评论》1991. 2

《我与农村》《农民日报》1991. 8. 29、30、31

《圆梦——< 食草家族 > 跋》1991. 7. 26《食草家族》花山文艺出版社 1992

《还是闲言碎语》《中篇小说选刊》1992. 1

《说说福克纳这个老头儿》《当代作家评论》1992. 5

《我的故乡与我的小说》《当代作家评论》1993. 5

《好谈鬼怪神魔》《中国当代作家面面观》林建法选编时代文艺出版社 1994. 6（原载《作家》1993. 8）

《我与译文》《作家谈译文》上海译文出版社 1997. 12

《独特的腔调》《读书》《短篇小说四人谈》1999. 7

《胡扯蛋》《钟山》2000. 1

《关于“垓下”的想象突围》李陀　莫言　陶庆梅《读书》2001. 6

《文学创作的民间资源——在苏州大学“小说家讲坛”上的讲演》《当代作家评论》2002. 1《中国当代作家面面观》林建法、徐连源主编　春风文艺出版社 2003. 4

《翻译家功德无量》《当代作家评论》2002. 5

《马语》《语文教学与研究》2002. 16

《西部的突破——从 < 美丽的大脚 > 说起》《电影》2002. 11

《作家和他的文学创作》《文史哲》2003. 2

《序：胡说“胡乱写作”》《中国当代作家面面观》林建法、徐连源主编春风文艺出版社 2003. 4

《莫言：我正做着我愿意做的事》莫言　咸江南《中华读书报》2003. 8. 13

《诉说就是一切》《当代作家评论》2003. 5

《我一看见农作物就兴奋》《齐鲁晚报》2005. 12

（七）台湾出版书目

《透明的红萝卜》新地出版社 1987

《红高粱家族》洪范书店 1988

《透明的红萝卜》林白出版社 1989

《天堂蒜薹之歌》洪范书店 1989

《十三岁》洪范书店 1990

《酒国》洪范书店 1992. 9

《怀抱鲜花的女人》洪范书店 1993

《梦境与杂种》洪范书店 1994

《丰乳肥臀》洪范书店 1996

《红耳朵》麦田出版社 1998

《传奇莫言》联合文学 1998

《会唱歌的墙》麦田出版社 2000

《食草家族》麦田出版社 2000

《檀香刑》麦田出版社 2001

《白棉花》麦田出版社 2001

《冰雪美人》麦田出版社 2002

《红高粱的孩子》时报出版社 2002

《北京秋天下午的我》一方出版社 2003

《四十一炮》洪范书店 2003. 7

（八）翻译作品篇目

《红高粱家族》外文版：英文、法文、德文、意大利文、日文、西班牙文、希伯来文、瑞典文、挪威文、荷兰文、韩文

《天堂蒜薹之歌》外文版：英文、法文、德文、瑞典文、荷兰文、希伯来文、意大利文

《酒国》外文版：英文、法文、日文、德文、韩文、意大利文、波兰文、荷兰文

《丰乳肥臀》外文版：日文、意大利文、越南文、英文、法文、荷兰文、韩文

《十三步》外文版：法文

《檀香刑》外文版：日文、韩文、法文、意大利文

《四十一炮》外文版：日文、韩文

《师傅越来越幽默》中短篇小说集外文版：英文、荷兰文、德文、意大利文、希伯来文

《爆炸和其他的故事》英文版短篇小集　香港中文学大翻译研究中心

《来自中国乡村的报告》日文版短篇小说集ＪＩＣＣ

《怀抱鲜花的女人》日文版中短篇小说集ＪＩＣＣ出版

《幸福时光》日文中短篇小说集　平凡社

《白狗秋千架》日文短篇小说集NHK出版公司

《筑路》法文中短篇小说集ROMAN出版社

《透明的红萝卜》法文中短篇小说集P I CQU I ERR POCB E出版社

《儿童视角》法文短篇小说集

《养猫专业户》意大利文中短篇小说集E I NAUD I 出版社

《藏宝图》法文P I CQU I ERR POCB E出版社

《爆炸》法文E D I T I ONS CARACT ERE S出版社

《欢乐》法文P I CQU I ERR CARACT ERE S出版社

《怀抱鲜花的女人》(中短篇小说集)法文P I CQU I ERR CARACT ERE S出版社

《拇指铐》日文《季刊中国当代小说》

《天花乱坠》日文《别册文艺春秋》

《扫帚星》日文《季刊中国当代小说》

《良药》瑞典文

(九)小说改编电影

《红高粱》张艺谋导演

《师父越来越幽默》改编为《幸福时光》张艺谋导演

《白棉花》台湾李幼乔导演

《白狗秋千架》改编为《暖》霍建起导演

(十)影视文学剧本

《红高粱》(与人合作)1987年西安电影制片厂摄制、1988年获第38届西柏林国际电影节最佳影片金熊大奖

《太阳有耳》台湾严浩导演，张瑜主演，1996年获西柏林电影节银熊奖

《英雄浪漫曲》《中外电影》1988 年

《大水》（与人合作）《中外电影》1989 年

《哥哥们的青春往事》（六集连续剧）（与人合作）河南电影制片厂摄制 1991 年

《红树林》（十八集连续剧）检察日报影视部摄制 1998 年

《梦断情楼》（与人合作）

《霸王别姬》（话剧）空政话剧团 2000 年底在北京演出

《我们的荆柯》（话剧）

莫言研究资料索引

1. 《有追求才有特色——关于〈透明的红萝卜〉的对话》，徐怀中等《中国作家》，1985 年第 2 期

2. 《小说“写意”手法谈》，朱向前，《文学评论》，1985 年第 2 期

3. 《独具特色的〈红萝卜〉——谈小说〈透明的红萝卜〉》，何铭，《中国青年报》，1985 年 5 月 26 日

4. 《“妙在似与不似之间”——评中篇小说〈透明的红萝卜〉》，李陀，《文艺报》，1985 年 7 月 6 日

5. 《关于〈透明的红萝卜〉》的思考，崔京生，《文汇报》，1985 年 7 月 29 日

6. 《深入人的心灵——读〈三匹马〉》，夏厦，《奔流》，1985 年第 9 期

7. 《有追求才有特色》，徐怀中，《作品与争鸣》，1985 年第 12 期

8. 《游魂的复活——评〈红高粱〉》，雷达，《文艺学习》，1986 年第 1 期

9. 《艺术追求与特色——读〈透明的红萝卜〉及其评论》，蔡毅，《作品与争鸣》，1986 年第 1 期

10. 《拾遗录：现代小说中的意象——莫言小说集〈透明的红萝卜〉》，李陀，《文学自由谈》，1986 年第 1 期

11. 《为了告别那个荒凉的世界——评莫言的〈枯河〉及其他》，冯立三，《北京文学》，1986 年第 2 期

12. 《天马行空——莫言小说艺术特点》，朱向前，《小说评论》，1986 年 4 月 12 日

13. 《“五老峰”下荡轻舟——读〈红高粱〉有感》，从维熙，《文艺报》，1986 年 4 月 12 日

14. 《奇情异彩亦风流——莫言感觉层小说探析》，张志忠，《钟山》，1986 年第 3 期

15. 《莫言的感觉》，晓华、汪政，《当代文坛》，1986 年第 4 期

16. 《谈〈透明的红萝卜〉的一点缺憾》，张君恬，《当代文坛》，1986 年第 4 期

17. 《被记忆缠绕的世界——莫言创作中的童年视角》，程德培，《上海文学》，1986 年第 4 期

18. 《动人的透明，迷人的诱惑——论〈透明的红萝卜〉的透明度和〈冈底斯的诱惑〉的诱惑性》，李劼，《文学评论家》，1984 年第 6 期

19. 《莫言小说“写意”散论》，朱向前，《当代作家评论》，1986 年第 4 期

20. 《论莫言的艺术感觉》，张志忠，《文艺研究》，1986 年第 4 期

21. 《〈透明的红萝卜〉的美学意蕴》，北川，《当代作家评论》，1986 年第 4 期

22. 《心灵的渴望与追求——谈莫言小说集〈透明的红萝卜〉》，谢欣，《当代作家评论》，1986 年第 4 期

23. 《现实世界·感情世界·童话世界——评莫言的四部中篇小说》，钟本康，《当代作家评论》，1986 年第 4 期

24. 《随意性与独创性——读莫言的〈红高粱〉》，封秋昌，《文论报》，1986 年 5 月 11 日

25. 《感觉和创造性想象——关于中篇小说〈红高粱〉的通信》，莫言、罗强烈，《中国青年报》，1986 年 7 月 18 日

26. 《小说领域里的稚拙美——〈红高粱〉印象》，吴炫，《文学报》，1986 年 7 月 24 日

27. 《穿越历史的悠长召唤——莫言的〈红高粱〉中篇系列一瞥》，朱向前，《人民日报》(海外版)，1986 年 8 月 13 日

28. 《惊愕·恶心·沉思——“高粱”系列中篇小说漫评》，艾晓明，《文论报》，1986 年 8 月 30 日

29. 《赞赏与不赞赏都说——关于〈红高粱〉的话》，李清泉，《文艺报》，1986 年 8 月 30 日

30. 《〈红高粱〉的结构艺术及其他》，王力平，《文论报》，1986 年 10 月 11 日

31. 《关于〈透明的红萝卜〉及其他》，燃糠，《文学研究参考》，1986 年第 5 期

32. 《心灵底片的曝光——试析莫言作品的瞬间印象方式》，林在勇，《文学评论家》，1986 年第 5 期

33. 《感觉化的世界——莫言小说印象》，朱珩青，《批评家》，1986 年第 5 期

34. 《莫言和他的〈红高粱〉》，陆文虎，《文学自由谈》，1986 年第 5 期

35. 《莫言的小说模式及其意义初探》，贺绍俊、潘凯雄，《文学评论家》，1986 年第 5 期

36. 《混浊迷茫中的活力——谈莫言新作〈高粱酒〉》，俞玉，《小说评论》，1986 年第 5 期

37. 《读〈红高粱〉笔记》，李陀，《小说选刊》，1986 年第 7 期

38. 《血与火生发的外观——〈红萝卜〉〈红高粱〉管窥》，北村，《文学评论家》，1986 年第 6 期

39. 《〈红高粱〉的意味与创造性》，周政保，《小说评论》，1986 年第 6 期

40. 《莫言的意义》，李洁非、张陵，《读书》，1986 年第 6 期

41. 《莫言和他的小说》，朱珩青，《博览群书》，1986 年第 8 期

42. 《淹没在水中的红高粱——莫言印象》，赵玫，《北京文学》，1986 年第 8 期

43. 《在美丑之间——读〈红高粱〉致立三同志》，蔡毅，《作品与争鸣》，1986 年第 10 期

44. 《祭奠的也应该是能复活的——读〈红高粱〉复蔡毅同志》，冯立三，《作品与争鸣》，1986 年第 11 期

45. 《古老的形式，现代的意识——评莫言的新作〈筑路〉》，支肃，《文汇报》，1986 年 11 月 19 日

46. 《深情于他那小小的"邮票"——莫言小说漫评》，朱向前，《人民日报》，1986 年 12 月 8 日

47. 《文体解放与观念解放——也谈〈红高粱〉》，李书磊，《文论报》，1986 年 12 月 21 日

48. 《论余占鳌》，陈墨、王野，《解放军文艺》，1986 年第 12 期

49. 《再现与表现的结合》，金汉，《昆仑》，1987 年第 1 期

50. 《情绪、情感、文体意识——读莫言的小说》，朱珩青，《文学自由谈》，1987 年第 1 期

51. 《理论不足将使莫言没言——读〈断手〉有感》，常智奇，《文学自由谈》，1987 年第 1 期

52. 《莫言的艺术感觉与现代生活》，应雄，《文学自由谈》，1987 年第 1 期

53. 《痛苦地寻求欢乐——莫言的〈欢乐〉介绍》，刘心武，《人民日报》(海外版)，1987 年 1 月 13 日

54. 《与莫言一席谈》，莫言、陈薇、温金海，《文艺报》，1987 年 1 月 10 日、17 日

55. 《评近年小说新潮中的莫言——兼论当今"新潮小说"的某种趋优走向》，金汉，《浙江师范大学学报》，1987 年第 1 期

56. 《拂去历史的尘积——试谈〈红高粱〉的"翻案"》，李放眉，《今日文坛》，1987 年第 1 期

57. 《文学的魂——张承志、莫言比较论》，樊星，《当代文坛》，1987 年第 3 期

58. 《英雄的自我否定与超越——读〈断手〉》，高今，《文学评论家》，1987 年第 1 期

59. 《"莫言"莫可言》，朱向前，《昆仑》，1987 年第 1 期

60. 《精神分析学与〈红高粱〉的叙事结构》，李洁非、张陵，《北京文学》，1987 年第 1 期

61. 《灵性激活历史——〈红高粱〉〈灵旗〉〈第三只眼〉纵横谈》，雷达，《上海文学》，1987 年第 1 期

62. 《历史的灵魂与灵魂的历史——论红高粱系列小说的艺术独创性》，雷达，《昆仑》，1987 年第 1 期

63. 《论莫言小说的得失》，陈清义，《信阳师范学院学报》(哲社版)，1987 年第 1 期

64. 《欢乐的错误》，吴亮，《文汇读书周报》，1987 年 2 月 21 日

65. 《走向开放的革命战争历史文学》，西南，《小说评论》，1987 年第 2 期

66. 《近年莫言小说评论漫述》，灌林，《福建论坛》(文史哲)，1987 年第 2 期

67. 《莫言与马尔克斯》，王国华、石挺，《艺谭》，1987 年第 3 期

68. 《评莫言的中篇小说〈欢乐〉》，沈戈，《天津日报》，1987 年 4 月 11 日

69. 《想象的自由与描写的节制——关于莫言小说创作的思考》，陈慧忠，《文汇报》，1987 年 5 月 4 日第 3 版

70. 《〈红高粱〉中色彩词语的运用》，胡松柏，《上饶师专学报》，1987 年第 4 期

71. 《融合与超越》，王冲等，《外国文学研究》，1987 年第 4 期

72. 《审视：农民影响起义》，王炳根，《文艺争鸣》，1987 年第 4 期

73. 《试谈莫言小说的“意象”》，范宗武，《文学评论家》，1987 年第 4 期

74. 《莫言：走上文坛》，张志忠，《外国文学研究》，1987 年第 4 期

75. 《莫言：这也是一种文化——评〈红高粱〉、〈高粱酒〉、〈高粱殡〉》，陈墨，《当代文艺探索》，1987 年第 4 期

76. 《论阿城、莫言对人格美的追求与东方文化传统》，胡河清，《当代文艺思潮》，1987 年第 5 期

77. 《〈红高粱〉的失误及其原因》，潘新宇，《文艺争鸣》，1987 年第 5 期

78. 《莫言小说中的性意识——兼评〈红高粱〉》，吴俊，《当代作家评论》，1987 年第 5 期

79. 《文化与神话》，陈墨，《解放军文艺》，1987 年第 6 期

80. 《忧郁的土地，不屈的精魂——莫言散论之一》，季红真，《文学评议》，1987 年第 6 期

81. 《试论莫言小说的借鉴特色和独创性》，李万钧，《当代文艺探索》，1987 年第 6 期

82. 《感觉的超越，意象的编织——莫言〈罪过〉的语言分析》，锺本康，《当代文坛》，1987 年第 6 期

83. 《莫言文体论》，张志忠，《文学评论家》，1987 年第 6 期

84. 《莫言：沸腾的感觉世界的爆炸（复旦大学学生“新时期文学”讨论实录之五）》，王宏图整理，《当代文艺探索》，1987 年第 6 期

85. 《声色犬马皆有境界——莫言小说艺术三题》，陈思和，《作家》，1987 年第 8 期

86. 《人性战胜兽性的艰难历程——评莫言的〈红蝗〉》，封秋昌，《文论报》，1987 年 9 月 11 日

87. 《有物无序成奇花——〈红高粱〉赏析》，李少咏，《文学知识》，1987 年第 9 期

88. 《陌生化——感觉的重构——谈莫言的创作》，张志忠，《文学自由谈》，1988 年第 1 期

89. 《现代人的民族民间神话（莫言散论之二）》，季红真，《当代作家评论》，1988 年第 1 期

90. 《红色的变异（从〈透明的红萝卜〉、〈红高粱〉到〈红蝗〉）》，夏志厚，《上海文论》，1988 年第 1 期

91. 《漫议莫言小说的横向借鉴》，吴昌雄，《湖北教育学院学报》，1988 年第 1 期

92. 《历史与现实的二元对话——兼谈莫言新作〈玫瑰玫瑰香气扑鼻〉》，陈思和，《钟山》，1988 年第 1 期

93. 《毫无节制的〈红蝗〉》，贺绍俊、潘凯雄，《文学自由谈》，1988 年第 1 期

94. 《莫言及其感觉的宿命》，大卫，《文学自由谈》，1988 年第 2 期

95. 《充满生命感觉的世界》，张志忠，《百家》，1988 年第 2 期

96. 《“红高粱”生存观的浓郁展现——评莫言长篇小说〈红高粱家族〉》，张云鹏等，《昌潍师专学报》，1988 年第 2 期

97. 《贵在奉献——读莫言小说的浮想》，李观行，《昌潍师专学报》，1988 年第 2 期

98. 《对莫言及其作品的几点感想》，明连军，《昌潍师专学报》，1988 年第 2 期

99. 《色彩的魅力：莫言与后期印象画派》，林坚，《盐城师专学报》，1988 年第 2 期

100. 《融合与超越》，王冲、石挺，《当代文学研究资料与信息》，1988 年 2 月 3 日

101. 《神话世界的人类学空间（释莫言小说的语义层次）》，季红真，《北京文学》，1988 年第 3 期

102. 《幽闭而骚乱的心灵——论作为一种文学现象的莫言小说》，颜纯钧，《当代作家评论》，1988 年第 3 期

103. 《历史的意象与意象的历史——莫言长篇小说〈红高粱家族〉得失谈》，江春，《齐鲁学刊》，1988 年第 4 期

104. 《莫言，一杯热醪心痛》，刘毅然，《中国作家》，1988 年第 4 期

105. 《“借给”读者一双眼睛——谈〈红高粱〉的艺术“视角”》，李庆信，《滇池》，1988 年第 4 期

106. 《一部写人的战争文学作品——析莫言的小说〈红高粱〉》，吴景榕，《抚顺教育学院学报》，1988 年第 4 期

107. 《〈红高粱〉的历史文化意识》，卢圣俞，《荆州师专学报》，1988 年第 4 期

108. 《红高粱家族的“童话”和民族记忆的复苏》，吴澄，《上海师大学报》，1988 年第 4 期

109. 《人的生命本体的窥视与生存状态的摹写——莫言小说对世界的认识与表现方式》，张德祥，《小说评论》，1988 年第 4 期

110. 《死亡与莫言小说的生命意蕴》，周海波、赵歌放，《当代文坛》，1988 年第 4 期

111. 《莫言小说里的“恶心”》，李洁非，《当代作家评论》，1988 年第 5 期

112. 《莫言对军事文学的激扬和催化》，黄国柱，《文艺报》，1988 年 6 月 4 日

113. 《使命感的驱使——读莫言的长篇小说〈天堂蒜薹之歌〉》，王利芬，《文论报》，1988 年 6 月 15 日

114. 《愤怒，一种新的情感形式的探索——读莫言第一部长篇小说〈天堂蒜薹之歌〉》，朱珩青，《萌芽》，1988 年第 9 期

115. 《反文化的失败（莫言近期小说批判）》，王干，《读书》，1988 年第 10 期

116. 《莫言印象》，程永新，《新民晚报》，1988 年 11 月 7 日

117. 《高粱地里的美学——重读莫言的“红高粱系列”》，吴炫，《文科月刊》，1988 年第 11 期

118. 《一点启迪》，张志忠，《青年文学》，1988 年第 11 期

119. 《莫言的冲突》，罗强烈，《青年文学》，1988 年第 11 期

120. 《鬼才写鬼事》，李洁非，《青年文学》，1988 年第 11 期

121. 《他不想重复自己——〈十三步〉和莫言》，朱珩青，《作家报》，1989 年 1 月 22 日

122. 《生命意志的弘扬、酒神精神的赞美：以尼采的悲剧观释莫言的〈红高粱家族〉》，陈炎，《南京社联学刊》，1989 年第 1 期

123. 《莫言创作研讨会综述》，房赋闲，《文史哲》，1989 年第 1 期

124. 《莫言小说的“亵渎意识”》，周政保等，《小说评论》，1989 年第 1 期

125. 《用感觉编织的艺术世界——莫言小说技法探踪》，邓嗣明，《写作》，1989 年第 1 期

126. 《“祖宗崇拜”与莫言文化选择的偏执》，谭好哲，《文学评论家》，1989 年第 1 期

127. 《莫言论》，王欣荣，《东岳论丛》，1989 年第 1 期

128. 《亵渎的神话：〈红蝗〉的意义》，丁帆，《文学评论》，1989 年第 1 期

129. 《爱与死：战争背景下的生命意识及其他——〈百年孤独〉与〈红高粱家族〉的文化心态比较》，李迎丰，《教学研究》（社科），1989 年第 1 期

130. 《〈十三步〉：精神痛苦的宣泄》，林为进，《文论报》，1989 年 2 月 25 日

131. 《红色、亮色、对比色及其弥漫和爆炸——谈莫言小说的色彩》，朱珩青，《文学自由谈》，1989 年第 2 期

132. 《文化寻根与〈红高粱〉现象》，丁少伦，《山东师大学报》，1989 年第 2 期

133. 《天然的歧途——莫言作品侧识》，李德明，《文学评论》，1989 年第 2 期

134. 《走进高粱地（莫言小说研讨会述介）》，姜大立，《文学评论家》，1989 年第 2 期

135. 《重振古老民族的生命元气——对莫言小说生命意识的一点重估》，李掖平，《当代小说》，1989 年第 3 期

136. 《对纯种红高粱的又一声呼唤——评莫言新作〈复仇记〉》，焦会生，《殷都学刊》，1989 年第 3 期

137. 《莫言与我和高密》，张世家，《青年思想家》，1989 年 3–4 期合刊

138. 《没有高粱有了味道——莫言〈十三步〉印象》，田晓，《博览群书》，1989 年第 4 期

139. 《红高粱家族演义》，（香港）周英雄，《当代作家评论》，1989 年第 4 期

140. 《我所知道的莫言》，刘毅然，《中国文学》，1989 年第 4 期（原载香港中文大学出版社 1991 年出版莫言小说集《爆炸及其他的故事》）

141. 《从〈红高粱〉到“食草家族”》，贾靖，《辽宁教育学院学报》，1989 年第 4 期

142. 《对立与虚无——莫言现象的哲学基点和艺术视角论纲》，梅琼林，《华中师大研究生学报》，1989 年第 4 期

143. 《人性的张力——从莫言的作品看莫言》，李红宁，《百家》，1989 年第 5、6 期

144. 《莫言创作新趋向探源——兼评长篇小说〈十三步〉》，朱珩青，《小说评论》，1989 年第 5 期

145. 《“写作已成了我生命中的一部分”：莫言神聊》，石一宁，《当代文坛报》（广），1989 年第 5、6 期

146. 《〈红高粱〉：模仿·断裂·演戏·野展》，卢英宏，《电影创作》，1989 年第 7 期

147. 《莫言小说的价值与缺陷》，杨联芬，《北京师范大学学报》（社科版），1990 年第 1 期

148. 《莫言创作心态探源》，段海霞，《淮北煤师院学报》，1990 年第 1 期

149. 《这样的东西能“化大众”吗？——〈红蝗〉印象》，谢馨藻，《理论与创作》（长沙），1990 年第 2 期

150. 《“你”和“他”的妙用——析莫言小说〈你的行为使我们感到恐怖〉的语言》，盛林，《语文月刊》，1990 年第 2 期

151. 《荒野弃儿的归属——重读〈红高粱家族〉》，孟悦，《当代作家评论》，1990 年第 3 期

152. 《倒错的“丰碑”——评〈红高粱家族〉》，甘藻之，《广西师院学报》（哲社版），1990 年第 4 期

153. 《王安忆、莫言的疲惫》，郭熙志，《文学自由谈》，1990 年第 4 期

154. 《〈黎明的河边〉与〈红高粱〉的散点比较透视》，叶公觉，《集美师专学报》，1990 年第 4 期

155. 《在另一面（莫言三年前的一篇小说）》，李洁非，《当代作家评论》，1990 年第 6 期

156. 《福克纳、莫言比较论》，胡小林、刘伟，《当代作家评论》，1990 年第 8 期

157. 《对莫言的彻底颠覆——先锋小说、新写实小说合论》，丁念保，《飞天》，1990 年第 11 期

158. 《论福克纳与马尔克斯对莫言的影响》，张卫中，《徐州师范学院学报》（哲社版），1991 年第 1 期

159. 《莫言小说的美学追求》，刘国良，《南通师专学报》（社科版），1991 年第 1 期

160. 《选择与回归——论莫言小说的传统艺术精神》，张清华，《山东师大学报》，1991 年第 2 期

161. 《说预叙——从莫言的小说看一种特殊的叙述方式》，王剑，《写作》，1991 年第 4 期

162. 《“异端”间的潜对话（西方象征主义与莫言、张承志的小说）》，钱林森、刘小荣，《南京大学学报》（哲学·人文·社科版），1992 年第 1 期

163. 《莫言小说中的人和事》，管谟贤，《青年思想家》，1992 年第 1 期

164. 《评张志忠的〈莫言论〉》，张德祥，《当代作家评论》，1992 年第 1 期

165. 《莫言小说与西方现代主义文学》，张学军，《齐鲁学刊》，1992 年第 4 期

166. 《云谲波诡，兼容并蓄——〈怀抱野花的女人〉读解》，奚佩秋，《齐齐哈尔师院学报》，1992 年第 5 期

167. 《莫言与中国传统文化与西方现代派——〈怪才莫言〉代序》，兰小宁、贺立华、杨守森，载《怪才莫言》，（题为《东西方文化与怪才莫言（代序）》），花山文艺出版社，1992 年 7 月第 1 版

168. 《说梦：人生之谜的沉思——〈食草家族〉序》，杨守森、贺立华，《食草家族》，花山文艺出版社，1992 年 7 月第 1 版

169. 《艺术的叛逆——评〈十三步〉》，张云龙，《莫言研究资料》，贺立华、杨守森编，山东大学出版社，1992 年 8 月第 1 版

170. 《魔幻现实主义地描写中国农村》，［日本］藤井省三、胡以男译，原载日本 I C C 出版局，1991 年版

171. 《莫言短篇小说集〈来自中国乡村的报告〉》，《莫言研究资料》，贺立华、杨守森编，山东大学出版社，1992 年 8 月

172. 《英文版〈爆炸及其他的故事〉引论》，［英］加内斯·威克雷，杨守森译，季广茂校，《莫言研究资料》，贺立华、杨守森编，山东大学出版社，1992 年 8 月

173. 《纵向剖析与立体透视——谈理论专著〈怪才莫言〉与〈莫言论〉》，张军锋，《莫言研究资料》，贺立华、杨守森编，山东大学出版社，1992 年 8 月

174. 《莫言小说研究概述》，白烨，《莫言研究资料》，贺立华、杨守森编，山东大学出版社，1992 年 8 月

175. 《全国首届莫言创作研讨会纪实》，房福贤，《莫言研究资料》，贺立华、杨守森编，山东大学出版社，1992 年 8 月

176. 《回到寓言——论莫言及其近作》，李洁非，《当代作家评论》，1993 年第 2 期

177. 《酒国的虚实（试看莫言叙述的策略）》，（香港）周英雄，《当代作家评论》，1993 年第 2 期

178. 《莫言：一个物化时代的感伤诗人（读莫言的几个近作）》，万千，《当代作家评论》，1993 年第 2 期

179. 《莫言文体多重结构中传统美学因素的再审视》，张清华，《当代作家评论》，1993 年第 6 期

180. 《英美评论家评〈红高粱家族〉》，钟志清，《外国文学动态》，1993 年第 6 期

181. 《比较研究：莫言与福克纳》，\[美 \]M. 托马斯·英奇，金衡山，《外国文艺动态》，1993 年第 6 期

182. 《入了世界文学的版图——莫言著作、葛浩文译文印象及其他》，刘绍铭，《作家》，1993 年第 8 期

183. 《新军旅作家“三剑客”（莫言、周涛、朱苏进平行比较论稿）》，朱向前，《解放军文艺》，1993 年第 9 期

184. 《莫言小说与后期印象派色彩美学》，吴非，《作家》，1994 年第 10 期

185. 《莫言小说与“印象派之后”的色彩美学》，吴非，《小说评论》，1994 年第 5 期

186. 《盛大的衰颓：论莫言的〈酒国〉》（《〈酒国〉：盛大的衰颓》），杨小滨，《中外文学》，第 23 卷第 6 期（1994 年 11 月）

187. 《莫言小说摹绘格使用特色》，江南，《扬州师院学报》，1995 年 2 月

188. 《莫言小说仿拟格使用特色——兼谈仿拟格修辞群的功能》，江南，《修辞学习》，1995 年第 2 期

189. 《莫言与贾平凹的原始故乡》，李咏吟，《小说评论》，1995 年第 3 期

190. 《〈酒国〉散论》，张闳，《今天》，1996 年第 1 期

191. 《〈酒国〉的修辞分析》，张闳，《作品》，1996 年第 1 期

192. 《〈丰乳肥臀〉：性变态视角》，彭荆风，《文学自由谈》，1996 年第 2 期

193. 《倾斜的母性——〈丰乳肥臀〉读后感》，余立新，《中流》，1996 年第 5 期

194. 《令人遗憾的平庸之作——也谈莫言的〈丰乳肥臀〉》，楼观云，《当代文坛》，1996 年第 3 期

195. 《莫言：反讽艺术家：读〈丰乳肥臀〉》，张军，《文艺争鸣》，1996 年第 3 期

196. 《百年屈辱、百年洪荒——对〈丰乳肥臀〉的文学史价值质疑》，唐韧，《文艺争鸣》，1996 年第 3 期

197. 《上官鲁氏的悲剧——〈丰乳肥臀〉人物浅析》，中颉、付宁，《当代文坛》，1996 年第 4 期

198. 《莫言有话要说》，薛兆强，《作品与争鸣》，1996 年第 7 期

199. 《唤起作家的良知——读《〈丰乳肥臀〉解》有感》，温克寒，《作品与争鸣》，1996 年第 7 期

200. 《歪曲历史，丑化现实——评小说〈丰乳肥臀〉》，陶琬，《中流》，1996 年第 7 期

201. 《浅谈〈丰乳肥臀〉关于历史的错误描写》，汪德荣，《中流》，1996 年第 7 期

202. 《母性崇拜与肥臀情结——读莫言的〈丰乳肥臀〉》，刘蓓蓓、李以洪，《文艺评论》，1996 年第 9 期

203. 《评小说〈丰乳肥臀〉》，赛时礼，《中流》，1996 年第 9 期

204. 《历史不能糊涂乱抹》，玉华，《中流》，1996 年第 10 期

205. 《听〈大家〉的，还是听大家的？》，《中流》，1996 年第 11 期

206. 《这不仅是一部作品的问题》，晓阳，《中流》，1996 年第 11 期

207. 《读书偶感》，冬生，《中流》，1996 年第 11 期

208. 《文坛的堕落与背叛》，《中流》，1996 年第 12 期

209. 《过去的乌托邦与失落的现代性——对〈白鹿原〉、〈废都〉、〈丰乳肥臀〉的一个特例性比较分析》，王韬、葛红兵，《吉首大学学报》（社会科学版），1997 年第 1 期

210. 《沉沦与救赎：无根的一代：重读莫言、刘震云》，张均，《小说评论》，1997 年第 1 期

211. 《影响和汇合——〈丰乳肥臀〉的解构主义解读》，金衡山，《国外文学》，1997 年第 1 期

212. 《众里寻她千百度：寻根文学的文化玄惑与审美失落》，皇甫晓涛，《克山师专学报》，1997 年第 1 期

213. 《对真善美的叛逆——评〈丰乳肥臀〉》，蔡梅娟，《淄博学院学报》（社会科学版），1997 年第 2 期

214. 《穿越高粱地的莫言研究综述》，陈吉德，《山东师大学报》（社会科学版），1997 年第 2 期

215. 《〈丰乳肥臀〉的叙述方式与结构艺术》，王岩，《克山师专学报》，1997 年第 4 期

216. 《迟到的批评——莫言〈丰乳肥臀〉择谬述评》，陈淞，《河南大学学报》（社会科学版），1998 年第 3 期

217. 《恋乳奇谈——评莫言〈丰乳肥臀〉》，王德威，《台港文学选刊》，1998 年第 5 期

218. 《莫言：恋乳的痴狂》，邓晓芒，载《灵魂之旅——九十年代文学的生存境界》第八章，湖北人民出版社，1998 年 9 月第 1 版

219. 《诺贝尔文学奖视域中的大江健三郎与莫言》，麦永雄，《桂林市教育学院报》，1999 年第 2 期

220. 《千言万语，何若莫言》，王德威，《读书》，1999 年第 3 期

221. 《王德威评〈丰乳肥臀〉》，《当代作家评论》，1999 年第 3 期

222. 《在写作中发现检讨自我——莫言访谈录》，莫言、李子顺、庚钟银，《艺术广角》，1999 年第 4 期

223. 《莫言小说的基本主题与文体特征》，张闳，《当代作家评论》，1999 年第 5 期

224. 《无奈的幽默》，潘越，《作品与争鸣》，1999 年第 12 期

225. 《对城市还是陌生》（《评莫言小说〈师傅越来越幽默〉》），吴庆俊，《作品与争鸣》，1999 年第

12 期

226. 《莫言小说色彩词的超常运用谈片》，殷相印，《修辞学习》，2000 年第 1 期

227. 《从审美到审丑：莫言小说的美学走向》，王金城，《北方论丛》，2000 年第 1 期

228. 《莫言、残雪小说的现代主义特征》，游友基，《漳州师范学院学报》（哲学社会科学版），2000 年第 1 期

229. 《消解崇高：莫言军事小说的文化解码》，武文茹，《佳木斯大学社会科学学报》，2000 年第 2 期

230. 《12 个：1998 年的孩子·阿义》，何向阳，《青年文学》，2000 年第 2 期

231. 《从叙事方法看〈变〉与〈红树林〉的异同》，张茁，《文艺评论》，2000 年第 3 期

232. 《从崇拜到亵渎：莫言小说的母性言说》，薄刚、王金城，《北方论丛》，2000 年第 3 期

233. 《以肉为本，体书“莫言”》，乐钢，《今天》，2000 年第 4 期

234. 《天花乱坠（短篇小说）》，吴俊，《当代作家评论》，2000 年第 4 期

235. 《消解崇高：莫言军事小说的文化解码》，王金城，《福州师专学报》，2000 年第 5 期

236. 《真实与虚幻的迷宫——〈酒国〉与〈城堡〉之比较》，黄佳能、陈振华，《当代文坛》，2000 年第 5 期

237. 《感官的王国——莫言笔下的经验形态及功能》，张闳，《当代作家评论》，2000 年第 5 期

238. 《变化中的莫言——谈莫言近期中短篇小说》，周春玲，《当代作家评论》，2000 年第 5 期

239. 《民间的现代之子——重读莫言的〈红高粱家族〉》，王光东，《当代作家评论》，2000 年 5 期

240. 《〈丰乳肥臀〉是一部“近乎反动的作品”吗？——评何国瑞先生文学批评中的观念与方法》，易竹贤、陈国恩，《武汉大学学报》（人文社会科学版），2000 年第 5 期

241. 《〈红蝗〉中的生命意识》，易小斌，《三峡大学学报》（人文社会科学版），2000 年第 6 期

242. 《描写乡村的大师——莫言》，《中华读书报》，2000 年 9 月 20 日

243. 《“这一个”莫言》，曹敏，2000 年 9 月 20 日

244. 《莫言回忆变乖历程：说话多了惹麻烦》，《申江服务导报》，2000 年 11 月 2 日

245. 《〈三匹马〉拉我一块走——访作家莫言》，高丽，《今晚报》，2000 年 11 月 24 日

246. 《莫言笔下的虞姬和吕雉》，李格，《南方周末》，2000 年 12 月 15 日

247. 《丛林世界的话语——莫言笔下的“丰乳肥臀”》，王泊、李蓓，《南通师范学院学报》（哲学社会科学版），2001 年第 1 期

248. 《话说莫言》，从维熙，《时代文学》，2001 年第 1 期

249. 《莫言的九十年代进行曲》，张志忠，《时代文学》，2001 年第 1 期

250. 《我的高密同乡莫言》，杨守森，《时代文学》，第 1 期

251. 《我与莫言》，何振邦，《时代文学》，2001 年第 1 期

252. 《生命意识的张扬民族精神的体现——也谈电影《红高粱》现象》，马超，《许昌师专学报》，

2001 年第 1 期

253. 《研究：莫言与福克纳》，[美] M. 托马斯·英奇、金衡山，《当代作家评论》，2001 年第 2 期

254. 《莫言对酒神精神的追寻与逃离——谈〈红高粱〉的双重品格》，马海霞，《石家庄专科学校学报》，2001 年第 2 期

255. 《论莫言小说的感觉崇拜》，张献荣，《河北青年管理干部学院学报》，2001 年第 2 期

256. 《思接千载谈“笑”风生》，魏天真，《语文教学与研究》，2001 年第 2 期

257. 《论莫言小说的生命体验》，张献荣，《辽宁商务职业学院学报》，2001 年第 3 期

258. 《论莫言小说的女性崇拜与叙事特征》，侯运华，《新乡师范高等专科学校学报》，2001 年第 3 期

259. 《永垂不朽的声音——我看莫言的过去、现在和未来》，柳建伟，《解放军艺术学院学报》，2001 年第 3 期

260. 《檀香刑》（长篇小说），吴俊，《当代作家评论》，2001 年第 3 期

261. 《〈酒国〉——反讽叙事》，叶永胜、刘桂荣，《当代文坛》，2001 年第 3 期

262. 《莫言戏言檀香刑》，尚晓岚，《北京青年报》，2001 年 4 月 2 日

263. 《在民间传说中获得灵感——读莫言小说〈檀香刑〉》，石一龙，《新民晚报》，2001 年 4 月 16 日

264. 《莫言访谈——记忆被一种声音激活》，《南方周末》，2001 年 5 月 18 日

265. 《莫言近年小说的民间叙述——莫言论之一》，陈思和，《钟山》，2001 年第 5 期

266. 《论〈丰乳肥臀〉的生殖崇拜与狂欢叙事》，谭桂林，《人文杂志》，2001 年第 5 期

267. 《当死亡比活着更困难——〈檀香刑〉中的人性分析》，谢有顺；《挑战阅读》，张伯存，《当代作家评论》，2001 年第 5 期

268. 《一种孤独远行的尝试——〈酒国〉之于莫言小说的创新意义》，黄善明，《当代作家评论》，2001 年第 5 期

269. 《论莫言小说的对生命强力的张扬》，张献荣，《河北学刊》，2001 年第 5 期

270. 《关于“垓下”的想象突围》，李陀、莫言、陶庆梅，《读书》，2001 年第 6 期

271. 《生命强力的高扬，感觉世界的狂欢——评〈红高粱〉的艺术追求》，戴国庆、李永东，《郴州师范高等专科学校学报》，2001 年第 6 期

272. 《莫言短篇小说〈拇指铐〉的意象系统》，邓维加，《淮北煤师院学报》（哲学社会科学版），2001 年第 6 期

273. 《文学与民间性——莫言小说里的中国经验》，张柠，《南方文坛》，2001 年第 6 期

274. 《中国风格——关于〈檀香刑〉》，蒋原伦，《南方文坛》，2001 年第 6 期

275. 《刑场背后的历史——论〈檀香刑〉》，洪治纲，《南方文坛》，2001 年第 6 期

276. 《莫言的精神哲学——读莫言〈檀香刑〉》，丁国强，《中华读书网》，2001 年 6 月 8 日

277. 《语言是作家的分泌物：莫言访谈录》，《北京日报》，2001 年 9 月 30 日

278. 《〈檀香刑〉的"撤退"与写好"中国小说"》，周政保，《中华读书报》，2001年11月2日
279. 《轻逸——论莫言的短篇小说》，罗小茗，《世纪末的中国文坛》，徐俊西主编，上海文艺出版社，2002年1月版
280. 《福克纳与莫言——故乡神话的构建与阐释》，李迎丰，《解放军外国语学院学报》，2002年第1期
281. 《从〈红高粱〉到〈檀香刑〉》，莫言、王尧，《当代作家评论》，2002年第1期
282. 《是大象，还是甲虫？——评〈檀香刑〉》，李建军，《河南师院学报》，2002年第1期
283. 《换一只眼睛看莫言——〈酒国〉印象三则》，李珺平，《湛江师范学院学报》，2002年第1期
284. 《历史的挽歌与生命的绝唱——论莫言长篇新作〈檀香刑〉》，韩琛，《小说评论》，2002年第1期
285. 《理性处方：莫言小说的文化心理诊脉》，王金城，《北方论丛》，2002年第1期
286. 《小说的现实世界与超现实世界——苏童、莫言童年视角小说创作比较》，应玲素，《湖州师范学院学报》，2002年第1期
287. 《文学创作的民间资源——在苏州大学"小说家讲坛"上的讲演》，莫言，《当代作家评论》，2002年第1期（后以《作为老百姓写作》为题，收入《中国当代作家面面观——寻找文学的魂灵》，林建法、徐连源主编，春风文艺出版社，2003年4月版）
288. 《2002年中国作家做什么》（下），《中华读书报》，2002年2月27日
289. 《大江健三郎和莫言的对话——寻找红高粱的故乡》，《南方周末》，2002年2月28日
290. 《历史与话语的狂欢——莫言小说〈檀香刑〉浅论》，胡燕春，《曲靖师范学院学报》，2002年第2期
291. 《试比较莫言与卡夫卡寓言小说的异同》，吴玉珍，《兰州铁道学院学报》，2002年第2期
292. 《于残酷中审视人性——莫言〈檀香刑〉与卡夫卡〈在流放地〉之比较》，程倩、王新国、王永贵，《解放军艺术学院学报》2002年第2期
293. 《评论〈丰乳肥臀〉的立场、观点、方法之争——答易竹贤、陈国恩教授》，何国瑞，《武汉大学学报》，2002年第2期
294. 《李博士：你认识大象与甲虫吗？》，俞敏华，《文学自由谈》，2002年第3期
295. 《一个叫"我"的孩子》，何向阳，《莽原》，2002年第3期
296. 《翻译家功德无量》，莫言，《世界文学》，2002年第3期
297. 《浅析〈丰乳肥臀〉中的动物意象》，周红霞，《山东省经济管理干部学院学报》，2002年第3期
298. 《诺贝尔文学奖离我们很遥远》，《新闻晚报》，2002年3月31日
299. 《王安忆、莫言相会"新世纪论坛"》，光明网，2002年4月1日
300. 《多事之春，作家们都在干什么？》，《南方都市报》，2002年4月8日
301. 《莫言评书：一个人性的奇迹》，中青在线，2002年4月17日
302. 《介入近代史深层——莫言〈檀香刑〉评论》，何向阳，《辽宁日报》，2002年4月25日

303.《第三只眼睛——论〈透明的红萝卜〉中黑孩形象的文学功能》，王书情，《怀化学院学报》，2002 年第 4 期

304.《重读〈红高粱〉——战争修辞话语的另类书写》，谭学纯，《青海师范大学学报》(哲学社会科学版)，2002 年第 4 期

305.《幻觉幻化艺术在莫言短篇小说〈夜渔〉中的应用》，朱旭晨，《中国青年政治学院学报》，2002 年第 4 期

306.《关注人生 关注人性——重读莫言〈天堂蒜薹之歌〉》，张秉正，《新闻出版交流》，2002 年第 4 期

307.《语言、声音、方块字与小说——从莫言、贾平凹、阎连科、李锐等说开去》，郜元宝、葛红兵，《大家》，2002 年第 4 期

308.《百年苦旅："吃人"意象的精神对应——鲁迅〈狂人日记〉和莫言〈酒国〉之比较》，张磊，《鲁迅研究月刊》，2002 年第 5 期

309.《莫言近年中短篇小说透视》，胡秀丽，《当代文坛》，2002 年第 5 期

310.《死亡仪式的狂欢化再现——关于〈檀香刑〉》，陈晓兰，《创作》，2002 年第 5 期

311.《肉体与政治的寓言——关于〈檀香刑〉中的酷刑》，陈润华，《创作》，2002 年第 5 期

312.《〈檀香刑〉：人性的丑恶展览》，朱国昌，《文艺争鸣》，2002 年第 5 期

313.《"戏剧化"生存——〈檀香刑〉的叙事策略》，杨经建，《文艺争鸣》，2002 年第 5 期

314.《莫言：为文学的"回归"欢欣鼓舞》，《扬子晚报》，2002 年 5 月 30 日

315.《贝塔斯曼想要"秀"给谁看》，胡媛，《电子商务》，2002 年第 6 期

316.《"作为老百姓写作"——莫言在南京大学谈作家的使命》，兰亚明、田伟钊，《中国教育报》，2002 年 6 月 11 日第 7 版

317.《一个充满野性的自由精灵——莫言〈红高粱〉家族中余占鳌形象分析》，张爱萍，《皖西学院学报》，2002 年第 6 期

318.《试论莫言〈酒国〉对鲁迅精神的继承——鲁迅传统在 1990 年代研究系列之一》，罗兴萍，《安徽师范大学学报》(人文社会科学版)，2002 年第 6 期

319.《主持人语》，於可训，《小说评论》，2002 年第 6 期 307、《自述》，莫言，《小说评论》，2002 年第 6 期

320.《发现故乡与表现自我——莫言访谈录》，周罡、莫言，《小说评论》，2002 年第 6 期

321.《犹疑的返乡之路——论莫言民间文化立场的回归与游离》，周罡，《小说评论》，2002 年第 6 期

322.《莫言作品目录》，《小说评论》，2002 年第 6 期

323.《莫言访谈录》，石一龙，《红岩》，2002 年第 6 期

324.《文学视野之外的莫言》，朱洪军，《红岩》，2002 年第 6 期

325. 《莫言：从檀香刑的梦中醒来》，谢有顺，http：// www.sina.com.cn，2002 年 7 月 15 日

326. 《换个角度谈莫言》，朱洪军，《华人时刊》，2002 年第 9 期

327. 《透视中国先锋派作家的影视之旅》，《每日新报》，2002 年 9 月 28 日

328. 《记者群里的作家：莫言》，《中华读书报》，2002 年 10 月 30 日

329. 《莫言的感慨：5 元与 5 万元》，人民网，2002 年 11 月 8 日

330. 《论莫言小说中的性别盲区》，章长城，《厦门教育学院学报》，2003 年第 1 期

331. 《从莫言的“家族小说”看男性神话与女性神话的文化嬗变》，薛文礼，《青岛大学师范学院学报》，2003 年第 1 期

332. 《莫言与中国精神》，李敬泽，《小说评论》，2003 年第 1 期

333. 《在民间戏说民间——〈檀香刑〉中民间叙事的解析与评判》，郑坚，《当代文坛》，2003 年第 1 期

334. 《红色冲动与历史还原——对莫言小说的一次局部考察》， 周景雷，《当代文坛》，2003 年第 1 期

335. 《杂语写作：莫言小说创作的新趋势》，王爱松，《当代文坛》，2003 年第 1 期

336. 《论“个人化写作”、“民间写作”与“自我写作”——一个关于现实主义的新阐释》，周飞伶，《广西师院学报》（哲学社会科学版），2003 年第 1 期

337. 《撤退与进击——试论〈檀香刑〉的叙事艺术及意义》， 凤媛，《安徽教育学院学报》，2003 年第 2 期

338. 《游走于两个世界间的作家——马尔克斯与莫言创作的类同比较》，李晓辉、李艳梅，《内蒙古民族大学学报》（社会科学版），2003 年第 2 期

339. 《默默地执著于蛹破的辉煌——谈莫言小说〈檀香刑〉的自我超越》，毕兆明、张嘉玉，《内蒙古民族大学

学报》（社会科学版），2003 年第 2 期

340. 《〈丰乳肥臀〉的后现代性解读》，李鸿，《吉林师范大学学报》（人文社会科学版），2003 年第 2 期

341. 《叙述的极限——论莫言》，张清华，《当代作家评论》，2003 年第 2 期

342. 《文字对声音、言语的遗忘和压抑》，葛红兵，《中国现代文学研究丛刊》，2003 年第 3 期

343. 《莫言的〈酒国〉与巴赫汀的小说理论》，陈燕遐，《二十一世纪》网络版，2003 年第 4 期（总第 13 期）

344. 《莫言：在高密东北乡高空飞翔——莫言传》，叶开，“网易文化自助餐·读书论坛”，2003 年 4 月 19 日

345. 《民俗文学的庙堂之音——评莫言〈檀香刑〉的国家主义倾向》，傅正明，http://www.epachtimes.com，2003 年 5 月 1 日

346. 《冰雪欺美人，美人如冰雪——〈冰雪美人〉的文化心理和美学内涵解读》，何希凡，《名作欣赏》，2003 年第 5 期

347. 《艺术的叙述和“载道”的期许——〈冰雪美人〉的阅读体验》，达吾，《名作欣赏》，2003 年第 5 期
348. 《爱缘于合目的的生命形式》，曲春景，《名作欣赏》，2003 年第 5 期
349. 《致命的偏见与可敬的尊严——读莫言的短篇小说〈冰雪美人〉》，任军，《名作欣赏》，2003 年第 5 期
350. 《在压抑中艰难地生存——读莫言的短篇小说〈冰雪美人〉》，洪玲，《名作欣赏》，2003 年第 5 期
351. 《一次出乖露丑的表演——读莫言的短篇小说〈倒立〉》，吴毓生，《名作欣赏》，2003 年第 5 期
352. 《天凉好个秋——莫言〈倒立〉内蕴解读》，傅金祥，《名作欣赏》，2003 年第 5 期
353. 《揭示老同学聚会中不同的心理心态——读莫言的短篇小说〈倒立〉》，杨剑龙，《名作欣赏》，2003 年第 5 期
354. 《一个可逆性的文本——〈丰乳肥臀〉的语言文化解读》，赵奎英，《名作欣赏》，2003 年第 5 期
355. 《莫言新作〈四十一炮〉上市》，朱洪海，中华读书网，2003 年 7 月 7 日
356. 《莫言放炮》，邓子，人民网，2003 年 7 月 8 日
357. 《莫言打响〈四十一炮〉》，《解放日报》，2003 年 7 月 9 日
358. 《莫言：我能收获什么？》，沈国娣，《每日商报》，2003 年 7 月 10 日
359. 《莫言谈〈四十一炮〉》，许岩，《燕赵都市报》，2003 年 7 月 11 日
360. 《莫言放“炮”，不怕批评》，《北京晨报》，2003 年 7 月 12 日
361. 《莫言专访：雕虫小技征服世界》，易禹琳，《三湘都市报》，2003 年 7 月 15 日
362. 《温饱时代制造食色男女》，何洋，中华读书网，2003 年 7 月 15 日
363. 《莫言印象：宽容寡言如佛》，常晶，中华读书网，2003 年 7 月 15 日
364. 《首印 15 万册预订一空莫言新作〈四十一炮〉弹无虚发》，易禹琳、周澍芬，《三湘都市报》，2003 年 7 月 15 日
365. 《莫言：炮制“没有思想”的小说》，木叶，《上海电视周刊》，2003 年 7 月 24 日
366. 《新小说像狗一样追着我——关于〈四十一炮〉的对话》，莫言、舒明，《文汇报·书缘》，2003 年 7 月 25 日
367. 《〈四十一炮〉：诉说就是一切》，http // www.booktide.com / news / 20030725 / 200307250020.html，旌旗网上书店，2003 年 7 月 25 日
368. 《一枚激情的炮弹》，李师江，《南方都市报》，2003 年 7 月 29 日
369. 《有一种叙述叫“莫言叙述”——评长篇小说〈四十一炮〉》，吴义勤，《文艺报》，2003 年 7 月 30 日
370. 《莫言打响〈四十一炮〉再发反盗版宣言》，鲁大智，《中华读书报》，2003 年 7 月 30 日
371. 《莫言：以低调写作贴近生活》，莫言、杨扬，《文学报》，2003 年 7 月 31 日

372. 《向莫言的〈四十一炮〉开炮》，赵为民，《北京青年报》，2003 年 7 月 31 日

373. 《莫言：我正做着我愿意做的事》，莫言、咸江南，《中华读书报》，2003 年 8 月 13 日

374. 《说故事的莫言——读〈四十一炮〉》，史佳林，《文汇读书周报》，2003 年 8 月 29 日

375. 《莫言的两个下午》，熊育群，《山花》，2003 年第 8 期

376. 《关于莫言〈四十一炮〉的讨论》，http：//www.culstudies.com / rendanews.asp?id=1633，2003-09-17，13:02:09

377. 关于《生死疲劳》的评论和访谈录（包含多篇）。网址：http://read.lnd.com.cn/read/moyan/

378. 《反抗绝望：无法直面的存在本相：读余华〈黄昏里的男孩〉和莫言〈拇指铐〉》，张学昕、陈宝文，《作家杂志》，2003 年第 11 期

379. 《从〈天堂蒜薹之歌〉结局的修改看莫言的民间立场》，赵健，《今日文坛》，2003 年秋

380. 《莫言小说运用色彩词的特点》，李尧，《西南民族大学学报》（人文社科版），2003 年第 24 期

381. 《颠倒的世界：荒谬的存在：莫言〈倒立〉解读》，曹民光，《名作欣赏》，2004 年第 1 期

382. 《美的毁灭：一出几乎无事的悲剧：读莫言的短篇小说〈冰雪美人〉》，曹民光，《名作欣赏》，2004 年第 1 期

383. 《论莫言〈檀香刑〉的文化内涵》，季桂起，《齐鲁学刊》，2004 年第 1 期

384. 《〈檀香刑〉的民间文化意义：\[莫言 \]》，周志雄，《名作欣赏》，2004 年第 3 期

385. 《从消解到反文化思辨：从〈复仇记〉看莫言创作的颠覆意识》，吴周文、樊保玲，《名作欣赏》，2004 年第 3 期

386. 《生命的律动与张扬：评长篇小说〈红高粱家族〉的主题内涵》，李宝华，《佳木斯大学社会科学学报》，2004，22（1）

387. 《在语言暴力的乌托邦中迷失：从莫言〈檀香刑〉看当代文学的迷失》，余杰，《社会科学论坛》，2004（3A）

388. 《颠覆“超越”的文化寓言：解读〈檀香刑〉》，潘新宁，《名作欣赏》，2004（3）

389. 《人性黑洞与历史隐喻：莫言长篇小说〈檀香刑〉赏析》，王寰鹏，《名作欣赏》，2004（3）

390. 《末世沉浮：一个庙堂知识分子的生存解析：论〈檀香刑〉中的人物钱丁》，周蕾，《山东教育学院学报》，2004（1）

391. 《“酷刑”与“审美”：论莫言〈檀香刑〉的美学风格》，李莉，《山东社会科学》，2004（4）

392. 《二十世纪对话：大江健三郎 VS 莫言》，大江健三郎著，庄焰译，《世界文学》，2004（3）

393. 《青杏半熟的错位爱情：莫言小说中对小弟与姐姐情爱关系的叙述》，田俊萍，《百花洲》，2004（3）

394. 《解读莫言〈檀香刑〉的叙事形态》，姬凤霞，《青海师范大学学报》（哲社版），2004（5）

395. 《当历史扑面而来》，莫言，《当代作家评论》，2004（6）

396. 《莫言的生存哲学》，刘清虎，《柳州师专学报》，2004，19（3）

397. 《颠倒的世界：荒谬的存在：莫言〈倒立〉解读》，曹民光，《扬州教育学院学报》，2004，22（1）

398. 《英雄的颠覆与历史的还原：莫言的〈檀香刑〉与李洱的〈花腔〉之比较》，郭海荣，《中州大学学报》，2004，21（2）

399. 《“民间”的选择：莫言民间写作的心路历程》，吴刚，《重庆工商大学学报》，2004，21（4）

400. 《沸腾的声音世界：莫言小说的形式特征分析》，张开艳，《乐山师范学院学报》，2005（1）

401. 《狂欢化：莫言小说的话语方式：试论〈四十一炮〉》，刘广远，《当代文学研究资料与信息》，2005（1）

402. 《神魔共舞的狂欢化叙事：〈红高粱家族〉中莫言的叙事特征》，丁国兴、陈海权，《江西社会科学》，2005（1）

403. 《我写〈红高粱家族〉》，莫言，《解放军文艺》，2005（2）

404. 《美的尴尬：莫言〈冰雪美人〉的女性主义解读》，孙海兰，《山东行政学院学报》，2005（3）

405. 《苦作：两部中国小说：苏童〈我的帝王生活〉、莫言〈丰乳肥臀〉》，（美）厄普代克著，季进等译，《当代作家评论》，2005（4）

406. 《“种的退化”与莫言早期小说的生命意识》，赵歌东，《齐鲁学刊》，2005（4）

407. 《刑罚的意味：〈檀香刑〉、〈红拂夜奔〉、〈一九八六年〉及其他》，蒋丽娟，《理论与创作》，2005（4）

408. 《西方读者视野中的莫言》，姜智芹，《当代文坛》，2005（5）

409. 《人美学视角下的民族文化观照：莫言乡土小说的文化意蕴》，罗美德，《东南学术》，2005（6）

410. 《弱者复仇的白日梦：评莫言的〈月光斩〉》，华光明，《名作欣赏》，2005（9）

411. 《“自由自在”的生命力：论莫言的民间审美取向》，陈志明，《江苏广播电视大学学报》，2005，16（1）

412. 《民间视域下〈红高粱〉英雄叙事的再解读》，李宗刚，《烟台大学学报》（哲社版），2005，18（1）

413. 《叙事狂欢与价值迷失：评莫言的〈四十一炮〉》，李钧，《海南师范学院学报》（人文社科版），2005，18（2）

414. 《莫言小说中的魑魅世界》，马春花，《海南师范学院学报》（人文社科版），2005，18（2）

415. 《莫言与新历史主义文学思潮：以〈红高粱家族〉、〈丰乳肥臀〉、〈檀香刑〉为例》，张清华，《海南师范学院学报》（人文社科版），2005，18（2）

416. 《行走在“碎片的世界上”：结构莫言民间的诸多文化形态》，周化莉，《常熟理工学院学报》，2005，19（3）

417. 《莫言叙事文本分析》，王西强、张笛声，《青海师专学报·教育科学》，2005，25（1）

418. 《论莫言小说的民间特征》，吴刚，《韶光学院学报》，2005，26（5）

419. 《语言的变异与创新：莫言小说语言实验室阐释》，江南，《徐州师大学报》，2005，31（4）

420. 《莫言长篇小说〈生死疲劳〉纯中国的寓言化叙事》，陈晓明，《文艺报》，2006年3月14日

421. 《莫言小说创作的独特心理机制探寻：顽童心态、先锋意识、民间立场的和谐统一》，曹舍合，《当代文坛》，2006（4）

422. 《〈红高粱家族〉与长篇小说的古代变革》，张清华，《南方文坛》，2006（5）

423. 《当代文学视野中的"村庄"困境：以阎连科、莫言、李锐小说的地理世界谈起》，梁鸿，《文艺争鸣》（理论批评版），2006（5）

424. 《故乡世界的守望：论莫言与福克纳的家园小说》，温伟，《高等函授学报》，2006（5）

425. 《莫言：与鲁迅相逢的歌者》，孙郁，《当代作家评论》，2006（6）

426. 《魔幻化、本土化与民间资源：莫言与文学批评》，程光炜，《当代作家评论》，2006（6）

427. 《天马的缰绳：论新世纪以来的莫言》，张清华，《当代作家评论》，2006（6）

428. 《不驯的疆土：论莫言》，李静，《当代作家评论》，2006（6）

429. 《小说与当代生活：上海大学文学周圆桌会议纪要》，王鸿生、王安忆、莫言等，《当代作家评论》，2006（6）

430. 《莫言的"变形记"》，黄发有，《当代作家评论》，2006（6）

431. 《"胡乱写作"，遂成"怪诞"：解读莫言长篇小说〈生死疲劳〉》，王者渡，《当代作家评论》，2006（6）

432. 《复苏民间想像的传统和力量：由莫言〈生死疲劳〉说起》，王光东，《当代作家评论》，2006（6）

433. 《寻找一种叙述方式：论莫言长篇小说对传统叙述方式的创造性吸纳》，郭冰茹，《当代作家评论》，2006（6）

434. 《叙述就是一切：谈莫言的长篇小说中的叙述策略》，周立民，《当代作家评论》，2006（6）

435. 《神话结构的自由置换：试论莫言小说中的文体创新》，季红真，《当代作家评论》，2006（6）

436. 《"小说与当代生活"五人谈》，莫言、王安忆、曹涵路等，《上海文学》，2006（8）

437. 《民间形式与民间立场：莫言的短篇小说〈倒立〉解读》，宿好军，《名作欣赏》，2006（11上）

438. 《莫言与福克纳小说的恶人形象比较》，温伟，《高等函授学报》（哲社版），2006，19（6）

439. 《民间立场与现代意识的融合与摩擦：评莫言长篇小说》，李雪，《社科纵横》，2006，21（7）

440. 《大江健三郎与莫言文学比较研究：全球地域化语境下的心灵对话》，姚继中、周琳琳，《四川外国语学院学报》，2006，22（4）

441. 《莫言"红高粱家族"系列文化分析》，马修伦、潘周美，《青海师专学报·教育科学》，2006，26（B）

442. 《莫言的小说思想》，叶向东，《当代文坛》，2007（1）

443. 《"轮回"叙述中的历史"魅影"：论莫言〈生死疲劳〉的文本策略》，刘伟，《文艺评论》，2007

（1）

444. 《继承和背离：论莫言与福克纳小说创作的文化策略》，温伟，《当代文坛》，2007（1）

445. 《窃窃私语的“镶嵌本文”：莫言小说的民间品性》，李刚，《中国社科院研究生院学报》，2007（2）

446. 《莫言与福克纳创作流变论》，温伟，《理论月刊》，2007（2）

447. 《莫言与福克纳的女性形象比较》，温伟，《电影评价》（贵阳），2007（2B）

448. 《人有悲欢离合，月有阴晴圆缺：评〈生死疲劳〉兼论莫言近来创作的几个转变》，刘晓飞，《当代文坛》，2007（3）

449. 《“吃人”命题的世纪苦旅：从鲁迅〈狂人日记〉到莫言〈酒国〉》，古大勇、金得存，《贵州大学学报》（社科版），2007（3）

450. 《叙事视角越界的“陌生化”创作效果：对〈雌性的草地〉和〈红高粱〉的个案解读》，李江梅，《当代文坛》，2007（4）

451. 《莫言小说中的意识流与新时期小说的生命意识》，金红，《沈阳师范大学学报》（社科版），2007（4）

452. 《〈生死疲劳〉：历史的民间表象建构：论莫言历史叙事的文化方式》，王文捷，《小说评论》，2007（4）

453. 《无垢的孩童世间：莫言、大江健三郎文学中的儿童视角》，张文颖，《日语学习与研究》，2007（4）

454. 《莫言与福克纳文学观之比较》，温伟、朱宾忠，《江汉论坛》，2007（4）

455. 《莫言〈红高粱〉的传播学解读》，刘绪君，《电影评价》，2007（4B）

456. 《论莫言与福克纳的死亡主题小说》，温伟，《名作欣赏》（文学研究版），2007（5）

457. 《莫言与福克纳创作动周探析》，温伟，《理论界》，2007（5）

458. 《神秘的全知叙述者：评莫言小说〈红树林〉》，贾蔓，《当代文坛》，2007（5）

459. 《莫言：莫言的欲望叙事及其他：\[莫言\]》，张光芒，《文学报》，2007年10月25日

460. 《人生本苦与生死幻灭：论莫言新作〈生死疲劳〉的佛教意识》，张喜田，《河南社会科学》，2007，15（2）

461. 《人性探索路上的心灵相逢：沈从文与莫言比较研究》，周黎岩，《海南师范学院学报》（人文社科版），2007，20（3）

462. 《莫言与福克纳情爱小说解读》，温伟，《高等函授学报》（哲社版），2007，20（4）

463. 《“恶”的狂欢：莫言与福克纳审恶小说探微》，温伟，《湖北师范学院学报》（哲社版），2007，27（4）

464. 《莫言早期小说创作论》，王恒开，《东岳论丛》（济南），2007，28（1）

465. 《民间小戏里的大狂欢——试从民俗学角度解读〈檀香刑〉》，刘云艳，《长江师范学院学报》，

2008 年第 1 期

466. 《莫言小说词语修辞：选择、变异》，江南，《毕节学院学报》，2008 年第 1 期

467. 《莫言乡土小说的悲苦主题》，郭群，《殷都学刊》，2008 年第 1 期

468. 《莫言长篇小说〈生死疲劳〉修辞特色分析》，曹乃玲，《苏州教育学院学报》，2008 年第 1 期

469. 《千言万语何若莫言》，莫言，《山东图书馆季刊》，2008 年第 1 期

470. 《当代文学作品中的暴力现象探析——在当代审美文化的理论视域中探索"暴力"》，张坤，《阴山学刊》，2008 年第 1 期

471. 《民间体育的文化魅力——莫言〈三十年前的一次长跑比赛〉解读》，石健，《体育文化导刊》，2008 年第 1 期

472. 《对土地的眷恋·对自由的向往——〈动物农场〉与〈生死疲劳〉比较》，鲍东梅，《时代文学》（下半月），2008 年第 2 期

473. 《莫言小说的怪诞美》，王振雨，《沈阳师范大学学报》（社科版），2008 年第 2 期

474. 《论莫言〈红高粱〉的死亡叙述》，孙曼歆，《黑龙江社会科学》，2008 年第 2 期

475. 《扎根于民间的先锋写作——浅谈莫言对西方现代主义文学的民间化改造》，江磊，《武汉科技学院学报》，2008 年第 2 期

476. 《试论莫言小说语言的乡土特色》，刘秋云，《时代文学》（双月上半月），2008 年第 2 期

477. 《论莫言小说创作的影视化倾向》，顾晓红，《淮海工学院学报》（社科版），2008 年第 2 期

478. 《论〈檀香刑〉的血腥暴力写作》，孙玉荣，《聊城大学学报》（社科版），2008 年第 2 期

479. 《论莫言〈丰乳肥臀〉的文化蕴涵与叙事艺术》，杨艳伶，《齐齐哈尔师范高等专科学校学报》，2008 年第 2 期

480. 《"民间是每个人心底的故乡"——莫言小说创作的民间立场寻踪》，程艳芳，《沧州师范专科学校学报》，2008 年第 3 期

481. 《王蒙、莫言小说的意识流：从理性规范到感觉发现——1980 年代意识流文学研究》，金红，《苏州科技学院学报》（社会科学版），2008 年第 3 期

482. 《对民间与历史的另一种把握——评莫言的〈生死疲劳〉》，徐红研，《中国石油大学胜利学院学报》，2008 年第 3 期

483. 《〈生死疲劳〉对民间与历史的另一种把握》，徐红研，《山东科技大学学报》（社科版），2008 年第 3 期

484. 《论莫言小说中高密东北乡的神秘氛围》，巴俊玲，《时代文学》（双月上半月），2008 年第 3 期

485. 《历史叙述与个人言说——莫言小说分析》，樊保玲，《泉州师范学院学报》，2008 年第 3 期

486. 《先在意向与莫言儿童叙事》，郑小娜，《长江师范学院学报》，2008 年第 3 期

487. 《莫言小说感性语言传播艺术探析》，胡群昌，《东南传播》，2008 年第 4 期

488. 《中西文化的融合：一个破灭的神话——试析〈丰乳肥臀〉中的金童玉女形象》，翟传鹏，《沙洋师范高等专科学校学报》，2008年第4期

489. 《莫言小说语言变异审美》，姬凤霞，《石河子大学学报》（哲学社会科学版），2008年第4期

490. 《真实完整人性的展示——析莫言小说中对人性的挖掘和关怀》，王少兰，《时代文学》（双月上半月），2008年第4期

491. 《生命起源的追索与文化涅槃的重现——论莫言小说中的“白衣盲女”意象》，翟传鹏，《南华大学学报》（社科版），2008年第4期

492. 《小脚樊笼：家事背景和学问才智的悲哀——浅论莫言〈檀香刑〉中知县大人钱氏形象》，杨燕佳，《武汉科技学院学报》，2008年第4期

493. 《法国读者视角下的莫言》，陈曦，《吉林省教育学院学报》，2008年第5期

494. 《莫言的平民文学观及其当代意义》，左其福，《名作欣赏》，2008年第6期

495. 《人类叙事中的人称问题——以莫言的长篇小说〈十三步〉为例》，汪毓楠，《吉林省教育学院学报》，2008年第6期

496. 《小说〈夜渔〉的感觉描写艺术》，雷红英，《文学教育》（下），2008年第7期

497. 《莫言〈枯河〉中的变异及叙事策略》，陈小强，《文学教育》（上），2008年第7期

498. 《论上官金童“恋乳癖”的象征意义》，王雪环，《湖南科技学院学报》，2008年第7期

499. 《论莫言小说〈红高粱〉体现的人的本性问题》，孙晓燕，《安徽文学》（下半月），2008年第8期

500. 《试析莫言小说的魔幻现实主义成分——以〈怀抱鲜花的女人〉为个案》，刘汝慧，《辽宁行政学院学报》，2008年第8期

501. 《当代中国之史诗——论〈丰乳肥臀〉中的历史构架和人性论争》，乔雪竹，《消费导刊》，2008年第13期

502. 《遗失的未来——浅谈〈透明的红萝卜〉》，陈蓉蓉，《名作欣赏》，2008年第18期

503. 《论莫言小说追求的风格——莫言作品“民间化”的渐变性》，文莹，《科技信息》（学术研究），2008年第22期

504. 《我与莫言》，张世家，《莫言研究》，2006年总第一期

505. 《莫言作品中的人和事》，管谟贤，《莫言研究》，2006年总第一期

506. 《莫言与高密茂腔》张宜琦，《莫言研究》，2006年总第一期

507. 《无神论者做弥撒》李大伟，《莫言研究》，2006年总第一期

508. 《魔鬼与天使——关于莫言小说中的人性分析》，杨守森，《莫言研究》，2006年总第一期

509. 《莫言作品现代性与地域性的整合》，兰传斌，《莫言研究》，2006年总第一期

510. 《莫言创作与齐文化精神》，齐林泉，《莫言研究》，2006年总第一期

511. 《用大江目光聚焦莫言》，蒋玉君，《莫言研究》，2006年总第一期

512. 《让书香弥漫语文课堂——莫言成功的启示》，贾玉德、高伟，《莫言研究》，2006 年总第一期
513. 《〈檀香刑〉方言的文学意义及社会意义》，杨素梅，《莫言研究》，2006 年总第一期
514. 《文学应该给人光明——大江健三郎与莫言对话录》，毛丹青，《莫言研究》，2006 年总第一期
515. 《大音希声——北京之行访莫言》，毛维杰，《莫言研究》，2006 年总第一期
516. 《莫言家族史考略》，管谟贤，《莫言研究》，2007 年总第二期
517. 《红高粱歌者的履印》，贺立华，《莫言研究》，2007 年总第二期
518. 《好个莫言现象》，魏修良，《莫言研究》，2007 年总第二期
519. 《莫言与至诚小学》，毛维杰，《莫言研究》，2007 年总第二期
520. 《论莫言的艺术自由》，赵学美，《莫言研究》，2007 年总第二期
521. 《莫言小说寺院意象解读》，刘光远，《莫言研究》，2007 年总第二期
522. 《故园情结》，杨守森，《莫言研究》，2007 年总第三期
523. 《读“牛”说牛》，管谟贤，《莫言研究》，2007 年总第三期
524. 《莫言与胶河》，蒋玉君，《莫言研究》，2007 年总第三期
525. 《愤怒的呐喊——读《天堂蒜薹之歌》》，贾玉德，《莫言研究》，2007 年总第三期
526. 《莫言：我的饺子唱着歌来了》，孙文鹰，《莫言研究》，2007 年总第三期
527. 《与莫言先生二三事》，李大伟，《莫言研究》，2007 年总第三期
528. 《莫言在河崖棉油加工厂的岁月》，王受轼，《莫言研究》，2007 年总第三期
529. 《“炮声”中的众神狂欢——论莫言的小说〈四十一炮〉中的“谪仙”母题》，房伟，《莫言研究》，2007 年总第三期
530. 《论莫言“文学共和国”的三类家族》，齐林泉，《莫言研究》，2007 年总第三期
531. 《人性毁灭的悲歌——莫言长篇小说〈檀香刑〉人物悲剧命运浅析》，沈润亮，《莫言研究》，2007 年总第三期
532. 《无可奈何花落去——解读莫言的〈冰雪美人〉》，潘 弘，《莫言研究》，2007 年总第三期
533. 《梦幻的民间复仇——莫言短篇小说〈月光斩〉解读》，毛维杰，《莫言研究》，2007 年总第三期
534. 《作家之幸运》，杨素梅，《莫言研究》，2007 年总第三期
535. 《拍电影〈红高粱〉的日子》，张子照，《莫言研究》，2007 年总第三期
536. 《至今难忘〈红高粱〉——最爱的还是“颠轿曲”》，刘铁飞，《莫言研究》，2007 年总第三期
537. 《高密〈红高粱〉的酒香醇厚》，韩 平，《莫言研究》，2007 年总第三期
538. 《莫言先生为我三荐稿》，李大伟，《莫言研究》，2008 年总第四期
539. 《莫言与高密民间传说》，杨素梅，《莫言研究》，2008 年总第四期
540. 《莫言的《酒国》之旅》，藤井省三，《莫言研究》，2008 年总第四期
541. 《走近大师——记十年前采访莫言和吉田富夫》，曹鸿鹤，《莫言研究》，2008 年总第四期

542. 《我们哥仨的当兵梦》，管谟贤，《莫言研究》，2008年总第四期

543. 《童年的莫言》，毛维杰，《莫言研究》，2008年总第四期

544. 《寻找莫言》，丁元忠，《莫言研究》，2008年总第四期

545. 《温暖》，一 夫，《莫言研究》，2008年总第四期

546. 《聂来敬与电影〈红高粱〉》，郭宗利，《莫言研究》，2008年总第四期

547. 《他要冲出高粱地》，尚 可，《莫言研究》，2008年总第四期

548. 《天马行空——莫言小说艺术评点》，朱向前，《莫言研究》，2008年总第四期

549. 《论莫言创作的三个时代》，齐林泉，《莫言研究》，2008年总第四期

550. 《论莫言幻梦世界的女性追寻者》，王美春，《莫言研究》，2008年总第四期

551. 《回旋激荡的交响乐——谈〈红高粱〉中的复调因素》，李 健，《莫言研究》，2008年总第四期

552. 《别样的诱惑——解读莫言的〈怀抱鲜花的女人〉》，潘红英，《莫言研究》，2008年总第四期

553. 《赞美与批判——读莫言的〈冰雪美人〉》，王乐亭，《莫言研究》，2008年总第四期

554. 《关于莫言文学特色探源》，宋 亮，《莫言研究》，2008年总第四期

（由山东师范大学2008级文艺学研究生张丽芳、张梅、王艳华、张敏、李保春、陈海红和莫言研究会搜集整理）

后记

孙惠斌

《莫言与高密》即将出版，我觉得还有几句话要说。

莫言研究会成立至今，主要办了三件事：一是创建了莫言文学馆；二是创办了会刊《莫言研究》；三是创立了“红高粱”网站。

莫言文学馆创建以来，海内外来宾络绎不绝，青年学生进馆读书、开展文学活动日趋活跃，真正地成了高密市对外宣传与文化交流的窗口，对学生进行文化教育的基地，研究莫言的平台。

会刊《莫言研究》甫一出版，即受到广大读者的欢迎，《红高粱》网站的点击率逐渐上升，二者尤其受到国内外莫言“粉丝”们的喜爱，不少人来函来电索要有关文章资料。有两家出版社主动联系，要出版《莫言研究》合订本，我们研究再三，决定从中挑选部分上乘之作，编辑出书，于是有了这本《莫言与高密》。

早在莫言研究会成立之初，我就曾经说过，研究莫言，不仅国人关注，外国人也关注。处在盛世文化氛围中的高密人，对研究莫言，义务上责无旁贷，作用上不可代替。在研究莫言的诸多高论中，有这样两句话非常值得重视，一句是，“莫言的创作之所以一直保持了旺盛的生命力，究其根本，应该归诸于莫言的感觉方式有着深厚的地域和民间渊源”；另一句是，“他从故乡的原始经验出发，抵达的是中国人精神世界的隐秘腹地。”这两句话所表述的观点，应当是高密人研究莫言的基本命题，所以高密莫言研究会的宗旨便确定为："立足高密、研究莫言"，就是以莫言与高密、莫言与高密东北乡、莫言与高密文化为主线，多层次、多角度、多方面地去挖掘探索，拿出具有高密特色的研究成果。为国内外研究莫言现象、莫言作品、莫言的成长历程、莫言的发展轨迹、莫言的文学思想、莫言的作品价值等提供原生态的素材，也为繁荣本市文学创作，丰富本市人文资源，提升本市文化品味，推进本市教育改革，共建文化名市贡献力量。

《莫言与高密》所选的文章，也许有的水平有限，难得的是所有文章都是由高密籍作者写的。他们都是莫言的亲朋好友或忠实"粉丝"。这些文章的内容都是真实的，原生态的，感情是真挚的，都是研究莫言的第一手资料，弥足珍贵，充分地体现了高密莫言研究会的宗旨，可以说是我们研究莫言的阶段性成果。

本书的出版，得到了诸多领导和朋友的关心和支持。中国作协主席铁凝同志，在百忙之中为本书题词，令我们深受鼓舞；在南京工作的高密籍书法家张其凤同志为本书题签；在北京的高密老乡李希贵、李祥章、白卫平等同志对莫言研究会鼎力相助。在此，一并表示衷心的感谢！

2011 年 9 月

（作者系高密莫言研究会会长，曾任高密市人大常委会主任）

（京）新登字 083 号

图书在版编目（CIP）数据

莫言与高密 / 莫言研究会编著 .—北京：中国青年出版社，2011.9

ISBN 978-7-5153-0202-7

I. ①莫… II. ①莫… III. 莫言 - 文学研究 IV. ① I206.7

中国版本图书馆 CIP 数据核字 (2011) 第 185433 号

书名题字：张其凤

责任编辑：申永霞

书籍设计：刘晓翔

中国青年出版社 出版发行

社址：北京东四 12 条 21 号

邮政编码：100708

网址：www.cyp.com.cn

编辑部电话：（010）57350501

门市部电话：（010）57350370

北京楠萍印刷有限公司印刷

新华书店经销

700×1000 1/16 21.25 印张 250 千字

2011 年 12 月北京第 1 版 2013 年 1 月北京第 4 次印刷

印数：16001—19000 册

定价：48.00 元

本图书如有印装质量问题，请凭购书发票与质检部联系调换

联系电话：（010）57350337